支持单位

成都市文学艺术界联合会

出品单位

四川师范大学文学院

成都市李劼人研究学会

四川新文学大系

小说编 ·第六卷·

总　　编　　王嘉陵　刘　敏

副 总 编　　张义奇　曾智中

本编主编　　谭光辉

四川文艺出版社

图书在版编目（CIP）数据

四川新文学大系. 小说编：共七卷 / 王嘉陵，刘敏
总编；张义奇，曾智中副总编；谭光辉主编. — 成都：
四川文艺出版社，2024.8
　ISBN 978-7-5411-6547-4

　Ⅰ. ①四… Ⅱ. ①王… ②刘… ③张… ④曾… ⑤谭
… Ⅲ. ①中国文学－现代文学－作品综合集－四川②小说
集－中国－现代 Ⅳ. ①I218.71

中国国家版本馆 CIP 数据核字（2023）第 216296 号

SICHUAN XINWENXUE DAXI · XIAOSHUOBIAN (DILIUJUAN)

四川新文学大系·小说编（第六卷）

总编　王嘉陵　刘　敏　副总编　张义奇　曾智中

本编主编　谭光辉

出　品　人　冯　静
策划组稿　张庆宁
书稿统筹　宋　玥　罗月婷
责任编辑　任子乐　谢雨环　邓艾黎
封面设计　魏晓舸
版式设计　史小燕
责任校对　段　敏　张雁飞
责任印制　桑　蓉　崔　娜

出版发行　四川文艺出版社（成都市锦江区三色路 238 号）
网　　址　www.scwys.com
电　　话　028-86361802（发行部）　028-86361781（编辑部）

邮购地址　成都市锦江区三色路 238 号四川文艺出版社邮购部　610023
排　　版　四川胜翔数码印务设计有限公司
印　　刷　成都东江印务有限公司
成品尺寸　148mm×210mm　　　　开　本　32 开
印　　张　89.25　　　　　　　　字　数　2360 千
版　　次　2024 年 8 月第一版　　印　次　2024 年 8 月第一次印刷
书　　号　ISBN 978-7-5411-6547-4
定　　价　486.00 元（共七卷）

编选凡例

一、本编收录小说以全面性、代表性、稀缺性、本土性为主要编选原则。全面性是指尽量涵盖 20 世纪上半叶巴蜀小说家；代表性是指在考虑其他各点的前提下尽量选择小说家有代表性的作品；稀缺性是指尽量选择曾经发表但未再版或未收入全集的作品；本土性是指尽量选取籍贯或出生地为巴蜀地区的小说家，侨寓作家不收录。

二、本编的小说以收录和存目两种方式呈现。收录作品尽量考虑稀缺性；存目作品尽量考虑重要性和代表性。

三、本编收录的小说，尽量以最初的版本为依据，呈现小说发表或出版之初的原始面貌。个别无法找到原始版本的作品，以再版时间更早的版本为依据。

四、本编分为"长、中篇小说"和"中、短篇小说"两大部分。为查询方便起见，每一部分的编排以作家姓名拼音字母排序。同一个作家的作品，以发表或出版的时间先后为序。

五、为控制篇幅，部分长篇小说采取了节选的方式。

六、为保持作品原貌，字词的旧用法不做更改。比如"的、地、得、底""哪里、那里""想像、想象""甚么、什么"之类，或因作家习惯等造成的不同写法，不影响理解的都依原稿版本，不按现行标准修改。

目录

中、短篇小说

罗 淑

| 作者简介 | 罗淑（1903—1938），四川成都人，原名罗世弥，现代女作家。代表作品有小说集《生人妻》《地上的一角》等。

地上的一角

一

是十二月的天气。刀样的风一股一股的往人身子上钻，把人都冻得要僵了！

老瓜身上还只穿一件薄棉背心，棉袄在两月前押了赌博帐。说了不少的好话，好容易把何先生说得通了，答应再支一个月工钱。可是钱一到手，老瓜就又变了心肠，虽是坐在桌上，手里端的是一大碗热气腾腾的饭，身子却不住的发抖，比厨房里的几十个人都要显得穷像。看来，取衣服是必需的；但是很久没有掷骰子了，莫非输了就不想"捞稍"？还有王家幺店子也多少日子没有"打照面"，别叫秋姑儿瞧不起！想着，想着，三碗饭就吞下了肚。手脚似乎活动了些，主意也同时打停当了。

这是洪兴灶起煤炭的日子。灶上告炭缺，管事何先生派人到下河去催载，于是炭帮上连夜开夜稍赶来三只大船的满载炭，一共有三四百包；从天亮起，到吃中饭还没有起完。

从大门外陆续进来的"足子"弯腰驼背的往仓里走，身上颈脖上背上铺满了篓里落下来的细米，因为出汗多，不时要用手背去揩，于是一个个全都绷着一张黑脸，不变的却只有两只眼睛。

"足子"把炭倒进仓，捏着几个铜板，默默地又往外边走。经过大厨时，一股咸泡菜夹杂着白米干饭的香味直朝鼻孔扑来。他们由不得稍为缓慢了几步。

"人家吃午饭哩！"这样一想抵抗了半天的空肚子这时愈见饥饿，足腿软软的不大得劲的样子，眼睛不住要往桌上瞟。

正在吃饭的人本来觉不出菜饭的好味道，一见这种神情，似乎厨房里马上给什么东西带来了活气，天天嚼厌了的咸泡菜这时变得好吃多了，糙米饭也加了个特别的滋味。大家狠命地咂着嘴，老瓜尤其吃得香。

"别人吃干饭，我家害饿痨！"老瓜眼瞅着那走出去的背影，拖长了声音手敲着桌边哼了这么一句。

"老瓜！"

老瓜本来想吃完饭找火生，却不想火生倒先叫他，心里一乐，他把前面的碗筷一掀，立起身来走到火生那桌。

"叫我做什么？……是狠人就再来，还是老地方！"老瓜拍了拍装得有块半硬洋的衣袋说。

"噫！你倒先找上门来哪！你想多孝顺我几个钱过肥年么？——不怕死的尽管来，苦竹林大石头上等你！"

"不！王家幺店子！"

"也行！"

"哈哈！已经冷得像个落水的抱鸡母了，还要赌钱！生成的'孤碌'命……"

"悄悄的！……你们闹什么？"老瓜指了一下坐在柜房打算盘的何先生，"叫他听见了又会啰嗦半天！"

说笑的许多人便也不再做声，各自分头上山坡去了。

老瓜开心得很，今天下午只打三十筒水便没有别的事，收早工！想起掷骰子更是心上开了大朵花。

老瓜把身子朝一个喂牛剩下来的乱草堆上倒，一帮正在找野食的麻雀给他骇得"哄"的四散飞了。

"瘟丧！差一点儿骇死了我，你这些小怪物！"老瓜手指着又停止在别一个草堆上的麻雀骂道。

冬天午后的阳光也还有一丝儿热气，老瓜安适地躺在草堆上，望着从各家盐灶房吃了饭上坡的人。心里有说不出的快活，照例地他又哼着唱惯了的山歌：

> 一树皂角千条刺，
> 一条刺儿一条尖，
> 尖尖锥在心口上，
> 想起当年事千万；
> 菜子花开香又香，
> 遍山遍野遍地黄。

"唱大声些哟，老瓜哥！"

老瓜一见是二爷，满面堆着笑容和二爷打招呼：

"哪里去呀，二爷？"

"灶房里找何先生。"

"何先生不在哪。"

"我也要去哩！……等等，水还没有打起来！"

二爷含笑独自走了。

不到多久，老瓜在王家幺店上碰见二爷，可是火生没有到。老瓜见二爷在和六老师几个种田人热闹的扯着闲话，便不去打搅他们，找了一个角儿坐下，一心只等火生来到。

老瓜渐渐等得不耐烦了，依然不见火生踪影，心里火辣辣的，手痒得有点儿发慌。看见六老师坐在对面满不在乎地喝一杯高粱酒又一杯高粱酒，接连两三次，起码是四两酒没有事了。

老瓜又替六老师可惜，却又羡慕他那大方的神气。老瓜觉得每次秋姑儿指开沙包的时候，总要睁眼睛瞟他，秋姑儿已经是四十岁的女人了，莫非对着一个不满二十岁的小伙子起了什么心？那明明是在暗笑他"今天白坐板凳，不照顾二两酒么？看，人家又叫酒哪！"

老瓜本来不愿意单为喝酒打开银元，但是心里一横就随口叫道：

"秋姑儿，给我也来二两酒！"

声音叫得非常有劲，对面那些人通通抬起头来看他。二爷这时才发现老瓜一个人在角儿上，他把板凳让一节出来：

"一块儿坐呀！老瓜哥！"

老瓜挨了过去。六老师正看也不看他，眼睛一霎一霎地，嘴里叽咕着，老瓜听不出他在说什么，看他脸是红红的，显然有几分生气也有几分醉了。

"哼！我讲事大事小莫非前定，哪怕你人再能干，总打不出老天爷的手板心！哼！哼！不相信风水，说这个话的人简直是条猪！……像他们灶户，要不是丁厂的地好会赚钱么？我看了许久，他们的阴宅阳宅都不错，难怪他们家家发！他们发就只有你们倒灶了，难道个个都发财？不多心，我说一句话：你们都是白辛苦……

唉！天机呀，这是天机！你们不懂得什么……"

六老师用手理着几根稀疏的八字胡，一摆一摇地坐在长凳上，还想往下说，忽然他的两只眼睛直瞪着丁厂那一面，神气很正经。

于是，正听得出神的人也把脑袋伸长了望去，但他们实在看不出什么新奇的东西，照常是两只牛在车室里赶着车盘转，井口上是高低不一的引竿，小麻雀在扯引竿的牵藤上飞来飞去，看来只像能活动的黑点，至于那给山峰包围在凹里的十家灶户则连影儿也没露，哦，还有，那便是那一条通二里以外的大河的小路了。

六老师看什么东西，他们始终没有弄明白，还是二爷开口问他道："你看见什么，六老师？"

"山嘴上好像有点煞气，不晓得又是哪家人犯剐！"

六老师庄严地说，眼睛阖着，动也不动，现着很担心的样子。二爷心里一跳，连忙问：

"请你老人看看我家会不会？"

"你倒还好！路隔了两里多，剐不到你身上。你老伴儿的阴地包管莫错，我六老师当了五十年阴阳，未必还有差？老实说你的阳宅倒不大好，停一停替你打主意，把大门换个方向！"

二爷感激得了不得，赶忙替六老师会了钞。

老瓜不大留心六老师的话，他根本只是个光身子！怕什么！

火生仍旧没有来，老瓜就同着二爷走了。他安排着去找火生出气。

"小伙子家总是火气大，今天赌不成又有明天，这算得什么！"

二爷说着拍了一下老瓜的肩头，含笑走了出去，北风一直把他送过梁子。夜来了。

二

二爷在镇上认下口案卖盐已有两年光景了。他在十天中，只有两天在家里帮着儿子长发做些田里的事，剩下八天都是轮流地在几个场镇上奔跑。

这是一个逢三的日子，是逢"邱家沱"的场期。

四下里还是静悄悄的。晓色并不因为鸡声的催促，就冲破黑暗出现在正期待着光明的那些人们的眼前。

但是照例地，在这一天，二爷起得更要早一些。他睁开眼睛望了望对面的牛肋巴窗子，那里依旧是黑黑的，并不会从那堵土墙上现出了一丝儿区别来。可是，他计算着到场上九里多路的路程是得要多少时光，就他做了五十几年老农夫的经验，他可以肯定地断定这是什么时候了。他毫不迟疑地从被窝里抽身坐了起来；在床那头，他摸着他那一件家机布的厚棉袄。一面用那两只在一层薄皮下伏满着蚯蚓似的筋络的，略略颤抖的手捆着腰带，一面拖着两片鞋滴答滴答地走出了原是仓房现在却作了他的睡处的房子。当他走过他的儿媳的屋子旁边时，他重重地咳了一声嗽。他担心着二姐在夜里纺纱睡晏了，说不定会迟了烧早饭，这样，可以叫她省悟得："时候不早了，爷爷都起来啰！"

他默默地走上打麦场。那是一个长方形铺上三合土在他一家里算是重要的地方。边缘上栽着十来棵枝叶蓬勃的橘树。正是橘红的时节！

空气是寒冷的，也是新鲜的。一股夹杂着草木香味，粪气，霉湿气和土气的寒气朝着颜面上扑来，他微微打了一个寒噤，但马上，刚才从睡眠中带来的些微的倦意已经不知消退到哪里去了！他搓了搓手，在脸上又摸擦了几下，人就好像精神了许多，连那略向前弓着的背也伸直了一些。

他忘记了已经在他心上长了锈，而那锈很快地就要腐烂他整个心的，钉在心上的拔不去的忧虑的钉子。他感觉到从来莫有过的舒适。他空空洞洞地直望着前面。

东方上渐渐打开了亮口。他望着，望着，霎一个眼似乎光亮就添一分，黑暗也退一分，于是远近的景物又渐渐地现出它们本来的面目来。山足下，埋在大竹林里的黄土墙瓦房，从顶上冒出软绵绵的，青白色的炊烟，接连地旁边几个人家也都有了烟子。天是大亮了。可是，阴沉沉的，似是一个要落雨的天。一片欲上不上，欲下不下，飘浮不定的白雾，和着那些比较沉重的烟子打搅在一起，愈结愈多，也愈浓厚，于是这一个小村子不到多时，就显得模糊惝恍起来。

他掉过头，对着他的屋顶瞟了一眼，他放下了心，他只有等待那叫吃饭的呼声了。

忽然，从橘树的肥绿的叶子里滴下几颗露水，冰凉的正打在他的脖子上，他轻轻地拭了去，由不得举起昏花的，怜爱的眼光看着上面垂着的大颗大颗的鲜红的甜橘，心里充满了就像在几年前眼看见黄澄澄的谷子堆在仓里那样的喜悦。可是，一想到每年下乡来收买果子的那个油黑脸在递给他二只"袁头"（银元）时所说的几句话，心里就又冷了半截。"哪！这算是定钱，过两天就来下货！"而且就从这天起，为了要看守他的货，他借住在他堆柴草的房子里，想来这时还在打着呼鼾罢！

他也和别的农人一样，把每一块泥土看做黄金般贵重，赔上许多辛苦，然后才从土里生出来的东西就是性命。自己种来自己吃喝是应该的事，若是连自己都莫吃，把来卖给别人家，那是丢脸！那是对不住儿孙。

他在这几年里丢的脸的确不少哩。才真对不起儿孙！别的不用说了，单是这几个果子，小小的东西，他都不能够替他们保守着！他没精打采地又呆呆地望着那些橘树，恍惚间它们都变成了嫩弱的小苗，稻草扎着泥笕，倒放在打麦场的边上，一个中年人正用一个鸭嘴锄狠命地在打窝，丁丁这时和三儿一样不满六岁，梳着一条偏毛搭儿，两个小腿叉在地上，手扶着树苗，帮他爸爸栽树哩！爸爸用锄背掘上来的泥土又往窝子里盖，口里不住地说："好生呀！要摆得端……要摆得端哪，丁丁！"等到水浇好了，丁丁便挨一挨二的数过去："一、二、三、多哩，一共十四棵！"

苗子刚才下土，丁丁马上就想橘子吃，爸爸拖着锄头要到田里去，他却牵着他的衣裳问："几时才有橘子吃呀！爸爸?"爸爸伸起一只手掌："五六年！"

果然，在第五年的冬天上橘树开始"试花"结了几个果；第二年就收成了几大笕！橘子摘来堆在房角上，谁都有得吃。路隔二三十里的亲戚家孩子，因为这里的橘熟，特地老远跑了来，争着捡大的红的，吃够了，走的时候还牵起围裙兜满一衣兜，然后才又打打闹闹，欢天喜地的走回去。

这时丁丁在旁边，眼见他们会不久就把橘子抢得精光，心里老实要哭了，可是爸爸没有理他，还满脸是笑的劝人家多带几颗呢！

"妈呀！"丁丁牵着妈妈的衣角。躲在后面。妈妈摸摸丁丁的头说：

"莫响！……看惹爸爸生气。"

爸爸懂得丁丁心疼橘子，便对丁丁说：

"东西是要打伙吃才香呢，小家小样像什么！来！尽管拿些去呀！"

这一夜丁丁放了一床的橘子。丁丁本来同妈妈睡觉，夜里妈妈翻身，压破了好几颗，汁水打湿了妈的衣裤。

爸爸不只是几颗橘子肯分给大家吃，就是谷米一类的东西，只要有人求过，也都肯三升五升的从手里拿出来。虽是地下落了一颗饭，还拾起来放进口里。这些事看在丁丁眼里，后来等到丁丁当家为人，一直到人家叫他二爷的时候，还是学着爸爸的榜样，爸爸自然讨了不少的好，可也从来没有人说过丁丁的坏话！

六十年是不知不觉的过去了。在二爷满六十花甲的第二年，日子就一天比一天难熬了，算来是儿子长发不及丁丁享福，恐怕三儿又赶不上他的爸爸呢！

可不是，三儿今年还六岁不满就连橘子也都没有得吃了！看他天天眼巴巴的望着着许多个把枝子都快坠掉了的果子流口水，真叫人心痛。有时实在看不过眼了，二姐总是"拍拍"地两个耳光把三儿打进去。真冤呀！哪个小娃家不贪嘴，自己在年青的时候，炒香豆包谷花根本就没有离过口，三儿吃了些什么来？⋯⋯

二爷想趁那个黑脸大汉睡着时，偷偷弄几个橘子给三儿，但一想起三儿挨打时那个黑脸大汉笑嘻嘻的走拢来，递两个橘子给他，三儿接过手，说一声他妈才教会的"多谢哪！"就手都抖起来了。

"哼，自己的东西叫你来做人情！哼！不吃又怎么！"二爷放下手，恨极了，他想不起卖了的十二亩水田，押了债的青杠坡，他只看得见摆在眼前的橘子，他觉得别人抢走了他的东西。抢人的不是别一个，就是睡在他家里的那黑脸大汉。他真想咬他几口！

"饭好哪，爷爷！"

应着声音，二爷没精打采的走进去。路过柴房时，他瞟了那个果贩子一眼，样子真讨厌，出气活像一条睡着了的肥猪！

但他终归没有说一句话，柴房当中一个庞大的物件使他由不得站住足。那是一具高高支在两个三脚架上，用破襄衣谨慎地盖覆着的，漆了七个"生"的十年前做的他的寿木。他揭起一角来，里面现出黑油油的一片光彩，他的手在那上面拂拭了一回，然后才走进房去。

红山芋和着粗麦粉煮成的早饭已经滚熟的放在桌上。二姐拿着碗正从厨房出来。三儿跟在他妈的后面，手里捏着一大把竹筷。

"爷爷！妈说张爷爷的牛死了，要给我买一斤肉吃呢！"三儿用筷指着二爷的鼻尖，偏着头，很喜欢的样子。

"三儿，乱说哩，张爷爷的牛不会死的！"

"难说哪，爷爷！前几天秃子说他的牛不大吃草，来向我讨了些盐和生姜，给它洗了一个嘴，看看松了些，哪晓得昨天就不会嚼了。秃子到场上去赶牛太医，人还没有到，牛就困槽了。我的天！……你看它一身热得冒火，秃子在塘里打湿了几条麻布口袋给它铺在身上，一忽又热了，连换几次都是滚烫的。太医来放了两针血。血呀，就像熟登（透）了的桑果儿，又紫又黑，他没说会好吗或是不会好。开了一张药方就走了。张爷爷知道事情是不大对，打算今天趁活的宰了，容易卖些……爷爷你说呵，畜生病了也跟人一样，看它上气不接下气的喘，两个眼睛鼓挺爆绽的死死盯住人，哪晓得人也救不了它！"

"唔！"

二爷沉着脸望着长发。长发没有说什么，吃完饭坐在矮凳上修理松了把子的锄头。他是一向不大说话，只是埋着头做死活路的人，这一点很像他死了的妈妈。

"长发！张爷这几天没向你说什么话？"

"向我说了好多回哪，他那三十块钱一定在年底前收。他的牛死了不是更要钱！真是逼坏人！还有，还有欠猴子的空仓债也是难拖的！"

"我可打不出眼子来啰！"

"而今只有这一法子：去问洪兴灶的何管事商量，求他赊几个盐的账，抽出点来安顿自己的债，欠灶房的又来前搭后的还。横顺给他担满那缸水算事。"

"哪个生意人不比猴儿奸，作这些过场别人已经做过了。他们还肯再上当？听说从这一场起头，出盐的规矩要变过，厘金也要提高两块钱，事情还不晓是怎么样的呢！……"

"涨厘金干你啥事？水涨船高，横顺不是叫你出钱，你去试了再说，如今的人哪一个不是吃一节剥一节！"

长发一向不声不响，可是，说出来的话多少总是有斤两，不要看他止得二十三岁的小伙子，多少成年人还赶他不上呢！再说实在也想不出别的办法来。

二爷不做声，心里却已经打定主意，试碰一碰看。

三

天上落着细雨，二爷挑着一担箩筐，很吃力的翻过梁子，走上了下坡路。这里隔聚集着十多家灶户的丁厂还有一里来路程。太子楼上浓黑的煤烟都已远远可以看见。雨越下越大了。他足上的草鞋又脱了绺，并且粘上两饼厚重的黄泥踩在给雨洗光滑了的石子路上，险点儿把他滑倒。幸而他站得很稳！他躲入一棵伞似的黄角树下，蹲下身子，剔去泥土，重新栓上耳子，然后才转上一条铺炭渣的小路。这条小路是专为来往的足子走的。在晴天走起来总是萨萨的响，还扑起许多呛人的灰尘。在雨天却给走路的人以平稳的安慰。

二爷对于丁厂向来是不怀着好感的。他忘不掉教过几年书，而且是阴阳的六老师至王家幺店上吃着豆腐干上烧酒那时说的：

"无怪乎当灶户的发财，好风水全拿给他们占去了！……像你们这些人总有一天要着灶户老爷挤干的哩！哼！你们要想上红运，除非是龙脉转过来的那时节，那么在那一天；……天机不可泄露！不可以说的，不可以说的！我教你们，你们看见没有？凡是挨近丁厂的田土，哪一亩地不现出枯色，哪一根树不蒙上一层黑黑的霜，对呀！那就是了！我眼睛里还看见有很多的东西呢，但不能对你们说！总之他们越发，你们就越败！记着我六老师的话！"

六老师一边说，一边用手理他那稀疏的几根八字胡，身子一摇一摆的，眼睛望着山遮了半身，高高耸在井口上的引竿。拉引竿的蜘蛛网似的牵藤上休息着几十只黑点似的麻雀。

于是正听得出神的人的脑袋。跟着他的视线尽向着丁厂那一方调转去。

"丁厂是天生的，丁厂的灶户应该发财。"

这时在每个人的心里都这么想。

单看那些山峰，把个丁厂围抱得厂像桶子一样，这已经很够了，还给他们生下一条下路，一头通大河的岸上，一头通山洼里，雪白的盐出得去，漆黑的炭进得来。而且还不怕土匪，只要一枝枪堵住口子，任何大伙强盗也奈何他们不得！于是灶户们安安逸逸的坐在窝里看银子钱自己往钱柜里攒！

自从这一天起，许多人心里都种下一个心病。那挨近丁厂的人甚至想到自己的辛苦或许终是白费，悠悠地叹出一口略含怨意的气来。

二爷有时也看见他家还不上三年，由自耕自种的人家变成别人的佃户，现在租下的八亩地，押租总共不过二百元，合共算来，他的家产上有一院破老的五间草屋，十六棵橘树，和二百元的押租。但他欠猴子的空仓就有五十元，秃子的三十元！但是丁厂的灶户呢？在这两年里哪一家灶户不是成千成万的赚了？单是他买盐的洪兴灶就是眼睁睁的看见那里由三口锅涨到五口！十七个火变成六个口子的双灶。两口新打的井眼下了六次竹，用去的钱怕不可以打个银娃娃？不赚钱做得起新井么？

他相信六老师的话是真的。但他却希望那不要应在他家。原因他是住在梁子那一边的山脚下，少说点隔丁厂还有四里路哩！他明明死了他的"贤德"的妻子，这怕与丁厂的气运没有什么相干！

"管他呢！什么都有个定数，未必人还斗得过天？哪！且等把帐还清了再慢慢儿来挣！——皇天不负苦心人！"

他这样一想，心里就想落下一个石头，脸上也现出不常见到的笑容，安舒的走上洪兴灶的石梯子。

四

"不行！不行！取消了敷水我们还赚什么钱？这样受气的事，盐贩子吃不消！"

"滚他三十三！吃这碗饭比当龟儿子还'老火'！老子们是将本求利呀——来一回又一回！娘哟！"

"算了吧，依还回家拿锄头！'咱们'也还有几担红苕背哩，不卖盐总不会饿死。"

"真的，耍他娘一回，他要取消敷水大家不卖盐，看这些王八蛋还国税不国税！公事不公事——饿死这些狗！"

"什么公事？还不是这一群小狗儿想开活，你试塞他几块大袁头，请他在段掌柜烟馆上敬他几盒清膏，那吗喊八妹来开两口，看他又是啥鬼脸？——哼！好东西！瞒得过我？"

"老子有钱给他，倒不来当盐贩子，来受他的气哪！"

"毛钱也不赏他一个——老实讲！看他拖我去见官？——这些人！一不偷，二不盗。三不犯王法！怕啰！"

洪兴灶的柜房里这时正黑压压的挤满了一屋子人。麻雀闹林似的嘈杂着，谁也分别不出话是谁说的。管事何先生背靠住放银单的小长桌，伸起长指甲的尖手，捧着一把江西瓷茶壶取暖。他冷冷的望着这一大伙人，但他的眼睛不时往对面的盐仓瞟。叮叮的砍盐声正不断的从那里发出来。口不说心是急的。小徒弟国权很懂规矩的站在何先生旁边。照平时一样地等着收钱。

当他掉过头来时，恰巧二爷正踏进柜房的门槛。

"今天来迟哪，二爷?"

何先生向来对这一直买他的盐的买主格外的殷勤。

一时的寂静。闹声给二爷打断了。但马上又继续起来。

"是呀天落雨，何先生。"

二爷说着。身子往人堆里挤，他站在屋角里，呆呆的看着这些红胀了的脸孔，心不住的跳动。他觉得今天的事有点儿糟! 尤其是对他一个人——他有事要同何先生商量呢!

"何先生，包子装好哪，一共十七个巴，九个花，等你看够不够?"

熬盐匠老周手里捏住一把砍盐刀，站在盐仓门口问何先生。他的身上溅满了盐，脸上和腿上的煤烟还没有洗去。

"叫你不要着急，今天他们买不买还说不定哩，你通通把盐装好，等到不买了的时候，不是又要费事! 场上来了通知，明天要来出引盐!"

何先生一半是责备老周，一半也是暗示买盐的人。但是老周以为他伤了他，便很生气的对着小伙子宝兴:

"你几公子真难'打振'! （打发）——我有事哩，老是等你们么? 又不是小旦出台口腻呀腻呀的!"

"滚开! ——没有你说话的地方，你爷爷要挣钱吃饭，要供你们娘儿母子! ——像你，只晓得一个月拿块半衰头? 娘哟! 看你大冬天还只穿一件破背心，真造孽!"

盐贩知道老周向来和宝兴开惯了玩笑，便不去理他，依然吵闹着。

"算了! 你们这样一家一句的吵，闹到天黑也弄不清楚。对我说也没有办法。取消敷水并非是灶户的意思，灶户未必就不想你们多赚一点钱？况且灶户也不过奉到公事，转告你们各位盐商一声，你们既不高兴，只有到公垣去同公事人商量去。——我再说一句话，你们就明白了：只要来了公事没取消前文，那吗，照往常的斤两来给你们，唉，对吗？这总不是我们挖苦你们吧！"

一时哑静，数十只眼睛互相瞟了一回。

"何先生说了半天还是往公事身上推……哼！……这顶大帽子！"

马上何先生的脸变了紫色，声音也沙哑了：

"那吗随你们！——老周把盐仓关上，今天不，不，不出盐！"

"你用不到生气，何先生！我们盐贩子也真是太苦了……一年到头就靠两回旺日，今年啥时候，我们还在折本！再把秤少了，——明明是逼我们……"

"不关我的事，你们不要再说哪！"

忽然人堆里有一个颤抖的声音："我看这么吧！……"

"对呀，你说说看，二爷！"

"不要吵了！让他说！宝兴！你这小猴儿！"

"我看这么吧！——大家到公垣去同王师爷要个人情，今天的事，暂缓两场再讲。让我试试看，要是盐价提得起，先把厘金填出来，下一场再提秤上的亏空。只要卖得出我们也没得话说！"

"好话——乡里人还没得吃的，盐太贵了有哪个舅子吃盐，该买一斤的，人家就只买四两。"

小徒弟一眼看见一个人跑得满头是汗，三步当一步的跑上石梯，就这样叫唤：

"明哥来了！"

"怎么哪！明哥？"

明哥喘着气，不说一句话。他被包围在人中间。

何先生也走拢来："明哥，你们的灶上呢?"

"弄糟啰!"

明哥是德安灶的长买主。

"我们通通把盐送到公垣去了。秤手不开秤，硬要取下敷水来，王师爷气风黑脸的大骂人。各家的盐都到齐了，莫有效。只等你们一家的，所以我跑来催!"

"那么照原秤发盐?"

"是呀!何先生!各家都是!你把盐发给他们就完了!"

明哥说了就回头走。这里的人一齐拥进盐仓。柜房里重新静下来。银平端端端的不动。不到半点钟，算盘声，撒银之声，开关钱柜声又闹成一片。

五

在公垣的门前摆满了盐包。盐贩各人站在各人号字的货物面前，他们的心是紧张的，神气是呆板的，屋檐下挂在柱头上的"公事重地""闲人莫入"的牌子，这时特别显得威风。

吊楼旁边接连靠住两三只木船。船工安上跳板，不时走上岸看看还没有动的盐包。心里好生埋怨，恐怕错过了还有一趟的上水生意。几十个杠子不离手的褴褛得像叫化的足子，无聊的而又有些等大戏开台那样的心情，在等待着今天很难知道的事。他们在不用气力的时候就觉得身上寒冷，两只手紧紧的抄着，夹七杂八的谈着今年六月涨大水，公垣的吊足楼险些不曾全给水淹没了。他们也希望今天热闹一些，可不要弄出盐不杠上船，短少六十文一包的收入。

洪兴灶的盐终于给许多盐贩簇拥着来了!

那边早在的人马上一个大浪似的扑了过来，新到的人也浪似的迎了上去，跟着混在一起，发出更大更嘈杂的声音。

秤手指点两个佣丁扛来一杆大秤挂架上，他把住还没上的砣秤，脸上浮着非善意的笑容，大声的说道：

"开秤啰！哪个先来？"

"先把斤头说好——多少斤？"

"取消敷水我们就不出盐！"

"说呀！说呀！——多少斤？"

人群中的又粗暴又急促的问话就像投下井眼去的纸箔灰，飘飘的半空中就飞散了，得不到一丝儿回响！

秤手"砰"的一声把秤扔在地上，转身往里边走。

王师爷一跳，出现在门上，脸气得铁青，指着这些口里不清不白的一群人，咆哮着：

"还不开秤么！对！对！你们这些盐贩子！好不懂法律的家伙！——你们打算，——打算行凶么？吃哪一行的饭就得服哪行管！是，——是国税！——怎么？——想打算抗税么？给我——给——我——拖出来！是哪几人？哪几个要闹事？拖出来！巡丁！巡丁，来，来！"

"做什么？拖？我们没有犯王法！"

"买卖人！——好家伙！"

"弄清楚一点！——你！你！你在骂哪个？——"

听了这样的话，王师爷猛虎似的扑到人堆面前，同时三个巡丁也跟拢去。

"出来！——什么人在讲话？——什么人？——什么人？"

给他的声势骇住了，人略往后退。在互相拥挤的一瞬间，二爷站不住一个踉跄，直向王师爷身上扑去。

"呵，——你要动手打人？"

他给几根铁样的手爪擒住，雨一般的耳光落在面颊上，屁股也给踢了几足头。

"嗳哟！——不要打！——是我！——他们把我推倒的！——先生！先——生——嗳哟！先——"

擘拍，擘拍又是一阵耳光，二爷的脸已经变成血紫，鼻孔口腔冒着鲜血，一点一滴的往下淌。他的头一直垂到心口上，不住的摇，四肢打着颤，身子想往地上倒，可是由不得自己，身子给两个有力的人撑住了。

"带他到署里去——我马上坐船来！李先生！你把所有的盐尽给我扣留起来！有人再说话叫人给我抓下！——带起走！我马上来！"

二爷给带走了！

六

事后的三天，二爷取保释放出来，四十元罚款，盐款充公。

冬夜的乡村在晚饭后已经很静了，静得像一座古坟。各种各类的门掩尽人类的音声。北风和秃落了叶的树枝作生死对头！它越是凶猛，它们越挣扎，终夜在黑暗里搏战，终夜发出沙沙的声音。

二姐还坐在矮凳上纺纱。乌，乌——乌，乌乌——乌的弦声渐渐有些模糊起来。

两夜的失眠加上白天的勤劳使她的眼脸都浮肿了。她拿起地上装棉条的竹篮，揭开盖布数一下，里面还有三十多条棉花。

"我的妈！——怎么好哩！"

躁急和失望使她暂时停住手。她低下头在足腿底下抽出烘笼。用右手拨了一下火，略为在围裙上一拍，打算再向车把上伸去。

"二姐！"

隔房里有人在叫她，她提起亮油壶走到厨下，从灶额上的吊壶里斟了一碗热水。轻轻推开板门走进去。

房内霉湿，尿桶，和病人身上发出来的恶气味。一开门就冲得人发嗝。

一盏亮油壶挂在裂缝的土墙的钉上。雀舌样的光暗暗的刚刚照着对面的那张板床。病人听见二姐进来，勉强睁开两眼。嘴里喃喃的断断续续的，又似在梦中，又像在对什么人说：

"黑良心！——四十元！不要认罚啊，——听我的话！老骨头，坐监就坐监！——没有钱呵！——前世的孽！——"

二姐打开一个草纸包抖了些深黄的细粉在碗里，头上取下一个铜簪儿，搅了两下给二爷吃了。

"长发还没有回来么？"他的神气好像清楚了些。

"没有哩！再等等看！——事情总是会有望的。洪兴灶的掌柜先生都爱做好事，昨天叫人送药来，还送五升米，说给爷爷吃的！——菩萨保佑爷爷快好就好了！"

二姐说着，脸上浮上一层凄惨的笑。

见着二爷没有作声，脸往床里转过去。手摆了摆，二姐知道是要她走。便拿着药碗悄然的退了出来。

在屋檐下碰见长发。

"事情怎么了？"

"……"

"问你，——说呀！"

"卵！"

长发想往屋里走，可是给二姐一手挡住：

"爷爷才吃了药躺下，让他息一忽儿吧！"

赌气似的，长发一屁股坐在门槛上，两手托着腮帮。

二姐给长发的神气骇住了。忽然一下，长发直跳起来，冲到她面前，粗暴的吼着：

"给老子滚开！老子心烦！"

"呵！天呀！——我什么事惹了你！——你这凶神的样子？欺我么？……"二姐也不示弱！

"老子要卖你！……"

二姐瞪着眼望他一会，见他的脸是白的，眼睛是红的，她心里又怕又气。接着就哭了起来！

看见他的妻子不谈话了，他渐渐地低下头，开始觉着她的可怜。自从十五岁嫁给他，除了做那二十天新娘子时不曾操作外，以后天天起早睡晏，一直过到现在。说好不算好，可是请个长工总赶她不上。裹着一双小足，能够挑大半桶粪水，也真难为了她！——但不知怎么的，他这几天来确实有过卖她的念头，他觉得他给她拖累了。没有她，他可以不受什么人的气，首先就不要种什么田。他可以"登起草鞋跑四方"。像他爸爸的下场，着实使他见了寒心！——但是没有了二姐日子也难过，他觉得真的没有了妻子就会像剁了右手那么个样子，活是可以活，总是不方便，呵！她真是一个害人的鬼！

"你，你去死！"

"什么？——你这人疯了？你在哪里吃了亏来和我生事？乌！——乌！"

二姐哭着往二爷房里直奔。

"你们吵架！——长发，你媳妇也太苦哩！你不要糊涂！"

二姐本来还竭力压住哭声，听听这几句话，就大声的嚎啕起来。远处的狗也汪汪汪的应着，凄凉填满了这个冬夜。

"看你的样子，事情是没弄好？"二爷坐了起来。

"不行哪！"

"我想想好久，这样吧？把我的寿木拿去卖，四五十元钱是值的。不要紧，叫化子死了，一床破席还是要入土呢！——拿去卖。"

长发脸色铁青。似乎没有听见二爷的话，专心想着另一件事。

二爷支持不住，往床上一倒，仍然咕噜着，渐渐睡着了。忽然，长发转身就走，二姐赶出来，已经不见了人影，在她的眼前的只是一片渺茫无边的夜。北风仍然沙沙地在响。

七

半夜长发才回家，一声不响，气像消完了，可是从这一夜起长发一连几夜总不在家，天刚亮时，他才从外面回到自己的屋里睡觉，二姐暗暗地捏把汗，可是不敢问。也不敢对二爷说。

一天午后。二爷坐在打麦场上晒太阳，前面的橘树上已经没有剩下一个橘子了，但他想不到它们身上去，一心只念着柴房里面放下十几年的他的寿木，"就把这东西出脱了也还不济事！今天已经十二月二十二了，张爷的钱，猴儿的空仓债，还有从天上掉下来的罚款，都得在三十以前了清，罚款是何先生担保下的。好厚起面皮给人家拖去吗？他的两眼朦胧着泪水，但在媳妇跟前不哭出来。二姐喂好猪走来对二爷说道："爷爷，你痛吗？我再给你凑把草！"

二姐在二爷座位下放了一把草，又说："爷爷，这几天没盐吃，连装盐缸子都洗了，我打算到梁子那边去讨口盐水，割下的青菜也要腌，再迟就会烂了，叫三儿来陪你，我去去就来。"

二姐翻过梁子，往人少的井口上走，只要碰见一个面生的人，她就红脸，心也不住要跳，她生怕碰见穿黄短衣的公事人。好容易钻进了一个井口，那正是老瓜打水的地方。

"讨口盐水吃，老瓜！"

二姐说着拿出两只鸡蛋来。老瓜摇摇头！

"不要你的瓜来不要你的果，瓜果吃了肚子痢……哈哈！"

老瓜边唱边笑，二姐也不管，一口气把罐子伸到他盆子里舀满了两罐，转身就走。

"拿去，你的鸡蛋！"

"站住！"

一个穿黄衣的人不晓得在什么时候走到这里来了，二姐骇得足软。牙齿在互相打击着。

"你偷盐水，规规矩矩给我倒下！"

"可怜哪，先……先生！不是偷呵！我的公公就是萧二爷，卖盐……家里没盐吃，买不起……"

"少讲些闲话，要我拖你进公垣么？"

"我倒！我倒！"

二姐的眼泪和着罐里盐水一齐倒进了地盆。

八

天上没有月也没有星，但恍惚还看得见河影。四下全无声息，只有山凹里狗汪汪地叫了一阵又停止了，它们似乎和人一样逃避着外面的严寒，各自躲在一个温暖的地方。

但在苦竹林旁边的路上，有一大群匆忙的人前进着，每过一个人家，许多足放得又轻又慢，一过了便又大踏步几乎是在小跑。他们流着汗，不时眼睛四处打量，似乎他们的行动四下都有人在监视着，几次树叶的声音使他们疑心有人来，领头的那个青年人便马上从腰间抽出手枪架起势子，后面一个中年人拿出了割猪刀。等到听出来没有什么，便吁了一口气，手同时软下来，又前进着，这样走了三里多路，看看走到黄角坡了，再转一个弯就是大河，那里有船等待着他们，盐一上船什么事也没有了，每包二元，合共八十元的"偷关"算是拿定了。那个青年由不得从心里笑了，忘了眼前的危险。可是就在这时有人从对面走来，这一片是平地。躲闪是来不及，干脆停住足。来的人一看见有一串人立在前面，手里有的捏刀，有的拿枪，不觉骇得呆了。

"站住，要生是要死？"

"呵！是你？长发哥！"

"是我又怎么？老瓜？说！"

长发狞笑。

"是你就没话说！"

"那么拿去，快走！"

长发拿出几块洋钱，递给老瓜。

"不要你的！我们大家都是穷人！赶快走！后面有人来，我会打主意给你们挡住！"

看他们走得远了，老瓜拖起喉咙唱他的山歌：

一树皂角千条刺，

一条刺儿一条尖，

尖尖锥在心口上，

想起当年事千万！

……

选自 1939 年《文丛》合订本

生人妻

靠近沱江上游的西岸，重叠的山峰围绕着一个盆型的山坳，只要不是落雨天，从早就有人和牲畜从那些小屋里钻出来，在山上山下活动着，但他们的形影往往容易被过多的林木遮掩住，使人会疑心到这是一个无人的境地，到晚上，一片轻淡的，山里常有的薄雾笼罩着隐藏在幽暗的树林里的几点灯火，残萤似的，加增了凄寂的浓度。

这时候，左边山腰上，山茅和乱石中间孤零零的蹲着的那间矮屋，却破例的没有点灯。他们，屋里的一男一女，像受了极大的重压，不言语，也不动弹，静悄悄的，陷在这死一样的岑寂里。

这是一对卖草的夫妇，但这职业是从他们搬到这间屋子来时才开始的。房屋只有一间，原不是他们的产业，当他们出脱了原有的几亩地和一幢平房时，一个邻人正要把这房屋拆了搬往别处去，于是他们哀求道：

"我们莫得窠场，把你那间偏屋留下给我们住，送你这两只羊，我们只有这两只羊。"

两只羊换来的和在收获的季节用来看守庄稼的"搭棚"相似的偏屋阴森而黑暗，土墙上已有不少裂缝，挨近地面的墙根更布满了浓淡不匀的青苔。但他们却很满意，因了它，他们于是才能在对于他们虽觉得贫瘠但是又离不开的乡土上安居下来，漂泊的"异乡人"的生活是多可怕呀。

两把弯月似的镰刀锋利而有力，每天，他们弯了腰，低了头，默默地四处找寻着可以割刈的嫩绿的草，有时因为要缓缓气，伸直了腰杆，一块躺在山脚下方整的麦田就摆在他们的眼里，那原是他们的产业，那长着绿油油的麦苗的田！于是四只眼睛对望一会子，又默默的各背过身，默默的低下头，刈着嫩绿的草。等到一担装满了，男的独自挑着向邻村走去。

嘈杂的鸟雀在晚林噪闹。金色的阳光从屋后茂密的松柏梢上费力的筛下几点，装饰了蜿蜒在林里的一条小路，男的挑着轻飘的箩筐迂缓的走了回家，这时箩筐里装的是从镇上买来的一点点米粒，或一罐油，一包盐。

过去生活的回忆所给予的懊丧，逐渐由"那儿打鱼那儿晒网"的希望消灭了，他们仍然是勤恳而又勇敢的生活着，像两匹极度饥饿的兽，明明感到自己的疲乏，却不能不因为落到眼里的食物而努力挣扎着，那怕食物不定会落到它们的口里。

　　坳里不知从什么地方又走来了一些陌生的面孔，而且随时随地都可以碰着，看样子他们好像是来搜寻什么的。这一片本是空旷的山坳，好像是一只已经装满不能再多加一滴水的小盆，有新的渗进来，就得有旧的流出去，而流出去的正是和这双夫妇同一命运的乡邻。从这时起，连邻村也有了变化，男的一个挑了草，走到一些老主顾的门口时，再也看不见以前笑吟吟的脸，先是一声叹气，过后就对他说：

　　"用不到你的草了，伙计！另走一家试试看！"

　　他另走一家，这一家又说：

　　"老实说，牲口养不起了，只要得着一点儿草，小崽子老早自己割去啦！"

　　失望啮伤了他，他紧咬着嘴唇，默默地望着：一担又洁净又新鲜的青草出神。好几次，他走遍他所能走的人家减低不能再减的价钱，结果他依旧原封不动的担了草回去。现在堆在土灶旁边的一大堆，正是逐日堆积上去已经失掉鲜碧颜色的枯草！

　　也许是看见他的苦恼起了同情，无论对于什么事情都热心的九叔公，一天吸了只旱烟管，颤巍巍的向他走来，太息一回之后，对他说道：

　　"打个主意哟，年轻人，日子不是捱就捱得过的，麻绳子偏往细处断，喊声有个病痛呢……你两个安心眼对眼的看着饿死么？依我说，放她一条生路去，你那个媳妇儿骨头还硬铮铮的，怕什么，只要你舍得多跑烂几双水巴茅（草鞋）。"

　　这些话像石子样的横梗在他心里，他不时阴沉了脸，坐在树荫下，手摸着腿肚子想心事。但生活的环境老早就替他筑下一道坚牢的围墙，想来想去怎么也绕不开它这圈子，有时在无意中，他内在的目光偶然也会瞅到一丝丝罅隙，一点漏洞，然而一瞥即逝，他始终离不开摆在他当前的一切。这里的山是蕴蓄着不少富源的山，有坚实油滑的可以换得大量金钱的青石，有成林的笔直的大树，但对于他们却是怎样的枯竭呢！他们只有希望那不费什么，伸手就可以拾得像野草一类的东西。以前无人过问只要谁高兴一弓腰就可以大捧拾得的青松宝①，现在不止一家去捡；地衣么②，又要到秋深草烂的时候才有……于是他再往近处想，终于他的想头只落在他妻子的身上。

"卖掉她去——落得大家一干二净！……"

忽然一个黝黑瓜子脸的女人站在他面前，指着手里提篮对他说道：

"对啦！三爷爷不在家，三婆偷偷借了我六斤红苕，说明纳两双鞋底还账，"她一眼看见地上蠕动的黑色小动物，"哟，蚂蚁子那末多，你尽栽在这儿……回家吃饭去！"

见他不理睬，她软软的提着篮子走开了。

内疚像毒虫的口，在他心上恶狠狠叮了一下。"人家未必不是靠了十根爪子扒饭进口的呀？"他想，他更没了主意，头于是垂得更低了。

在这迟疑难决的心境之下，他改变了他原是沉默忠厚的性格，他成天的睁着布满红丝的眼，寻事吵闹，只要谁触到他，就惹起他的恼怒，他的妻子更是他发泄的对象。

"哎呀！该死！"她失手把一碗煮好的玉米糊泼倒了，赶忙自己

---

① 可以做成苦涩的像豆腐样的东西，穷人往往弄来吃。——作者注
② 像木耳据说是由腐草生长的。——作者注

抱怨说。话没完，一块灶砖向她脑顶门飞来，她本能的躲闪开了，来不及愤怒，她就发现她丈夫的异常的样子，反而惊慌失措的喊道："你怎么啦？我的老子！一点儿小事！值得光火！……这一顿饭不吃也算不得什么的呀！"

"光火！光火！看见你老子就气大！……有你这瘟丧，老子没得好日子过——"男的愈加暴怒了，咆哮着说。

"什么？"女的也跳起来，"你成天青风黑脸，才是怪我拖累你？哼！这样日子，我真也熬不下来！……什么了不起！"一扭身，她坐在一段权当凳用的木桩上，双手抱住膝头，就不再做声了。

紧紧抓住最后一句话，再加她那冷然的神气，同时一种男性的骄傲心，和无端的妒意鼓动了他，他铁青着脸，颤声的说：

"娘哟！我明白，我明白！——'壶中无酒难留客'，你老早生心哪？你看不起我！"他狞笑一声说，"好。"就掉转身子，头也不回的走了。

他去找九叔公。

九叔公站在田塍上，向他点头微笑着说：

"是个主意！事情包在我身上。"

两天过后，他走来悄声的说：

"对啦——就是山那边，胡家堰塘胡大，本乡本土人，自田自地人家，四十多岁，没耍过烧锅匠，弟兄两个，人口怪轻松哩。"他伸出三个指拇："这个数目。"

哦！胡大！那个惯在场口上找人喝酒，自己一毛不拔谁提起都要吐口唾沫的瘦鬼。他？他如今来提他的妻子？羞愤和屈辱压低了他的头，他没有吐出任何一个字，他就转身走开。

九叔公惊异的望着他，莫名其妙的尽抓头皮，但看看他要走远了，觉得不能不问他一句话。

"叫我怎样给人家回话呵？"

"……"

"真是和你这人打不得交道！"他显出十分不高兴。

他见那人又把足步停下了，略为踌躇一下之后，他听见他说：

"好！算事！怎么都行！"回答得干脆而坚决。

九叔公更加奇怪了，他一直盯着他，直到看不见他的背影。

二

夜色愈是浓厚了，一股蚕豆花香的风夹带点松柏和泥土的气味四野荡漾着，土灶旁边的草不时发出细碎的声音。

两个人什么也不感觉到，静悄悄的。

陡然，一个凄厉而急促的怪声从屋后林子里发出来。是猫头鹰！是终年哭丧似的不吉利的猫头鹰呀！两张憔悴的脸孔立地抬了起来，无意间在黑暗中打一个照面，两人心下都有种不言而喻的慌张。

"呸！"男的重重吐了口唾沫，"去你个三十三！"

女的半睁着眼，迷茫的，女巫似的喃喃咒道：

"号东号西，号你自己，林盘是你大坟地！"

像记起了什么事，男的走到门外探望一回，就依旧走回来；他的嘴唇不住地掣动，似乎要说话，但又终究没有说得出，几次之后，他对女的道：

"事到如今，人家哪肯打了空轿子回去？说不出来的事，唉！"

"呵唷喂！好听呵！"女的立直了身子指着男的骂道，"你好人！……你狼心狗肺！……你全不要良心的呀！……"她浑身打颤，喘着气，她的身子又沉重的落在那段树桩上了。

话重重的抛来，一字不遗的嵌进他的心，使他没法躲闪，也不能反攻，他睁大了两眼，直瞪瞪的看着在他对面的人，也许他是打算着要怎样分辩，解说；然而舌头像结了冰，急忙中灵转不得，他急得连连跺足，同时迸出两个他无论什么情境中都说的字："娘哟！"他就背过身子，呆呆的看着"牛肋巴"窗外的模糊的田野。

女的木然看住他的背影；背是高大的，但已经微微弯曲了。出其不意，一个爆炸似的吼声在她耳边震动起来。

"我，我未必不是娘养的，我犯了什么王法？我该受这活罪？横顺是一样，我两个今天来把帐算清楚……来！——来！"

认做他又要动手了，女的赶紧站起，拖着腿就往外走。

男的赶上去倾斜了身子喊道：

"跑什么？跑？——怕阎王钩了你三魂七魄去？真要打你还愁你会生翅膀！"

听出他并没有怀着恶意，女的才住了足，惶惑的但怀了不少戒心的站在门边上。

这样过了一阵。男的搜出火柴，划一支把灯点燃了。在黯淡的油灯下，那张方正微黑的脸显得特别萎缩惨白，眼珠更是可怕的陷落了。这时从他身上怎么也找不出由风雨日光和操劳而来的一般中年农人所有的力气。像一个已经完全失掉了生命力垂死的老人。他弯下身子在床头稻草下摸索着，女人的眼珠随着他的手在溜转，等他找出一个纸包，一打开时，里面出现一个尖形的，约有三寸长白色发光的东西。她认识，那是她一直用了二十几年，花纹都磨光了不久以前才抵押出去的银发簪！

"哪！把这带去。"拿着簪的那只大手颤抖着。

"你几时赎回来的?"像失落了多年心爱的宝物，一旦又回到自己手里，她的微颤的声音是悲和喜的交集，说着她就走过来伸手去接，但马上她的手又落下去了，同时两颗蕴蓄已久，却被由不理解而来的恨抑住了的泪珠也滚了下来，她连连摇头哽咽的说：

"我不要！——你留着有用处，我，——我不要呵！……"

银簪直是一柄锋利的剑，给他们划开了心的隔膜，就从那裂缝中涌出纯朴的真诚的感情。

女的牵起衣角揩干眼泪，看着静穆得像一尊塑像似的她的丈夫说：

"我走！"

男的点点头，不作声。

她踉跄着走不到多远，似乎记起了一件大事，回过头，提高嗓子，急急的遥遥喊道：

"当家的呀，你那件汗衣洗了晾在桑树上，莫忘记收进来！"

她直向那棵约定了的矗立在下坡路的黄角树下奔去。

三

是个无月的夜晚，淡薄的星光模糊的照见路影。一乘小凉轿迟滞的向着那棵大树走来，走到树边就轻轻的停了下来。那里早已笔直的立着一个鬼魅似的黑影，一见停在跟前的轿子，飘忽不定的移动了几步，抬前面的身材短小的男子，小胡，赶急抢上去把轿帘揭开让黑影悄然的钻了进去，他虽竭尽了眼力，仍然没有看出她的面貌，只闻到一股强烈的头发气味。

抬着人，轿子反而移动得快了。一股劲绕出山嘴，小胡嘘口大气，招呼后面的人说：

"放下来把火点燃！"

轿子停在路边上。小胡接连划了几支火柴，接连几次都被风吹熄，后面的人忧急的看着他那支微曲着用来挡风的左手刚刚一红就又不见，很不耐，于是也蹲下身子伸起两手小心的掩覆着刚划然了的火柴头。

"这下对啦！摸黑路还要放小跑，真正活造罪！——浑身是汗！"

"我看下谁还来敢抓住我，说在他地界上抬了生人妻，要我挂红放炮不！哼！来！来就敲你个半死！"

轿子在两个人肩上，随着他们匀整的足步平稳的闪动着，但只要他们的肩头略为摇摆，灯笼在地上照出光圈就高兴的一阵缤纷乱舞，有时又顽皮的躲躲闪闪，唯恐后面的人会一足踏上来，把它践踏得零乱粉碎，但有时也宁静，宁静得像一只挚狠的阴谋家的独眼，这时又凝神静气的在窥伺一个与他有妨碍的人埋在心里的隐秘。

其实，小胡的心事是在光圈欢欣鼓舞时才更显明，而原因就要归罪于那作怪的头发气味。它是一根无形的游丝，缠绞住了他的两腿，他于是忘记了一个抬前面的轿夫应有的职务：报路。

一脚踹了堆牛粪，侥幸不曾滑倒，后面的人动了气，同时也想作弄他，就愤愤的喊出本该前面的人说的话：

"右边一朵花。"

"叫你莫去踩！"接口过来，才意识到自己错了，很不过意，他赶急换了一下肩，叹气说："不轻哩！"

当他们快要走到一块石厂上面的搭桥时，后面的人警告他说：

"碰到鬼！肩膀拿给你拖得生痛，有了火还这末烦难……前面就是石厂，一个倒栽葱跌下去……"

安静的越过石厂，小胡的足步即刻又和他的心样依然错乱起来。

别看这一个长着大脑袋和冬瓜样的身段的人浑朴得莫一丝灵窍，在亲戚家里六年的看牛生活早已使他孩子的天真因为饥饿逃出了心框。当几个小身体蹲在大人们看不见的地方密商偷窃的事时，当他们躲在山洞里，把干树枝拾来烧初熟的毛豆和谷粒或叫化子鸡时，他就随手拾来一付狡狯的，凡事不怕的习性。回到自己家里，哥哥的一双老鼠眼从莫把他放松过，它们成天的转着，转着，在他身上检视是否有可使家财往外流的缺口，于是做哥哥的人往往以为管教得法，裂开牙齿独自暗笑了，但弟弟也眯了一只眼，在心下暗暗喊道："老大，你以为你聪明？——可惜得很，你莫生成一副会把谷米通统数得清楚的本领……麦子又不见五升啰！那个穿红布裤子的女娃儿同她妈妈又有好几天饱饭吃，晓得了吧？嗯？"

走完四里多的路程，绕过一段短篱笆，一幢四合头瓦房就在跟前了。天井里有一棵偏斜着的槐树，树枝飘拂着的屋顶下，正是供有"天地祖宗"牌位的堂屋，几枝蜡烛过年那样的点着呢。狗声吠出了一大群孩子，他们闹嚷嚷的，接连几个粗壮男子也走到天井来，但他们只立得远远的看。

"让开！让开！"蹩腿的老太婆用力掀开孩子们，抢到轿边，打着帘子嚷道："你是我的侄儿媳妇呀，你要叫我姊娘哩！快些！快些跟我去！"

她把轿里的人领到左边的房里，安在一个凳上，她霎着红边的小眼，在挂在墙壁上的一盏油壶子的光亮下，细细打量着坐在她跟前的女人。是个稍微过黑些的瓜子脸；头发很好，但梳得太坏，甚至像和人打过架来的；她偏着头看她脑袋后的发髻，立地在她满是皱纹的脸上浮现着一层得意的微笑，她一声不响的推开板门就走出去了。不到多久，她慎重的捧了些东西进来：一根新打的银簪，两束红头绳，一盒粉，一团胭脂，以外是一个用纸松松的包着的小包。

"媳妇子，"她亲昵的叫道，"你说我们老年人见事还会有差吗？你的当家人本来不打银簪，亏我再三不答应，我心想像你那样人家还有银簪别过来，……哦！你掂掂看，多沉手呵！少说点儿，六钱重包管有！"

她小心的把纸包拆开了，取出一对有两片绿叶的红绫花，就着灯光，她看着并没损坏，先在女人头上比比，然后说：

"正月间，我在街上看见好些大姑娘多戴这花朵，我心爱，求了好些人才找着这一封，好不容易哩！本来我打算陪嫁你幺妹子的，听见这里侄儿喜事，我就拼来送礼了，她还嘟起嘴说我心偏嫂……"她忽然傍住口，像在努力记什么事，"哦！想起来了，……人——记性不好了，老了真不行啦！——"说着她就又蹒跚的走出去。

这次进来她提了桶热水，气吁吁的。

"提不动，叫他们提来的，我单提起过道门坎都不行！老了！有啥用场！"她一气说完，喘息得就更利害了，过了半天，她才从腋下取出一个大布卷子，但她先指了另外的一道门对女人说："隔壁是猪圈，你把灯提去，去洗澡。木盆那边有，……老规矩，'洗晦气'倒不在乎你一身干不干净。"抖开布卷，她又说："洗好了，换这套衣服。我看袖子太大了，不要紧，你将来自己剪去就是，是你当家人给你买的，八成新的家机布哩！……你嫌染水不好，二天上场上去包几个钱青矾，五倍子，煮成青布穿也行。"

她啰嗦了一大阵才伸手去推门，但刚要把门带上了，她又回过头来说：

"哦！从今后你就是我家媳妇了，恭喜你呵！"

老太婆走后，屋里是遭了大难以后的平静，她，那个卖草的女人于是才把头抬起，细细的看着这屋子。屋已经很旧，靠壁安了张悬挂着蓝麻布帐子的板床，其余的地方杂乱的堆满了锄把和箕筲之类的东西，一付石磨还没安手把，是新凿的。她看见地上那桶水正在冒着热气，于是——依了老太婆的指示，她开了猪圈的门。木桩围成的圈，占着这间充满粪和潮湿气的暗屋的一角，圈里有几只半大的黑猪，像是饿了，有的在舔食槽底仅有的余沥，有挤不上前的，立在旁边，愤愤的向它们发出威胁的鼻音，骤然的灯光使它们感到不安，略微骚乱一下，它们却又求乞样的，仰着给过于肥胖挤成一条线缝的眼睛望着进来的人。它们重新唤醒她几年前成了习惯的动作，她四下找寻，终于在一个角上给她发现一桶已经煮好的"猪食子"，她把灯挂上铁钉，一手提起桶把，一手扶着桶底，"空隆，空隆"的往槽里倾。

"伙失——伙——失——猪儿溜溜溜溜溜——这边来！伙——失！"

她等它们每个都把嘴筒放进槽安分的抢食着，她才微笑了。

回头看见摆在地上的木盆，她迟疑了下，"洗不洗呢?"一转念，她决定了："洗!""洗晦气"，所有的她见过的"二婚嫂"都这末着，并且她自己是怎样的"犯蹭蹬"呵！

天井里放了串火炮，接连是一片大人和孩子的哗笑。当她提了灯又回到原来坐过的屋子时，早已黑压压的拥挤满了小孩和妇女，一见她那局促不前的神气，她们嬉笑着，恼乱的把她推了进去，动手动足的替她装扮起来。

"你自己照照镜子看，"一个年青女人替她拍了脂粉，最后把红绫花插在她发髻上对她说，"在别人脸上拍粉真不容易。"

她顺从的对镜子瞟了一眼，依然又把头低下。

"呵哟！你怎么哭起来啦? 刚才拍上的粉呀!"那个女人很不高兴的说。

"坐席去，你们坐席去!"老太婆赶走了众人，她笑眯着眼，仔细看着女人说，"这才像话! 没有那对花朵就不成……你跟我来，去给各位亲友奉杯喜酒去。"

女人刚刚一足踏进坐满了客人的堂屋，像踹着了什么机关，马上响起嘈杂的一片。

"再不像从前那个样子了呀!"

"不像个穷家小户的人。"

"大胡哥有福分，可真叫张瞎子算准了！"

"九叔公眼力不错哩！"

她觉得一头钻进遍是针刺的小林，进不得，退不得，她的腿子不住打闪，急切的想坐下去，但没人叫她这样做，而且身边也没有一个可坐的地方，她只好瑟缩的立在屋角上，像只被狡猾的老猫作弄得很久却又不肯一口吞下肚去的小老鼠。

大胡咧着两瓣大黄牙痴痴的笑，小胡不时瞅视他抬回来的嫂嫂，这时在她身上，除了那股头发味，分外多加了点粉香。

老太婆递一个瓦酒壶给女人说：

"过去先给九叔公举杯酒，为你们的事，他费过不少心哩！"

听见说九叔公，她起了点恨意，但她终于好好的把那第一个伸出来的酒杯斟满了。

"新人酒"改变了廉价烧酒的苦味，客人们也并没忘记今天是大胡在请客，客人醉，主人也醉了。

"未必新人就不喝个对杯么！"一个粗暴的声音说。

"对呀！对呀！"桌上起了震耳的吼声。

迷惘中，女人手里被塞进一个杯子，同时她被推到一个人跟前。她明白这是谁，但她不想抬头认识她这位丈夫。大胡不肯伸手来接酒。

"这还不好意思哩！那就你给他斟上去也一样！"她的手臂被只有力的手掌紧按着，她本能的往怀里一缩，转眼间，大胡跟前连同邻近位子地上的杯碟和插在半块山芋上的蜡烛通统给那过大的衣袖扫落了。

怎么了呵！

大胡先低头看他那件给水，给油打污的布衫，再看狼藉满地破碎的碗盏，像一份完好的家产给她打得粉碎了，他一把抓着女人的发髻，疯狂的咆哮道：

"了不得，了不得，这——这是什么日子，你给我这一下？……铁扫把，你是铁——你，你扫光了你那卖草的男人，又——又——来扫我？不要你，滚！你滚！……"

似乎感到太过分，经客人轻微的劝解他就把手松开，颓丧的坐下去，喃喃的咒骂着。

"还不走开去？"老太婆拖拖女人说，"也难怪他！"

女人两步就踏进屋子。屋子是黑的。她不动，也不哭，麻木的望着窗外一角灰蓝的天，那上面挂着几颗闪动的星。

客人们走了，堂屋里只剩下大胡兄弟两个。

渐渐的，女人清醒过来想起刚才的一切，她捧了脸，哽哽咽咽的哭诉道：

"我的命呀！我犯了什么罪过呵！他先要晓得是这样，穷死也不会放我来的……"她觉得身边呀的响了一声，门就打开了，一个短小的人立到面前来，同时她听见一声"嫂嫂！"

声音很熟习，是抬她来此的那人！

她惊惶的往后退，背靠了猪圈的门，但那人也更凑近一步，又叫声"嫂嫂"。

她意识到这是怎么回事了，气愤的指着那人骂道："你要死了吧！走开！"

"莫怕！莫，莫怕！——老大醉——困着了，困——噫！噫——"他含糊的说着就向她扑来，一股强烈逼人的酒气冲上她的脸，她伸手一掌，他颠摆了几下，足跟站立不定，就跌倒了。

倒在地上的人不住的想要爬起来，那醉汉的莫奈何的蠕动在这时给了她一种奇特的恐怖和胁迫，她觉得他不像是一个活人，她一手拨开猪圈的门就往外跑。

天井里古坟样的静寂，堂屋那面有着沉重的呼鼾，灯火已没有了，在惶急迷乱中，好像那人又走近来，她于是不假思索的用尽全身气力，向着大门外，在不辨路径的昏暗里疯狂的奔跑。

无心顾及跟身追来的狗，也不知道应该朝那个方向，她只管高一足低一足的往那白晃晃的路影上踏，愈跑心愈迷乱，愈急促，但足步却相反的迟缓下来。走到那条石桥，她的力量再也支持不下了，她的身体好像不由自主的直往下沉，刚要打算坐下去，但腿一软，她滚了下去。

起初她仿佛还听见由远而近的人声，后来就什么也感觉不到了。

星光隐没了，四野是一片的黑，一片的静。

她睁开了眼，过后又依然合上，心空洞得一无所有。隔了一阵，她逐渐的感觉到面颊的疼痛和周身上难堪的痛苦，她终于大睁了眼，她不明白怎样的会来到这个冰凉，坚硬，凹凸不平的地方。面颊这时刀割样的奇痛，她由不得伸手去摸，她摸出极大的裂口，和流出来的粘腻的东西，她知道，那是血！她懒得去管她格外还带了多少伤口，只竭力思索来这里的原因。她猛省过来了，但她很懊悔，懊悔不应该离开大胡的家："简直在发疯，谁叫我要跑的！"但她记起刚才听见的人声，她想："定是去找他扯皮去了！……我倒害了他！"不知从那里来的勇气，她不顾一切的挣扎着立起来。但石块过多，她一伸足就被绊倒，经过无数的倾跌，她只好失望的随便躺下，她卷曲了肢体，手枕着头，呻吟着，让血浸湿她的衣袖和披散的长发。

她很想能够就在这里闭下眼，一直躺下去不再动弹，总有一点什么还使丢不下心，她努力不使眼睛闭上，等候快到的黎明。

鸡声接连叫了几遍，不久东方上就现出一丝鱼肚白。她的周围渐渐离开了经过一个长夜的黑暗，投入抚爱着一切的晨光里。她定了定神，她辨认出这是石厂，隔她家不过二里路。她丈夫卖草每天要经过的地方！伤痛在这时失掉不能够使她勾留她的力量，她咬紧嘴唇，抚着高低不一的石块尽力往平地上爬。走上这顶多不过六尺深浅的石厂，她又躺在田边上，喘息一阵之后，她仍然鼓起勇气，迟滞的，向她那间矮屋方面颠跛着走去。当她艰难的爬上了山坡，一眼看见她的屋顶，她的足步忽的加快了。

"当家的，当家的呀!"扶定一棵树身，她软弱的喊道。

没有回应。

她赶忙走拢去：板门大开着，正对门的破桌上一盏油灯冷冷的燃在那里，屋里空无所有。

"你在那儿呵! 当家的，……当家的呀!"

她惶急的向着门外叫，向着窗外叫，叫声像向了一口古井投去的片片纸灰，始终打不到底。

她倚着门稍微站了一下，她的身子却想往下倒，她勉强走了两步，就瘫软的横仰在床上了。

天大亮时，好像有人走来，她想撑起，但已经不能动弹了。侧着耳朵，她听见有人立在门口，像在探望着什么似的，同时她听见一个低弱的声音说：

"……就是昨夜! 女人夜里嫁过去又偷跑了，夜半三更，大胡兄弟去找了保甲，向这家子要人……是的，……不肯去，捱了几个耳光。你说，阴心人在肚皮里打官司，你看他做得出么? 那末老实，倒会撞骗!"

选自 1936 年《文季月刊》第 1 卷第 4 期

贼

橐橐橐……

一阵皮鞋声沉重而紧急地从走廊的一端响过来，地板起了震战，草地上一群麻雀给惊动了，轰的一声四散飞开。

刘先生的眼睑懒拖拖地往下垂，但他并没有睡意，他的两颊绯红，也不是受了春的渲染，他被一个意念钩搅得激动了。

凝着神，正在用他那笔纯熟的楷书恭写一封公文，猛不防笺纸在笔尖下蹦跳起来。

"呵，呵！——"边喊边把笔锋敛住，可是一条黑蚕无端飞来，轻盈地偃卧在字行里闪灼有光。他皱紧眉头，带怒地把笔一搁，就伸手去拧八字胡。倘若来的是校工，他预备重重地斥责一番。但另一个绞脑的念头拦阻了他这一条思路。他低着头往地上看，白木地板今天拖得特别清洁，正因它清洁于是每条裂缝都显得更宽阔而且木质也似乎特别的浇薄些，底下起着龟裂的田历历可见，这里在不久以前还是禾田，而它正出身在这田的塍上，又象在暴露什么给什么人看……

"人总得讲点良心，唉——"

对包工头常说的一句话这时又几乎冲口而出。往常说时是给对方面警省，今天却带着不少恨意。自从这一所建筑完成以后他不知受了上峰多少次数意外的贬责，致使他在写这一封请建小厨房的呈文时，虽然把握是有的，但也免不了要心里捏把汗。实在他得的好处并不多，谁叫包工头那末黑心肠的！……看呀，多丑，这地板……那裂缝，那薄木，好，……他恨不得把包工头的肉撕下来一条条的填上去。……

阳光照在抹擦得纤尘不染的玻窗上，一个大苍蝇使劲的在那里飞扑，打转，样子有点蛮横。他想找一个可以扑灭它的东西，正在这时脚步声停在他门口，同时门上响了两下。

"进来！"

"报告事务长，人带来了。"

衣穿制服的校警脚跟并脚跟，手举在帽沿上，严肃的笔立着等候回答。

他有些茫然，然而院子里起了一片小孩们的哭叫声：他把在学生宿舍里捉住一个贼的这回事忘记了。

"看呵，捉贼来啦，贼来啦……"

且不回答。把眼光在校警身后瞟。

院里小孩越吼叫得利害了，他命令地说：

"你去叫他们不准吵！"立时几件花绿绿的华贵衣衫花蝴蝶似的飞奔到他面前：

"刘先生，我们来看贼呀！"

他走到门边，满脸堆着笑，两只大手掌一只抚着一个小黑头，语气改得异常柔和地说：

"请你们小声些好吗？你们立在栏杆上看我审贼好吗？"他回过头吩咐校警：

"请王秘书，请李先生来。犯人已经带来了。"

贼，一个二十上下的青年人。长头发乱蓬蓬地覆盖了他低垂着的前额，看不出脸貌，衣裳上沾满黄土，两手被反缚着，脚指的一个似乎跌破了在淌血。

"呀，你看他的脚指拇怎会有血呢？"一个较小的女孩悄声惊恐地说。

"谁叫他不穿鞋子的，光脚板走路，玻璃片要割脚，还有刺，还有……"一个象姐姐的女孩回答。

"我说他一点儿也不象贼，他象担水的老陈。"

"贼还不是和我们一个样子，就只教育不好，所以……"刘先生说。

贼猛然抬起头，眼睛眦裂着蕴满了怒光。几个小孩骇得往后退，刘先生也吃了一惊。他注意到贼的手，在他背后微动，麻绳缠绕得太紧，深深地陷进肉里，但他一用力，不难把绳挣断的，他提防着他轻微的举动，大声地连连呼唤校警。

"你老人放心，我不会跑掉的。"贼人说着，恶意地一笑，又把头低垂下去。

刘先生象受了极大的侮辱。看那神气——什么不放在眼里，胆子壮呢，简直是一个惯贼！……他用鼻子哼了一声。

"你想跑，哼！做梦吧！"

贼也照样报服了一声，轻蔑地瞟了他一眼，又把头低垂下去。他的脚指仍在淌血，他移开一步，地板上就留下一小滩血迹。

牧牛童走短墙外边经过，带着稚气的歌唱遥和着山顶打石头的丁丁声，野蔷薇被风吹散，飘落在走廊上：这，不知和贼有着怎样的关联，他时常向外面浴在落日中的山峰瞟眼，他显得很颓丧，不及先前那么傲然了。

被请来的两个先生同着刘先生并坐在写字台前。刘先生面前摊着一叠红行笺纸，笔已醮得饱满了，室内被一种使人感到窒息的空气笼罩着。

贼是面对门限跪着的，校警用膝头轻轻在他背后腿弯上一靠，他就跪了下去。

"姓什么?"

"陈。"

王秘书坐在正中，是他亮出白牙齿先发问。

右边的刘先生看着贼迟疑不就下笔，王秘书明白了，马上又问："'包东陈'还是'禾口程'？"

"唔'包东陈'吧。"

"陈就陈，怎么'吧'起来？"李先生不甘含默地抢着说，因他太用劲，水沫溅到旁边一个人的脸上。看见别人在怀里掏出手帕，他的脸就发红。雪白的绸手帕拂到他的眉际，他闻到一股奇异的芳香。

"这家伙，多挣二十块，怕不通花在香水上……"他想着。又听见这一个又在问话了：

"住什么地方？"

"东乡。"

刘先生字写得的确不错，就只慢些。低头看了手表，针指在四点上，王秘书有点不耐烦，皱了下眉，轻轻地触了一下左边那个的膀子，瞧着手表又努努嘴。

"我看，"李先生会意地提高声音说，"我看这末问一句记一句是太费事，转眼就要吃晚饭，时间来不及。不如叫他自己把他的经过和偷盗的动机详细报告出来，刘先生记个大概就得了。"

"是，是。是该这末办的，"刘先生不住地点头，笔放下，预备听贼自己说话。

"好哪，你把你的经过，动机，通通报告出来，第一要详细。呵，说话说得慢一点。说呀！"

一大半话毫不相干的打贼的耳边跑过，他只抓牢"报告"两个字，报告，他懂得是叫他报告，可是报告什么呢？

"非怪做贼，连这些粗浅的话都听不明白……"

"难怪，"刘先生到底世故比两个年青人多懂些，"他是乡下人！好吧，我叫你：你把你从哪儿来哪儿去，为什么年纪青青不务正业，要走这偷盗的行径说说，懂了没有?"

贼稍为迟疑，然后说:

"我姓陈，东乡人，去年子到外边当兵，当兵当了一年十个半月多几天。害了一场寒热病，辞退了出来，想回家百多里路走不动，在旅店困了三天，六角钱不够，人家打我一顿，把我赶走……"

"那你就到这里来偷盗?"

"偷盗! 我本来不晓得这里有个学堂……"

"那是谁叫你来的? ——你讲。"

贼不再说什么，把头低垂着，象竭力在躲避几对锋利的眼光。但这沉默加重了坐着的三个人的疑心。刘先生想起了校警来报告时曾经说早上九点钟有人看见他在大厨房里吃饭，不久就捉住他。本来偷一个电棒，一双破皮鞋算不了重大案子，倘若有内应的话，那就……

刘先生在另外两个的耳边咕噜了一阵，于是又问:

"你是几点钟来的?"

"八点。"

"什么时候跑进宿舍去拿东西呢?"

"一点过钟。"

"呵! 你还看了钟来的!"

三个人大声笑了。贼的脸上淌出汗来。他忘记自己的双手是被反剪地缚住了的，便伸手去揩，他的右臂一动，全个身子同时起了滑稽的搐动。别人更笑起来。他狼狈地叹了一口气，衰弱地说:

"我哪里看钟，是人家对我说是一点过钟。"

"谁? 谁对你说?"

三对眼睛不约而同地交汇在一起。"看!"

贼又叹了口气，做出一种决然的样子，牙齿紧咬着嘴唇。他不管任何问话，总是不回答。

"不说是不行的呵！"

"非叫你说不可！"

刘先生在贼的屁股上踢了一脚，但还是逼不出话来。他把眼睛眨着，想出了一个计策，便拧着八字须得意地问道：

"你今天还没吃过东西吗？"

贼被问得发怔。刘先生的似笑非笑的面孔就象在说：你不用再隐瞒了，我已经知道了一切。

"吃过早饭。"贼老实地说了出来。

"在什么地方吃的？"

"……"

"呵，下厨房。"刘先生代他答道。

"那他有熟人在里面！"李先生吃了一惊。

"呵，还待说。"

"你认识谁？"

"水夫老陈。"贼回答得很爽快。

"他是你什么人？是他叫你来的？"

"是——是我同乡。昨天在镇上碰见他，我向他借钱，他说钱没有，喊我来歇两天脚，打主意送我回家乡。……才住了一夜又被人看见了讨嫌，喊我走……先生，我的脚破哪，哪里走得动——"他想站起来，伸脚给人看。但立时被喝住，他又照样跪着，"所以才拿了那双皮鞋，一个电棒，说我是贼，做贼的人有个不拿别的，单拿人家电棒皮鞋么？"

"也许那间房子只有这两样吧？"

刘先生站起来，骤急地问："你偷的是哪间房间？"

"我哪里晓得？"

另外的两个头立刻掉向着刘先生。刘先生似乎当心挨了一拳，便生起气来，又用劲踢了贼一脚，骂道："你不承认你是贼？赃证俱在，不是贼是什么？"他转头吩咐校警："去，去叫老陈来。"

贼着急起来，睁大眼睛哀求似地说："先生，不关老陈的事呀。我今天就算碰在你们手上，打罚由你。……不关老陈事。"

校警如飞地转过走廊去。这个年青人的哀告给那渐远的脚步声践踏得粉碎了。

他们叫他站起来。他的脸色变得更苍白，身子颤抖着。他不时偏摆着头，使头发披到一边去，他的嘴唇接连动了几次，好象有话想说，可是看见这里那几张表情冷酷的脸，他就失掉了开口的勇气。

皮鞋端正的摆在地板上，其中一只鞋里面插着那雪亮的电筒。走廊上起了脚步声，急促的，象人在放小跑。他抬起头使劲地想把绳子挣断。但是随着一阵喘息，老陈已经扑了进来。

"害死人哪，你你……"

"老陈，老陈，我和你是乡亲呵！"

年青的贼嚷着。他又象是松了一口气，凄苦地笑着，把眼睛向三个人瞟。

老陈在发怔，他的手上仿佛沾染了不少的油腻，两只手不停地在胸前抹擦。汗珠从他的额角上沁出来，有黄豆一般大。

"你认识他？"

"老陈认识我，我们是同乡……"贼连忙回答说。

"没人问你呵！"刘先生怒目望着贼喝道。他转头向水夫："你讲，老陈！"

"我认识他，我们是同乡，同在一个地方住。"老陈还不停地在用衣角擦手。

李先生带点稚气地观察着这两个人。忽然他起了一个奇怪的感觉，他看出来面前那两张面孔十分相象，他便悄声在左右两人的耳边说了几句话。

刘先生点点头，把脸沉下来，说：

"奇怪，那么凑巧，同姓又同乡，又偏偏在镇上遇着……"

"不止这样呢，"王秘书说，"相貌也很象。"

"呵，刘先生，"老陈口溅着吐沫说，"世上同姓，同地方，同住处的人不少呀，单是我们陈家村姓陈的，就有五十多家人……"

"那么——"刘先生一笑，"你们真的是同乡？"

"哪会不真呵，有一点虚假，我敢赌血淋淋的死咒。"

李先生忙和刘先生递个眼色，刘先生于是说：

"我倒管不着你们是真是假，总之学校失落东西是实，你无缘无故把贼子招引进来行盗，你同他一样的罪，懂得吗？"

"我也不是存心来偷这一双皮鞋这一只电筒的，只因脚破……"

"少说！"

"我问你，老陈，你该受怎样的处罚？"

"求各位先生的恩典，我在这里当了三年多的水夫，从来没有犯过，哪晓得他起心不良，要来害我！下次——"

"下次怎么？下次又叫人来偷学校吧？"

"刘先生，我不是存心来偷学校的呀……"

老陈忽然指手划脚地骂起来：

"都是你不好，惹出来的事！还有你张胆的地方？叫你给我闭上嘴巴！"老陈的拳头在贼面前摇晃，他的脸变得通红，青筋在额角上鼓胀着。贼一步一步往后退，背抵着窗，在叹气。

刘先生挥手叫校警把两人带出门外去。

柚子的香味渐渐在房里散布，柚子核颗颗地落到地上。

李先生贪馋地剥食着，刘先生和王秘书头碰头的在商量。

"对，我看是个好计策。"王秘书把李先生也叫过来，三人于是大笑。

贼和老陈又被人带进来。

"刚才我们商量好一阵，"刘先生严肃地对老陈说，"念你平时为人还老实，不辞退你，不过我不相信他是初犯，说不定以前掉的铺盖都是他偷的，你去给我审问。"

老陈又在擦手，他的头一直垂到胸口上。

"不愿意吗？"

"是——就去！"他畏缩地回答着，于是改变了脸孔表情转身向贼：

"说呀，下贱种子，上一次偷铺盖的是不是你？"

贼只管摇头，仿佛说一个字他也感到吃力。

"不说，你给我拿鞭子打。"

校警把一根皮鞭子递给老陈。他不肯接，却对那三个人哀告说：

"刘先生，我们是同乡，你叫我怎么打得下手？"

"随你，打他哩还是顾饭碗？"

老陈略略迟疑，就凶恶地扬着皮鞭对贼吼起来：

"听见吗？饭碗！"

贼低着头不回答。老陈变了脸色，他两眼突出，牙齿咬得发响，举起皮鞭，在贼的腿上一刷，同时他的两脚忽的跳起来，好象这一鞭是打在他自己的腿上。他的眼角起了潮湿。然而他还是拿起鞭子想打第二下。他听见一个非常熟悉的在喉咙上打转的低声：

"你认真要打我？"

"我怎么不打你？你做贼？偷东西，你不替你爸爸老娘想，你老娘瘫在床上几个月了，你爸爸一月拿三元钱，你还来得这一下……"他意识到话太显露，又恐怕惹起贼人的分辩，他把皮鞭扬起威胁地说，"不准开腔！多一句话多吃一下皮鞭。"

刷！刷！鞭子开始往贼的身上打下来。那个年轻人一边紧闭着嘴淌眼泪，一边闪动身子在躲闪。皮鞭渐渐地纷乱起来。老陈把眼睛闭着，并不看他打的那个人，却只顾朝着一个地方下鞭子，不知道那个人已经闪开了。鞭子接连打在写字台上，他也不觉得。他好象发了疯一般。

"住手！住手！"刘先生突然吆喝起来。

老陈吃了一惊，身子一动，偏到板壁边靠着，他的手软垂下来，鞭子"啪"的一声落到地上。

"把你眼睛睁开，老陈。"李先生扁着嘴笑道。他笑这两个愚蠢的乡下人：这是怎么一回事，谁都明白，还瞒得住我？

哇——一个凄厉而又凶猛的号声从老陈的口里冒出来，跟着他伏倒在写字台上，两肩在耸动，拳头在桌上擂打。

"打呀你，老……老陈！"贼十分惊惶，拿脚头轻轻地踢他。

"什么老陈，老陈！"

老陈昂着头，红起一双眼睛，眼珠好象就要裂出来似的，泪还挂在脸上："这一群猪，这一群狗，狠心的贼子，听见吗？猪狗，我骂你们这一大伙子，我不怕你们。去，带我吃官司去。我宁肯受夹棍，我受不下你们这种苦刑罚……"他在腰间掏出一把小刀，要去给贼割绳子，他的手立刻被校警的两只手擒住了。

"你疯了不是？"校警骂道。

老陈狞恶地一笑：

"我没疯，明明白白的心。"他又掉头对贼说，"没怕，毛娃子，同我一起吃官司去，那里有房子住，有饭吃……"

他让他们把他两手也反剪地缚起来。

选自罗淑：《罗淑选集》，四川人民出版社，1980年

马静沉

|作者简介|　马静沉（生卒年不详），四川青川人，现代作家，代表作品有短篇小说《子子》《亡国奴与圣人》《一封情书》等。

子　子

子子自从午饭时听见母亲那一番话之后，心里便觉得怏怏地失落了什么珍爱的东西一样。他素常好动的习惯，竟被他减削了许多；原意打算午后到校中去蹴球的，现在也无形地消减了。只是怏怏地坐在阶前藤椅上望着排列在天井里的一盆一盆含着微笑的苞儿的菊花。

这是他第一次感觉到人生的失意的悲哀了！

他觉得时间过去得异常迟缓，……他又觉得，要真个到校中去蹴球，此刻或者已经黄昏，大家都埋怨着太阳跑得太快。但是现在呢，可不是这样，太阳还高高地，离九龙山的最高的第二峰都还有多远多远呢。他知道，太阳被九龙山的最高的第二个峰遮却了，都还有许多时候玩，现在离得还远呢！他又何尝不想再鼓起勇气到校中去玩一会，但是，他觉得不可能，而且也不愿呵。

时间终是要过去，虽然他已经候得烦郁得周身都有些发冷——颤栗。

太阳被九龙山遮着，初秋时候所免不了的盛夏的余热也减退。他穿着白色的学生服，便觉得有些受不住；爱管他穿衣服的事情的母亲，偏偏又到戚家闲谈去了。幸得他的嫂嫂从厅里走过，瞥见他穿着那样单薄的衣服，坐在阶前，便有些担心。伊进了屋子又退出来，并且向他说道：

"三弟，太阳落坡了，你要加衣服呵；母亲回来看见，又要埋怨了！"

他仍是沉默着；只是心里觉得怏怏地，失意地不快拥抱着他。

嫂嫂说后，又去把他那一件黑色的夹学生服拿出来交给他；他委实不好再辜负了伊的好意，便怏怏接来放在椅侧的一只凳子上。嫂子却不曾看见，早走了。

六岁的小妹妹牵着母亲的手，一跳一跳地走进天井，伊口里还唱着"飞飞飞，蝶儿飞"的歌呢。

他两眼直望着伊，一直到伊们走到阶上。母亲看见他那个样子，觉得有些诧异：蹴球完了，也不会就回来吧；并且又为什么这样颓废地样子，衣服是那样地单薄，坐在当风的地方；也不来接我，或喊着"妈回来了！"

"怎么了？"伊吃惊地问。

但他没有答应，只从喉间发了一声"不"字的音出来，同时头也微微摇了摇。可是母亲真有些发急，便继续问道：

"究竟怎么了呢？身子玩倦了？不然，哪里不舒适吗？"

他依然沉默着。

嫂嫂从屋里走出来说："他坐了一下午没出去呢。"

母亲很吃惊，心里虑着他总是病了，不然，何以素常那么欢喜跳笑，和小妹妹撕闹说话的，今天忽然变得这样沉静？

"子子，你肚子痛么，告诉我！"母亲再殷殷地问。小妹妹也倚在椅子上，张着小嘴唇频频地问：　"哥哥病了么？哥哥病了么？……"

他觉得太使母亲难受，便快快地回答："我的头晕呢。"

"怎么不早说呢？这都是玩的么？父亲来信催你到省城去读书，你这样不知道保养，母亲放心你去么？嫂嫂快去弄点如意油和滚水来，吃了睡到明天就好了。"母亲说着，微微叹气。

他听见母亲又提起他到省城读书的事，便又把他引入午饭时的情况。

和乐的午餐桌上，母亲说：

"今天接到父亲的信，催早点把子子送到省城去读书，——能够早到什么时候就是什么时候；并且说，最好是明年春天。我想他在家里住惯了，乍离开母亲和嫂嫂，不只是不惯，恐怕还不能呢。

"这件事情，在我心里踌躇着。我想孩子是这么大了，一走到外面去，转瞬就是成人的时候，不趁此刻在家里把他的事情说定，将来恐怕再没有适当的机会。

"但是使我不解的，是他哥哥为什么每一次来信都阻挡我不提这件事呢？……"

母亲说到这里，略停了一会儿，才又继续说下去：

"什么？孩子是这么大了，这件事情还是应该早点打算打算才好。父亲的素性，又是不愿意把这些事情萦绕在他心上的；我再不管，那还有谁呢？……"

伊说得太急遽了，一口咽下去的饭错入了气管，便呛起来。嫂嫂忙去取了一杯浓茶来给伊喝，才又止住，却是许多皱纹的苍色面皮上，已经泛了一层微红。

伊略略停息，又转向嫂嫂说：

"只是可惜了一件事情，蕴儿偏偏又生在你家，伊到是怪可爱的，——咳，可惜！这真是孑孑的没福呵。——"

伊几乎又被哽住，喝了两口汤，便不响了，只是两臂凭在桌沿，用伊那一付残缺不全的牙齿慢慢地咀嚼。……

他回想的这一刹那间，他嫂嫂已把如意油和一杯沸过的水拿来。他不能，也有些不敢，再违拗母亲的话，便把滴在杯里的如意油和水一齐喝下，并且觉得身子委实有些发冷，他就快快地走进屋里，快快地倒在床上。

这时天已经漆黑，只有檐前他用碎玻璃片做成的铁马，被风吹动，不时发出单调的清脆的琴响，母亲在床前慰问一会便去了，只有一盏发出微弱的光的洋灯伴着他，在这幽静的室中。

他自己都不知道这是什么原故，他总睡不着，无论仰起，向左侧或是向右，都一样地睡不着。最初他还以为是太早的原故，但后来听见厅中的钟已响九下，正是他素常睡觉的时候，却依然是不能入睡，虽然他把双眼紧紧地闭了好一会，并且心里循环地默数一，二，三，四，……

最后他才察觉出来，这还是因为他母亲那一些话所给的影响，他就决定不再打算睡了。

他听见钟声又响了一下，接着又响了十下，……睡神却还是不来保护他。

这是他第一次的失眠呢！

依他素常的习惯，每夜上床，先要把他今天的经过的事情都温习过一遍才能舒贴地安眠；但今夜已温习的不只两遍，而尤其萦绕在他的心上，便是母亲说的"那件事情"和"伊"了。

"那件事情"究竟是件什么事情呢？——母亲虽然没有说明，却是他很能够明白那是件什么事情。他还记得，当母亲说这句话的时候，用眼瞧着他，他便把头低下，作不曾听见的样子，只是吃饭。但是心头呵，已添了一样什么东西横哽在那里。他勉强吃完那一碗饭，就跑开去。

"伊"呢？更是自从听见那话以后便没有一刻去怀的！可爱的"伊"啊，已在他纯洁的童子的心上牢牢地占据住了！

关于"伊"的事情，几次碰上他的心头，都被他竭力抵抗住。但是最后的胜利，还是让给常常侮弄他的"回忆"占有，他无力地败退了！战败的成绩，就是使他的脑筋作了它们的战利品，任它如行驶得极快的火车的轮子一般地转，他也没有力量去止住它；而且"回忆"还要借它作影戏场的幕，开始在上面演映。

和煦的春郊，他同嫂子坐在轿内，在这无限的春光中向前进行，他欢喜得只是痴痴地望着，身子镇静极了，镇静得摇晃起来；双手寻不着它们的搁处，他的小心里在这时已泛滥着美丽的春的情趣，他忘记一切了！

在一些由绿树丛中露出的残坏的城堞被渠们望见的时候，伊告诉他，那里就是伊家的所在了！

他久在那四面环山的渌村中住惯，乍来到这样一个平原地方：山只在遥远的地方含笑，水也平静得非常，在缀着金黄色的花的绿茵似的阡陌间，缓缓地流去，一举眼可以望见很远的丛林和炊烟；而尤其使他感觉到一种说不出的滋味的，便是那在河中很平稳地驶行的船。

他生长了十三年，没有到过离家十里以外的地方，也没有见过船，只不过由书上或人们的口里模糊地知道一些关于船的事，……他更没有见过一眼可以望见很远的平原。

他从前的小意识的范围里，以为无论那里都是和他的故乡一样：四面只有环绕着的巍峨的山岗，河水浚急地在水槽似的山峡里流着，没有一个时候不听见它和崖石们争吵的喊叫声。

他决没有想到，越过西面的九龙山，就得到一个"新"的境域，——使他样样都感觉到美的"新"的境域！

他的小灵魂被它们摄去了，他默坐着无言，一直到进了城里。

城里街市的整齐，商店里陈列的繁丽，和一切的热闹，………这些又使他感觉到"新"了！

经过一些街衢，就到伊的家了。这里又使他发生新的感觉。他初次领悟得：除了自己家里的宽大的房子，也还有这样一所与它差不多的；除了自己的母亲，还有一位与伊一样地爱着他的；除了自己享有嫂嫂的和蔼的微笑和殷勤的护持，还有三个与自己年岁相若的人也同样地享受着。

"你们要好好地伴着他玩，他是客啊，要是谁委屈了他，我可不依哩。"嫂嫂的母亲抚着他的肩，向他的那三个挤在一块儿立着，用好奇的眼光盯住他的新伴友说。同时露出宁静的微笑。

较他年长的那位姊姊，自然地把头垂下，面颊上现出害羞的和蔼的笑。

但这是一定而又很自然的，最初他和渠们还是不十分相融洽，大家都客气地不自然地相处着，而且话也少谈。可是后来，渠们那天真的孩子的心，相聚稍稍久了，便渐渐地发生一种自然的真挚的相爱，将渠们维系住。

渠们都互相爱护，互相快乐地处着。他告诉伊所不知道的话；伊也将伊的告诉了他。真率的孩子的心充满了的他，觉得有一种异样的描述不出的情愫侵入他的心里，——这情愫，是他第一次感觉到的，在他的生命的旅途上。

有一天，他同伊在伊家那一所被温暖的晨光浇灌着的美丽的花园里玩。春色浸透了人间的一切，渠们的心也被伊浸满了。渠们也似小鸟儿，蜜蜂，蝴蝶和花儿们一样地在这个小小的乐园里开音乐会和跳舞会呢。

这时盛开的花正多哩，白的和紫的玉兰，粉色如伊的颊一般的牡丹和伊的娇小的丫鬟芍药，都在那里参观，但有时渠们高兴了，也加入伊们的队里去舞蹈一会。

渠们俩快乐极了！

忽然一对美丽的五色蝴蝶飞进园中来了，伊最先瞧见，便扬着手巾去扑它们，他也撷了一片芭蕉叶助着伊。渠们俩随着这一对小小的情人追逐，园中立刻更加热闹，因为又新添了两对恋人在那里跳舞；而且，因为渠们这样高兴，便更引起许多蜂蝶们也随着渠们舞蹈起来。雀儿们合奏着清脆复杂的调子和着渠们。这个园子不是从夏娃和亚当的手里已经失去的那个园子么？

但是撒旦却是藏在树荫处的。他正跑着，身子触着一株矮矮的罗汉松，忽然从树的枝叶中飞出一个黄蜂——可怕的撒旦——来，他没有防备着，被它的毒刺在他的左颊上刺了一下，那里，立刻就渐渐地肿起来。他痛苦得哭了，伊回头瞧见，便急急地跑近他，用手轻轻抚着他痛的地方，他更呼痛了，一迅速地缩回伊的手，又微微地对他那里呼气。

"便是春风也没有这个甜美呵。"他这样想着，立刻痛苦就渐渐减少，以至于仅仅只有一点发痒。

"这大概没有人能相信的，除了曾经经历过的人。"他的双眼还痴痴地随着那一对情人转个不停，他不好意思看着伊，虽然伊离他那么近；也许正因为近了才不好意思呢。——但他有时也悄悄用眼瞥伊。

又这样巧呵，恰恰那一次，他向伊看时，伊也正翻上伊那双盈盈的眼珠向他看：四只小眼睛无意地相遇了。他更不好意思地微笑着向别处看去；伊呢，面颊上泛了一层深的粉红色上去，羞的只口里说一声"好了，不吹了"就跑开去，去拾伊先时匆忙间遗下的手巾，但他却很能够明白，这是伊掩羞的手段呵！

这一次，使他感到怎样的美的爱而且念念不能忘去呵！

他的嫂嫂是非常地精细而敏慧，对于他，更是刻刻记挂着的。所以渠们的情形，他不久就知悉了。立刻，恐怖侵满了伊的心，伊的禁阻渠们的唯一方法，就是早同着他回家去。这样，他就离开他的伴侣而去，而且，再也不能相见了！

离别母亲也没有这般难过呵！他向门外走时，频频回头去看伊，伊呢，却没有看他，只伏再几上哭了，他惆怅地，迟缓地走出去，他第一次感觉到别离的滋味！……

两年前的旧事的影子，被"回忆"强迫着又在他心里电闪也似的飞过去了。他又想着，明年就要到省城去读书，"那件事情"也终究是免避不了的，早晚间就发现出来也未可知；他又思念着可爱的伊呵，不知道什么时候才是渠们再见的时候呢！……

但是，唉，他始终不能明白：怎么会只是"可惜"，怎么会那么"可爱"，又怎么会是"孑孑的没福"呵！……

一九二三年，四月，一个雨的中夜。
选自 1923 年《浅草》第 1 卷第 2 期

沙 金

|作者简介| 沙金（1912—1988），四川重庆（今重庆市）人，原名刘稚德，笔名有佳禾、谢霞等，现代诗人、作家、编辑。做过《人民诗歌》编辑、《萌芽》编委，出版诗集多种，20世纪40年代写过少量小说。代表作品有短篇小说《反响》《福根的死》等。

反 响

一

十二月的天气。

马大少爷后天就得去上学，离年夜就只有六天了。

朔风挟着一朵朵的雪花，乘势的扑下来，铺了满地；街上的行人就越加显得急促。

吃过了午饭，马大爷要去买点礼物送人情，大少爷说要去看电影，大家坐了汽车出门。

说来，大少爷是可说"孝"的，马大爷教他怎样他都听。几位姨太太也颇相对，时常出去同道看戏，因此，三太太就在马太爷面前夸张：

"马！"三姨太太坐在他的膝上，摸着前颊，谄媚着，"总该算是你的福气，养了这么一个好孩子！……"

当然啰！马大爷自然很快活，有了这么大家当，儿子又是个正经人：不胡调，又不浪费，有时只会得看几次影戏，连京戏也不欢喜。想到这里他就飘飘然了。

"唔！照他现在的人格，将来我们总不会吃苦的吧！"她抑近头撅起嘴唇，在太爷的多毛的嘴边紧紧地吻着，又粘上了一句，"如果不变的话。"

马太爷给这位姨太太吻得热烘烘，兴奋得连话也说不出。立刻，好像有谁在他的嘴边放了一块冰，由热而转为冷；他想着自己养了三个姨太太，每晚就得挨次轮流，谁说该让这三十来岁的小伙子，独个儿冰冷水气的睡着呢！

——咳！老头儿总该给他定个亲！

他想到了这里，就似乎非同三太太说不可：要做就得立刻干。

"茉莉！我想给他定个亲。"

"亲吗？"她格外显出袅娜的姿态，"的确，像您这样大年纪，还得那个；家中已有三个啦！可是，您还要硬讨女人，就算您讨得个如花似玉的佳美，也不能给她一个儿独赏！"茉莉的话真有效力，给马太爷涂上一脸血。

"哎啊！……好唻！好唻！您少说几句，我不讨就是啦！"太爷显得不耐烦的样子，立刻掉回了话头，"怎样？我想还是挽媒到陈公馆去谈谈……如何？"

"那个陈公馆？……嘎！就是我前天到那里打牌的陈公馆吗？……咳！那位小姐倒也不错，相貌又好，人品又好，……"茉莉附和着，照她的意思也很赞成。

第二天，太爷叫阿良去把大少爷叫来。不一会，门外"壳壳壳"地走进了一位中年人，人品很优秀：白而且嫩，鹅蛋脸，两颗活溜溜的乌眼珠，怪神气地瞧着；一只小鼻和一张小嘴，配得也很相称。

的确大少爷文忠是好的，走上第一句就是——爹爹！什么事？

马太爷咳了两声嗽，弹了弹拿在手里的雪茄烟灰。

"并没有事，……我想叫您的鹤英叔到陈公馆去说亲！……"太爷没有说下去。

大少爷这回可愣了，他万也料想不到父亲叫他来的是为了婚事，……婚事，婚事，他对这二字在发愣，他只觉得眼前一团黑；他该将他的青春就这样随意的埋葬了吗？他正有美梦般的理想，没有实现，等着他去实现呢！

他疑了半天，没有说话，而且昏沉的脑子，也不能够说话，静默着，他底（低）了头，忍耐，但可不得不敷衍：

"婚事！……现在还早，我想可以不必，——年龄上也并不是结婚的时候！……我也不愿意谈婚事，……现在还早！……"

说完，他就往外跑。回到房里，他哭了，蒙住了被头，呜呜咽咽地。

二

马太爷变了。

谁也料想不到，马太爷这么大家当，还要想邪念：上午要到厂里去，回来又到公司去，下午就得到店里；店里的时间最多，大约三小时，回来后就得到姨太太房里走一趟。——可是，他现在变啦！变得真快。

早上出去，深夜才回来，打电话到厂里，公司，店里，都没有。几位姨太太坐在家里急得要命，但有什么办法呢？

后来，到底给侦察到了。

听说：他现在识交了一个朋友，姓周；于是就日日夜夜跟着跑，什么投机市场咪！俱乐部咪！跳舞厅咪！都到。尤其是投机，几位姨太太也很赞成：现在的六千多元股票，二千多袋的米，十来两的黄金；这些到将来不知有多少现钞呢？至于俱乐部呢？她们没多大意见，只想马太爷能时常带她们一同去玩玩；然而跳舞厅呢？她们都不愿，她们能明了自己，原谅自己，不是吗？第一个姨太太是从乡下托人带出来的，第二个是在公司里拐出来的，第三个却是在报上招来的，进跳舞厅也不免会再增一个姨太太；这对她们有多大好处呢？所以，她们就竭力阻止，曾有几次暗嘱汽车夫，叫他不要将太爷送到舞厅去，但有什么用呢？佣人统随主人的命。

马太爷似乎迷了鬼，家事一点也不管，有人来看他也不在。大少爷已上学了；他也似乎上变了。

报上登满了狂涨声：……米价高涨……赤金上升……马太爷乐开啦！姨太太乐开咪！

夜里，马太爷来得特别早，几位姨太太们要向他讨红钱；不用说，太爷赏几个也情愿，只见明天的报上登出上升……猛涨……就是啦！

近几天来，他同着老周越加显得亲蜜，天天到六国饭店，秋园……那里有白吃大菜，白乘汽车，真够乐啦！

有一夜，他特别来得迟，眉头打了两个结，闷闷不乐，他不愿到姨太太房里去，独个儿坐在办公室里，他懊悔：起初就不该没主张，输了六千八百元，还要向周去借四千六百元来，统输掉，他抢了抢指头：一共输了一万一千四百元。——妈的，他恨了，——这种赌博，该是鬼赌的，鬼赌的，……有吃无赔。

汽车夫阿兴，将汽车开进间里后，就吹着口啸，摇摇摆摆地回去睡觉了。走到了房门口，他看见自己房里的电灯还开着，已经关上了门，他低了头，秘住左眼，像看西洋镜般的，往门缝里张：桌上围着五个人，独眼阿金，大块头老五，饭间里的启法，管门的周大，和金富；大家手里执着竹排，返覆地掉换，忽然，大块头老五狠命地喊："好啊！天门吃！上下门统回！……"于是"差差"地一阵铜板声，堆到老五的面前。阿兴立起了，用了三只中指节"滴滴"地敲着门，一面像往日般底扮细了嗓子："开门，开门！"

门开了，阿兴进来以后，司必灵的弹簧门依旧关上啦！

第一个是独眼的阿金，他的话盒子特别丰富，夜夜就有那么一套说不完的话，尤其是近来，闹得连阿兴困觉也不方便：

"太爷回来啦？输还是赢？"

"我不知道，你去问他自己。——"阿兴脑怒地说。

"咳！不是这样说，你跟老爷出去，多少总比我们灵通点。"独眼佬又要哓起舌来了。

"灵通，灵通点什么？汽车开到那里去接了回来，他坐在车里，就只会得叹气，……我又不好去问他，要问，你自己去，……"他一刀两断地了结了，就只顾自己脱衣服。

"叹气，叹气！谁害他，这么大家私，还要想人家什么钱？……"大块头老五自念自嗯地说：一面叉着竹牌："姨太太养了三个，还要去跳舞，怎么想不通？"

管门的周大，看见老五将牌叉了半天，还不能集起来，睁大了贪闲的眼睛，恨恨地说：

"不像你这昏猪，一生世就做了一个光棍，看见了女人，就连手带足地舞起来，跳舞并不是贪女人，懂吗？"

显然的，周大的话并没有理由，恨的倒是老五将牌叉得慢。

"哼！周大将来发了财，起码养满了几十打！那时候，他'或许'也不是讨女人，为的是娱乐！……"阿金讽刺地替老五争回了风头！

"事实上，我想这么大家私，根本就可以行行善事，何必再要那样囤货积财，"阿金搭讪着，"死了又不能带进棺材去！……"

"好哇！……阿金的话真对：死了又不能带回阴间去。那么大年纪，他应当看看外面穷人们的生活，马路上大家排体操般的，挨在米店门口，等了大半天，恐还买不到一元钱的碎米呢？……他家里有吃，有用，还要囤那么多的米！……"

启法激烈地讲了一大段，周大阿金听得都点头，他们被感动了：自己的家里：父母，妻子，子女；正如那么的手里提着篮，排在米店的街沿上，一点钟，两点钟，三点钟地等下去；正午的太阳晒在他们的身上，孩子拉着褴褛的下摆，呜咽地在哭。但他们自己呢？饭是吃这里的，三十天的工作，就只能得到九元至十一元的报酬，这些拿回家去，就只能作为十五天的食粮。……眼泪就从眶里慢慢底滚下来，他俩立起来，作永远的誓词：以后决再不干，赌钱的玩艺了，……

三

一个月以来，马太爷就没有回过家。几位姨太太派人出去四周探访，总也不能着落，甚至于打电话给捕房，托他们出去调查。

夜里，天绵绵地下着细雨，公馆里的佣人们，早已经睡了。几位姨太太们，却各自还在房里返覆地思想，总也忖不出一个好办法；太爷倒底是在什么地方呢？

铃……铃——铃……

电话铃的声音，惊醒了正在做着好梦的张大，他愣了一会：听着可否有人来接电话，于是就懒懒地披上衣，到大姨太太的房门口：

"太太！外面有电话，……请去接听。……"

"唔！晓得唻！你去吧！"于是就"砰"的一声，反关上了房门。

"喂！……你是谁！快点说。"

"………………"

"嘎！捕房，……怎样？有线吗？……"

"………………"

"唔！什么在那里？……在那里？……"

"………………"

"咦！奇怪，怎么会到那里呢？……"

"………………"

"好，好！我有数，……马上就来。……"

这是电话里的对白。

太太摆上了电话机，急速跑到了汽车夫阿兴房里，狠命去喊。嘱他快点将汽车开到××路去接太爷回来，她自己也一同去。

不一会，太爷回来了。他独个儿坐在客厅里，没有说话。

自从马太爷回来后，大少爷就接连一星期没回家。他近日在校里，终日喜欢和同学们打交，这几天他和几位同学就格外显得亲蜜，尤其是老陈，在大少爷的理想中，的确是一个值得称扬的知己：思想的纯正，行动的壮严，言论的正确，这些都是使他羡慕的地方。然而，老陈就时常骂一般投机的奸商者，对着文忠的面。

有一天，老陈在报纸见到一篇关于盗劫的文章后，他激烈地对文忠说：

"目前，上海所以会形成这种社会不安的状态，无非是一些奸商们的孽绩，如果要使社会安定，就非得先去除奸商不可，然而，在这个孤岛的无政府状态下，像这般奸商，根本就认为是他们趁火打劫的一大好幻梦。"

老陈一口气说了那么一堆话。并且用了一对发光的眼睛，盯住了文忠，似乎立刻就要他来补充这个题目的材料。

缨红的绿色，一阵阵地掠过了文忠的脸部；他感到有一种怪难堪的刺激住他，他不愿意说，微微地点了几下头。

回到家里，他向父亲劝告：请他不必再转邪念，但是一切都给马太爷拒绝了。

星期三那天，他在老陈家里的书架上翻着爱读的小说；偶然，给他发现了从内地写来约他赴考的一封信。他看后，将它藏在袋里，想去探听一下老陈的口气：

"老陈！这学期您预备怎样？——读完吗？"文忠知道他是一个秘密者，因此他就从基本问题上提起。

陈的答覆是摇了摇头，表示没决定，或许也不走。

"自家人何必哄呢？"

"呸！哄您是乌龟！"老陈伸出个中指，其余四个指头，临空地抓了抓说，"我一定不走！"

"哼！证据已在我手里，算来你也赖不了。"说着，赶忙伸手从衣袋里掏出一封信来。说："对不对？"

老陈睁大了眼睛，盯住那封信，暗想实也赖不了，一面看了看文忠，两只眼睛笑成了两条缝，一面将食指伸出弯成一个钩。

"老实说，这次同您相会，连今天也不过是九天！"

"你们一共有几人？"文忠追问着，"您怎么没有同我说呢？老陈！"

"大约十来个，……还没有定。"他合上了眼睛，忖了一会，笑着说。

文忠又将信拆开来，返覆地看着。说：

"那么，……余外人可以参加么？……"

"可以，可以，当然可以，……不过须保持秘密。……对吗？"

“我想：我也要去。”文忠肯切地说。

“哪！……好啦！好啦！请您原谅我吧！”老陈撅起了嘴唇，嫉妒着说，“晓得您是‘小 K’，资产阶级的后裔，又何必多说呢？……”

文忠连忙改变了口气，道歉说：“不是，不是，谁来同您取笑……老实说：我倒也想去试试。”

“真的吗？文忠！……我们是极端欢迎的！……”老陈快活得鼓起掌，整个的身子跳动着。

自从文忠的“出走”决心后，他对于这廿四小时的一日就格外纳闷和难过，他不敢将真情告诉给马太爷，当然，大太太也不能告诉，怀着“慈母”的爱的母亲，怎能舍得让这亲生孩子单身匹马地到陌生地方去呢？他只说要出外去旅行，向太爷要钱，当然，太爷不折不扣地如数付给他。

春天的太阳，和煦地照着大地，他们这廿五个爱国的热血青年，带着都市的风光，登上正在鸣咽着的钢舟，而生长到生气蓬勃的后方。

四

秋的八月天气，熔炉般的太阳似乎因了煤价的涨□早就将它的温度减低了。

马太爷这几天颇不快乐，终日坐着疑想：三月里，文忠出去旅行，到现在还没回，算来也该足足有四个月之久：怪不得大太太要对着太爷发泄，事也难怪。虽然他屡次叫阿大到他的同学家里去探访，然而那几个同学的家也说未回来，这怎能不使太爷发急呢？总共就只有那么一个宝贝儿子，而且人品学问统又好。虽说还有二个姨太太，但都是他妈的，不传种的狗娘。

夕阳照进了窗。老太爷衔着雪茄烟，一圈圈的白烟雾一直往上升。穿着咖啡色长衫的阿兴，提过了一封刚接到的挂号信，太爷拆开一看，原来就是他的文忠写来的，他返覆地念了四五遍，于是乎沉了，他不敢再念，似乎有人用粗棍在他的额上用力底敲了一下，惭愧的火焰一阵阵地燃上了他的两颊，热烘烘而辣沉沉的滋味，在他有生以来从未尝过，他低住了头：四围的家物，都在对他羞笑。

——是的，老了也得该忏悔。……

活了四十多岁的年纪，还得听儿子的警告。但事实应该的。那有什么办法呢？

马太爷这几天消极得不得了，他开始感觉到做人没趣兴；养了这么大儿子，还要脱离家庭关系。但是大少爷早已劝过马太爷：叫他不必再囤积财粮；到俱乐部去；以免到了老，还要加上奸商的头衔。然而，太爷呢？——一切都不答应。但又什么办法呢？青年人的血是热的，谁愿意做布尔乔亚的走狗？

大少爷走了。合府的人都知道大少爷出去旅行，只有马太爷才知道；他是在陪都的重庆。

马太爷自从接到文忠的信后，他已深深的忏悔了。每天照例地到公司，厂里，店里；再也不到外面去乱跑。

风呼呼地怒吼着。

秋深深地带着衰态辞职了，夜里他将所有的责任完全交给初冬。

这几天，报纸上刊着关于"征募寒衣"的文章，马太爷将所有的理想都实现了。这可说是文忠的功劳。

黄金，股票，米，马太爷将所有都出盘了。

盘下来的总账一共有：六万四千七百元。他将这笔巨款一共分了两笔：四万元献给寒衣捐，余下的统捐了难民所。

——敬谢马嘉铭先生捐助法币四万元。——

——敬谢马嘉铭先生捐助法币二万四千七百元正——

第二天，报上刊出那么两条谢言。

当然，马太爷看了就格外兴奋，他好好地将它剪下来，夹在照架上。

十，卅一，四年〇于沪西

选自 1941 年《小说月报》第 5 期

福根的死

> 这里我们知道——容易捞来的钱会有相反的结果，不觉悟的人就葬送了生命。

上

辽广的原野上燃烧着夏日的火把；太阳像一只不倦的熔炉，无情地烤焙着大地。汽车驶过了柏油路，留下了二条深刻的轮影，像被热水汤了的皮肤，皱纹紧促地裂开了，现出一层黑而发高的柏油来。

赤着脚的孩子，太阳从头上照下来，熬出一粒粒的汗珠，滚下了脸颊，溜过了黑而发油的胸背，张开了嘴，放大了嗓子地在喊着："冰呀！——冰——呀！卖冰呀……"

热得发昏的天气，住在白鸽笼里的每个人，都蒸得发酸，简直没透气的余地……。公馆里的太太少爷们，开足了电风扇，安闲地打着麻将；穷人就只能清顿顿的眼看着发热。虽然，手里不住地摇着扇，但，究竟有"远水救不得近火"之感。

弄堂里因高墙的深夹，太阳从上面一直往下射，但没有一丝的清风。在十字路口的那家大门口，开设着一家小店，卖着各色各样的杂货：有汽水咪！啤酒咪！冰棒咪！……这些都是夏令的应时品，效而生意也很好，到了一吃过午饭就有一批终日无事的"荡客"，来坐在这里开玩笑。店主是福根，一个卅多岁的中年人，还有一个妻子，两个儿子；及一个刚出胎的小女孩。一家五口人，就全靠这一大平方的天井，开着的小店养活他们。像目前这般的生意兴隆，福根总像有"不支应付"之虑，幸而房东是自乡人——算来还是亲戚呢！加之前楼的那家老房客刚还搬出，房子还空着；福根为了要想扩张营业起见，就去向二房东请求，要再借一个客堂。并且献了一个绝妙的计策，请二房东住在前楼，因为前楼的空气和地位，都比客堂来得清高与文雅。当下，二房东就依了他的计，议定每月房金十二元。

自从议定了房价以后，每夜，每夜，福根总是在打算他的"乔迁之喜"的盛况；——虽然，算不了"乔迁"，但毕竟也还是扩张营业。那时候，不用说，他的老朋友，也总送几副对，他自己呢？也还得做几件什么印度的绸衫，阿英——他的妻。也要做几件漂亮的夏衣；几个小孩子，也当给各人裁几件花衣服给他们——这样的打算着，每夜总是等到客堂的时钟打过十二点后，才睡去。他预备将今年所赚来的一百多块钱，统在这里出一下风头，办几桌菜。

第三天，弄堂里来了一个瞎子的卜卦先生，他就费了块把钱；请他择了一个好日子，六月十九日——就是大后天了。

世间上的事，就是那样的大矛盾；越是想到它，就越加变得慢，福根对于这二天，就像简直过了二个年头一样。

然而，时候终究是到了。这天，福根一大清早就起身，他穿上那件日日夜夜梦想着的印度绸短衫，头上也梳得光光；笑开了嘴巴，立在大门外，接过了朋友们送来的礼物，镜架啦，对联啦——各色各样的都有，就只缺少了银盾。当然，福根是不怪的，他今天自从吃了早饭已后，一直到夜里，就没有空下过一分一秒的时间，连夜饭也还是九点以后吃的。

夜里，住在远点的，都回家去了；邻近的，就在这里赌"沙蟹"。一直赌到第二天的早上八点钟才收场。

总结一下子：一共收进礼洋八十二元——礼物等除外，用了一百九十三元二角；如果将礼物来抵押一下，也还不蚀本。

第二天早晨"沙蟹"收场了，昨夜里单"头"也要抽六块钱呢！

这可就种下了福根的后患。

福根给尝到了这滋味，抽"头"，他想到，简直是比开小店还要来得厚"利"，当然，他是希望继续下去；在赌客方面，住在家里横竖没有事，还不是到那里去捞两钱家用来开开销；于是，这福根的家就成为众人的俱乐部了。

中

天依旧是热得发燥，已有是：一星期了，没有下过雨。门口的那只凉棚上，一张张的芦席，晒得都像瓦片，四角往上跷；太阳直从那角洞里射了进来，正好晒到那块肮脏的柜板上，热得烫手心。

赌客越来越多了，挤得一只小小的客堂无泄气之地。照倒：还是七月的大热天气，难闻的汗酸气味，弥漫了整个的赌窟。

大家要求福根买具电风扇，福根也就给顺当地办来了，放在一只茶几上。

第二天，楼上的二房东走了下来，手里拿着一封电灯信，说是用电实在太奢侈了。

福根没说话，只是凝看着那具电风扇怪自在地摇着头。

……

讲定了，福根得每月加房金八元钱；连前一共也只廿元。照这样的房费，不能算大，真的：电灯一夜开到天亮，日里又得开电扇，单这廿元钱，恐怕连付电费也不够呢？——倒底总是自家人。

然而，福根自己的进账呢？每夜就有十来元左右，当然，这又不必要什么本钱，比不得开小店那么的卖出了二包香烟？还只赚了分把利。于是，他决定将小店关了。

他开始坐台角了，自己是抱定主意不赌的；但是，看了人家一几几的倍得眼痒，本已死了丢在黄浦江里的心，现在，就像得了一种不知所以的诱惑一样，动摇起来。

他开始来尝他第一次的"赌味"了。伸手到那个头钱筒里的钱捞了过来，放在自己的面前，又将剩在手里的一个，丢进了"堂"里。

第一张发来的是明牌，一个老人头的鸡心"K"——福根很高兴；第二回飞来了一张暗牌：他将第一张牌，放在第二张的明面上，慢慢地揪开来，那个白角里，现出个方块心的"J"字。他高兴极了，但是，仍旧装作大失其望似地将牌好好地放好。

"老 K 讲！"那还不知是谁在喊。

"五十钱！"说时，他将铜板，往"堂"里一搏。

又是一张纸牌飞来了，掉在福报的面前，是一张鸡心的"九"。

这会说话的是老五，坐在他的面前，发的是一张"Q"。

忽然，老五用着北方音的口噪，讲起了上海话：

"二百钱……"

于是，哗啦啦的又是一阵铜板声。坐在他左边的那个人打了瞪。

铜板摆齐了，又飞来了一张红纸牌，那角里的"J"字，显然地映进了福根的眼帘，他欢喜得跳起来，心中就是那样的忐忑得不安静。

但说话的依旧是老五：

"再是个二百钱……"

这会的打瞪数目，就比以前多了二三倍，但在福根却都认为是自己的损失。

第五会的分牌又开始了：是一只黑鸡心"九"；刚刚掉在原有的方块"九"字上，形成了一个倾斜的战斗式。

蓦地，整桌的看客都骚动起来，原来在他的右角的阿金，竟发进了一匹"Ten"，大家都似乎感到一匹"九"，在"Ten"的威胁下，决计没有出头的日子。

"半元钱！"阿金没等人家发言，就将一张中国农民银行的半元钞朝台上一丢；一面，又将眼珠移到了左角，望着福根，鄙夷地冷笑着，像一个老练的战士瞩望着一个刚训练出来的新兵上战场一样的，看他如何过得了这难关。

大家的目光都逼向了福根。一阵阵绯红的彩色掠过了他的脸颊，一直红到了耳边，他这时竟忘了外面还是夏天，好像置身于冬日的火炉一样的热得使人发胀，茶几上的电风扇轻易地摇着头，微风拂起了他的黄白的印度绸衫，他的手颤抖了，这时，在他的脑子里竟比乔迁时前几天夜里所绞的脑汁还要多：如果也有那么的一副"Ten"匹，那怎么办呢？九不是输在"Ten"里吗？……这些一切的一切都在他的脑里打旋圈，然而，不知道是什么的魔力，他的久干的沙哑的嗓子发出激烈的声音说：

"照你沙蟹！"

可是，这难题就加在阿金身上，他万想不到福根这一着竟有那么大胆量会得跟，在起先，他原是想给福根吓一吓的，然而，他现在竟相反的跟了——或许，他也是吓吓的罢！在这样的定律下，他决计是拼一拼了，不是？Ten 总比得九的，这样，他就毅然地决定了。

"好！照你样，"他说，"翻！"

这是一道决斩的命令，是真是假在这里分明了。

福根慌忙的将底牌抽起，又连忙掉回了眼珠，去望着阿金的牌。

然而，阿金没有翻，却只是将四只明牌在桌上一甩，一面还咕咕噜噜地乱诅咒：

"娘的！这牌真该死！是有这种断命牌生着……"

满桌的看客是哈哈大笑，有的还装着悲悯的目光替阿金在可怜：

"是有那样的牌生着，真气数——娘的！"似乎还嫌不够，末尾还加上一句娘的。

然而，独有是那边早打烊的起发，像拾到了什么似的呵呵大笑：

"还好！没有跟下去，不然，就准定要吃生活，"俄而，他像回忆到了什么的一件事，"嗡！不过我也早就知道，他是 Two 匹……只有阿金像这种牌还会跟，调在我——哼！早就息手啦！"

阿金满脸的火气，他恨，恨不得将福根拖来打了个爽快，以便出了这口气，输了钱不要紧，倒还听了这个大肚皮起发的一口绍兴高调。……

但在福根，他今天就像得了一件什么的宝贝，高兴得连整身的血管都胀起了，膨胀得简直要炸裂了，对于外界一切的议论，非但同他无关，反而就像都是他的后备军。

这样，一天天的下去，竟比开小店的利息还要厚几倍，于是，他就将所有的一切正业都丢在脑后；目前，他最大的目标就是"抽头"与"赢钱"。

下

虽然，是七月的天气了，但是，顽固的火的太阳，依旧还是那样的不肯放步的烧着。

弄堂里简直是断了风种。热得透不过气。

门口的那架给太阳晒得松脆的芦席凉棚，福根又给他叫了几个竹匠，修改了一次。故而在门口也就摆了一张麻将台。

前几天，福根家里的二房东，又加了一次房钱；说这样的电费实在难负担，连房钱在内，也不过这么的区区二十来元钱，根本连付电灯费也还不够。本来，二房东顶下了一宅房子，总想捞几钱；——至少，也得给自己白住，现在，反而倒还要贴十几元钱一月；而且，付房钱，缴电灯费总得自己去麻烦，不要贴车费——这件事真难承命。

饶了一番口舌的结果，总算给加了十块钱，连前一共三十块。

自从一直开始赌到现在，福根就是没输过一天，并且，每天还能拿到了一点零用钱，当然，一个人活在世，本是吃得过，用得过，就是好了，何必再要那样争财夺利，弄得生活不安定，死了又不能带进坟里去；而且，讲到儿子，他同样有你那么的一副眼耳口鼻，他有他的谋利方法，你如给了他一份儿家产，那你非但不能使他养成了自立的习惯，反而，就害他每日夜的趋向于荒唐和淫耻。因此，他的人生观是想透了，有得赚来总是吃，没有赚，也就只得将裤带抽得紧点孵豆芽了。

突然，在一个的夜里，大肚皮的起发，摇晃着短矮的身躯，直从外面冲进来，面上现出惊奇的脸色，立在长凳上，放命地在喊：

"打仗了！打仗了！……"

"是那个？瞎三话四，揍死他！……"

又是一个南腔北调的老董装着假正经似地说。

"娘的！你们不相信出去问好了……"

他扬了扬手，跳下了那条长凳，连头也不回的一直往外跑。

跟着他的后面，出去挤闹猛的，就只有流氓胚周方，同之卖豆腐浆的老王。

不一刻，果然，老王就像失了魂的乌鸦一般乱叫。

"真的！局势乱了，听说是打的什么胡瓜桥，胡瓜桥……"

跟着，周方也来了；说的确是打仗了，并且打的也是什么"胡瓜桥"，这才证实这个想象不到的突如其来的消息。

然而，这在福根，就是一肚子的不爽快。可是，立刻，给回忆到了一桩幸事：这时候，他还未来上海呢？听说也打了一次仗，就有许多人随着发了财！当然，这是机会，不可多得的机会，他想到了这里，就有一种热哄哄的辣沉沉的滋味飘过了他的整个的身躯。这种的进账简直是比公司，洋行里做卖办经理还有来得快乐。

真的，不到一星期，上海的民意就大两样：到处都能听到"回乡下"的音调。

再没几天，横行的兵舰，开进了吴淞口，正式在闸北开火了。

……

夜里，乌黑的天空，没有一颗颗星星，从东北角那边飞起了一朵朵的火花，迅速地画成了一个方形地遂下地面去了，继上来的，后面又是那么的一朵朵的弹花……

弄堂里——甚至越界里，稍微有点身份的都已逃到租界内或者乡下去了。剩下来的统是些单身匹马的荡客们，十九都蹲在福根的家里。

自从，那天乔迁之喜起的福根家里，一直到现在，兴隆的赌风（没有）间断过一天，算起来，今天是七月的廿一，——足足也已有一个多月的日子了。

但是，老实说一句，这批赌客，根本就是穷光蛋，平日靠了敲点竹杠而养活了自己，加之现在战事一开始，大家都躲在自己家里避风头，那里再有这等空闲出来闹事体！

自然，在这样的情景下，每个人的钱那里来呢？有的家里还有老婆妻子要去养活她，现在，真的连饭也没有吃饱！那里再有钱来赌博！

于是乎，一窝蜂地拥进了福根家吃啊，住啊！那样多的人，米又这么贵！菜蔬也不见得便宜，吃一天要多少钱开销？

这实在使福根为难，赶又赶不了，况且，就是赶，他们不见得马上就会跑。

大炮开着密密的机关枪，参合了一种恐怖的嗥叫，直向着福根的耳里钻，就像如威逼着命运的终点。

现在，一直到现在，福根才将他的发财梦打破了。他感觉到，这种生活简直就是宰割自己身上的肉来养活他们的！

抽头得来的钱，大部分已给他们吃光了，现在，他就将余下的一部分藏在身边，独个儿出走了。至于那些赌客和自己的妻子，孩子，全都丢在脑后，一天到晚都是住在别人家里，而且还听说染上了黑货；入了黑籍。

已经是一个多月了，没回来：大前天夜里，还托了一个赌友来拿布衫裤，说是全当光了。二房东又得要房钱，——经得一番苦苦的哀求，才算是将房子收回了，并且，还允许送回到娘家去。

事情就是如此的结束了。

× × × ×

旷野上早已熄灭了夏日的火把。

十二月的天气；朔风呼呼地在怒号：树杆儿摇晃得挺有劲，路上掉下了片片的黄叶，夹着灰尘在打旋。

第二天，太阳像一只烧得绯红的煤球团，慢慢地在那个屋尖上升起，沪西——夕土的弄堂里到处叫满了倒马桶的声音如臭味，娘姨们提上了小菜篮，走过了街头，在那条"Y"字形的马路口上，躺着一个衣衫褴褛的四十来岁的男汉，鼻空里流出紫红的血，已给一阵的冷风打得冻凝了，一只秽朽的左手放在胸前，另一只右手平直地坦着：二只肮脏而枯瘦的脚，却放到了街沿下的马路上，身上不知是谁给他盖上了一领破草席。一个女人走过了他的身边，给投了个鄙夷的眼光，于是，就走进了那条弄堂，穿过了十字路口的那架己只剩了一个毛竹架子的芦席棚，然而，这竟是躺在街沿口的那个衣衫褴褛的死者生前唯一的纪念物呢！

四十一，二，五日于深夜之
沪西三楼。

选自 1941 年《小说月报》第 8 期

沙 汀

俄国煤油

想起搬家的事，罗模不禁又气愤愤的了。

"上海人真讨厌！"

三日前，当他正细心地把新买来的气炉子弄燃，蹲在地板上，身子往后扬着，眯细左眼，轻轻地抽打着气的时候，突然，一片女人的尖音从门隙里溜进来。接着，像有人揪着他细黄的头发往上一提似的，折成三帖的身子马上笔直了，偏着颈子听：

"屋子里……饭……啰……"

他猜想，平日嘴巴啰唆的主人，大约又是在同自己要起好来了，虽是照例的假殷勤，出远门的人，通脱一点总不是坏事。

"是的，"他一面开着门，笑嘻嘻地说，"只是麻烦得很。"立在门边，低着头，搓手，接着道，"并且，——"

他刚放开胆，往红得刺眼的嘴唇上一瞥，噤住了，眉头和嘴唇往鼻端挪拢着，半张开口，现出没明其妙的惊突与慌乱。

这一下，房东太太是直着嗓子叫喊了。她鼓着肥肥的腮巴子，仿佛丈夫底过了办公时间还不回来，应该由这举止失措的汉子负责似的。

"我说屋子里不能烧饭啊！你这听清爽了么！……"后面几个字就是她自己也不会听得清白。但是，看那红嘴唇动底节奏和样式，他不是傻子，他猜到那是甚么话！倒楣，她还骂"猪头三"，"阿木林"呢！

这样，他从胡涂的深渊里爬起来了！——但马上又堕进另一个深渊。

"怎么？不能烧饭！"

"弄污浊了呐！"

"在我自己屋子里呀！"同时，心里想："岂有此理！"

然而结果，房东太太终于贯澈了她"岂有此理"的主张，三日后，罗模不得不满怀不平，默嚷着"岂有此理"，搬进现在的屋子里面来了。

他现在虽则不但有了烧饭的自由，而且，房租少了两元，这更意外地投合了自己的减缩政策，可是，想起三日前的事，在他，总觉得脸上太没光彩。

"上海人真讨厌！"他撅着嘴愤愤地说。同时想，出了钱租房子却没有烧饭的自由，真是岂有此理！既是岂有此理，这还不是明显地欺负他人地生疏么？

"唉，这就是出远门的好处！"

他两只手往左右一摊，喃喃地叫起来，接着，他很吃力地摇着头，向藤椅的靠背上倒去。忽地，他又立起来，又坐下，那神情的惶惑，像是在躲闪着一种迎面而来的欺侮的袭击，而终于无从避免，又怯弱地预备着逆来顺受似的。

"唉，蹲在家里不好么？"

他由痛恨上海人底岂有此理，转而深悔离开乡土的自己之失策了：倒楣！偏偏要出门！

……八字龙门的四合头房屋，大门坊高挂着"岁进士"三个金字的匾。里边有大的厅堂，深的井，曲折的回廊，屋后，是模糊于菜圃与花园之间的大坝子，疏落的竹树围着，下午，皂荚树上的老鸦"放风"，"伏伏"地飞扑，直响到天上去，"伏伏"地……。自然也有厨房！那只一只角落，也比亭子间大呢！谁敢说："这里不能烧饭！"……烧饭？那是妇人家的事！除了小孩子时代，饿燥了，跑去向老妈子要饭团，谁去？……紫烟，油气，……

"哼！不能烧饭！"

他又想起离家时的情形了，自己沉默地，顽强地站着，父亲，躺在圈椅上，搔着班麻色的头，叹气。颤抖地直起腰骨，摇头，用黄褐的食指在鼻孔上几抹，悲哀地，几乎恳求地，扬着黯淡的眼，说："娃娃，老子，老子也活不到……"对面，一只阴凄凄的眼睛，挂着大眼泪，贴在一方窗孔上，一方破成三尖角的白纸窗孔，……

"唉，被鬼掀起了呀！"

他立起来了，用手托着已经消瘦的脸颊，想道："老人家不是比往些年不如了么？家里房子不比这纸匣样的屋子宽大么？你看，还处处受欺！而且，生活是……"

"我为甚么要出来呢？"上半身伏在书桌上去，痛苦地嚷。

他提出这样的问题来自苦，现在，已经是第三次了。

轮船经过武穴的时候，在岸上，许多农夫们，许多著灰色短衣的人，摇着红旗，翘起脚尖乱嚷，接着，是一片枪声……这时，他第一次自问道："我为甚么要出来？"

第二次是：轮船驶到上海的清晨，他自己提着被盖和一只土制皮箱上岸，正想叫力夫，一个马车夫同一个小客栈的接客跳进来，不由分说地把他拖进马车去，这种野蛮的欢迎几乎把他吓昏了，他自问道："真是好地方，我为甚么要出来呢？"但是，前两回都是愈自问愈糊涂，平常，熟人问起，他总会说："在家里做甚么呢？出去总好些。"可是，这含糊的言辞也完全无用。这一次呢？唉，他底脑袋已经被这倒楣的问题弄胀痛了！并且，这是第三次！这才是第三次！以后，……唉！

他感到头昏脑胀，如像蹲在可怕的梦境里似的。他摇摇晃晃地站起来，靠着窗棂，尽摇摆着头，像要扔掉这苦恼人的无用的家伙，唉，他还哭了呢！

从泪眼中，他看出家乡里清闲平稳的生活，田野，烟似的远山，黑瓦白壁的屋舍，一切都是那么恬静啊！连大河里的水声，也是平静的，寂寞的……街面上飘着零落的叫卖声音，家狗在街当中打盹，……扎着蓝布围裙的妻，顺着砖墙，悠闲地向厨房里隐没了。一直十二年没有换过雇主的李妈跟过去了。父亲，现出老年鳏夫特有的孤另神气，呵欠，无聊地翻着被蛀蚀了的《诗韵合壁》……老狗阿宝不耐烦地，用快落完了毛的头赶着苍蝇，……阿！一切这些不比这紧张，繁嚣的上海，更能使生活平易地滑过去么？至于这里的人，——天明白！

"早知道这样，唉……"他用明白了追悔只是枉然的神气呻吟着，手掩着瘦小的脸。

接着，腰肢撑一撑，拖出一口长气，追悔同失望渗和着的紧张，好像驰松了。他惘然地向室内一瞥，眼光停歇在一册书上面了，养鸡学三个黑字被窗口射进的夕阳映成褐色。

他陡然想道："追悔？总不能就回去！白花了钱，而且，太笑话！管他的，学会养鸡再说！"

……这样宽广的场所，凭良心说，三亩是有余的。上面是铺满了青草，平软，光洁，绕着篱笆。是那样可爱！敢担保，阿宝宁肯牺牲了骨头，而愿到那上面打滚，看见鸡翘着尾拉矢会觉可惜，总之，仿佛是绿色天鹅绒一般的草坪。靠右边的一隅，立着几厢玩具式的小屋，屋的周围是疏疏落落的树木。草坝的中央也依一定的距离种了树。注意！这树，是特别要种植的，鸡吃树上掉下的虫，既节省食料，鸡又容易肥壮，而且，鸡在树脚拉的粪，还可以使树长得说不出的快，说不出的大呢！看呀！一团团的鸡群，悠闲自得地，活像隐者一般，在青青绿绿的光影中，跷脚，扇翅膀，啄啄啄地。被少主人教会了饲养方法的李妈，手里扬着竹响刷，头上蒙着蓝布手巾，皱着小嘴笑，很有趣地瞭着这些享福的畜生。自己呢，坐在草地山，旁边是养鸡学，诗册，望望蔚蓝的天，美妙的诗句从唇间轻轻地流出来。突然，在鉴赏的灵感中被啄啄的鸡声惊醒，于是，满足地笑，舔着嘴唇，……

这不够冲淡美妙么？幻想到这些，罗模，两手向上伸了一伸，勉强地打了半个轻快的呵欠，接着，微笑，眯左眼，他似乎满意得羞怯了。

唧！养鸡，这是多么可靠的出路！没有一个石子会碍着舒适的步履的出路！在罗模，这是宝库！是解决苦恼着生活的平稳，悲叹它的没把握，焦灼着它的永久路线的良善灵魂底秘诀，发现它，人可以一辈子平静地生活了——大致！

他毫不顾惜地，把自己有限的血，向《养鸡学》的每一行，每一个字里边灌注，在吃饭的时候，在床上，把来压在枕头下困觉。到现在为止，他虽只是在两三本同类的书底序文上，以及这类书底广告上用功夫，可是，这已经够镇住他心里模糊的不安了！好像光明已在可得而见的地方飘晃，生活底平静的道路是懒洋洋地躺在自己底前面，呵！幸福的预感简直把他瘦小的身体弄酥松了！

每每当他停止下阅读，要松一口满足的气息的时候，总是想起那曾经刺激起他底羡慕与热情，用着很多的钱去美国留学的亲戚——那个大傻瓜来！他想道："多傻！"不傻么？失业的留学生到处皆是！靠人吃饭是多么不稳当！而且，还须得削尖脑袋，四下里讨乖卖好，活像一只狗！……啊！简直是狗！……要不是头上的晒台坚实，他早已被空想的豪气托上半天云去了！

可是不幸得很，一种"意外"的枝节，不但把这足以安定人心的空想打得片甲不留，而且把他自己毫无体贴地，又拖进四日前的苦恼的深渊里了！

本来，他的一切行事，都是有精细的计划与打算的，任何一种行动，没有经过这种高贵的过程，他是宁肯"带住"，而不愿冒失地动手动脚。在家里的时候，夜里吹了灯上床睡觉，即是冬天，他也一定把上半截身子裸露在被外，盯着灯花一直由红而黑，这才安心地全盘钻入被窝，是这样的精细！这会有意外么？然而，这样精细的人，就是躺在棺材里，也不会感到妥贴的，因为"剥鬼皮"早就是平常事故了。

一天，他七点钟就往床上爬起来，用冷水洗了脸，（这种办法，在他，是与我们肥壮得可爱的体育家异趣的：请问，两角小洋能换多少铜板？）准备开始养鸡学的研究，可是，意外的枝节开始在这时播了它底种子了。

他打开被柴烟熏黑的破旧的窗子，一只手摸着藤椅的靠手坐下，一只手抚擦着睡眠未足的眼睛，"啊！"他轻轻地惊叫一声，才知道书还留在枕下。等到他取了书来，可是阅读的进行再也不像前几日的专一顺畅了，生滞滞的，要往书上面灌注的，意识地提起的全部注意中，有甚么模糊的东西爬搔着，正像扰乱军事后方的土匪。

"我太睡晏了！"他想。为要振作起来，接着，他把两手用力地直伸向前，做出要揎开谁的姿势，腰肢尽量往后扬。过后，皱起眉头，嘴紧闭着，他再看。然而，不对劲！他看不上两行，紧张的姿势又自然地松懈下来，眼光也不自主地离开书面，望向对面前楼上花标布的窗幔，心思是在追索着。然而，他追索什么？他自己并不知道，也无从明白，只模糊地意识着自己是在想罢了，——正想做着梦！

谢谢上海清晨特有的刷马桶的噪响，罗模终竟被它从模糊的梦境里醒觉了。他惊突一下，做出难耐的气色，手掌在鼻端两晃，恶恨恨地把窗门硼地关上，心里想道："真是讨厌极了！"然而，他并不明白他是在讨厌自己。

书仍是看不进眼，于是，全付注意转向在马桶身上去，甚至他底精神也并不像原来的昏弱了，在心里唠叨着所有的詈骂，心思的一部份却仍是追寻着某种不可知的，隐约的鬼影似的事物。

奇怪，今天的嗅觉也特别比往常锐敏了，简直像他自己颈子上就挂着马桶！简直！简直呀！他喃喃地叫道："她妈的！臭死人！"他跳也似地从椅上跃起，赶快抽燃一只仙女牌香烟。然而，这该咒的臭气仍一般地使人冒火，不舒服，混乱，生硬的声音更了不得地噪响，以致把他烦乱得摊在床上了。

"我在想些甚么呢！……他妈的，臭死人！"他拍着床褥，含糊地叫嚷，像要吓退一切的不安，臭气，噪响，魔鬼似的寻事生非的心思……，他把纸烟投向屋角，……接着，叹气，平静下来，昨夜零碎思索的事项，油然地浮现脑海了。

……家里底款子究竟在甚么时间能到呢？……省里又打起仗来了！……沿途的红匪……邮包停寄……抢轮船……"三十八年的粮又下来了！"……金价……煤油贵了一倍……

"哼！要五元多一桶！"他喃喃道。

然而，他在困恼中突然地警觉了，仿佛碰着久不见面的朋友似的，想道："啊，俄国煤油快到了！"

那已经是他自己弄饭以后的事了。一天，他到一位朋友处去，一见面，他们照例抱怨起那毫无怜惜地高涨着的物价，和一切的不便宜来，另外一位不相识的客人，冬瓜脸，眉目细小，说完一句话，鼻子里总哼地出一股气的，在大家沉默当中，神使鬼差似的说道："哼，那好消息！俄国煤油快到了。哼，非常便宜！只等中俄会议成功，就快到了，……哼……。"

这一刹那，罗模在脑筋里面想起了许多的事。他的心思异常的灵活，往常记不清的事，也明白得有如教师在黑板上写的白字。他很清楚地记得，而且确信，小学时代的一个教师曾说过，俄国也是煤油丰富的国家。他想道：现在它不是工人的国家么？不是正在努力经济的复兴么？没有剥削操纵……生产比赛，没有一只空闲的手……价钱当然便宜，而且为抵制资本家，弄得他们破产，说不定，唉！甚至……他几乎喊出："要是俄国人多好！"然而，实际上却情急地问道：

"真的吗？"

"谁骗人！哼，美国的资本家已经吓慌了！只等中俄会议成功，哼！便宜得很！"

他记起那认真的表情和答话，翻了一个身，想道："早知道零买好了！晦气！"

然而，当他恰在这苦恼的追悔中挣扎着的一煞那，别的岔子发生了。

一种摸索零碎物件的率率的声响在屋子里颤动，可是，这并不足以停止了他底思索，不过使心思有些混乱罢了，他想，那不过是大胆的鼠子在作怪。然而，一分钟，两分钟之后，那悉悉率率的声音，转而为熊熊的噪吼了。

他想："这是幻觉么？唉，我快要被生活作弄病了！唉……"可是不对劲，那里透来一股使人鼻管发闷的气味！于是，他本能地从床上翻起，"啊呀，完了！"像犯了不能振拔的死罪似的，他惊叫着，一面早已跃下床。谢谢上帝！幸好洗脸水还未倾倒！他灵活地举起脸盆，向一桶畅快地燃烧着的煤油泼去。

可是恰恰相反，火焰反更嚣张了，红红地。

一个可怕的火灾的惨乱的印象掣住了他，赶走了他凡事考虑的好习惯，于是，赶紧把一床棉被拿去踏压，幸好，十五分钟的忙乱，总算把可能的灾害销除了。然而，满屋弄得一蹋糊涂，最重要的，是烧坏了被头，而且没有了煤油！

他木桩似的立住，苍白的脸上，满是烟尘同汗水，目光暗滞地呆望着这零乱，杂沓的现象，正像一个在可怕的兵灾之后，从异地归来的难民，望着自己的破坏了的颓败的村舍一般。他想："这是梦么？"然而映在眼中底一切，是这样踏实而尖利地叫人无法否认呵！然而，——然而是梦多好……。

三月的风徐徐从窗口送入，卷荡着烟尘和纸灰。阳光伏伏帖帖地投在书桌上，窗栏上。载重车隆隆的声音自远处的街路上传来。住在后楼的独身老头儿，很响地打了一个喷嚏。两三只臭虫在尘封的壁上爬动。突然，一种说不出的凄惶，孤零，绝望的情绪感动了他。他蓦地弓下腰身，把头搁在两只手掌里，哼，哼，哼地呻吟起来，——是梦多好啊！

他底脑筋昏昏荡荡的，心里是搔抓不着的难过。他也毫没有给屋里底杂乱恢复秩序的心情，蹒跚地走向床边坐下，双手抱着肩头，一切不幸的苦恼与恐怖的预感汹涌着，他感到自己是被一只不可见的铁腕投掷在空旷无边的荒原里了，孤零，失望，一切都苍白而空虚！

虽说精神仍然是那般微弱，空荡，像经过热病的困厄之后似的，他底意识终于澄清了。然而两刻钟前所发生的可怕的搔动，和目前的杂乱，却并不勾上他无力的意识，荒耗的眼光尽瞟视着壁上爬行的臭虫，却也不曾引起憎恨同那杀却的预想，好像只是单纯地看。——在他也会承认是这样因为，一个失意的人，他总愿找不与自身有关的事情做的。

然而，事实是不会因为人底冷漠与无视而缩头的，罗模终于在这无关心似的平静中，睁开眼向它对面了。

他沉重地叹声唉气，觉得坐在床边上是不适意，手也没有相当的搁处，一时膝上，一时放向夺夺跳着的胸部，又捧着空虚而又沉重的头……。心里想道："真倒楣极了！"又瞟见那几只臭虫，接着，他取了一只旧鞋，在墙壁上狠狠地抢死那些大肚皮。于是，摸摸索索地检点着零乱的什物，在脑筋里面是痛苦地敲打着生活的算盘——该不会错桥吧？谁知道呢！

从那倒楣的一日起，罗模底整个心思与注意，是连头到尾地，被扔进生活底苦恼里去了。

但是现在，他苦恼的，已不是远的将来，而是目前。所谓永远性的安稳生活底幻想，已不能使它本身底义务有效了，实际上，少花两个铜钱，或在购买小菜上沾一些便宜，那倒是他高兴的事。

听说，快要被淹没死的落水鬼，就连脆弱的草茎和芦根，也会当作救命圈死死揪着的，淹没在生活的巨浪中的他，终于也揪着自己假想中的救命圈了。

他在经过了几度精细的，同时也是糊涂的计算之后，各种用度已省节到相当于他的低无可低了：每只纸烟截作两段，并且，把每日吃烟的次数减半；每天吃一顿饭，一顿面；不坐电车……然而，对生活黑嘴马脸的威胁，却并不因此减轻多少吓怕，于是，他又把所有希望都粘付在那俄国煤油身上了。

这不但使他对生活的预感找到了保护，蔽障，而忘掉了目前迫来的困难，他还可以随地，随时探听这惊人的消息，使心情没有焦灼和恐怖的余裕，人是只要想着会有好的一天，而且，对他多付给注意和心思，那就容易活下去了。

他的生活担子仿佛是减轻了。即是偶然发生了可诅咒的绝望与失意，怯弱的心情也不再被反拨向那败退似的，平静的家庭生活的留恋了，而且，出乎意外地，转促起了某种强力的情绪。

一个绝早的清晨。所有夜来的杂沓与嘈孔，已全被死的静寂吞没了，远处工厂里的汽笛在断续地，有力地啸着，垃圾车轮轮地响过去，罗模早已醒了。他躺在床上，刺痛地在想念着甚么，呆暗的目光不动地盯着白垩剥落的望壁，突然，一个奇迹似的心思，使他摆落一切模糊的影响，而加添了思索底明朗与尖锐。

他想："甚么！只要俄国煤油一到，唉，我怕甚么！回去？那太笑话了！"他拍了一下床，嚷道，"比我没办法的还多呢！"

接着，他很兴奋地把被盖一推，从床上跃下，像被神秘的灵感冲动着的诗人样，抓着笔写下去：

"父亲：我不是出来看热闹的，前封信的傻话概不过是一时的感情，在外面总好些，总觉得有望似的。生活自然很苦，但这是一个人不可少的磨炼！并且，俄国煤油也快到了！……"

写完信，他高兴地读了一次，两次，还在"磨炼"，"俄国煤油快到了"这些字边加上密圈。他心里爆闪着希望的火星，好像一箱一箱的俄国煤油正从四面八方飞来，脚上摸了油脂似的，在平整的生活道上滑走。——可是，头脑总有点昏昏的，似空虚，又似无定量的沉重着……

等他把信封好，满腔高兴已经馁了一半了，他想道："有钱，该买点拍挪诧吃！"

接着，他突起胸整作一下，迟疑地看了看信封，默想着，终于拿起一只装菜的籐提包，向门口跨去了。他把门钮已经抓在手上了，却并不把门带上。他迟疑着，想，眯左眼，又跨进屋子，把一只装有半瓶煤油的瓶子提在眉毛边，很正经地打量了一番，这才锁好门出去。

穿过几条中国街道，真早，两边檐下，像甚么节日的巡捕密探似的，密密麻麻搁满了马桶。末了，他在一只短胖的邮筒面前立着，虽然迟疑几下，终竟在斟酌了封面，默记了信内的大概之后，慎重地把信送入那冷冷的张着的大口里去了。

可是，为了怕掉出来，他还拿手在那冰冷的口边摸几下，屈着身子望一望，这才埋着头，想着信里的重要的句子和意思，往中国界的小菜场走去。

在距菜场不远的地方，他忽地又站住了。他觉得，自己经过某一条街的时候，分明看见一家大南货店，一角堆满了煤油箱，门上悬起画着大字的粉牌。他想："那是在兜售甚么，一定！该不是……"

他正想着，一辆载重车"轮轮"地从背面撞来。他一撤，忙往旁边跨去，身子往前一扑，他撞在甚么软软的东西上面了，接着，是"括那"一声，一种女人的叫嚷也跟着响起来了。

他定神一看，一个黑胖的半老妇人，腕上挂着竹篮，衣服大襟上的纽扣散开着，拖着尖拖鞋，嚷着，望一回碎在地上的破碗片，又盯他一眼。车夫们也都停下来了，三四个娘儿们围成半圆，笑，一个还打口哨。

他悟出他刚才一煞那是干了甚么了，被一种愤怒，害羞的感情撕裂着，昏乱，眯眼睛，终于忍着气，躬下身子去，可是，一只小脚向他鼻子上踢来，随着，是一片宏亮的笑声和叫嚷，他几乎痴呆了！

他终于发起气来，推开身边张着嘴笑的一个孩子，瘦薄的嘴唇干响着："你为甚么骂我呢？你配！"

又直起腰嚷道：

"凶！我赔你！值几个钱！"

但是，对方泼辣的进攻是打不退的，昏惑的还击，不过徒增加了观众的兴趣，使自己底羞恼更像样罢了。

最后，一位满脸酒疵的巡警，虽然说话有些口吃，仗了政府的制服同木棒，总算把这场风潮压平息了。

他遵了那位公仆的意思，赔去两角小洋之后，再往菜市走去——心里好不扫兴！然而，不几步，他又站住了，想道："唏！我原先在想甚么呢？"

"呵！是呀！"

他惊叫了一声，掉转头就往反对方向走。他明白地记得，在一条街上，一家铺店里是在兜售俄国煤油，还在粉牌上大书特书，"新到俄国煤油，价廉物美。"那粉牌，现在，一眼，他还可以看见，仿佛挂在睫毛上似的。可是，他又不敢确定那就如他所记得的那样写的，然而，出售俄国煤油总是千真万确的罢！不过，不过是在那条街呢？他记不得了！这倒是讨厌的事。在小跑似的走过一条街之后，他不能不又立住，仔细地向贫弱的记忆搜索了。

可是，不对劲！他不但想不起那条目的地所在的街名来，甚至连一个可以替代它，冒充它，足以欺骗自己的街名也想不起了！简直就没有想起甚么街名！只是一条条宽大喧闹的街底实体，在头脑里毒蛇似的拖来拖去！奇怪！而且，仿佛每条街都有挂着大粉牌，兜售俄国煤油的店铺！

他有点不相信自己底脑筋了。然而，一种潜伏的不安突然顽强起来，使他发出一些粘腻的微汗。他很冒火的想道："难道我看错了么？那才怪！"他是向着自己发起脾气来了，强制地要想出那急欲知道的一切。

接着，面前浮着的一切，人力车，红瓦的楼房，黑衣警察，顺着墙撒尿的狗，……所有的物体的线条都化成乳色的一片，他自己是模糊地意识着，脑际，胸间，全身是泛着空幻的泡沫，一转眼，连那模糊的意识也溶消在乳色的空虚中去了。

"油条啊！新鲜的！"

"咦！那，甚么名字呀？"像说梦话样，他突如其来地问。

"三个铜板一扎，热的！"

不知道是觉到了彼此问答的滑稽，或是记起了那目的地的街道，他爽然微笑，盯了那卖油条的孩子一眼，掉转头，仍然向前面走去了。

像失掉了灵魂似的，不二十步，他又呆呆地站住，心里往复地自语着：

"一出弄堂就掉左首，再拐左，然后一直靠右首掉三个拐就到了。呵，是呀！"

他试想把原先走过的街道，精细地重走一遍，踏勘一遍。他现在先到投信的那条街，再由那里到小菜场，像这样，不怕找不到罢！

然而，他却又自问着："这不会弄错罢？"他终于怀疑起自己底脑筋来了。

"他妈的！"右手拍一拍脑顶，亢奋着痛苦的顽强，踢脚，愤然地又朝东走去，仿佛同谁拌气似的，他是决了心非把它找着不可了。不过，那做成决心的情绪，已不是廉价的俄国煤油，而是那随着自身底烦恼和不安而来的顽固的反感。他闭紧嘴，重重地嚷道：

"我才相信！"

于是，他走去，燃烧着同恶辣的命运抗争的感情，用渴望焦灼的目光向街路两旁搜索，也不留心面前和足下，巡警的吆喝，黄包车夫的叫骂，踏着一个负着重载的力夫底足换来的"猪猡！"，……这一切，不过引起他本能地侧一侧身子，往前大跨一下或赶快退两步。然而，在渴想里蹲着的店铺，终于没有露面，而且，已经踏勘过的街道的数目，几乎又已经超过先前实在走过的数目底一半了。

很显然地，他已经走入迷宫了，只是自己并没有意识到，顶着昏乱的脑袋，走，走，仿佛不息气地走，就是他底目的，任务！

鬼使神差的，他混进租界里一条最热闹的街道了。一切肉的，和钢铁的声音，正像燥辣的暴风，吹打着他脆弱的感觉，使他更感到从来没有的虚弱和昏乱，突进他眼里来的，已不是模糊的形像，而是红，绿，白……不均整地调和着的杂色碎片了，无论如何著力，足，一落在地面上，总像踏着皮球似的。突然，一个尖锐而冰冷的意识电流似的透过全身："我快昏倒了!"这使他在最后清醒起来，迈开虚晃的大步，向着家里的方向，毫不择别地走去。走着，已不记得煤油，店铺，与遭遇的一切，只是哀怜的想道：

　　"我需要睡，睡!"

　　一点钟过后，他总算没有昏倒，而且躺在自己底床上了。

　　正是十二点钟。烧饭的炊烟已被和软的微风吹散。全弄的人家都各各热心着单调而寂寞的日常生活。这些从那都市中心抛到这贫乏困倦里的一群，女人们敞开胸喂奶，洗衣服，失了业的小职员同老太婆搓小麻将，……猫在阳光中仰着肚儿，罗模是醉人似的入睡了。

　　……是夜间么？可是电灯并没有燃着。更奇怪的是分明可以看见涌来涌去的人群。然而，他自己又觉来是躺在床上的……一个大胡子印度人在踯躅着……洋太太底屁股后面跟着大狗，他一定睛，没有了，白皑皑一片，……"啊!"对直走去，心里泛溢着喜悦，轻飘飘的。他在一种轻微的恍惚里身子几侧，……"我说! 哈……"在一家大南货店门前立定了。门上挂着牌："俄国煤油，价廉物美。"……"唏!"在柜台边坐着的，是一个露着黄牙齿笑的车夫! ……可是，他已走到几整堆煤油面前了。

　　"要多少？便宜啊!"一个戴瓜皮帽的老头子说。

　　"……这样子很面熟，尤其是胡子，活像那……"他想。

　　"并不比美国货坏! 他们没有剥削，操纵! 要多少?"

　　陈先生，那个教师，拿教鞭指着煤油箱说：

　　"记着，没有一只空手! 拼起做! 美国人已经吓慌了! 娃娃！——……"

"是父亲？"正想叫，一怔，却在街上走着，后面跟着一个青年，围着作裙的，肩上扛着煤油。……路边立着张开口的邮筒，……"该没写错字罢？"……他坐在自己椅子上了。……

……靠着椅子，是柔和而且温暖。他嘴里吸着香烟，一只手指着屋角的煤油箱数着："一箱，两……"满屋都是！心里闪着的战胜了生活的欢喜，是达到超越利害的极点了！……"火！"……把烟蒂在地板上弄熄，他又拿水滴往红的烟灰上，躬下腰去，踹……

然而，刚抬头，一只套着黑袜的小脚往鼻尖上踢来，耳内反响着"猪猡""猪猡"的尖刺的骂声。一瞬眼，满屋子里是装满烟雾同火焰了，许多粗壮线条的脸在火光中掠过，张着嘴，笑着，吆喝，……"煤油燃了！"……他想大声叫，然而喉头又有甚么冷而硬的东西哽住，……突然，又飞来震耳的噪音："哼！便宜，没有一只空手！"……身子沉重地往下面落着，落着，一撒，虚弱的意识掩过来。……

罗模无力地翻了一个身，脸掉向逐渐昏暗的角落去了，拿手掌揩着嘴角上的唾涎。……

一九三一年四月

选自沙汀：《法律外的航线》，辛垦书店，1932 年

联保主任的消遣

时间：一九三七年秋末的午后，摊派救国公债后一礼拜。

地点：枣县县城。

是一座道地的山城，四面皆山，城就建造在狭长的谷地里。全城，连城郊在内，大约有五六百户居民。除却兵匪的骚扰，抢掠，生活上的闷气和坚苦，他们唯一的享乐便要算对于大自然的欣赏了。

他们径望着那些粗野的峰峦呆想，呵气，并且作出种种可怕的诅咒来发泄自己所曾遭受的委屈。

他们一部分人的喜欢喝酒也是从这里发源的。每到晌午和傍晚，便总有几个人站在全兴烧房的柜台前喝着"烧晃子"，叫做"喝木脑壳酒"。但也有雅座，就是那隔着门帘的柜房里面，可以坐着喝。菜也不仅是几粒花生或者一枚盐蒜，不远郭开阳旅馆里的准备是十分充足的。额外还有着酥松爽口的牛肉。

而且是牦牛肉，特别从三百里外的干沟土门运来的。这是城里上等人的恩物，切成薄片，拌了辣椒末、花椒、醋和大蒜，谁也想不到住口，彭痰先生就正是这异味的爱好者；有的时候，虽然已经吃得够可以了，还要额外称一二两，藏在荷包里慢慢地吃。他凡事都是很痛快的，最不高兴中庸主义。

他是城区的联保主任，三个月前才接事的。曾经在省城留过学，住过三四家中级学校，已是十年前的事了。在这十年当中，前五年是混混沌沌过去的，后五年也一样，但却一面找着职业，制造着诉状和笑话。他的突然抓到联保主任原因很简单：春天去成都受过三个月训，因而成为应该尽先录用的地方行政的专家了。

可是要点也并不在这里，而他现在不但办完了公事，而且已经把整碗牛肉吃完了。他把筷子收转来，每支手分拿了一枝，于是擂鼓似的敲着碗檐，一面嘘嘘地吸着气，一面嚷道：

"董二！再来一份吧！辣椒重！……"

一个穿破棉背心的立刻拿起碗走了出去。留下守客的只有主任和别的两个人了。一个是办事处的会计，一个是司书。司书因为有着一付巧妙的旦脚喉咙，新近才当公事，浑名虞美人。他也同样嘘嘘地吸着气，担心道：

"唉呀！这样吃嗓子又会坍场！"

"没关系！你看唐酥元吧，杂种天天喝烧晃子！"

主任笑说着，同时用下巴望了门帘缝里一指。这唐酥元和他同样是城里的名人，又矮又黑，鸡母眼，永远用绿丝绦扎住裤脚。而且只要他一在街头露面，茶馆里便会立钻出一个人来，默默地把他拖进去，默默地送碗剩茶给他，而他也就漱漱喉咙，马上清唱起来，娱乐着自己和旁人，仿佛义务一样。

有的时候，即使拖他进去的茶客已经打起盹来，或者悄悄溜走了，他也会把自己已经开头了的节目完结了才收场的。因为靠着一位稍有资财的寡嫂生活，本人又是四十多岁的鳏夫，人们的享乐便也并不限于他那付沙甜的嗓音了，他们更不时替他创作一些香艳可笑的故事。

觉得机会是难得的，联保主任把他叫进来了。他吩咐他坐下，让虞美人酌了一杯大曲酒给他，以为酥元子一定会照规矩立刻肩起他的责任了，但这一个却老觑着他，一会，沙声地问道：

"这是怎么的哟，我们也该写十元呀？"他指的是救国公债。

"怎么的？你唱完了我对你讲吧！"

主任插断他，但又立刻笑道：

"啊，我问你，他们说老腊肉骑在背上打你，……"

"瞎说！我自己的亲嫂嫂！"

"就要亲嫂嫂才好呢！我说是呀，为甚么四十多岁还不讨老婆，说是没人给吧，也并不生得丑，一表人才！……"

"说正经话哇！怎么我们也该写十元呀！"

"你认了账我马上不要你缴！赶快从实招来，是不是骑在背上打过你？又抓又掐的，骂你不行呢！"

"说，说，老先人！就算有这回事吧！"

和以往在这种同样情景下所做的一样，酥元子仰起凹凹凸凸的黑脸，鸡母眼疼挛着，咧开嘴半哭半笑似的承认了。他清楚坚持下去会更糟的。但主任并不满足，说"有这样容易吗！"要他清唱一回再讲。好在这对酥元子并不困难，所以当破背心进来的时候，他已经把嗓子调整好了。

主任和他的僚属开初听得很乐意，但不久牛肉就占了上风，谁也不更留心他的曲调；可是直到菜碗空了，酒壶干了，他却还在老老实实的唱着。也许就是一点傻劲感动了主任，他没有骗他；而在临走的时候，他站起来招呼唐酥元道：

"好了吧！回去对老腊肉说，我下次派款少派他几个就是了！"

"啊哟！"酥元子笑着站起来拦住他，"那么这一次呢?"

"怎么，你要'挪我的肥'（绑票）呀！"

"那不管！你这样大的人也兴说要话呀!?"

"好好好！你叫她缓两天缴吧！也许可以想法，不过……"

因为想起外间种种责难，他恶意地笑了一下，继续道：

"不过不要逢人便传锣哇，以为光宗耀祖得很！……"

他对于向酥元子的让步感到失悔，有点气恼，但也立刻就过去了。他原是敢作敢为的人，最近三四年来的碰壁，这一次意外的作了主任，虽然使他反到应该从此谨慎一点，但本性究竟是应该难改的。比如才当主任的时候他曾经发誓戒酒，免得闹笑话，而他现在又连连打起酒嗝来了。

随便逛了一转，他便和破背心一道去公园里玩，别的两个依旧回去办事。公园就位置在南门外一抹矮矮的山坡上。地区不大，设备也很简陋，但因为从最高处的凉亭上可以望见奔腾的涪江，而在河的东岸则是一片满芦苇的广大的沙地，风景究竟不坏；因此绅士们常把它估价在川西北任何公园之上。

进公园大门是一片平地，蜿蜒着一条小河，直望着城壕里流。沿河连绵着许多古老的柳树，哨岗似的，而在每一丛树荫下则都置有几把竹椅，一张低小的方桌，准备给人吃茶消遣。但经常茶客很少，特别是这一天，除开联保主任和他的清客董二，以及那堂倌，便只有那些站岗的柳树了。

主任是来练习胡琴的，因为可以不被打扰。他原是打定主意要学打小鼓，后来改学"长面"，扇大钹，直到对小锣竟也失掉学习的兴会，于是把心思搁在四合工尺上面来了。他的对音乐发生兴会也和对旁的一样，是想改良自己的生活。因为被人叫喊的彭痰既已变成主任，便是消遣也该朝正经方面走的。

董二却是把音乐当成职业的。本来并不是，自从把老婆也抽进鸦片烟胡芦以后，于是也便只好利用自己的一双妙手活命了。他甚么乐器都会，吃饭不算，每天从主任领两毛钱开支烟账。他们靠在椅背上闷了一会便动起手来。一个拉胡琴，董二则用两根指头敲着桌沿，嘴里低哼着锣鼓调子，在练习小鼓。

一遇到调子或配音错乱的时候，他便停住手，给主任一点指示，说：

"子弦太嫩了。"

他把胡琴取过来替他重新配音。主任默默地望着他，嘴唇无力地张着，留心着他的动作。许多人老讥笑他的作事是没有常常的，但在开始却都照例专心，这是因为他那宝贝的性格的原故。现在，弦已经调好了，于是他又开始练习，重复起川调的西皮正板。他全身摊着，眼睛半闭，真像行家一样。

在旁人听来头痛的一串噪音散布开来：

"四合工尺上四合，四合，……"

董二依旧在练习小鼓。他那一双妙手是天生来打响器的，此外是"开烟"，打"逗十四"，要不然便往破背心的岔口里一插，呆站着看阔人们门牌消遣，给当背光。

除却指头敲在桌沿上的响声，生硬的胡琴声音，四周围很静寂。堂倌已然坐在一株柳树下打盹了。一群麻雀从暖烘烘的阳光中掠过。在靠近大门的土堆边，卖豆腐干的张老头儿蹲坐着在卷叶子烟。他的豆腐干是十分出名的，又麻又辣，成天在这城里败坏着妇人们的胃口。

当他正把烟卷噙在嘴里呵气的时候，差人王顺跟着一男一女走了进来。都是乡下人打扮，男的矮而多须，颈项上盘着链子。女人高高的，突颧骨，微撅的嘴唇上缀着一颗黑痣。他们是夫妇，丈夫叫何幺跨子，大哥曾是有名的哥老头目，煊赫过一时，但在十年前被驻军用通匪的罪名枪毙了，还查封了财产。

他们直望着主任走去，而在快要近身的时候，那男的忽然站住不动了。他揎着嘴，呆呆地搔着颈项；女人于是生气的唠叨道：

"走呀！甚么人会把你吃了么!?……"

但她自己却单独走近主任去了，两手搭在髀间，招呼道：

"咦，彭主任好呀！"

"好呀……"

对方半眯着眼睛回答，照旧拉着胡琴：

"工尺上四合，四合……"

"我想找主任说个事：人家说冤有头，债有主，……"

看见主任并不愿意搁下他的消遣，幺跨子女人停下不讲了。直到听见一种含怒的声音哼道，"唉，讲下去呀！"这才又在琴声的抑扬中继续下去。

她说的也正是关于救国公债的事，为着那种不大公正的摊派感到不平。拘留了她的丈夫押缴也是不适合的，她要求还他自由，并且重新把数目分派过。忽然又发觉主任实际上并未介意，也许故意装作不听，她于是特别提高声音说道：

"我们就是闹到衙门里去……"

听到这里，主任本能地横了她一眼，于是她又不响了。响着的单是胡琴的生涩的声音。他是很早便受过公事生活的洗礼的，那是他父亲，一位已经去世的正经绅士。所以虽是混混沌沌过了一些日子，虽是他的被扰使他不大愉快，他依旧能够保持住一个主任应有的镇静。

停了一会，他才悠悠地吐出几个字道：

"看还吓得到我么！"

"四合工尺，……"

"我给你讲吧！"他一边继续道，"照规定我还给你派少了呢！"

"好呀，只要有规定就对！可是比我们肥的还多得很呢，怎么随便写几个钱就算了？摘柿子拣软的摘呀！"

"你的嘴巴要放干净点！"主任用手指了她一下，但又立刻抓住弓弦，"以为旁人不知道吧，拿着两三百亩田还要装穷卖富的——"

"天晓得！"

"谁管你天不天哇！……我们通通都是有调查的"。

"有调查就好呀。只要你指得出两三百亩田来，再写一倍我也认账！……原有也一二百亩田，民国十年，他大伯死的时候给人'空一回篆子（敲诈），去他一两千，后来他爹又给人空一回，去他几百，还不要说今天这种捐，明天那种捐，就是一河水也搅干了！"

"烂船也有三千钉呀！"

么跨子嫂嫂没有回得上嘴，他呆瞪着琴弦的往来去了。但当那衙役正为烟瘾而大打呵欠的时候，她忽然转过脸去，指着丈夫骂道：

"唉，你拿话出来说呀！我为你何家一家人甚么狗气都受够了！"

"吓！……你怪我——"

丈夫突地瞪着眼睛嚷了半句，又突地低下头不响了；而在同时，主任搁下胡琴，欠起身冷冷地问道：

"你在骂哪个——甚么人是狗?"

"啊哟她们女人家……"

破背心劝解着含糊了一句；但幺跨子嫂嫂毫不畏怯地叫道：

"吓！这才怪呢！我一没提你名，二没提你姓，……"

"好嘛，"主任切断她，恶意地笑着，"我知道你泼得很；你只要想想你们那分贼赃是怎么得来的就够了！"

说完过后，因为察觉出女的变了脸色，显然已经猜到他是暗指着那大伯凶死后查封家产时所曾引起的纠纷，他的心情于是和平下来，而且全身望椅背靠去，故意悠然自得地拉起胡琴来了。

幺跨子女人气呆了好一会，上唇上的黑痣颤栗着，然后爆发似的嚷道：

"唉，彭主任，养儿养女往上长啊！……"

"尺工上四合，……"

"怎么，"她继续道，"兴乱说么?！了结的时候你们老太爷也在场的，都说，哥哥是哥哥的，兄弟是兄弟的，还拿了我们两百块钱，……"

"说这些话！"丈夫咕噜着。

"后来画押的时候，又是两百，"女人并不听劝，"还亲自向我拍着胸口说，再出事有他！怎么，现在还来翻陈账么？只要你肯宰鸡剁狗，……"

她嚷闹着，但主任好像不曾听见似的，他半闭着眼睛，胡琴拉得更神气了。因为感觉已经成了僵局，幺跨子嫂嫂突然失悔起自己的莽撞来，停住不响了；她呆站着，默默呻着忍受的气。而当那丈夫抱怨似的含糊道："龟儿子东西！"这时候，她才又重新哭嚷起来，找着发泄委屈的适当对象了。

"你自己怎么不说呀！"她哭嚷道，"甚么东西把你嘴巴塞住了么？好歹都是你这个砍脑壳的，……"

"你就只跟我闹，……"

"我不跟你个瘟丧的闹，你何家就是家败人亡我也不管了！我真背够了黄包袱，有好心没好报！……"

正当幺跨子女人用哭泣代替了她的嚷叫之后，绷的一声，主任的琴弦断了。董二赶快接过手，修理好后又配了配音，然后奉还转去。而在这时候，差人王顺把吃完烟的纸捻弄熄，折成几叠，挟在耳后，斯斯文文地从树脚下站起来了。

他佯笑了一声，讨好似的说道：

"哭甚么！赶快去找款吧，主任是说着玩的。"

"你怎么知道我是说着玩的？"

胡琴发出一串不大顺耳的音调。

"哎呀，主任咦！不要跟她们坤道人家一般见识。"

"就是呀！"幺跨子晦涩的恳求也开始了，"说得的也说，说不得的她也说，……"

主任不耐烦的脸色没有让他继续下去。这不耐烦也是从胡琴来的，他老是调不好音，就连董二的代劳都失败了。刚才接过手又出岔子。最后，他自己逞着强弄了一次又一次，可是更不容易拉上调门，而且又绷的一声断了。他咕噜了一句粗话站立起来。

他把胡琴塞给破棉背心，一面责斥那差役道："你们真会办事——还是交到办事处去给我关起来吧——简直是饭桶！"

他生气着，也不管王顺卑微的笑脸，幺跨子夫妇的吃惊和恳求，一车身进城去了。董二挟着胡琴跟了上去。他在公园大门边追上他，含糊道："她们女人家的话，"意思是想求情。但也仅仅这一句，因为他那张嘴巴的灵动恰恰和手相反。

然而横竖一样，联保主任已经沉浸在自己的心思里了，他很扫兴地叹了口气，说：

"我看还是学'长面'（大锣）痛快一些。"

选自 1939 年《文艺战线》第 1 卷第 2 号

模范县长

我回到故乡来已经半个月了，或者确切点说，我回到茶馆里来已经半个月了，因为自从回来以后，每天大部分时间我都是在茶馆里消磨掉的，没有茶馆便没有生活，这点真理在四川一个小镇子上尤其见得正确无误。

在未回来以前，我是打算暂让自己同这世界隔绝开的，把自己沉没在几本破旧的佛经里面，我认为这是一个明智的办法，虽然也是无可奈何的事。然而不上一礼拜，我便感觉得在家里坐不住了，我很想从外人的闲谈里获得一种医治寂寞的药剂，而茶馆里那种闲适空气也着实引诱着我。

再则，家庭里的人也不肯让我安心下去，他们老是探问着我几年来的踪迹，诉苦着物价的高涨，像在暗示着我应该跨上一条谋生的捷径。我的叔父，他是作过两三任典狱官的，现在已经老了，而且更顽固更糊涂了，因为自己在资历上吃过不少的亏，他就简直劝我去混个头衔，或者说染一水；这却使我惶恐而不安了。

于是除开吃饭睡觉，我总在茶馆里停留着，度着无聊的岁月。虽然每逢场期这种呆滞单调的生活里可以杂进一些新鲜成分，但我倒特别喜欢冷场天。因为在这样的日期，人们多是很清闲的，而且喝茶的又老是那几个人，不必怎样留心，单凭一声叹气，一丝一掠即逝的冷笑，对方的心情便已明明白白的了。同我熟识的是刘三恍子，董幺麻子，打斗的老痰几个人。

刘三恍子从前家资富足，可是就因为恍，一切都任着自己的性情胡干，几年便凋零了。但仗着自己坚实的反省，随后却踏踏实实的做着各种买卖，重新安家立业，现在是潇潇洒洒的过着退休的生活了。他背靠了墙壁，闭着眼睛，似乎正在假寐。我们谁都没有说话。

这时正当初夏，又是向午时候，人心直像给慵懒和温暖融解掉了。寂寞的市街上连人影子也没有一个，从低矮的小屋里可以隐隐听见纺车的声音，偶尔街后传来一两声鹊鸟的噪鸣，但随即更静寂了。打斗的在一心一意裹叶子烟；他忽而失神着，接着笑了笑，便又认真的，裹将起来。而在同时，我那叔父兴冲冲的走来过了，他例外扣着马褂纽子，手里抱着烟袋。

他是去东头刘幺暨府上的，那家里的大先生去年县长甄审时取得了合法资格，当过科长，受过种种训练，三天前省府的委任算下来了。而据叔父的意见，这是镇上的光荣，值得去贺贺喜的。他在前天夜里便已当着鼓励向我夸耀过了，他是特别来约三恍子一道去的。

但这一个连眼睛也不张开，下巴两摆，拒绝了，这使得叔父感觉得难为情，所以当他变脸变色，扬长而去之后，那斗行忍不住一个人哑笑了。于是他停止了裹烟，倒十分高兴的去茶炉边吸燃他的烟杆。

他是一直没有停止过笑的，当从炉子边转来的时候，他忽然叹了口气，说道：

"你还是家门都不去，是我，我真前面两只脚也放下来了呢。"

这自然是讽刺典狱官和打趣三恍子的，但后者没有做声，倒是幺麻子接着认真的说道：

"也抵得屁不疼！现在的县长也不凶了，犯了事一样抓来关起！"

于是这个满脸傲气的棉布商人，慎而重之的举出例来。他前一场去州里办贷，正碰上那里的法院审问一个邻县的县长；那县长是以甄审第一名任用，但一样，丢进监狱里了。

"现在甚么都保不到险了，"他自信的结束道，"你以为是铁沙帽吧。"

在他叙述当中，三恍子已经打着呵欠站起来了，他没有张理谁，一径跑去茶炉边洗了个脸，然后回转来拿冷茶漱了口，再叫堂倌冲上开水，一气喝了半碗。他是以冷静和见识广出名的，当布客住了口的时候，他不动声色，一直沉在那种自信颇深的沉默当中。

而在末了，他望着那个正经严肃的面孔冷冷一笑，十分随便的说道：

"你就知道这一点么？那个县长还演过几折拿手戏呢：《秋江河》《二堂释放》……"

这几出四川戏都是和县官们开玩笑的，而且妇孺共知，所以还没说完，他的叙述便被我们的哄笑埋葬掉了。就连布客也弄来笑不可仰。但三恍子并不笑，他的脸色反而变严肃了。

"现在真是甚么都越来越进步了，"当笑声停止下来的时候，他感慨的继续道，"甚么都比从前简单多了！只要摆几缸颜料在那里搁起，不管你张三也好，李四也好，总之来者不误，拖进染缸里去一浸，就成功了，布客知道的，就是染布也要煮过，漂过，上过滚子才会说不脱色呀！"

"可是究竟没有耍把戏便当，"斗行凑趣道，"只要呵一口气……"

"老实讲，这不知道还要冤枉好多人啊！"三恍子是没有听取旁人的意见的习惯的，他一直说了下去，"比如我们刚才讲的那位吧，要不那样容易去染他一水，他也许不会坐监狱了。因为原来就是有身份的，大学毕业，一向在铁道上做事。同邮政局差不多，在铁路上做事，包袱权当肥呢。自然，这也怪自己没把握，大约以为当官总要神气些吧。

"人的心有时候真也是猜不透的。我有一个朋友，这家伙百事不成，就连他自己也觉得是不可救药的了。但是一天忽然向他父亲表示，他什么都灰心了，但不做两天官他是想不过的。后来多方设计去染了一水，现在早穿起呢军服来了，脚底下是皮套裤。我看那个县长和我这朋友有点相像。并不说倒玩的，你们去打听一下他初上任的时候那种神气就相信了。

"上任不久有一回士绅们去看他，随后他送他们出来，正碰着二堂上问案，七歪八斜的站着几个壮丁，拿了枪在守卫，他一出现，那几个人立刻振作起来，叫了口令，提起枪敬礼了。

"这出其不意的动作使得大家怔了一下，但县长却愉快的咂了咂嘴，点着脑袋，沉吟道：

"'就是这点够味……'

"然而，实在说，虽然他是那样看重那些官场上的派头，多少地方他倒是很随便的：有时候比你我老百姓还不开展，因为他连火食账也要亲手料理，每天夜很深了还在敲打算盘，常常为了几角钱的错误而拿开除监禁威吓厨子，小工，指责他们通同作弊。

"吃也吃得很坏，后来同事们熬不住了，大多数和他分了伙，让他自成一个火食单位。其实他是没有一件事情同他们合得来的，每一涉及公费开支，他便老向他们抬杠。

"可是理由却也简单得很，因为那些照例的托词不外如此：

"'唉，这个家务这样整，整烂了都不好啊……'

"而且，不但对于金钱的出纳，他不相信他们，一般公事比较重要的公文他必须亲自管理，藏在种种紧要地方：荷包里，书桌的抽匣当中，箱子和柜子里，不让主管人员依照手续归档。

"然而有了这点谨慎，他也着过不少的急。因为他总常常把一两件重要公事忘记备案或者转发下去，而当上面催问起来的时候，他一摸腰包，又去翻看箱子柜子，原文是没有了。于是他相信一定是主管科长归了档了，而在瞎吵一通之后，他又耐心去重行发现。

"嗨！原来才规规矩矩躺在他的枕头下面在哩！"

"那这家伙怕有神经病啊！"我忍不住插了句嘴。

"这也难说，"三恍子沉吟着；"虽然上任不久背地里都叫他神经，外表上看起来也不过有点恍恍忽忽罢了。大约有三十七八的样子，五短身材，很健康，像个小胖子，短眉毛，肥鼻头，嘴唇红润，随常带点孩子气的笑意。但是，恐怕由于用心过度，已经在秃顶了。他是好动的，对人说话的时候老喜欢站起来走动走动。谈话中带挟一两个洋文。

"我看他有点像城里的段忙，老是有一肚子重要事放不平顺的样子。不相信任何人，以为世界上不胡整的人简直没有。但是他比段忙自负，以为一切事情都瞒不过他。所以每当士绅或者同事向他陈诉甚么的时候，他总爱大有讲究的叹道：'这个你麻不到我！'或者是：'我懂得呵！'听说他只肯对法律承认隔行，觉得是桩非常抱恨的事。

"然而，为了避免法官舞弊，为了学习，有时他也用他检察官的身分自己问案。那一次我到我们老丈人家里去的时候，他就恰在一天前问过一桩案子。不过他却立刻为全县人所笑话了。我们常说，戏上有世上有，这话一点不错，有时比戏上还稀奇呢。

"那也可以说是一桩奸情案子，或者磕敲案子。主犯是焦二公爷和任小凤，一个戏班上的坤角。原告是任小凤的丈夫，一个小丑。案子判决得糊涂还在其次，有趣的是他审问时那付酸溜溜的神气。

"当审问那坤角的时候，他的上半身立刻躺到桌子上去了，眼睛紧盯着她，摇着下巴问道：

"'这一下我看你又怎么说呢？'

"听了他那付腔调就连那娼妇也羞红了脸，不好意思的笑着，把头勾下去了。

"'脑壳抬起来哟！'他又忽然正起身子继续道：'随便同人睡觉怎么不害羞呢！'

"总之，那简直不像问案，无非是在那里调情罢了。"

"这个家伙像没有带家眷来呀？"打斗的大笑道，"要是有太太他就不敢这样做了。"

"这一句你又说对了哩！"三恍子承认着，"不过看光景他也没有把握带家眷来，才上任不久，生活又这样贵。滑竿起码是四五角钱一里。但听说从前在铁路上做事的时候，却是很找了几个钱的，不过日本人一赶来，当了一两年难民，手边几个钱全给搞光了。

"我们敢于武断说他的做官就是为了来搂一把钱纸灰的。由此我们也可以看出一般人是如何难于收拾，因为当他受训回来的时候，不但毫无进步，他的喉咙反而愈加粗了。起先还多少有点顾虑，现在几乎开卖案子了。像是插了招妖幡样，他经常接待着各种类的士绅。

"你们都知道我们老丈人那里是出产谷米的，经常有百来支船往河道里运。我的舅子近两年就是靠这生意发了财的。咳，去年我们内里满四十他还来过的呀。大家还记得吧：瘦瘦的，左眼睛有点觑，一身草绿色哔叽制服，满手的黄货。可是正月间一下禁了运，生意就停顿了。

"吃屎的狗是离不了毛坑的，这一下怎么办呢？在米商中我那舅子的生意做得顶大，犹豫了几次，有一天他壮着胆上县政府去了，这不能不佩服他有识见，因为一般人看了皇皇的政令，都以为关于粮食的事是没有人敢试刀的；这比一条命案，一桩田土上的纠纷，那是严重多了。

"然而我的舅子终于觑起眼睛走进衙门去了。他起初会见的是县长的那名助理秘书，一个老是张开着嘴的半老的老人，他是县长的幺叔，也是他的勾手。虽然他一样得不到信任，随时还要挨那侄儿的臭骂，但终于是自己人，他对他的忠心依旧无以复加。

"有一次听说一个绅士为了桩命案去会县长，希望被告方面能够得到一个有利的结果，他们高谈着，但却老是不着边际，助理秘书至于就在板壁后面急得跺起足来。

"'太瘟症了！'他狠狠地叹着气，'简直瘟得伤心……'

"要不是那侄儿骂了一句：'你病又发作了哇！'也许他还会大声嚷起来呢！

"在向这样一个贴身的秘书试探了一番之后，觑眼子便直接会到县长本人。他原是敢作敢为的，再加上那股暴发户所常有的虚劲，他的谈吐比从前更直率了，简直毫无顾忌。

"所以随便寒暄几句之后他便直切进入本题：请县长在他的米生意里搭二成股。

"'我那里有闲钱啊！'但是县长叹息了，'连受训的钱都是借来的！'

"'那我们欢迎你搭干股好了！'觑眼子更胆大了；'多了我不敢保险，一股账每个月一两千块钱没问题的。像这样下去恐怕不止呢！潼川太镇又在往上冒了。……'

"因为眼睛又不对劲，我那舅子一直兴高采烈的说了下去，也没有注意到那位民之父母早已没有听他的话了。在失措的摩了摩他那秃顶之后，他就愉快而出奇的紧盯着他；终于打断他道：

"'是干股我就多搭一点好吧？'

"'要是我个人的事就好了呀！'我那舅子未免吃惊起来，'可惜

股东是太多了。外表面的生意倒大，灵官一股鞭一股，一分下来就没有了。就是我自己也才一成半呢，你想想看！'

"于是神经扫兴的叹了口气，从椅子上立起来了。

"这是他的习惯，遇到困难，或者感情过分激动的时候，他便会站起来无声无息地走动走动，一面劈劈拍拍的翻玩着他的翻天印金戒指，然后又一下子坐还原位，再套它上指头去。

"而当他重新坐定之后，于是他意味深长的带点警告的这样说了：

"'那么账目你可麻不得我啊！每个月我们要结算一次。'

"'当然当然，总之到月底就把钱送来，我出进多了不方便，就交给幺老太爷。'

"'不，还是你亲自送来好了。可是我再说一遍：账我懂啊！'

"'完了！你还不相信我呢！'觑眼子叹息了；'想么买价卖价都是有个行情管着的呀！这能够假造么?！至于买了多少，卖了多少，更瞒不过你，你要发运输证下来，我们才走得到路呀！'

"'我就猜到了吧！'

"县长冷笑的叹息着切断了他。他的脸上现出一种表情，很像他早已看透了对方的用意，但他不肯信，直到那个怀着鬼胎的人自白出来的时候，他不免觉得上了大当，却也有点得意自己的眼力。

"'我就猜到了罢，'他重复的说，'不是这一点恐怕半成也不行呢！'

"他那冷冷的口气简直弄得我的舅子惊惶失措，但他随即记起他是怎样一个县长来了，他事后大笑着告诉我他之所以失措，因为在某一瞬间，他仿佛自己是上了预设的圈套了。

"'这是自然的呀！'于是觑眼睛和他搭讪起来，'你帮助我，我帮助你……'

"他在当天把运粮证拿到手了，而在临走的时候，他还大胆的忠告县长，最好勒紧一点，不要随便发运粮证，因为这对他本人是不大好的，对于他的生意更是不利，红利上一定会大受影响。

"当时县长没有什么表示，但从他随后的行事来看，他显然没有把我舅子的话放在心上，因为这件交道不久以后，他就动手卖起运粮证来了，开初是几个米贩子串上门去，也许为了方便以及表示他的大公无私，后来他那么叔简直亲自上茶馆兜买主了，毫无顾忌。

"从那时起到被捕，他做的有两个半月生意。现在，因为除了原来的各项账目，以及一切油盐柴米的开支，再添上这桩新鲜买卖，他弄来忙得不亦乐乎，有时要天亮才睡觉了，至于一般舆论，起初以为这是免不了的，何况目前生活又这样高，但当本县的米价受到显著的影响时候，大家便背后咒起来了。

"同事们也大多不满意他。但这不满意是从他的独占而来的，至少不全来自正义，所以他们只是抱着惟恐天下不乱的冷酷态度，希望他早些倒霉。其间只有一个胖子科员，在老婆的怂恿下替他拖过几回生意。

"但当最后一次生意成功，那胖子诉起苦来，意在得点甜头的时候，却被他轻轻的支吾开了。

"'你总比我好呀，'他叹息着说，'单是受回训我就带了五千块钱的账！'

"总之，这家伙一毛不拔，恐怕就是他的么叔也白跑一趟腿呢？所以……"

"他不这样手紧又不会栽案了哟！"布客俨然的说。

"是的，他的落马同他的同事们有关系，"三怅子继续道，"但也不过供给一些证据罢了。我听说重要原因倒还在别方面。要不是军粮问题闹的太糟，士绅们生了气，他的案子也不容易发作。至少不会这样快。你们想吧，五十元一新石给他拖到一百五六十元，是我，我也不痛快呀！

　　"官价发下来的时候是二月间，但直到五月底他才分给乡长。要是他把这笔钱拿去做几手生意，也还想得过呢，就因为运粮证的事把他手占着了，忙不过来。对于上面的追问他也一味敷衍，问他款子发下没有：发下去了。问他怎样分配的呢，回答的结果也叫上司非常满意。

　　"到了五月间，忽然又来问他收粮的情形了，他又照例惬惬意意回了一封电报：

　　"'所有应购之粮，现已大半收齐，一俟什么什么……'

　　"好在粮管处的副主任，一个当地的士绅，偶尔看见他的电稿，觉得再不抗议是不成了。

　　"'你这怎么行啊！'他忠告他道，'要是他来提呢？'

　　"'不会的！'但县长倒很坦然，'现在的事还把你我麻到了么？'

　　"'唉，不过你这是虚报呀！'

　　"'现在又有好多公事是实报呢？'神经依旧不大在乎；'这样工作，那样工作，一天来几件，就是不吃饭，不睡觉，你也不能件件都办得好呀！并且也不止我一个人虚报，……'

　　"'然而，你要知道这个比不得别的，是粮政啊！'

　　"县长于是叹了口气，站将起来，弄响着翻天印戒指，踱起方步来了。

　　"'并且我好久就想向你说过的了，'副主任继续道，'再不发款下去，恐怕还要出点事呢！……'

　　"这席话无疑给了对方一种深刻印象，所以当县长坐将下来，并且套上戒指的时候，他承认了应该把电文改的含糊一点，而且例外的相信了那士绅，让他一手承担起分发各款的事。

　　"实在说他也不能不相信他，因为那时候他的生意正在打拥堂呢！

"当谷款还未发下来以前，大家都存着一种幻想的，以为或者可以减免掉罢。有的则自恃种种莫明其妙，但却信其可以保险的私人关系，以为自己未必会给派上。所以等到乡公所接到款子，造出名册的时候，老百姓立刻落进恐怖里了。但接着便是咒骂，终于派代表上县府请愿了。现在新任虽然已经来了个多月了，事情还是毫无结果。

"至于这种事情本身没有提到控诉的地步，依我看，大约还是那种侥幸心在作怪，因为他们相信了县长的支吾，以为只要肯一个劲向省府或参议会请求，减免就办不到，至少等到新谷上市补缴是一定行的。嗨！你说他神经吧，从这件事看来，他才不神经，倒满老辣哩！

"可是，虽然如此，关于运粮证的案子，却正在这种暂时压制住的愤怒里酿造成了。事情是这样的，几个米贩子向助理秘书购买好几张运粮证，但却没有县长的私章，不能生效，而钱一到手，那么幺叔又溜之乎了。于是他们去见县长，但那一个不但不承认，还把他们赶了出来。

"从那几个老实人说来，已经不愿再追，自认晦气的了。但事情一传播开来，那些正在气愤而且不安的人，就恰恰找着了出气的空隙。于是他们怂恿着，给米贩子壮着胆，一面又从衙门里那些由于别种原因也在气恼而且不满的人们中串到一些更加坚实的证据，布置好了阵势。

"最后是请了本国学子，一个很有名望的秀才，一同到州里去，咚一声，就告响了……"

正在谈得起劲，我的叔父走回来了。不知是因为正午太热，或是太高兴，也许现在用不着再讲理了，他的马褂纽子照例敞了开来。他拖着烟袋，微笑着静听了一会。当三恍子正用"咚"的一声来表示他的快意的时候，老典狱官似乎终于明白了故事的来由，他立刻抢着说下去了。

"你们是在谈姜神经吧，"他笑嚷道，"要不是背景雄，狗命都完蛋了！我们刚才同二先生还谈到他，简直是宝贝呀！在州里初审的情形才有趣呢！是大先生从专署里听来的。他的朋友很多……"

我那叔父的谈话虽然精神百倍，但却像快马一样，所以三恍子切断他道：

"你今天怎么这样忙呵。慢点好吧？"

老典狱不好意思的笑了起来。于是他坐将下去，从容详细的谈起初审时的情形，但他说了许多废话，老离不开那大先生以及专署。我很担心大家会打着哈欠散了开去，那就太丢人了，好在他还知趣，终于谈到精彩地方，而且绘声绘形的，听众也逐渐振作起来。

当审问终结，法警言言县长应该从看守所乔迁到监狱里去的时候，我的叔父，也便是那个犯官的替身，显得吃惊而不平了，他向布客走将过去，目不转睛的紧瞅住他。

而在末了，他歪头头讽笑起来，摇头摆脑，气而派之的说道：

"唉，你要弄清楚，我大小是个官啊！"

然而法警表示他们是只能按照规矩做的。于是犯官眼睛半闭，伸伸腰杆，长长的叹了口气，接着他闷瘾似的定了定神，然后感慨很深的点着下巴，沉吟道：

"这也是官场的报应啊。佛说：我不入地狱，谁入地狱……"

我那叔父的表演一完，竟连未必全懂的打斗的和布商，也忍不住哄笑了。

老典狱官依旧坐了下去，简直笑得咳咳起来。他一面笑着，咳着，一面手掌拍着桌子，大大地伸屈着上身来替他喘气。当大家的笑声停止下来的时候，他也从急喘里逃出来了。

"老实讲，"他又正经的说道，"这个家伙也太瘟得痛了！简直是个笨贼！"

“大先生上了任该不会这样笨呀？”三恍子冷冷的问。

“那大先生的打路倒比他懂得多啊！……”

我的叔父，他立刻半得意半取笑的呻唤着说了。从他的神气看来，这仿佛得罪了他本人一样，他随即不屑争辩似的拖了烟袋站将起来。但他没有就走开，双手勒着肚子，陷在沉思里面。

“所以一个人自己要肯钻呀！”他赞叹的自语道，“你看别人才染了一水，……”

虽然他的眼睛望入空间，他的话无疑是讽示我的：一个青年人不要好吃懒做，应该去染一水钻得路子出来。这简直把我全般的兴致都赶跑了，好像浇了我一瓢冷水一样。

所以当他走后，三恍子他们依旧谈笑风生，但我没有听进去一句话。我毫不自觉的想到了我的处境，想到快要到来的午餐时节的老典狱官的那付神气。由于他的拜访的满意，关于鼓励我的以及讽刺我的材料一定是比平日愈丰富，愈泼刺了。……

几乘滑竿忽然由成都方向抬进场来。不久从那上面走下来一个黄呢制服的青年，一个烫发的少妇，一个抱着小孩的娘姨，他们伸伸懒腰，息了息已经麻木的脚，就陆续走进对面馆子里去了。

斗行们是开始推测起来：躲警报的？是去城里的什么委员？受训回来的？……

而在堂倌的吆喝声中，大司务响着汤瓢耳锅的噪音当中，那个坐在茶馆阶沿上用石块捶着杏仁充饥的乞儿，颠簸着走向馆子的门口去了，他在灶门边立下来，他紧盯着那耳锅以及那厨子的每一动作。他是那样的出神，只不时习惯的用手掌轻轻拍着他的秃头。

选自1942年《文艺杂志》第1卷第1期

野　火

　　太阳已经爬上灰色的屋背，市集还是冷清清的，仿佛那些平常溅着口沫，争价钱论斤两的赶集的小贩，突然一下改变了记忆似的。许多店子的铺板也死死地关住，有的逢中提去一两扇板子，使铺堂里显得空洞，黑暗，好像里边藏得有很多的不幸和诡计。

　　在正街上，有些吃过了早饭的人，在自己的阶门边站住，嘴巴里咬着槟榔。这个习惯当中不应该冷淡的冷淡，反而给他们带来一些新鲜的味儿，他们会心地笑着，点着头。

　　几个小家妇女，手肘上挽着竹提筐，在拐完了一两条街之后，吊起下巴想想，互相望一眼，都慢腾腾地往家里转去。因为不好打听，她们怀疑起自己的记性来，猜想着可又发生了甚么事故或风潮，年头儿给与他们的焦灼和扰乱，又在她们少变化的脸上活动了。

　　她们当中的两三个，摇动着大的银耳环，叽叽咕咕起来。然而，听到从背后走来的换城防的军队的脚步声，却又赶快胡乱让路，一声不响了。

　　那些灰色服装，那些皮皮拍拍的脚步，那些从没吃饱过饭的面孔，枪刺和草鞋，引起她们一些吓人的恐怖。这恐怖，像一个精于收拾旧货的成衣匠，又很快地把许多新鲜的和陈旧的记忆的碎片缝合起来，作成一件尸衣，披罩在日夜提心的生活上。

　　她们彼此瞪着眼，像是说：

　　"又要干么？"

一个老太婆，打皱的小嘴一撇，提起两只小脚，往一家酒店冲去，叫道：

"没有一天清净，没有一天，……"

应着唠叨，一张肥肥的脸，望那刚刚提开两块铺板的窄缝中伸出来了，不由人想到监狱和囚犯。

可是，那老板，他清楚这回放了瞎炮的集期的讲究，他现存的粮食还能够吃半年，他虽然也一样会吃印花的挖苦，但只要在把酒提从坛子里拿出来的时候，手微微两抖，他就不会吃亏了，他底脸上并没有囚犯的愁苦和惨白。

他仍然和往常一样，不慌不忙地袖子两挽，伸起的手掌搁上额头，接着瓜皮帽往后脑一推，提起酒瓶的颈项，向黑暗的洞窟隐没了。

卖杂粮的墟场上，只有一家馒头店还在正正经经做着生意。在那面前，一群下力人的男男女女，夹着破口袋，按着不听交接的肚皮，在五心不作主地转动着，嚷着。

那个收荒货的人，手两搓，从掌盘上小心地拾起一个馒头，用手秤量，脸上现着要发气的样子。想了一会，他又还转去，不在乎地说：

"唏！癞子！趁火打劫么？"

癞子赌气地从扎着围裙的腰杆上拖出一条印花，擎着，摇着，叫道：

"看罢！让我孙子去！"

风从墟场上扫过，饥饿的身体感到像是被可恶的冬天包围了。他们这些人，都是靠着自己底肩头和脚杆的结果，在集市的日子，买一点便宜，碎米和白薯，一直捱到第二一个集期。可是，那不压手的馒头，这冷落的市场，空荡荡的棚架，宣布了他们腰袋里紧扎着的钱已经失掉效用，只好去回望着冷灶吞口水了。

在慢慢转动着的人丛中，忽然，发出一种小孩子的哭声。一个妇人的声调也接着叫起来：

"冤孽啊！要命么？您要命么？"

有人用哑声哼道：

"细人家，就是，唉！找点东西他吃呢。"

那当母亲的，把流着鼻涕眼泪的小人横拖到墟场边上去了。她在墙壁上扯下一角新任印花局长的告示，边在孩子的脸上擦，边嚷：

"人家逃荒的呢？问您？人家呢？嗯！?"

一阵急风，太阳没有了，尘土卷荡着，墟场，棚架，破烂低矮的住屋，都显出一种闭目深思和瞌睡的神情。

那些人懒懒地走着，背抄着手，散到附近的小巷里去了。有的走到门临墟场的家。却又并不进去，阴缩缩地坐在门限上，望着荒原一般的墟场出神，或者，接二连三地打着干呵欠。

这时，窝窝头，一个年老的打水夫，没声没气地出现在墟场上。他底胡须蓬乱，面孔阴晦，长年蒙着北方的尘土。他底背脊弯屈，好像被千百年的忧郁折断了。当他困难地伸起腰肢，昏昏懂懂地四面望了望，就用他那照例不明不白的语调喃喃起来：

"啊，真是，这，唉！"

抓搔了一会突出的喉头，脑袋不耐烦地动一动，——远望去，黄沙蔽天，他底腰又弯下去了。

一个半老妇人，轻脚轻手走过来，窄小声音问：

"您也一点不剩么？"

他扬起眼睛，痴呆着，半晌，才摇了摇头，哼道：

"唉，这，真是。"

"一个人总好办呀！唉！"

妇人双手插进蓝布背心，拐开了。

一群麻雀，在地上用嘴和爪寻找着往日残余的米粒，啄了一阵，抓了一阵，又伏伏地飞开，麻褐色的鸽子在黄浊的空间掠过，攒到旷野里去了，它们飞鸣自由，脚上没有法律和阴郁的枷锁。打水夫在一株棚杆上靠住了。

在墟场当街的一面，几个到人家作客的娘儿们经过，就顺便站住，指着搭棚的架子和木杆，笑着，嚷着。一个剪发的小姑娘，跳到自己的妈妈面前，娇声地问道：

"妈妈！问您，爹爹罢不罢市呢？"

她还胡乱地问下去，惹得妇人们把眼泪都笑出来了。等红红绿绿的背影闪过，暂时欢乐的空气也就消失，遗留着的只有雪花膏的香气和瓜子壳，和无边的空虚。

左面的破屋边，一种发气的声音叫道：

"窝窝头，那是张家的么？"

"对？他们杀鸡。"老头忍了一下，又接着说下去，"对，我才担过水。"

那些坐在自家门限上的人，像刚从梦里爬出似的，又问答起老话来：

"一点不剩么？"

"唏！谁诓你哩！"

有人立起来，叹着气说：

"真够了！连卖小菜的都要贴！那个缺嘴，就是堰边那个缺嘴，一筐菜，就说，'贴，一角！不行！一角！'说是甚么，说是，——真够了！"

癞子已经收了堂，担着蒸笼和铁锅，从坝子当中插过来。他把几方印花贴在酱色的额头上，一面走，一面怪声地吆喝：

"贴上了，谁个姐儿妹子要！贴上了！"

人们大笑起来。可是，像坏了的喷水机一样，冲了两股，就没声没响了。

往常，他们吃过饭的时候，也是这样地坐在自己的门边，谈着邻近的水灾和荒旱，那忧郁担惊的声调里，总流露出一种意味：侥幸我们是落了空了。然而，欺诈和剥削，和人吃人的把戏，这一切灾祸之源，蓦地，以一种较生的面目袭来，他们底生存又都充满绝望了。

从那街路的转角处，传来一种咆哮声：

"窝窝头！窝窝头！"

接着，一个拖着火钳的人跃出来，吼道：

"这个老鬼啊！快！"

打水夫头也不抬，揉一揉肩膀，叹着气，预备动身了。在动身的时候，一个妇人扬声道：

"快去呀！顺便要一碗总行的。请客呐！"

其他的人也噜苏起来：

"不行，他太本分。"

"出名的狗老爷！就要，也不行啊！"

他们很认真地讨论着，推算着，然而，谈话当中的食物是填不牢血肉的肠胃的，在那妇人争得出了脾气的时候，便又都哑着了。

苍白的太阳，一块块落在棚架脚下，空摊上，人们的颈项上，背上。在城外，在那广大的平野当中，阳光就更显得无聊而乏力了。炊烟从远处的屋顶冲动起来——被风打断了。

井架嘎吱地哼吟着，等到木桶"同"地落在井檐上，一切又都死寂，好像就是一个极细微的声息，也被旷野驱逐着，翻过远处呆木的土邱，灰飞了。

老头子似乎很不习惯地挽着桶梁上的麻绳，挽了几下，反而坐在井畔了。井很深，长满着青苔，虎耳草，黑郁郁的，一种不可理解的阴暗，——抬起头，望向无边的远方去了。

在那昏蒙的远处，他仿佛看见了二十年前的生活：儿，女，老婆，一只牛，几只山羊，拌着血汗的田土，一个适意的存在，……

那已过去千年万年了，而梦想和怀恋仍然存在。

天白皑皑的，干燥，显着一付呆子的面貌，好像一切都与它无关：生命，灾祸，人吃人的把戏。在它下面，旷野，村落，灰色的城堡，街道，没有一丝生气。

那个印花局长，闪着猜疑的眼光，扬起尘埃，在大街上冲过去了。他一转过背，一些人就蹑脚蹑手聚拢，溜着贼也似的眼光，议论起来：

"也急了罢？哼！会软下去的。"

"少说，张开眼睛看好了"

窝窝头担着空桶走来。他底背弯成直角了，桶时时撞着地，发出空响。

"喂，窝窝头！"

他已经被饥饿和疲劳咬坏了，但是，他底性情是和窝窝头一样的，他忍耐着车转上半身去，看谁还要他打水。

"吃饭么？"一个人问。

他眨了眨眼睛，全身转过去，响了一忽嘴唇，低下头，要走他自己底路了。

"买两个馒头吃呀，笨猪！"有人叹息着说。

"哽！"打水夫比着手势，叫，"这里！胸口！"

对于这个意外的激动和生气，人们反而笑了，觉得窝窝头会动起感情来，真是一件滑稽的事。

那个酒铺里的胖子，把手掌搁往额头，正打算说一句笑话，一瞥见局长射人的眼睛，他底手蓦地又被打断了似的垂下去了。

这位忠于职务的老爷，他正在调查着民情，急着想找一点缝隙来钳住人们底捣蛋和弄鬼，和用软方法阻塞国家的财源的恶作剧，——而他正找住了。他锋利地环扫着变脸变色的人们，大声地问道：

"您们又在鼓吹些甚么!? 甚么!?"

他底眼睛和打水夫的对碰了，老头子赶快低下头，含含糊糊地喃喃着。好像吓怕似的，一个字都没说明白，他又把矮矮的身子车开了。

"转来! 您说些甚么!? 甚么!?"

"我没有。"

"您敢! 我亲自听见! 您还敢赖!"

"我，我，我说……"

"您甚么!? 您担水怎么不贴印花!? 您!"

重——咙一声，窝窝头把水桶摆落在地上了。他挣起脊背，好像要把几千年来阴郁的重负挣掉似的，眼睛里射出一点为生存所付与的野性，溅着口沫叫道：

"请问贴在哪里呢!?"他又转动着身子，望着那些已经目瞪口呆的市民们叫吼：

"我看以后拉屎也要钱罢!"

看客们吃惊了一下，一齐哄笑了。

局长大张着嘴，但是，他的官腔再也流不出来了，他脸红而且愤怒，他尽是叫着"好的!""好的!"。

"好的! 我要您认得我!"他撩起衣兜，边走边车过身来嚷，"好的! 我要您认得我!"

打水夫神使鬼差的突击，局长的张惶，把小市民们底怯懦一脚踢翻了，大家都翻复着窝窝头的真理，从肚皮里掏出藏得紧紧的不平和嘲骂。

"对啰! 往后甚么也要钱了呢!"

"以为是软柿子罢? 哈哈!"

那些大半天没有吞一口饭的人，一嗅到风声，也都离开破矮的家屋，赶来凑闹热，骂着粗话。当绸店里的老板，拿出自以为高明的警告，劝打水夫走开去躲一躲的时候，他们底叫嚣也更厉害起来。

　　"快爬到老婆床下去罢，看撞着您底屁股啊！"

　　"那是您底神主牌，动错了么！?"

　　"见鬼！我底意思是，我以为，"老板不高兴地嚅嚅着，突然，没声没响了。

　　"办一顿再说！了得，办一顿再说！"

　　局长高叫着，带着四个局员，冲进人丛中来了。

　　窝窝头，像冬天旷野里的篝火一般，被人们团团围住。他胡乱地摇动着肩头，缩着手，想摆落那些望他身上伸过来的手掌，好像被蝇子爬搔得不耐烦了似的。

　　有些人贼眉贼眼地溜开了。闺女们立在门角里，凸出半张脸来。两三个小孩子，很正经地肩着小小的纸旗，在人堆外面像军人似的走来走去，叫着：

　　"打倒军阀！"

　　"让开！让开！让条路！"

　　局长挥着手杖，叫着，像军乐队的指挥人一般。

　　一个老太婆，正大胆地走到街心，又慌慌张张地退转到自己的阶门边，摇着头，说：

　　"这年岁，多嘴呀！"接着，蓦地回转脸，大叫道：

　　"老二！——回来！"

　　别的人却一直跟着去，拥塞在印花局的大门堂里。那些立在前一排的人，一被后面的同伴挤跌在地上，就转过头来乱骂，手撑着门限，死死地拿屁股抵住。

　　洗衣服的蒋妈，翘起脚，由左至右，往复地抓住人们的肩头，大声地叫嚷：

"他爹！——土生他爹！"

突然，人们激动起来了，叹气，骂，呻唤，狂叫。……

在大厅里，已经被缚着手脚的打水夫，给倒挂在横梁上去了，两个局员，在毫不费事地抽打着，破裂的声音——没有了。

"唉！缺德！太……"

"不要掀！不要掀！我们选人去请保！"

一种紧迫的哑声嘶道：

"看把胎挤落啊！"

人们轰进去了。

喤唥唥——嗒，玻璃破碎的声音。

"呵哟——乱打么!?"

人们抓起独凳。括——呐，板凳腿折断了，在手里乱舞起来，打着自家人的头，就互相骂着。

"往后门跳了！去！去！"

"牙齿不行！剪刀！刀……"

一个披头散发的妇人，爬上凳子，去取那小门上的门幕，很快地被挤跌下来了，颠在人堆上。

"霉鬼！裤子落了！裤子……"

那个酒店里的胖老板，他急急忙忙地滚出来，对着街当中站着的看客，手搁往额头，把帽子大大地向后推了一下，用一种半睡半醒的声调哼道：

"变了！年头变了！"

一列军队正在开来。

一九三二，一二，一三

选自 1932 年《文学月报》第 1 卷第 5—6 期合刊

在祠堂里

一放下晚饭筷子，那些散处在祠堂里的破落家族，又重新聚集在七公公的门口了。天色慢慢黑了下来。在院坝里，鸭群寂寞而懒散地鸣叫着，伸长颈项，踱过着秋霖的积水。大堂屋里已经点上神灯了，但因此院落里却更显得清冷，好像同着暗夜一道，一切都正在走向黑暗里去。

聚集起来的大半是女人，他们带着一种探究的神气，有的平静而暧昧地讲说着，有的不时发出问询，大多数则都静默着，把一天来生活疲倦了的身体靠在柱头上，尖起耳朵，大张着嘴，只是有时叹口气来表明他们的关心和存在。

那个发话最多的是经理员大叔，一个平稳而自负的汉子，他似乎早就知道事件的起因和结果，恰像他自己做过的一样。但当他正在陈说一种自以为高明的假定时，那个老年的主人，突然地掀起没有胡子的下巴，大声地苦笑了。

"你也是过后兴兵呀！"

他带着责斥的口气切断他：

"老实说，我们原早就不该让他俩母子搬进来才对，常言说，嫁出去的女，泼出去的水……"

经理员咭咕道："现在倒说这些话！"

老头子吃惊一下，感到内疚似的不响了。但他撅着嘴想了一想，接着啐了一口，便又拍着膝头嚷叫起来：

"这些话！我亲自听见她叫我七疯子哩！她不疯，养出他妈这样一个现世宝来。昏头昏脑的，也不想想，兵太太你都惹得呀！——自己倒跑了！"

"是呀，自己倒跑掉了呵！"一个女人附合着他。

大家于是都十分担心地叹息了。想起了那个连长的粗暴和威吓，他们就免不了吓怕起来，这是一个黝黑而粗壮的人，浓眉大眼，说话好像吵架一样，但对人却极和气，他很喜欢同孩子们玩，时常用一支手把他们举得高高的，给他们糖吃。他是那种所谓"裹腿帮"出身的军官，原来是一个兵士，大约曾经在龙泉驿浮图关一带的火线上拼过不少次数的死命，才一直升迁到现在的地位。他平常总显得随随便便的，不大生气，虽然有一回几乎用矮凳打断了一个卖柴人的脚胫。因为老头儿自己算错了柴帐，倒反申言给吃了克扣了。

他们现在回想到他昨夜里咆哮的情形。而在城墙上，号兵们每天照例的"翻音"又开始了，其中一个人毫无止境似地吹出一种单音，摇曳而悠长，直到快要接不上气了，别人再又继续下去；就这样反覆着，使人想到那种被人扼杀时的情景。经理员懒懒地从门槛上站起来了。

"你们这些人的话也难讲，"他说，"总是惊风扯火的！请问，搜查也搜查了，他还会把谁抓去枪毙么，不会的！就是显庭姑母也不会再'吃碰'。"

有人提醒他道："说是又跑去找张局长去了哩。"

"这个老姐子呵！"

那个浑名肉电报的寡妇赶紧接过嘴去：

"已经碰了一鼻子灰，不知道她还要跑去做甚么呵！要是他肯帮忙，他早就该把那个瘟牲安顿下去，也不会闹出这一场鬼事！"

"又恰恰碰着那个狐狸精！"

"还有脸说自己是女学生呵，真羞人！"

寡妇狠狠地把嘴一瘪，住了口，于是别的两三个女人接起头，把话题展开了。她们开始批评那个眉毛很淡，生着一付崛强的，直而短俏的鼻子的太太，她的装束和神气。这女人宽裕的生活和身份引起了她们的忌妒。她骄傲而冷淡，随时架了腿，坐在自己的堂门边嗑瓜子，挺直腰杆，仿佛要想将自身和那平俗的环境分开似的。她见了谁也不理睬，就是对自己丈夫的殷勤也很冷淡。可是她这种不合适宜的脾味，昨夜里却也着着过丰富的报偿了。

那个抱着娃儿的布客大嫂，忍不住哎哟了一声，做声做气的叫道：

"是我，打都把我打死了呵！"

从耳门外传来一阵沉重而缓慢的皮鞋声响，人们的饶舌马上停止了。连长李海山从外面走了进来。他的脸色比平日更黝黑了，他的脑袋已经低垂了下去，两手插在裤袋里面。他一直朝着自己的门口走去，但看起来却又像并无一定的目的一样。那个发育未全的小兵照例尾随着他，穿着一件普通兵士的上装，一直盖过膝头。

上尉疲倦地坐落在门边的躺椅上面，含糊道："把洋灯照起。"

于是在闷人的静寂里，小兵在堂屋里取下洋灯，寻找着火柴，他寻了一会，一连刮上几根又都没有效果；他乳声乳气抱怨道：

"我怕有鬼哩！"

"你背着风呀。"

"又没有风呢。"

连长忍耐着甚么似的呼出一口气，全身躺在椅子上了；他把手肘搁在头额上面。那个枯瘦矮小的丈母娘毫没声音地出现在堂屋门边。她递给小兵一根燃着的纸枚，随即十分谨慎似的向女婿问道：

"我给你热饭么？"

"没有这样容易的事！"

几乎同时，他从躺椅上翻身起来了，并且在靠手上打着他的

拳头:

"我十五岁就在外面'跑烂滩',我没有给人剪过眉毛?"

"你息一下气再说哩。"

"我是受气宝吗?"

"她已经向我认错了!"

"你拉住我做甚么?!"

他挣脱自己的手臂,跨入堂屋,冲进寝室里去了。老太婆吃了一吓,便也蹒跚着跟了进去。她在这室里算是一个可怜的存在,那女儿随常为自己的婚姻抱怨着她,而上尉也只当她是一个娘姨看待,对她那种老年人的啰唆存着鄙视。可是她却不管这些,一样把他们当成自己的亲人,老是想法消解掉他们当中漠然的膈膜。为了这,她是很用过一些心思的,而且试验过不少糊涂手段。她才一跟进门,却又慌慌张张地退出来了。

她带着一种严重,但是近于滑稽的神情,迫视着小兵,压低声音嚷道:

"呀!怎么站在那里杠子也揎不动呵!还不快去!……"

她于是说出一串军官们的姓名来,以及找不到他们时他会得到的责斥。但在卧室内,咆哮和拳头,已经开始活动起来了。和昨夜一样,那女的依旧很少声张,她依旧只在紧要处凑上一句。而上尉则老是重覆着这些话:

"你还要嘴硬呀!"

或者是:

"我知道你的供口硬得很!"

接着便总是一阵扑打,或者一段长长的,痛苦而低沉的申斥,随即,咆哮又开始了。

天已经黑定了。是一个闷郁的晚上,城上的号音还在没命地继续着。在七公公的堂屋门口,那些旁观者已经管束住他们的嘴巴了。他们只是更加尖起他们的耳朵，胆怯地给他们听来的响动加上一两句说明：并且监视着一二个青年人，禁止他们太走近厢房边去，显庭姑母也在他们里面，但她没有他们那样好的兴致，她的心被那个相信爱情的儿子占满了。

由于一种奇妙的关联，当上尉咆哮起来时，她便滚着眼泪哭道：

"天呀！我不知道那辈子给他张家背了多大的'黄包袱'了呵！……"

"所以你这个老姐子就是！"

肉电报马上切住她：

"你有甚么哭的哩，旁人连自己的婆娘都管不住，何况是儿子！"

她又忍住笑提醒众人：

"这个老鸡婆！"于是大家听见那个可怜的丈母娘，正在长声夭夭地嚷叫着：

"快还一个价钱呀？说是下回不了！……"

"我怕你老糊涂了么！"女儿和女婿同时怒止住她。

一时间没有声音，但突然地上尉又爆发了：

"狗入的，我总要让你认得我！……"

"一枪只有一个窟窿呀！"

"你还不配！你是我用钱买来的！"

"我们原早讲过不是买卖婚姻呵。"老太婆胆怯地分辩着。

"没有你张嘴的！"上尉威吓她，"我喂一条狗，它还会向我摇尾巴！"

于是那种千篇一律的谴责又开头了。从他的叙述和口气看来，她简直应该把他看成衣食父母，因为要不是他把她从那个破烂的"十家院坝"里提出来，使她从一个洗衣婆的女儿变成一个太太，给她漂亮的服饰，并且替她供养她的母亲，恐怕她早已在那种难堪的贫困里完事了。

他说得矜持而锁碎，以致经理员大叔忍不住从门槛上站起来，厌烦道：

"太把人说得不值钱了！"

"要是值钱又对啰！"

七公公冷笑了，他斜视着他反驳过去：

"你看她那付神气哩，简直是她妈个贱皮子，过不来好日子的。"

"拿到福享不来呵！"肉电报立刻表示了同意，"要吃有吃，要穿有穿，是别的人么，恐怕屁股也是喜欢的哩！"

"你们听！"

布客大嫂忽然吃惊地报告着；于是大家立刻听见一种低沉而颤栗的嚷叫：

"你再说一遍喳！"

"我是喜欢他！你丑不了我！"

突地静寂下来；他们没有再听见回声，但都无意识地屏住了呼吸，好像准备要毫无抵抗地招架一下打击一样。而接着，新的扑打来临了。不过这和以前有点二样，奔跑声和撞着木器的声响一停止，便一切静寂，只有一种低沉而吃紧的扰嚷继续着。丈母娘放声哭嚷了。

"我就是这一个女花花呵！"

她随即又奔到堂屋口去：

"他快要把她扼死了！"

好像磁石下面的铁砂一样，人们立刻涌向连长门口去了；仅止七公公和显庭姑母没有移动，她全身颤栗，扯了衣角在揸眼泪，而老头子则在不平地申斥着，咒骂那些好管闲事的人将会得到他们应得的报偿。他忽然搔着下巴给她建议道：

"咦！我看你还是避一下好点吧？"

同着小兵一道，一个矮小的军官走进院子里来了。他走起路来跳蹦跳蹦的，一到连长门口，便立即驱散着那些充满了关心的芳邻。然而他的声调是轻松的，好像在开玩笑一样。

"把戏么？——快倒了尿去睡！"他笑嘻嘻地嚷叫着。

连长随即从堂屋里走了出来，摇着头惨笑道：

"狗入的硬把我'恨干'了。"

他摊身在躺椅上去，双手掩了面孔。

"你这个老弟！"小军官弯身向了他，"常言说，婆娘家，洗脚水，洗了一盆又一盆……"

"我十五岁就在外面跑滩。……"

"快收拾起吧！一会'热觉'睡起就半个钱事都没有了！"

"看我得罪人哇！"

"那你要怎么哩？"

看见并非玩笑的事，小军官轻松的声调，忽然变得低沉而略带苦恼了；他把脸逼近连长的去。谁也没有听见那回答是什么。但不一会，他懒懒地撑起腰杆站起来了。于是摸一会颈项，踌躇道：

"我看倒犯不着这样认真吧？"

"我总是'空子'啦！"连长猛地撑起身来，"就是当活乌龟也不要出气！"

这时候，二个新来的军官把他们不满意的谈话打断了。其中一个身体很肥大，他一路大声地自言自语着，好像一匹刚才生过蛋的鸡婆一样，当他向他们问询了几句以后，便更是口沫乱溅地嚷叫了。

"她！"他大叫道，"这还有甚么说得哩！连上叫两个兵把盘子（脸）给她花了就是了，打发给栖流所的告化儿去。再不然让那几个佚子拖她到城外去，点她的牌牌红（轮奸）……”

他说得刻毒而猥亵。竟连肉电报也禁不住耳根子发烧了，她唏嘘道：

"怎么打这些烂条呵，我的天公儿！"

"这就稀奇了么，"经理员小声道，"你还没有看见好看的呢！女人家在他们就像烂草鞋样。七公公总还记得吧，那个塌鼻子排长才叫毒呢！他把他的女人——"

"快少造些口孽吧！"

想起塌鼻做出的那猥亵而毒狠的场面，老头儿把他的叙述阻拦住了。

人们有的啧响着嘴唇，有的叹气了，但这也不过是几分钟中间的事，那种容易使人变成旁观者的好心理，那刻就把他们的同情和不安赶开了；他们又重新为一种漠然的期待所占据。然而经过一通暧昧难倾的密谈之后，连长家里的空气倒反而平静下来，似乎并没有发生任何奇观的预兆。随后，那些客人们随意地谈笑着，连长则垂头丧气的，一齐向外面走去了。

"我说会冷下台吧。"肉电报目送着他们说。

布客娘子接着道："究竟是两夫妇呀！"

"没把正事给我耽搁了哩！"

七公公咭咕着；他又向着媳妇嚷道：

"你像看热闹看忘记了呀，我的酒罐呢？"

他每天睡前照例是要喝几杯的。在一张小方凳上，他一个人独自饮着，面前摆几颗炒落花生。那些穷家族还在发舒各色的意见，似乎不大满意。打更匠王童子已经在行使他的职权了，可是依旧没有人想到睡觉的事。

"这样其实也好，"肉电报开始安慰着自己和大家，"至少那个霉鬼子的事情取松了。我们也少担些心，你看他妈哭哭啼啼的那个样子呵!"

"那只怪她自己想不通呀!"老头子呷了口酒,说,"是我么,好对付得很,儿子的足杆长在他自己的身上在,当娘的管的着?会见怪的该怪自己,拿到一个年轻婆娘,一天有事没事都花花草草的!常言道母狗不摇尾……"

"你再说好听一点吧!"经理员插嘴说,"像没有逼死两个人你还不甘心哩!"

"这才把我吓倒了呀!——他逼死逼活有我屁事!就这样:有点看不惯!"

他们互相争吵起来了。有人在慢声地劝解着:

"鸟呵!别人打婆娘,你们倒来争嘴!"

"我争什么?我又不想当娘屋人!"

老头儿略带讽刺地叫嚷着,掀起下巴,进屋里困觉去了。他躺在床上还唠叨了一会,但人们已经陆续走散,于是过了不久,他也在烧酒的效果下打起鼾来。而当他口渴醒转时,时间早已是去半夜不远了。

"我的茶壶呢,嗯?"

他嘟哝着,但没有听见老婆的回声。他自己爬起来才找到那把小小的宜兴壶。然而恰当要尽情享受的时候,院子里一种低沉而吃紧的响动,把他引诱出去了。

在正屋子和一边厢房转拐处的黑角落里,他发现了他的老伴,肉电报和布客大嫂;她们弯了腰半蹲在那里,哑声不动,好像影子一样。恰如孙子们"学样"似的,双手捧了茶壶,老头子毫无声息地,也跟着他们蹲在一起了。

那响动,是从连长家里发出的,而且还没有完结。堂屋里的洋灯还在照耀着,正中摆着一口白木棺材,附近站有两三个兵士,那张眉张眼的神气好像戏台下的观众一样。几个军官把连长太太从卧室中拖了出来；她的嘴是用手巾包扎着的，他们十分迅速地把她塞进棺材里去了。

这一切都仿佛在做哑剧一样，只是当棺材盖合拢时，那个胖大军官才十分明显地嚷叫了一声：

"赶快钉起！"

"死了？"

老婆子颤声道："我怕你做梦呢，闹了这半夜！"

"这未免太'莽'了，唉！"

吃惊了一下，七公公明白过来，于是深深地叹息了。肉电报一句话也没有说。从安静的寝室里，那个丈母娘突然哭叫了一声，但随即就在低沉而迫人的叱咤中哑了下去；只剩有一种模糊不明的咽哽了。

夜很深，四近没有一点声息。锤子打在棺材盖上的声音，恰如打在木桶上的一样，空洞而不着实。而在远处，突地响了一阵清脆的"司刀"声，接着便跟来一种悠长而凄厉的叫唤：

"……三魂七魄回来没有呵！……"

狗嗥叫着。……

一九三六年六月

选自沙汀：《兽道》，群益出版社，1935 年

在其香居茶馆里

坐在其香居茶馆里的联保主任方治国，当他看见从东头走来，嘴里照例扰嚷不休的邢幺吵吵，他简直立刻冷了半截，觉得身子快

要坐不稳了。

使他发生这种异状的有下面几个原因：为了种种糊涂的措施，他目前正处在全镇市民的围攻当中，这是一，其次，幺吵吵第二个儿子，因为缓役了四次，好多人在讲闲话了。加之新县长又是宣言了要整顿兵役的，于是他胡胡涂涂地上了一封密告，而在三天前被兵役科捉进城了。

但最重要的是：如全市所批评，幺吵吵是不忌生冷的人，甚么话都说得出来的。而他本人虽不可怕，但他的大哥是全县极有威望的耆宿，他的舅子是财务委员，县政上的活动份子，并且，就是主任的令尊在世的时候，也是对幺吵吵那张嘴表示头痛的。

但幺吵吵终于吵过来了。这是那种精力充足，对这世界上任何物事都抱了一种毫不在意的态度的典型男性。在这类人身上是找不出悲观和扫兴的。他常打着哈哈在茶馆里自白道：

"老子这张嘴么，就这样！说是要说的，吃也是要吃的；说够了回去两杯甜酒一喝，倒下去就睡！……"

现在，他一面跨上其香居的阶沿，拖了把圈椅坐了下去，一面直着嗓子，干笑着嚷道：

"嗨，对！看阳沟里还把船翻了么！"

他所参加的桌子已经有着三个茶客，全是熟人：十年前当过视学的俞视学；前征收局的管账，现在靠着利金生活的汪二；纸店老板黄光锐。

他们大家，以及旁的茶客，都向他打着招呼：

"拿碗茶来，钱我给了。"

"坐上来好吧，"视学客气道，"这里要舒服些。"

"我要那么舒服的做甚么哇，"出乎意外，吵吵红着脸叫嚷道，"你知道么，我坐了上席会昏头的，——没有那个资格！"

本分人的视学禁不住红起脸来。但他立刻觉得幺吵吵是针对着联保主任说的，因为在说的时候，他看见他满含恶意的瞥了坐在后面首席上的方治国一眼。

除却主任，那桌子上还坐的有张三监爷。他们都说他是方治国的军师，但实际上，他只能跟主任坐坐酒馆，在紧要关头，尽点忠告。但这又并不特别，他原是对甚么事也关心的，而往往忽略了自己。他的老婆在家里是经常饿着饭的。

同监爷对坐着的是黄毛牛肉，正在吞服着一种秘制的戒烟丸药。他是主任的重要助手；虽然并无过人之才，惟一的特点是毫无顾忌；"现在的事你管那么多做甚么哇！"他常常说，"拿得到的你就拿！"

他应付这世界上一切足以使人大惊小怪的事变，只有一种态度：装做不懂。因此，他小声向主任说道：

"你不要管他的，"他眨眼而且努嘴，"发神筋！"

"这回子把蜂窝戳破了。"主任发出苦笑说。

"我看要赶紧'缝'啊，"监爷拿着暗淡无光的黄铜水烟袋，沉吟道，"另外找一个人'抵'怎样？"

"已经来不及了呀。"

"不要管他的，"牛肉道，"他是个火炮性子。"

这时，幺吵吵已经拍着桌子，放开嗓子叫了。但他的战术还停留在第一阶段上，即并不指出被攻击的人的姓名，只是隐射着，似乎像一通没头没脑的漫骂。

"搞到我名下来了，"他佯装着打了一串哈哈，"好得很！老子今天就要看他是甚么鸡巴人出来的：人鸡巴？狗鸡巴？你们见过狗鸡巴么，嗨，那才有趣！"

于是他又比又说的形容起来了。虽然已经蓄了十年上下的胡子，但他是以说粗鲁话出名的。许多闲着无事的人，有时甚至故意挑弄他说下流话。他所谓的"狗"是指他的仇人说的，因为主任的外祖当过衙役，而这又是方府上下人等最大的忌讳。

因为他形容得太难堪了，那视学插嘴道：

"少造点口孽，有道理讲得清的。"

"我有甚么道理哇！"吵吵忽然正色道，"有道理我也当甚么鸡巴主任了，两眼墨黑，见钱就拿！"

"吓，邢表叔！"

气得脸青面黑的瘦小的主任，一下子忍不住站起来了。

"吓，邢表叔，"他说，"你说话要负责啊！"

"甚么叫做负责哇?！我就不懂！——甚么人是你表叔，你认错人了！是你表叔你也不吃我了！"

"对，对，对，我吃你。"主任解嘲的说，一面坐了下去。

"不是吗?"吵吵拍了一掌桌子，"兵役科的人亲口对我老大说的！你的报告真做得好呢。我倒要看你今天是长的几个卵子！……"

他愈说，就愈觉得这并非玩笑的事，如一向以来的瞎吵瞎闹一样，他感到愤激了。

他相信，要是一年或者半年以前，他是用不着怎样着急的，事情好办得很，只需给他大哥一个通知，他的老二就会自自由由走回来的。而且以往他就避掉过四次。但现在是不同了，一切都要照规矩办了。而且更重要的，他的老二已经抓进城了。

照经验，事情一露了头，弄到县长面前去了，就难办的。他已经派了老大进城，但带回来的口信是：因为新县长的脾味还不清楚，而且一接印就宣布他是要整顿兵役的，所以他的伯父和舅父都表示情形的险恶。额外那捎信人又说，壮丁就要送进省了。

凡是邢大老爷们都感觉棘手的事，人还能有甚么办法呢? 这也就是说，他的老二只有作炮灰了。

"你怕我是聋子吧！"么吵吵简直在咆哮了，"去年蒋家寡母子的儿子五百，你放了；陈二靴子两百，你也放了！你比土匪头儿肖大个子还厉害，钱也拿了，脑壳也保住了，——老子也有钱！你要张一张嘴呀？……"

"说话要负责啊！邢么老爷！"

主任咕噜着，而且现出假装的笑容。

这是一个糊涂而胆怯的人。胆怯是因为富有，而且在这个边野地方，从来没有摸过枪炮的原故。这里是每一个人都能来两手的。他一直规规矩矩地吃着祖宗的田产，在好几年以前，因为预征太多，许多人怕当公事，于是在一种策动下，他当团总了。

他明白这是阴谋。但一向忍气吞声的日子引诱他接受了这个挑战。他起初老是垫钱，但后来他发觉甜头了：回扣，黑粮等等。并且走进茶馆的时候，招呼茶钱的声音也来得更响亮，更众多了。

而在五年以前，他的大门上已经有了一道县长颁赠的匾额：

"尽瘁桑梓"。

但不管怎样，如他自己所感觉的一般，在回龙镇，还是有人压住他的。他看得清楚，所以他现在很失悔做了糊涂事情。他老是强笑着，满不在意似的说道：

"你发气做甚么啊，都不是外人。……"

"你也知道不是外人么！"对方反问道，"你知道不是外人，就不该搞我了，告我的密了！"

"我只问你一句！"

主任又站起来了，他笑问道：

"你说一句就是了：兵役科甚么人告诉你的？"

"总有哪个人呀！"

吵吵说，十分气派地摊在圈椅里面；一面冷笑着加添道：

"像还是我造谣呢。"

"不是，你要告诉我呀。"

看见吵吵松了劲，主任知道可以说理的机会到了，他就势坐向视学侧面去，赌咒发誓地分辩起来，说他是一辈子都不会做出这样胆大糊涂的事情来的。

但却并不向着吵吵，而是视学们。他说：

"你们想吧，"他平摊开手，侧仰着他那瘦瘦的铁青的脸蛋，"你们想，我是吃饭长大的呀！并且，我一定要他去做甚么呢？难道×××会给我一个状元当么？没讲的话，这街上的事，一向糊得圆我总是糊的！"

"你才会糊！"吵吵叹着气抵了一句。

"那总是我吹牛啊！"主任无可奈何地说，"别的不讲，就拿公债来说吧，别人写的多少，你写的多少？"

他又挨近视学的耳朵呻唤道：

"连丁八字都是五百元呀！"

他其所以说得如此秘密的有两个原因。其一，是想充分显示出事情的重要性；又其一，是因为街上看热闹的人已经多了，公开宣布出来究竟太不光彩，而且容易引起纠纷。

大约视学相信了他的话，或者被他的诚意所感动了，兼之又是出名的好好先生；因此他劝解道：

"幺哥！我看这样啊，"他斯斯文文地扫了扫喉咙，"人不抓，已经抓去了，横竖是为了国家。……"

"这你才会说呢！"吵吵一下撑起来了，"这样会说，你怎么不把你自己的送去呢。"

"好！我不同你讲。"

视学红着脸说，故意勾下脑袋吃茶去了。

"你讲呀！"吵吵重又坐了下去，继续道，"真是没有生过娃娃不晓得×痛！怎么把你个好好先生遇到了啊：冬瓜做不做得甑子？做得。蒸垮了呢，那是要垮的，——你个老哥子真是！"

他的形容引来了一片笑声。但他自己并不笑，他把他那结实的身子移动了一下，抹抹胡子，宣言道：

"闲话少讲！方大主任，说不清楚你走不掉的！"

"好呀，"对方漫应着，一面懒懒地退还原地方去，"回龙镇只有这样大一个地方哩。往哪里跑？要跑也跑不脱的。"

他的声口和表情照例带着一种嘲笑的意味，至于是嘲笑自己或者对方，那就要凭你猜了。他是经常凭借了这点武器来掩护他自己的。而且经常弄得顽强的敌手哭笑不是。他们叫他做软硬人。

当回到原位的时候，他的助手一面吞服着戒烟丸，生气道：

"我白还懒得答呢：你就让他去！"

"不行不行，"监爷意味深长地说，"事情不同了。"

他一直这样坚持自己的意见是有理由的。他确信镇上已在进行一种大规模的控告；而且邢大老爷是可以左右它的；他可以使这成为事实，也可以打消它，所以连络邢家乃是一个必要的步骤。

何况谁知道新县长是怎样一付脾气的人呢！

这时候，茶堂里的来客已增多了。连平常懒于出门的陈新老爷也走来了。新老爷是科举时代最末一次的秀才，当了十年团总，十年哥老会的头目，八年前才退休。但他的说话还是同团总一样有效。

这可见么吵吵已经布置好一台讲茶了。茶堂里响着一片呼唤声，有单向堂倌叫拿茶来的，有站起来让座位的；有的至于怒气冲冲地吼道：

"不准乱收钱哇！嗨！这个龟儿子听到没？……"

于是立刻跑去塞一张钞票在堂倌手里。

在这种种热情的骚动中间，争执的双方，已经变平静了。主任知道自己会亏理的，他在殷勤地争取着客人，希望能于自己有利，而么吵吵则一直闷气着；这是因为当着这许多漂亮人面前，他忽然直觉到，既然他的老二被抓，这就等于说他已经没面子了。

这镇上是流行着这样一种风气的，凡是按规矩行事的，就是平常人，重要人物都是站在一切规矩之外的。比如陈新老爷，他并不是惜疼金钱的脚色，但就连打醮这种小事他也是没有份的；不然便惹起人们大惊小怪，以为新老爷失了面子，快倒霉了。

面子在这里就如此的厉害，所以吵吵闷着脸，只是懒懒地打着招呼。直到新老爷问起他是否欠安的时候，他才稍稍振作地答道：

"人倒是好的，"他苦笑着，"就是眉毛快给剪光了!"他一连打了一串干燥无味的哈哈。

"你瞎说!"新老爷严肃地晃着脑袋，切断他，"你瞎说!"

"当真哩，不然也不敢劳驾你老哥子动步了。"

为了表示关切，新老爷叹了口气；并且问道：

"大哥有信来没有呢?"

"他也没办法呀!"

吵吵呻唤了。但为了免除人们的误会，以为他的大哥已经成了没面子的脚色，遂又立刻加上一番解释：

"你想吧，新县长的脾气又没有摸到，他怎么办呢? 常言说，新官上任三把火，他又是闹起要搞兵役的；谁晓得他会发甚么猫儿毛病呢! 前天我又托蒋门神打听去了。"

"这个人怕难说话，"一个新近从城里回来的小商人插入道，"看样子就晓得了：带他妈副黑眼镜子……"

但严肃沉默的空气没有使小商人说下去。

大家都不知道应该如何表示自己的感情才好。表示高兴是会得罪人的，因为情形确乎有些严重；但说最严重吧，也不对，这又将显得邢府上太无能了。所以彼此只好暧昧不明地摇头叹气，喝起茶来。

看出主任有点焦灼和担心的神情，似乎正在考虑一种行动，牛肉包着丸药，小声道：

"不要管，这么快县长就叫他们喂家了么!?"

"去找找新老爷是对的。"监爷说。

这个脸面浮肿，常以足智多谋自负的没落者的建议正投了主任的机，他是已经在考虑着这个必要的办法的了。

使他迟疑的是他和新老爷的关系，与夫新老爷同邢的关系的比较。他觉得差得多。并且虽然在派款和收粮上面，他没有对不住团总的地方，但在几件小事情上，他是开罪过他的。

比如，有一回曾布客想压制他，拾出老团总的招牌来，说道：

"好的，我们在新老爷那里去说!"

"你把时候记错了!"他发火道，"前几年的皇历用不上了!——你想吓倒我不行!"

后来，事情虽然依然在团总的意志下和平解决，但他的话语也一定散播开去，团总给记下一笔账了。可是他终于站起身来，向了新老爷走去。

这行动立刻使人们振作起来了，他们都期待着一个新的开端和发展。有几人在大叫拿开水来，以图缓和一下他们紧张的心情。吵吵自然也是注意到主任的攻势的，但他不当作攻势看，以为他是要求新老爷转圜的。但他却猜不准转圜的方式。

而且，他又觉得，在他目前的处境上，任何调解他都是难于接受的。这不能道歉了事，也不能用金钱的赔偿弥补，那么剩下的只有上法庭了。然而在一个整饬兵役的县长面前这件事他会操胜算么!

他觉得苦恼，而且一切都不对劲。这个坚实乐观的人第一次被烦扰所袭击了。

他在桌面上拍了一掌，苦笑着自言自语道：

"哼，乱振吧，老子大家乱振!"

"你又来了，"那视学说，"他总会拿话出来说呀。"

"这还有甚么说的呢？你个老哥子怎么不想想啊：难道甚么天王老子还有面子把人给我取脱手么!?"

"不是那么讲。取不出来也有取不出来的办法的。"

"那我就请教你，"幺吵吵依旧忍耐着说，"甚么办法呢?! 一句对不住了事？打死了让他赔命？……"

"也不是那样讲。……"

"那又是怎样讲?!"他简直大发其火了，"老实说吧！他就没有办法！我们只有到场外前大河里去喝水！"

他愤怒地吼嚷着，真像要拼掉他的命了。

这宣言引起一阵新的骚动。许多人都像预感到节目的精彩部分了。一个看客，他是立在阶沿下人堆里的，他大声回绝着朋友的催促：

"你走你的嘛！我还要玩一会!"

茶堂倌也在兴高采烈地叫道：

"让开点！你个龟儿子。看把脑壳烫肿!"

在当街的最末一张桌子上，那里离幺吵吵隔着四张桌子，一种平心静气的谈判已近结束。但效果显然很少，因为长条子的团总，忽然板着脸站起来了。

他仰着脸把颈子一扭，大叫道：

"你倒说条鸟啊!"

但他随又坐了下去，手指很响地击着桌面。

"老弟!"他一直望着主任，"我不会害你的！一个人眼光要远大点，目前的事是谁也料不到的!"

"我知道呀！你都会害我么?"

"那你就该听大家劝呀!"

"查出来要这样呀，我的老先人!"

他苦滞地叫着，用手在后颈一比：他怕杀头。

这确也可虑，因为严惩兵役舞弊的明令，已经来过三四次了。这就算不上数，我们这里隔上峰还远，但县长于我们的情形却全然不相同了：他简直就在你的鼻子下面。并且既已捉去，要额外买人替换是更难了。

加之前一任县长正为壮丁问题撤职的，而新县长一上任便宣称他要扫除兵役上的种种积弊。谁知道也如一般新县长一样，说过了事，或者他更认真干一下？他的脾气又是怎样的呢？

此外，他还有不能冒这危险的理由。他已经四十岁了，但他还没有取得父亲的资格。他的两个太太都不中用，虽然一般人把这责任归在他的先天不足上面，好像就是再活下去，他也将永远无济于事。

但不管如何，便从他那畏惧的性格着想，他也是决不冒险的了。所以停停，他又解嘲地继续道：

"我的老先人！这个险我是不敢冒的。你说认真是我密告他的我都想得过……"

他佯笑着，而且装得很安静的神情。同么吵吵一样，他也看出了事情的诸般困难；而他应该否决那密告的责任。但他没料到，他是把新老爷激恼了。

那个人并不让他说完便很生气地，截住他道：

"你才会装呢！可惜是大老爷亲自听兵役科说的！"

"方大主任，"吵吵也直接地插入了，"是人鸡巴搞出来的你就撑住吧！我告诉你：赖是赖不脱的！"

"嘴巴不要伤负人啊！"

主任认真起来了；但对方的嗓子也更提高了：

"是的，老子说了，是人搞出来的你撑住。"

"好嘛，你多凶啊。"

"老子就是这样！"

"对对对，你是老子！哈哈！……"

联保主任干笑着，一壁退回自己原先的座位上去。他觉得他在全市镇的人家面前受了辱，他决心要同他的敌人斗了。

他的同伴依旧担心着他。那牛肉说：

"你愈让他就愈来了，是吧！"

"不行不行，事情不同了。"监生叹着气。

许多人都感到事情已经闹僵了局，接着而来的一定是漫骂，是散场了。因为情形很明显，争吵的双方都是不会动拳头的，有的人是在准备回家吃午饭了。

但茶客们却谁也不能动身，这会很失体统，得罪人的。并且新老爷已经请了吵吵过去，在互相商量着，希望能有一个顾全体面的办法，虽然一个二十岁的青年人的生命不会恰恰就和体面相等。

然而由于一种不得已的苦衷，么吵吵终至让步了；他带着决然忍受一切的神情，说道：

"好好，就照你哥子说的做吧！"

"那么方主任，"于是团总站起来宣布了，"这一下就看你怎样：一切用费么老爷出，人由你找，事情由你进城办；办不通还有他们大老爷，——"

"就请林大老爷不更方便些么！"主任插入说。

"是呀！也请他们大老爷，不过你负责就是了。"

"我负不了这个责。"

"甚么呀？"

"你想，我怎么能负责呢？"

"好！"

新老爷简紧地说，闷着脸坐下去了。他显然是被对方弄得不快意了；但沉默一会，他随耐着性子问道：

"你是怕用的钱会推在你身上么？"

"笑话！我怕甚么，又不是我的事。"

"那是甚么人的事呢？"

"我晓得的呀！"

主任说这些话的时候一直带着一种做作的安闲态度，而且嘲弄似的笑着，好像他甚么都不懂，因此甚么也不觉得可怕；但他没有料到吵吵冲过来了。而且那个气得胡子发抖的汉子一把扭牢了他。

他扭住他的领口朝街面上拖，嚷叫道：

"我晓得你是个软硬人，我晓得你是个软硬人！"

"有话好好的说啊！"人们劝解着，"都是熟人熟事的！"

但一面劝解，一面偷溜开的人也就不少。堂倌已经在忙着收茶碗了。监爷在四处向人求援。

"这太不成了，"他摇着头说，"大家把他们分开吧！"

"我管不了！"视学微笑着说，"看血喷在我身上。"

牛肉在包裹着戒烟丸药，一面咕咕道：

"这样就好！哪个没有生得有手么！好得很！"

但当他收拾停当的时候，他的朋友已经吃了亏了。他淌着鼻血，左眼睛已经青肿。他已被团总解救出来；他一支手摸着眼睛，嚷叫道：

"你姓邢的是对的，你打得好！……"

"你嘴硬吧！"吵吵则在唾着牙血，喘气着，"你嘴硬吧！"

黄牛肉建议主任应该即到医生那里去，但他被拒绝了，反而要他赶快去租滑竿。他觉得还是保持原样的好，因为他就要进城向县署控告去了。

他的眷属，尤其是他的母亲，那个以悭吝出名的小老太婆，一看过主任的成绩便连连叫道：

"咦，兴这样打么！这样眼睛不认人么！"

邢么太太也在丈夫耳朵边咕咕哝哝着：

"眼睛都肿来像毛桃子了！"

"不要管！"吵吵吐着牙血，一面说，"打死了还有我报命！"

别的来看热闹的妇女也不少，整个市镇几乎全给翻了转来，吵架和打架本身就值得看，一对有面子的人的动手动脚，自然也就更可观了！

但正当这人心沸腾的时候，一个左腿微跛，满脸胡须的矮汉子忽然挤将进来。这正是蒋米贩子，因为人呆滞尴尬，他被叫蒋门神。前天进城吵吵就托过他捎信的。所以他立刻为大家所注意了。首先拖住他的是么太太。

这是个顶着假发的胖妇人，爱做作，爱谈话，浑名九娘子。她担心地，颤声颤气地问道：

"怎么样了？——你坐下来说吧！"

"怎么样，"跛子冷淡地说，"人已经出来了。"

"当真的呀！"许多人吃惊了。

"那还是假话么！我走的时候还在十字口牌桌子上呢。昨天夜里点名，报数报错了，队长说他不够资格打国仗就开革了；打了一百军棍。"

"一百军棍？"又是许多声音。

"不是面子大，你就挨一百也出来不了呢。起初都讲新县长厉害，其实很好说话。前天大老爷请客，一个人早就到了；带他妈副黑眼镜子……"

正说着，他忽然注意到了么吵吵和联保主任。纵然是一个那么迟钝的人，他们的形状，也不免略略叫他吃惊起来了。

"你们是怎么搞的？"他问着，"你牙齿痛吗？你的眼睛怎么肿了？……"

选自 1940 年《抗战文艺》第 6 卷第 4 期

自 由

桐花已经放白，余寒早退尽了。蜜蜂嗡嗡着。小麻雀穿过阳光，一时飞向檐口，一时又飞落地面，寻觅着吃食。晌午的暖气正在上升，催人走入一种渴想睡眠的境界；中学生顾有才，现在就正在享着这种甜蜜的春困。

身穿陈旧窄小的童军制服，上罩黑色西安毛线背心，他坐在阶沿边一段枋料上面，背靠土墙，脚边蹲着一支烟雾袅袅的熏笼，用来驱散麦蚊。右手握着一本《复活》，平摊在光膝头上；但他眼睛半闭，早已停止了阅读了。只有那个躺在摇篮里面，尚未周岁的孩子的响动，偶尔会使他恢复过意识。于是粲然一笑，转侧过脸，看他那么慎重的把食指送进嘴去。

但他随即摆正毛发短而纷乱的头，又轻轻叹口气。他本该去年上期在高中毕业的，但在前年冬天，忽然间不见了。而在白吃白喝了几个月之后，才得回转故乡。按照规定，他得每月写一封信，但才做了两次，他就不耐烦再做了。他不愿意说诳，而且，觉得是在受辱。

城里一位要人，已经三五次约过他面谈了；他置之不理，并隐瞒着家里人。因此，等到哥哥寄回口信，给母亲知道了，他就受到了抱怨。

这是前一礼拜的事情，而且那个心慈面软的小老太婆，照例没主见的，而她的怨言多半来自儿子的暴躁。他自己更已放下决心，若果是逼得紧，他就溜之大吉！他自信很有把握，因为一个多月前，他忽然同两位在他失踪时侥幸漏网的同学，取得了联络，他们在合伙开文具店，半工半读。然而，这个虽是给他支持，不管眠食，不管读书，他却再也不能够照旧了。又容易发脾气，只要谁提起他的事情。

但他并不沮丧，如他初初不见时感到的样子。那时候，因为那个意外的打击，他对未来抱着恐怖，可是，不久，他就变得很泰然了。苦是苦，一方面却提高了自信心，深庆自己能同那许多勇毅果敢的人民分享一份民族的歹运。而他现在只感觉得一种又深沉又空泛的不安，十分焦急于他的处境之迟迟不能确定。

他叹息着，重又闭了盖满长睫毛的大而黑亮的眼睛，但却无法再跨入那种甜蜜朦胧的境界了。摇摇头，又哼了一声，于是背离开墙，他举起手里的书本来；可是，不到一页，他的手就又落向黑瘦赤裸的膝头，毫不自觉的陷入沉思。

他正在读南赫留道夫的西比利亚之行，于是想起了一个他所熟知的难友。

"好！那你就不必再希望出去了！"当种种威吓失败之后，看管人咆哮了。

"这个不是我的事情！"那个沉着老练的女人，平静的回答说。而且嘲弄似的静静笑了，"不过，将来拖死了你们总会把我抬出去吧？未必就埋在里面啦！"

这女人有三十岁，他叫她大姐；现在，他又因为她那坚毅行为而激动了。

发出衷心而又愉快的笑声，他站起来，扬起瘦长身子，大大的伸了个懒腰。而这懒腰，却又并非全是困乏做成功的，大半倒是由于精力的骤然旺盛，因为当他直舒两臂，引领长啸的时候，他深切的感觉到一种甜津津的热流贯澈他的全身，一直到足踵和指尖。

"呵哟！这一嘴鼻涕呵！"他大声说，当放下手臂，看见那吮吸手指的侄儿的时候。

虽然无法掩饰他的愉快，他故意的蹩着脸，走近摇篮边去，把书夹在腋下，抱起孩子，开始给他打整。而正当这时，他听见了开门声，和轻狂的犬吠声以及畜类的奔跑。一个微黑带胖，粗眉大眼，三十多岁的青年人从外面走进来。直穿过院坝；那黄狗一时追赶过他，一时又奔回头，伏下来，摇头摆尾的假装咬他的脚，发出喘息似的低叫；随又发疯的奔跑开了。……

这是中学生顾有才的哥哥顾有智，旧制师范毕业，在城里当督学。蓝布大褂，充织贡鞋，一顶已经变形的黄呢礼帽映照着红润淌汗的脸。他瞥了一眼那个顿显惊愕的弟弟，就不再看他，一直跨上阶沿，摘下呢帽，丢在一张矮方桌上，然后回转过身，伴着一声长吁，在方桌侧面一张发红透亮的竹制躺椅上息下来。

两个人全都没有响声。一会，哥哥又迅速的望了一眼弟弟，就开始解衣领扣。

"我托丁八字带的口信，接到了哇?"他说，并不看望对方。

"接到了啦!"弟弟回答，觉得他的处境就快要确定了。

"你打算怎样呢?"眯细眼睛，哥哥望定他问。

"我就不打算怎样! ……"弟弟回答很傲桀，而且，已经莽撞的搁下那个孩子，紧绷着脸，在原处坐下了。他显然十分不满他的哥哥，而且，已经准备好驳倒他，因为他深信不疑，他是回来劝他去的。他是家长，又是他的保人。但是哥哥并未接着开口，他瞠目看他，尽力的忍耐着；虽然这两兄弟有着同样的脾气，口直心快，不通方圆，经十多年的世途磨练，这哥哥却已经很能够自制了。

而且，督学是深知道弟弟的为人的。一回，一个并不相知的同事顺便被邀来家吃饭，在席上说了些糊涂话，顾有才立刻端起饭碗走了，喃喃道："硬说得肉麻!"他就有这样不识时务。加之，自己的心情也不好，因此哥哥警惕着，担心再开口就会闹僵。但他又确乎是回来叫他去的，因为他被催得很紧，他的弥补已无用了；虽然他在途次又觉得这样做不妥当。

因此，沉默一会，他又开口了，委婉曲折的漫谈着世风的巫教，及其不可测度。

"比如说，像这回事吧，"他接着说，"本想不叫你去，又怕越扯越糟……"

"要命好啦！"弟弟切断他，而且冷冷的笑了。

"我并不是说不去就会要命！"哥哥怪异着，一足踢开那个还在表示欢迎的狗。

"那总是会拖累你嘛！"弟弟又切断他，已经不再冷笑。

"我也并不是怕受拖累！"哥哥忍不住大叫，挣起来了。

"我给你说！"弟弟也大叫了，跳起来迫视着哥哥，"不管是要命也好，拖累你也好，去，我不去的！我是犯人吗？"他继续怒不可遏的嚷下去，虽然看见哥哥目瞪口呆的神情，他已经有一点失悔了，但他无法控制自己，"我触犯了那一条法律？民事？刑事？除奸条例？……"

忽然，哥哥充满苦趣笑了，他同情他的幼稚，而且看见了闪烁的泪光。

"我看你怎样瞎扯，"他摇摇头叹息说，羞于辩解的坐了下去。

"……他一不是警察，二不是美人，他叫我去我就去吗？你以为我这么驯善？……"

弟弟还有许多话要说的，但他突然一顿，又咬咬了句甚么，翻身坐回原处。

这不是因为偶尔瞥见了母亲嫂嫂正从外面转来，他对她们更无顾忌，他忽然失悔他的态度太鲁莽了，错把哥哥当成了敌人。这是那一类青年，虽然谈话间很刻薄，很极端，心地却是极善良的，而由于半年多前的无辜受辱，他就更加变得易怒，和易陷于神经质的翻悔，正如一只用力抛掷向硬地上的皮球那样。

母亲嫂嫂是从菜园里回来的。她们已然发现了督学的踪迹，心里有点奇怪。

"两个人又吵嘴吧！"穿过院坝，老太婆似问非问的叹息说。

母亲没得到回答，架了腿，哥哥仰摊在躺椅上，双手兜住后脑；坐在枋料上的弟弟则是勾着头的，手肘横在膝盖上面，但从紧绷着的赭黑色的下颚，人却可以看出他正遭逢着最大的不快。摇头叹气，老太婆跨上阶沿去了，于是抱怨起来，就是，通共才两兄弟，真不该一见面就争嘴。同时抱起那个正在啼哭的孙儿。

"那个在吵嘴呵！"哥哥苦滞的说，不耐烦的改换了一下姿式。

"呵哟，还说没有吵哩！"母亲叹息说，非笑的摆动着突出的下巴，"两个人就像贴反了的门神一样，我是瞎子？俗话说，肉烂了在锅里，有话慢慢商量好啦！……"

她一顿，嵌在白皙打皱的小脸上的眼睛，含笑的看看弟弟，随又移向哥哥。

"你们说，这个事究竟有好凶啦？"她发愁的问，猜到了他们在为甚么争吵。

"你老人家歇歇好么？"哥哥哀怨的说，"真烦死人……"

因为那个沉默寡言的媳妇，忙着把洗脸水打来了，于是他就站起来，进了寝室。

他是去洗脸的，但也是逃避一种可能的爆发，因为他确乎感觉得很烦躁。虽然比较世故，但他也富有正义感，不仅当做手足，作为一个普通青年，他也同情他的弟弟。当从城里回来之前，他还曾经同那个无法无天之徒争吵过一场，愤激道："好！我就去叫他来！看你们又怎样处置他！"这是赌气，因而他更私下决定，若果对方是太难堪了，他就请个律师控告对方违法。

但在回家的途中，他也颇不满意弟弟，以为置身这个世道，他不该太任性，以致招来麻烦。同时他也很不满意自己，担心因为他的赌气更会加重弟弟的困难。因此，当其到家的时候，他正感到不快意，而他现在，却单只为那个青年人的幼稚鲁莽而生气了。

"他像还当我是帮凶呢?"他喃喃的说，一下又把刚才绞干的毛巾掷入洗脸盆里。

他不想再洗脸了! 快步的走近床边，横摊了下去；但他随又挣起身来，在房内踱蹰着，考虑他该怎样结束这回事件。父亲早去世了，他已隐然是个家长，他不该让事情自由发展。而且，事实上他也相信弟弟会听话的，"我一定要他去他也没法!"他想，但又觉得很不妥当，深恐他去了乱发脾气。他早已看出，自从白吃白喝了一趟以后，他的性情更躁妄了。"要是我不同那个混蛋闹翻，也好得多!"他又想，就更加动摇了。

去年冬天，当发觉弟弟停止了按月的报告的时候，两弟兄就曾经争执过一场的，结果是哥哥让了步，认为他该尊重一个年轻人的骨气；同时他又想起，他之出事，无非言语失检，原因并不严重。但为周全起见，他却建议，弟弟该到乐至一个他的同学那里去作教，可是弟弟反对这个，坚主留在家里自修。

现在，既然没把握主张他去，哥哥就又立刻想起这件事了。而一到想起它来的时候，那种考虑任何问题必需的平静，又一下崩溃了。这便是说，他又对弟弟感到了怒不可遏，觉得他凡事任性，完全不为自己的前途设想，不为家庭同他设想! ⋯⋯

"是听劝那里有这回事呢?"他大声说，"就说走了好啦! ⋯⋯"

他停住足，盛气的抛出两臂；而话才一完，他就已经出了卧室。母亲妻子烧饭去了，弟弟依旧坐在原处。既没有看书，也不像有任何打算；只是蹙着短而浓密的眉毛，堵着张嘴，眼眶也更深了，毫无目的的望入空间，仿佛正在解决什么不可捉摸的难题。

"我问你哟!"一看见他，哥哥就责问了，"叫你去乐至，你为甚么不去?"

他问得很突然,而且那么执拗,弟弟吃了一惊,转过脸看定他,似乎有所作为;但他忽又迈开了脸,愤然拾起掉在足边的一只书签,迅速的撕裂着,勾下头不做声。但这并非由于惧怕,他原本想回嘴的,而他忽然记起哥哥的全部建议,以及它的经过来了。

于是,他就更加对他的莽撞失悔起来,但也更生气了,手指也更动得迅速有力。

"你以为凭感情能解决问题吗?"他的沉默使哥哥又接着说下去,"要是听我的话,现在那里有这回事?就说走了好啦!哼!哼!"他苦笑了,又叹了口气,"刑事!民事!除奸条例!若果讲这一套,你不会出事了!我也不会一趟成都,一趟重庆瞎跑!也不会着急得半死!"

"不要扯那么多!"撒去碎纸,弟弟跳起来了,"我就跟你进城好啦!"

他叫着,挥动着长手臂;而当他全不必要的顺顺头发,重又坐下的时候,那种自从同哥哥争吵后梗在胸臆间的烦恼不快,忽然间消失了,反而感到一种无名的爽利。因为他恍惚感觉得,只有如此,这个清寒之家的温暖融合才能维持,而若果做到了,他的让步也就有了代价。

但是哥哥并不满意他的表白,不是因为态度鲁莽,而是不满这个表白本身。

"请你不要说了!"弟弟哀求的喃喃说,"我一定去!"

哥哥并不听他的话,皱皱眉头,他照旧说下去了,只是口气亲切而带忧郁。他说到弟弟性格上认识上的种种缺点,指明着这样下去他会毁灭掉自己。即或不再出事,单是在精神上,他也定会遭到恶果!他没有提到事情应该怎么解决,这不是有意规避,由于弟弟的沮丧,他忽然只觉得他可怜了。

“你想想吧!”他接着说,“到处都是网罗,陷阱,随便出口气都有人暗算你! ……”

“生在这个时代!”摇头叹气,弟弟自言自语的说。

“有什么办法呢? 我们总不能自杀,等时代变好了,又再复活。所以,暂时逆来顺受,……”

“好! 好! 好!”弟弟忽又痛快的大叫了,“地狱里我都去!”

“我并不是指的这一件事! ……”

“我说的实在话呢。”弟弟低声认错,受屈的叹息着。

“我的确不是指的这件事啦!”哥哥重复着,更感到心软了,拖来一张椅子,在弟弟不远的地方坐下,于是折下上身,亲爱慈祥的望定他,“我是学教育的,难道我不知道,一切精神上的虐待将会招来什么恶果? 想一想你自己吧! 原早虽然暴躁,可不像这样神经质!”

弟弟咽了口气,头勾得更低了,两支手托着额角。

“所以,我只希望你理智一点,单凭感情去冲,就不上当,也不容易活下去呢!”

“我都不知道我怎么会这样!”弟弟自怨自艾,没有改变姿式。

“总之,我决定不让你再去了!”哥哥急转直下的紧接着说,态度坚决的站起来了,“我不能再让你去受虐待! 你明天到乐至去。找得到工作,自然是好,找不到,就在那里做客好了。横竖在家里也是要吃饭的,我按期汇钱给你。不过,你再不能出事了,千万少说些话!”

弟弟不置可否;虽然很希望能这样,而他的胸,也豁然开朗了,但他羞于承认。

“以为怎样呢,哼?”看出他的迟疑,哥哥就又说了,“我认为最妥当!”

“可是,他们又向你要人呢?”并不作答,弟弟悬心的问。

他抬起头望定哥哥，浮出忸怩可怜的微笑，但随又被痛苦掩盖了。

"不！不！不！"他紧接着站起来叫嚷，"我跟你一道进城！"

哥哥又气又笑的长长叹了口气。

"你是怕连累我么？"他微笑着问，"这不会的，你放心好了！比如说吧，"看出弟弟还在迟疑，他又接着说了下去，"进城的时候，我可以这样说，因为逼得太紧，老母亲又抱怨，你已经偷跑了！我在路上碰见送信的人，现在正四面八方打听，稍过几天，我再去登个报。"

"你还可以假装同我脱离关系！"弟弟意外害羞的说了，带点沾沾自喜的神气。

"对啰！到了万不得已，还可这样做！"

"唉！"叹息一声，弟弟忽又败兴的说了，"要是再大两岁！……"

"怎么样呢！"皱着眉头，哥哥突异着他的感情的易变。

"要是再大两岁，我算成年人，你也没干系了！"

弟弟回答得很认真，但却嗒然若丧；哥哥怜惜的笑了。

"不要想得太多了吧！"他点点头叹息说，随又变得坚决起来，"老实讲，民国二十三年，田皇帝那样疯狂，我都还要活出来呢！你放心好了！吃了饭就走，到外婆家里去歇，明天下午就到了，我马上去给你写信！"

哥哥翻身退进堂屋去了，弟弟深沉的咽口气，又微笑着摇摇头，于是跟了进去。

当哥哥找出文具坐在方桌面前准备写信的时候，母亲也一拐一拐的进来了。媳妇背着孩子，袖头挽得很高，停留在堂屋门边。她们正在弄饭，那两兄弟的叫嚷，却把她们引了出来，搁置下工作。站立在厨房边，她们悬心的倾听着两个人的叫嚷，论争以及辩诉，一时皱眉，一时摇头叹气，一时又喃喃自语，但都自觉无力提供一个办法，只能在那笼罩全家的暗云下发愁着急。而到了现在，她们就赶过来了。

哥哥一手磨墨，一手正在构思。照着乡下派头，点燃灯盏，弟弟在一边抽水烟。哥哥这个意外决定，太使他兴奋了。只是那些争吵还不让他发作。

"两个人闹了半天，"老太婆边走边问，"究竟商量到好办法没有啦？"

"当亡命客！"停住抽烟，弟弟抢先带点孩子气的骄矜叫了。

"我不要跟你讲！"母亲见怪着，以为儿子在开玩笑。

"他说的实在话呢！"哥哥浮出悯笑证实，"吃过饭就要走了。"

"唉！"老太婆叹息了，"早说要去做客，布再贵，也该缝一件衣服啦！"

弟弟正把烟哨凑向灯盏，打算抽烟，但他纵声大笑，竟连灯火也喷熄了；哥哥不以为然的皱皱眉头，又苦笑着叹口气，于是调好了笔，开始写介绍信。

选自 1946 年《文章》第 1 卷第 3 期

邵荃麟

| 作者简介 |　　邵荃麟（1906—1971），四川重庆（今重庆市）人，祖籍浙江慈溪，原名邵骏远，曾用名邵逸民，笔名荃麟、荃、力夫、契若，现代作家、文艺理论家、翻译家。20 世纪 40 年代主编《文艺杂志》《大众文艺丛刊》等。代表作品有短篇小说集《英雄》《宿店》等；剧本《喜酒》《麒麟寨》；译著《被侮辱与被损害的》等。

宿　店

　　七月的傍晚，太阳像要在云层里溶化似的，远远的地平线上，漫起了一层白蒙蒙的热雾。

　　我和孙班长押着一列手车队，在公路上走。我们已经在太阳底下整整走了一天，路面上飞扬着黄色的灰沙，跟身上的汗水混合起来像芒针般的刺着背脊发痛。血红的落日正迎对着我们，眩耀得眼睛都抬不起来——我可羡慕孙班长，他不知道那里搞来一付墨晶眼镜，大模大样架在他那扁平的鼻梁上。我们走过一片荒漠的原野，那公路仿佛也受不住阳光的烤炙了，像条挣命的巨蟒似的在一座小山坡前面昂然崛起头来。

一看见那昂然的坡道，队士们就皱起眉毛，拉手车最怕上坡道；何况又是这三伏天气。有几个队士嘘了一口气，把车子歇了，拉下肩膀上的汗巾不停地抹着脸，孙班长立刻扬起他手里那根哭丧棒，吆喝着从后面赶上去：

"走！走！走！歇你个娘！过了坡就宿营啦！"

这条坡道是从一座荒秃的小土山开出来的，夹在两边赭红的土岩中间，热气便益发逼压拢来。从坡底下望上去，土山顶上一株半枯小树，在傍晚静止的空气里，默默地垂低了头。

"走——啰！"一串沉重的叫声，从队伍中间激荡过去，人们一齐伛缩了身体，脑袋俯到车杠底下，几乎贴着地面。几十双脚板在灼热的砂砾上使劲的往后踩，手车的橡皮轮子便在一阵激起的灰雾中间沙沙地响起来。

队伍往上爬，太阳便把这一群人的影子渐渐拉长来，队士中间有人发出用力的低沉的喘声，夕阳映着他们汗水浸淋的皮肤，闪烁出赤铜般的亮光。

孙班长挥着短杖，走在队伍的后面。他是一个矮小的南方人，生着一张扁平的三角脸，草绿色军装敞着，露出一件血红的汗背心，被汗水紧黏在胸脯上。他一壁走，一壁不时的掀着那付黑眼镜。跟他一起走着的，除了我以外，还有一个是队里的司书和他的一个朋友老李。

"这是马铺坡，过了坡里把路就是薛家集，喏，你瞧，那边有棵大松树的就是。"他像老旅客似的，用短杖指点着说，"到薛家集，我们住王大娘店，哈！——那地方好玩！"

他忽然低下头，发出一阵咯咯的笑声，接着做了一个怪脸，望着我说："指导员，你得请请客哪，今晚我给你介绍一个人。"

手车已经陆续拉到坡顶上，队士们吐出一阵大声的呻吟，把车杠陡的耸起来，仰着身体，和车杠形成交叉的姿态，紧握着车杠的上端，顺势往下坡道飞溜下去，车轮子发出一阵格拉拉的叫声，一会就把我们四个远远地抛在后面了。

从坡顶上望下去，果然不远的前面有一座小小的村落，靠着公路旁边，有几家新盖不久的茅屋，黄亮的屋顶高高耸起，在夕阳光里，显得异常耀目。

"喏，就是靠右手那一家——王大娘店，"孙班长挺挺腰板，像个指挥官般的指着一座茅屋说，"就是这一家——今天晚上我们得痛痛快快玩它一夜！"

"不错，指导员请客，我们一定奉陪。"老李晃着头笑。他是一个赋闲的军人，正在靠孙班长替他找差使。一副诌媚相，看见孙班长说什么就说什么的。

一辆小包车迎面疾驰过来，呼的从我们身旁掠过去，卷起了一地的黄尘。

"呸！神气你的鸟！"孙班长朝着那汽车的后面狠狠地唾了一口，旋过脸来向我牢骚地说：

"指导员，你别见怪，我们外面混差使的谁不是这样？妈的，我们又没有公馆，又没有太太，这几块饷银，大热天还跟他们跑腿，不找个空儿乐一下，我才是他妈的孙子大傻瓜呢！——你们说，对不对？"

他说着一口刺耳的浙江官话，说话时候老欢喜咧着牙齿，牙齿中间有一颗是包金的，黄澄澄地好像随时要从嘴里跳跃出来。

我笑了笑，没有说话，老李却早抢着接下去了：

"对，对，班长的话再没有错的，做人就是那么一回事，谁又不想修仙成佛，干吗不找乐呢！"他把肩膀上一个小包裹耸了一耸，"指导员，你是个读书人，不像我们老粗，可还不是一样，大热天赶旱路，鬼才耐烦，所以我说你老兄得请请客呀……"

一阵桀桀的笑声，跟着满嘴白沫喷溅到我脸上。孙班长推了我一下肩膀说："对，你请客，我做媒，那女人包管你中意，一点儿不含糊——清水货！"

"好！"老李喝起彩来。

"是王大娘店里那李三姐吗？"那个司书，才二十来岁一个小伙子，眯着眼睛问。

"怎么？"孙班长横了他一眼，"莫非你这小子也在打她的主意？"

他发出一阵狞笑，那小子脸孔飞红了。

"呃，指导员，"孙班长又突然一把抓住我的胳膊，"你别瞧不起她呀，她可不是那种乡下土货，相貌好，又聪明，能干，是见过世面儿的呀，咳，这雌儿落在王大娘手里，才叫是桂花树当柴烧，他妈的，凤凰落在老鸦窝呢！"

"唔？"司书脑袋一偏，讪讪地说，"那她怎么不去跑大码头呀？"

"唔？"孙班长从眼角里瞟了他一下，"你到说得轻松，你怎么不带她到府上去呀！"

司书碰了一鼻子灰，不敢再响了，孙班长摇摇头，把手杖在路旁的青草上忽的一削，又继续说："要说来呢，倒是怪可怜的，年纪才二十七八，也是好人家的儿女呢，不知怎么吃人骗了，孤单单的给抛在这小地方，还拖了一个吃奶的毛头，这年头儿，怎么过呀！这才便宜了王大娘，把她没本钱的弄来当女茶房——这老王婆，妈的，不晓得在她身上刮了多少油水！"

"那么，跟孙班长你，倒是一对儿呀！"老李掀着眉毛嘻嘻地说。

"指导员呀！"孙班长猛力推了我一下笑起来，"你那文绉绉样儿，她才喜欢呢。告诉你——"他把短杖直指到我的鼻尖上，声音压得扁扁的，"——她那小模样儿才讨人喜欢哩，皮肤雪白，粉嫩……"

他接着吐出一串猥亵不堪的话，那颗金牙齿在我眼前一闪一闪，我憎厌地避开脸去，看见背后的老李浮现一脸淫欲的馋相，咬喋着嘴唇在傻笑。

对于队士和班长的放荡行为，我是有责任劝告或纠正的。但是这样的人，我有什么办法呢？我的权力也许还没有那个司书来得大，我只好默不作声，慢慢的退到后面去，少让他们来把我当作开玩笑的对象。

前面的村庄已经近拢来，村子里的狗在叫，公路两边是一片黄色的稻田，稻子已经成熟了，丰盛的稻穗在夕阳底下翻腾着黄色的微浪。

孙班长和老李依旧喋喋地在谈着关于女人的猥亵的话，不时发出咯咯的轻笑，司书楞着眼睛听，一壁拿自己的制服不停地拭着头的上汗水。

我默默地望着前面那群骡马样的队士，在黄昏的热雾中行进。他们是那样沉默，在整整一天中，除了喘息和呻吟以外，我简直就听不到他们说过话。他们是在想着些甚么呢？——一想到他们，我的心就莫明其妙重起来。

一只林雀从天空中飞过，太阳沉入到山后去了。

× × ×

我们到达王大娘店的时候，这些手车早已七横八竖的歇在门前的院子里了，队士们乱哄哄的挤在茅檐底下抹身擦脸，泼了一院子的脏水，有的坐在阶沿上抽着手卷的土烟，黄昏的薄灰空气里，充满着汗水和土烟的混合臭味。青苍蝇在营营地飞，和人们喃喃的咒骂，织成一片沉闷的嚣声。

我们一跨入篱笆门，孙班长就直着嗓子，一路嚷进去。

"喂，老板娘，老板娘，屋子准备好没有？——"

他一壁嚷，一壁脱下军衣，露出那件血红的汗背心，又把那根短杖在屋柱上敲着。"喂，快点——快点呀！"

"嗳唷，怎么啦，我的孙班长，发了脾气哇！"

跟着一串尖锐的叫声，一个几乎是半裸的肥胖的中年女人，只穿着一件紧身背心，从屋子的烟雾里直奔出来。她一把抓着孙班长的胳膊，老鸭似的呷呷地笑起来：

"嗳唷，好难得的稀客呀，快请呀，大热天气，毒日头底下亏你走得来的。"接着，又尖起嗓子朝里喊，"快打洗脸水！泡茶！送到上屋去呀！"

我们走进昏暗的屋子里，旁边厨房里冲出来的柴烟，薰得我吭吭地咳嗽，穿过这幢屋子，又是一个天井，天井里七歪八斜的晾着许多衣服，几个男人在水槽旁边刷刷地洗米，淌了一地的脏水。我们从那些衣服底下钻过去，被引到天井对面一座房子里。这屋子是三开间的，用芦苇隔成好几个房，中间一间客堂，暗朦朦地只听见蚊子在乱叫，孙班长摘下那顶稀湿的军帽在手里扇着，又嚷了起来：

"啊——嘘！好热，到外面坐吧，搬张桌子到外面来！"

茅檐底下是条宽阔的走廊，预备打尖的客人歇脚的，壁上挂着一些干肉皮，满钉着黑色的苍蝇。

老板娘摇着两条肥白的胳膊，旋磨似的忙着张罗，咭咭呱呱的嘈杂着一些不三不四的本地土话。一会儿就跟老李厮混熟了。

我们洗着脸，孙班长摘下那付墨晶眼镜，黑红的脸上忽然多出了两个白色的圆圈，白圆圈里那双乌溜溜的眼珠一映一映，就像是戏台上的孙行者。他忽然把毛巾按着下巴，那颗金牙齿猛地俯到老板娘的脸上。

"唉，老三呢？在那里——她在那里呀？"

"唷！"老板娘的手指在他额角上一戳，尖着鼻子笑起来，"真是老相好呀！一刻儿不见就查理了。她在替你烧茶呀，心上的人儿来了，茶也要烧得透一点儿呀……"

忽然像刮过一阵风似的，那肥圆的脸上笑容顿时消失了。她胖着喉咙厉声地叫起来："喂，三姐，你怎么啦，客人来了半天啦！"

大家的眼睛一齐跟着她脸孔旋向前屋右首的厨房门口去，厨房里有些男人女人在叽叽喳喳的说笑，夹着一阵呱呱的孩子哭声从闷热的空气里荡漾过来。

"哼，她奶了小的才奶你这大的呢。"老板娘不高兴的样子，朝孙班长尖尖嘴。

"我自己去找她！"孙班长手朝空里一推，大踏步跨下阶沿去。老板娘在后面哼啰着："嗳，嗳，我去，我去。"抖着一身肥肉，登登的跟进厨房里去了。

"唏，"老李朝她背影咂了一下嘴唇，牙齿缝里发出一个奇怪的笑声。

厨房里爆出一阵笑的风暴，司书叫了起来："来了，来了！"接着孙班长拖着一个二十七八岁颀长的女人，从晒衣竿下钻过来。那女人蓬着一头土烫的头发，一件粉红色的洋布衫，领扣全敞开着，露出几条新刮的紫色痧痕；趿着一双木拖，铁铁塔塔的几乎给孙班长拖得直跌下去，一壁尖着喉咙叫：

"嗳，你作死呀，拉拉扯扯的干甚么！你这短命……"

孙班长哈哈大笑着，把她围在胳膊里，"哎！哎！装甚么腔儿？李三姐还怕难为情吗？"

"有你这种蛮劲儿！"女人堵着嘴，朝他狠狠地啐了一口，"手臂骨都给你拗断了，还算是大班长呢！"

"班长怎么样？"孙班长涎着脸皮说，"班长就配不上我们的三姐吗？"

"唷，得了吧，"女人推开孙班长的手向旁边逃去，"刮刮叫两粒星的大班长，谁敢瞧不起呀！"

"你这调皮！"孙班长绕着桌子追过去，一下把女的掀倒在凳上，使劲的拧着她的脸皮，女的像宰猪似的尖叫起来。随着那叫声，老李嘴角边的一层皮狞然一扯，似乎感到一种残忍的满足。

"饶了你吧！"孙班长发出一声得意的喘吼，手一抛，把那女人放起来，随着，又捉住她肩胛，朝我面前猛地一推，用一种发沙的喉咙说，"我给你介绍。这是我们的指导员，人家是大学堂毕过业的呗，比不得我们穿二尺半的！你瞧——小白脸儿呀！"

他翘起一只大拇指，朝我晃了晃。那女人红着脸，矗立在我面前，微微地喘着气，高颧骨的脸上涂着一层厚厚的铅粉，几处地方已经被汗水渗蚀了。那双水汪汪的眼睛，像蛇一样的盯着我。

"指导员，"她噗嗤一笑，高颧骨的脸就向我逼过来，"你得指导指导你们这位班长呀，你瞧——"

一股夹着汗气的恶浊香味，直刺入我鼻孔里，我往后退了一步，老李挨着肩胛挤过来，向那女人睐睐眼说：

"指导员是读书人，人家是规规矩矩的呵。"

"嘎，"李三姐头一仰，从腋窝底下扯出一条花手帕，望我肩膀上一掸，格格地笑起来，"指导员自然是看不起我们乡下人的呗。"

碰到了鬼！我憎恶地望着自己那双吃饱了灰沙的橡胶底鞋。淤积在天井里的死水上，几只黄色小鸭在刷刷地啄着自己的羽毛，台阶上东一堆西一堆的鸡屎鸭粪，一种窒人的恶臭，薰得我脑袋都要涨大起来。

"过来罢！"孙班长像耍猴子戏似的，又把那女人一把拉过去。她猛地一仰，挂着的干肉皮上，苍蝇哄的飞散开来。

我抬起头，孙班长那张三角脸正对着我，他睐着一只右眼说："怎么样？指导员，请客啵？"

"请客，好呀！"老李在我肩膀上用力一拍。我瞪了他一眼，没做声。李三姐背靠着屋柱，弹起两只肩岬，尽望着我笑。她好像把我当作小孩子似的。我感到一种侮辱，脸上顿时热了起来。

"怎么啦，干脆点儿呀！"孙班长又在催逼着。

"唷，要脸哦，"李三姐身体一扭，刮刮他的脸，"你倒真是个虾鱼笼，只进勿出哩！"她飞了我一眼，格格地笑起来。

"喂！李三姐！你昏了头么！"一个粗厉的声音从天井对面突射过来，厨房门口探出一颗光秃的大脑袋，瞪起两只眼睛望着她，"饭烧好了半天，还等别人来开吗？"

"……"像挨了一下巴掌似的，李三姐脸孔一绷，低着头朝着厨房里走去了。

天色渐渐暗了，七月中旬的月亮，从对面茅檐上空的白云里浮现出来，浅蓝色的天壁上散射出一种爽人的清辉。外面那些队士们，大概已经吃过饭了，哄哄地在争吵着甚么，那喧声像是一阵风涛，从远海上汹涌着。这些浑浑噩噩的人们，沉默了一天，这时好像才从麻木中间突然觉醒过来了。

×　×　×

我从溪里洗了澡回来，月亮已经照到廊檐的屋柱上了。堂屋里蜡烛点得通亮，满屋子弥漫着一层雾腾腾的白气，一个劈毛竹样的声音从雾气里爆射出来。

"快找她来！妈特皮，老子又不是不出钱，别把老子当瘟生！"

我刚跨上阶沿，一个肥圆的身体从里面直撞出来，几乎和我撞个满怀。

"嗳唷，是指导员吗？班长找了你半天呢，快去喝酒呀……"

她还没有说完，又一旋一旋奔下阶沿去，嘴里咕噜地骂着：

"这娼妇，在发昏啦……把个短命的拖油瓶当做活宝……"

我走进屋子里，一股辛烈的大蒜气味夹着那土蚊烟香的气息直冲入我脑门。老李伛在桌子上正在咬一根鸡骨头，咬得格支格支地响，司书坐在下首，对面是孙班长，精赤着半个身体，跨坐在板凳上，两只发红的眼睛直盯着我：

"嘻！指导员，你这个人！这个小东你不请我还请得起呀，躲起来干什么呢？"

"不，我在招呼弟兄呀。"我分辩说。

"那末，好，罚你一杯！"他把酒瓶往我前面送过来，老李连忙替我端起酒杯，嘴里依旧衔着那根鸡骨头。

老板娘和李三姐进来了。李三姐把那块花手帕抿在嘴上，望着孙班长嘻嘻地笑：

"喂，怎么啦，大班长有什么火急的公事哪？"

"问你呀！"孙班长掀起两个鼻孔，抓着她的手，"谁蒸着馒头在等你呀？"

"唷——我还当是天塌下来呢，"她扭着腰噗嗤一笑，"好啦，替你洒杯酒平平气罢。"

"不，你替我敬指导员一杯，非得要他喝完不行。"

"我不能喝，我头疼。"我说。

孙班长有点微愠了，把酒瓶在桌子上砰地一操，直着喉咙嚷起来："你不喝，她不喝，是不是嫌老子客请错了！"

"唷，又来了，"李三姐飞了他一个媚眼，在他肩岬上一拍，"又不是霸王请客，谁会怪你呢。"

"那你——你替我喝下去！"孙班长捉住她手腕用力一翻，李三姐身体骤地斜过去，几乎把酒瓶碰翻了。

"我头先不是已经喝了三杯吗？"李三姐苦笑着说。

"再喝一杯，凑个四季相思。"

"好个四季相思！"老李喝起彩来，"三姐，你跟孙班长四季相思呀！"

她惶惑地望了众人一眼，端起酒杯，轻轻尝了一口，接着仰着脖子喝下去了。满屋子都喊起好来。蜡烛火随着狂乱的叫嚣，扑扑地跳动着，连墙壁都在打颤了。

李三姐皱着眉毛，咽了口气，脸上泛出一层淡淡的红晕。

屋子里的喧嚣逐渐强烈起来。孙班长抡起乌红的臂膀跟老李五魁八马的划拳。李三姐陪着替他们洒酒。司书傻傻地坐在旁边，只管拿眼睛瞟她，忽然发出一声莫明其妙的怪笑。老板娘站在孙班长的背后，拿柄大蒲扇忽达忽达的替他打着扇，孙班长赢了一拳她就像老鸭叫般呷呷地笑起来。

孙班长接连赢了几拳，兴致格外高了。他忽然把眼光旋到我前面，"呃，怎么？你还不会喝？来！来！"乌红的臂膀向我一挥，"我们来它个十二拳！"

"我不能喝！"我断然说。

"不能喝也得喝！今天晚上非得玩个痛快不可！"

"明天一早还得赶路呀。"

"管他个鸟！"孙班长不耐烦地把头一晃，"我们来了再说！"

"……"

我没有说话，老板娘一拐一拐的转到我旁边，用扇子拍着我的背说："嗳唷，指导员，喝几杯解解暑，怕什么呢。你们贵队这条路是常来常往的，住熟了还不跟亲眷一样呀！你怕热，我替你打扇。"

我憎厌地别过脸去，司书触触我肘子轻轻地说："喝吧，三姐都喝了，你不陪陪她吗？"

"那你请吧！"我忿忿地冲了他一句。

什么地方传来阵孩子的哭声，李三姐骤然一愣，一层什么东西从她脸上掠过，老板娘偷偷地瞅了一眼，她咬咬嘴唇低下头去。

"嗳！"孙班长突然把筷子在桌沿上猛地敲着，发出个呻吟似的巨声，"指导员，你这老兄，怎么这样瞥扭呀，你当真以为你们政治工作人员也不能喝酒玩女人吗，嘿！你这才傻瓜呢！"他掉过头去，秃的吐出一口痰，"老实说，照了王法要打煞，照了佛法要饿煞，干我们这门差使的，谁不把事情看得透一点儿呀！"

"指导员大概是怕太太说话吧？"老板娘吱的一笑。

"太太？就是有太太也管不着呀，"孙班长朝那肥胖的女人眨了一眼，"我们这样人，成年的跑码头，谁又顶着屋子走路呀？就说我吧，吃了这么五六年饷，那里不跑过，火线也上过，九死一生，留了这么一条命，他妈的，还不是这么一个光棍，趁这会有酒不喝，有女人不玩，还等着骨头打了鼓再来懊悔吗？——你说对不对，三姐？"

他斜着眼睛朝那女人淫荡地一笑，顺手又把她拉到怀里去了。

我脑子里嗡嗡叫起来，仿佛被一群野兽的眼睛紧视着，喉咙里干得要命，四周的芦苇墙都嘲笑似的在向我逼拢来。

我愤然地推开酒杯，站起来。老板娘站在我背后，我不高兴去看她，便望堂屋后门一道小门直走出去。

× × ×

仿佛一个囚徒从郁闷的地牢里走到自由的天空底下，一阵凉爽的夜风和晶莹的月光蓦地扑到我发热的脸上，使我感到一种强烈的晕眩。堂屋的后面是片广阔的菜园，这时正静悄悄地躺在月光下，一层稀薄的白雾轻轻升起。树木，篱笆，菜畦，什么东西看去都好像罩笼在一幅从碧净的天空中洒下来的绢纱帐里似的。屋檐边几棵稠密的柚子树，撒满一地的黑影，偶然微风吹过，树影里银屑般的月光便随着拂动起来。

我张开臂膀，深深地吸了一口气，堂屋里的喧嚣仿佛突然退落到远远的后面，虽然我耳朵里依旧听到那女招待颤抖的声音在唱小调，可是那好像从江船上听岸上的嚣声，隔了一个世界似的。我从柚子树底下穿过去，月光的碎屑轻轻地拂过我的肩膀，那边有口小小池塘，月亮正反照在水里，池塘旁边的青草<u>丛</u>中，一<u>些</u>小虫唧唧地叫了起来。

我在池边一块石头上坐下，默然地望着浩瀚的天空，天空上一片清光，没有半丝云彩，只有那轮快要成圆的月亮，寂寞地窥望着我这飘泊的旅客。奔波了一天，这时才感觉有点疲乏，一种睡意轻轻地在爬上来，我听着抑扬的虫声，渐渐<u>堕</u>入到梦幻样的沉思中去。

夏夜在静寂中慢慢溜过去，不知隔了多久，一阵宿鸟扑着翅膀从树梢飞起，把我惊醒了。月亮已经移到天中，草地发出一种沁人的露水气息，前面屋子里似乎没有刚才那么喧闹了——这批没头脑的家伙，也该满足了罢？

我正要站起来，忽然似乎有阵悉率的声音，在我背后不远的地方响着。我愕然地旋过头去，那边家屋子右首的篱笆旁边，有一间低矮的茅屋，一个颀长的女人背影，在月光下从茅屋门口向篱笆那首走去。她手里抱了什么，蹑着脚一步一步慢慢地走着，月光照着她白色的衣衫，样子是那么庄严，仿佛一个虔诚的童贞女，在静静地走向祭坛。

她走到篱笆前面，又回身来。头低垂着，看不清她的脸孔，洁白的月光射在她袒露的前胸上，一个裹着白布的婴孩，在她手里安静地吮着乳头。

她走了两个来回，渐渐地向我这边过来了，青草在她脚下发出轻微的声音，随着她脚步的拍节，她在低声哼着一种催眠的曲子。

我陷入一种睡梦般的奇异感觉中间，茫然地望着草地的露珠在她脚下轻轻跳动。一棵树枝的黑影从她身上滑过去，她快走近我身边了，我一抬头几乎惊叫出来："啊，李三姐！"

但是我立刻噤住了，似乎一只手在扪着我的嘴。出现在我面前的竟是这下贱的娼妇呀！我简直晕眩起来。她是那样宁静，那样安祥，从我旁边轻轻走过去，整个心神好像都贯注在那孩子的身上。她离开我只有两尺多远，但显然一直不曾注意到我。

一种崇高的母性把我慑住了，我仿佛看到她的背影在渐渐高大起来，从她身上散射出一种纯洁的光辉。好久以前，曾经在那里看过的一幅圣母像，那玛利亚抱着婴孩的姿态，忽然在我眼前浮现出来。

我屏着呼吸，怔怔地望着她来回地走。偶然那孩子发出一点声音，她站住了把嘴唇贴到婴孩的脸上，忽然抬起头来望着月亮，发出一声低沉的叹息。

我不敢去惊扰她，想轻轻的退走，但是她已经发现了我，吃惊地站着了，两只眼睛恐怖地向我凝视着。

"谁?"

"我，三姐。"我站了起来。

"指导员吗?"她吐了一口气，歇了歇又说，"怎么在这儿呀?"

"我在这儿乘凉。"

她没有说什么，眼睛又落到孩子的身上，一只火萤从她头发边飞过，没入到柚子树影里。

她依旧哼着催眠歌，轻轻地走起来。那歌声带着微微的颤抖，仿佛一种飞虫翅膀上发出的声音。我默然地望着她从篱笆那边回过来，忍不住说:

"三姐。"

"什么?"她瞥了我一眼，低声说。

"这孩子——是你的?"

"嗯，"她应了一声，把脸偎到婴孩的额角上，轻轻地拍着他的背，又补了一句，"他病哩。"

"病!"从她嘴上滑出来这轻微的声音，却似乎在我耳朵里骤然大开来，我立刻看出她内心里那种做母亲的忧虑和焦灼的心情，这种心情，我们无论谁都曾经亲切地体会过，深深地感动过的，然而她——这个女人……啊，我没有想完，就战栗起来。

远远天边，有颗流星箭似的飞溜下去，屋角上吹过一阵夜风，柚子树的叶子瑟瑟地响起来。

我似乎想说句什么话，却想不出。那女人又朝篱笆那边走去了，突然一个粗厉的声音从我背后射过来，孙班长在屋子里喊："喂，老三！老三！妈特皮！看老子输了钱，人就不见了！"

李三姐猛地旋过身来，匆匆走到我前面，仰着脸哀恳地说：

"指导员，请你向孙班长说一声，等毛头睡熟了我就来。"

"但是……"

"一会儿——一会儿就好了。"

她显然误会了我的意思，我惶惑地望她一眼，她已经急促地向披屋走去，一下子消失在那道黑越越的小门里了。

我回到堂屋里，孙班长、老李和司书，三颗脑袋拱在蜡烛底下掷骰子，司书拉着一张小鸡喉咙怪声地叫："五梅花！五梅花！五梅花！"

他们没有看见我，我也不高兴去告诉他们，我管自己走到后客房里去了。

客房里点着幽暗的青油灯，灯花结得累累垂垂的，满屋都是幢幢的黑影，蚊子兜头扑面的乱撞。我揭开帐门，一股闷热的臭味直钻出来。床上热得和火坑一样，席子摸着都发烫，才躺下去，混身就淌起汗来，堂屋里一阵阵的笑声和骰子跳跃的叮叮声音，锥子似的刺着我的耳朵。我听到自己的太阳穴卜卜地跳，血尽管往脑袋上冲，刚才一点睡意完全消失了。

李三姐又在隔壁堂屋里吱吱地笑了。那笑声和刚才吃酒的时候一样：浮荡，虚伪，恶俗，教人听了心里就发毛。孙班长在咬咬的说着些甚么。我没心去理会他们。帐门是那么窄，蚊子不停的往里钻，枕头底下的臭虫又在爬出来。我只得坐了起来，扬亮青油灯，慢慢地来对付这些虫豸。

一会儿，外面的赌局散了，我听见孙班长拉着李三姐往我前面一间客房里走去。斜对面一间里，老李拉着一张破锣嗓子在唉唉地唱：

"一轮……明月……"

我索兴不睡了，隔着一层芦苇墙，孙班长在吐着一些极不堪听的下流话，那女人又是笑。妈的，我才倒霉，刚刚捡着这间后客房。

我跋着鞋子又走到外面院子去。大概已经快半夜了，月色益发清朗起来。我穿过前面那座屋子，静悄悄地，只有一些沉浊的鼾声起伏着。

外面院子里露水很重，手车歇在一排茅篷边，车杠斜斜矗起，指着天空里那稀疏的小星。那些队士们就七横八竖的躺在露天底下，他们睡得很熟，月亮照在他们赤裸的胸膛上，反射出一种难看的青铜样颜色；他们的脸皮松弛着，有的张大着嘴，露出白森森的牙齿，有的似闭非闭的眨着一双死鱼眼睛，那种样子立刻引起我一种战栗的恐怖，仿佛是走到一群死尸中间来了。

我刚想离开他们，突然背后传来一个低沉的声音："唔……唔……"我打一个寒噤，混身汗毛直竖起来。旋过脸看时，一个队士直挺挺的仰躺在张木板上，正在喃喃地说些梦话，那声音像是骂人又像是在赌咒，听不清楚，一会儿忽然又不响了。

我心头说不出的沉重起来。所谓生活，就是这样的么？今天晚上，我从前院赶到后院，就像一只可笑的狗般东西逃窜着，直到现在夜深了，还没有找到一个可以安息的地方，这是碰到甚么鬼呀！我望着一片浮云从月亮上轻轻滑过，满腹的抑郁忍不住要仰对长空，迸出一声悲愤的狂啸。

我无心再在这儿停留下去，摸回屋子里，闷闷地睡了。

　　不知什么时候，忽然又被一种声音惊醒过来，月亮已经照到后窗上，映着满窗的树叶影子。后面菜园的披屋里，传来一阵强烈的婴孩哭声，那声音尖锐而愤怒，仿佛一把刀子在空气里乱割乱划，哭的时间也许很久了，偶尔窒息地间歇一下，又更猛烈地哭起来。

　　正在这时，我听见一阵悉率的轻轻脚步声从我房门外走过去，而同时，就在芦苇墙的那边，却透过来一阵牛喘样的鼾声———一种男人在淫欲满足后的粗浊的鼾声。

选自邵荃麟：《宿店》，新知书店，1946 年

邵子南

| 作者简介 |　　邵子南（1916—1955），四川资阳人，原名董尊鑫，字少南，现代作家。先后担任过新华社晋绥总分社副社长、西南文联副主席等职，代表作品有短篇小说《李大勇摆地雷阵》《青生》《烟帮》《黄连地》等等。

黄连地

四月，被森林温暖着的谷地里的雪融化完了，一点痕迹也没留在翡翠般绿绿的草地上。泉水冷冽地琮琮地流着，冲洗着石渠里晶莹的小石。郁烈的香蕈气在阴暗的潮湿的森林里荡漾着。发散着有苦味的清新气味的笋子也在腐败的落叶间冒出嫩白微红的小尖了。

林里整天都是阴暗的，树叶凝聚着的水滴，清脆地滴落着，每天至多只有半个钟头能够从浓密的树叶间射进一点温暖的阳光，林里的植物开始呼吸，但马上又被分割不开的雾气笼罩着了。

山顶上还剩着积雪，要等到五六月才会开始融解。

林里听不见一匹画眉或一只斑鸠的鸣声。笨重的野牛，在树叶深处冲着同它一样肥的雾阵驰突着。腐败的落叶上剩下很多的兽迹，有爪形的，有蹄形的，还拉下很多山气很重的兽矢。

山顶上的庙里，在黄昏时候；响起好像招魂用的铙钹声，——谷里猴群争着拼命地攀着葛藤向洞里爬去，一下子葛藤断了，跌下去的猴群一齐悲哀地哭似地啸着。

这谷地是神秘的。它张着永无餍足的口，吞没那些从社会的洪炉中煅炼出来的铜筋铁骨，渐渐把它消化掉了。那是一种够使你心子也胀爆的难可消化的悲哀。我打赌，我宁肯被社会赶出天外边，不愿赶落在这比死亡更可怕的陷阱中的！不管你是钢是金，一落到那里没有一个不糜烂的。因为它是孤寂的，荒凉的，像永远被掷出世界去了的！

你要是在里面唱歌，歌声会在里面无阻的恣意地流着，好像没笼头的马一样，奔入无底的沉默的深渊，碰不着会把它撞回来的墙壁。终竟不可抵抗的荒凉大胆地吞掉了你。

谷地里的棚子，矮小而且潮湿，铁蟆子可以飞到棚子里来针样地刺人的大腿，人们为着保护自己起见，腿上常是缠着布片和棕须，走起路来，仿佛都被拖累着不方便似地。但他们是异常的残忍的发起疯来，可以把自己的蓬头垢面的老婆打得半死。你要是惹了他，他可以毫不容情地把你丢下崖谷里去。

收买黄连的小贩子石青山叫我跟他当助手，一起进山里去，并且告诉我说：

"傻瓜，像样点，把袖子扎起来，找根青布帕子缠在头上，威武点，不要给人看做'瘟症'！……喂裤脚倒是要扎得矮些，路上草里有蚂蚁。"

"只有我两个去么？脚伕这些都不要？——"我问他。

"拿脚伕去做甚么呢？——不会要你背的。"他说。

他是一个十足的小贩，懂江湖，随便你怎么也瞒不过他的。装做个老把子，甚么都会的，教比他年青的人。他就是爱咳嗽，身体也不怎好。还有一点，就是吸叶子烟。你要定跟他一起住，慢腾腾的烟烟，像用蚊香逼蚊子一样地逼住你。他从涎沫滴滴的口角上把三尺多长的细竹竿取下来，便开始说话了：

"进山以后，就不要客气，"他赶紧又把烟管塞在嘴里努力地吸几口，才又拿开说道，"他们都是狠心肠，谨防要把你吞了的。傻瓜，我爹娘造我下来，只缺少认识字，——你去帮我记记帐好了"！

我担心他的有着肺病的身体进到密林里去是不大合宜的。他却告诉我：

"健康对于我又怎么呢？我又没有后人要抚养也用不着留着七八十岁的身躯来享福我有甚么呢随它去吧，在一天用一天好了。"

的确，他是没有什么的。他没有老婆，沿河上下倒有一两打干儿子。人家的儿子多病，俗传说是跑江湖的人受得住灾害的，像破牛皮一样的老棉旧；有煞气的，像寡妇一样的毒辣，人于是把自己的多病多难的儿子拜揖他，叫他做干爹，就这么像被破牛皮保护着的玉器受得撞碰地可以在艰难的命运中颠覆得了。

"石青山，把我的儿子拜揖你，好吗？"妇人抱着病得半死的婴儿向他说。

"我怎么敢呐，无福啰，谨防折杀的——并且我手边——"他顾虑到他的钱荷包了，每次拜揖都要照例给九千九百文的长命钱与干儿子作喜钱的。

"不要谦虚。"妇人一吓子接口道，"亲戚处，莫管那些，干儿子长大是会帮你老人家的忙的。"

"诺……诺，……"石青山不高兴地应着。

于是他便像一个被牵上杀场的一牛样地拖去作了干爹了。仪式很简单，点一对用几个铜钱卖来的跪头蜡，三根香，能干的主妇把孩子抱着在他面前像扫地一样地扫着，说是替他叩头了。他就不得不在被搅扰了的孩子的号啕中在荷包里掏出九千九百文钱来。他一点利益也得不着的，孩子和孩子的父母以后也不会理他。有时碰着的时候，叫他一声"干爷"，但一看他浑身褴褛的穿着，马上脸红起来，瞧一瞧周围便像蛇一样地溜走了。

毕竟石青山还是"石青山"，沿河上下，只要你跟他当助手或挑药，你就会知道，一个钱也不给也能走路的。在吃了饭的时候，他连帐也不算，只说道："老板娘，跟我记着，下次来一起付吧！"

"石掌柜，莫说的。"老板娘会说。

跟他当助手，是再好没有的了。每一顿都是大酒大肉，照他所说的一样。

"兄弟，尽量地吃喝，出门人求衣求食，穿好了，强盗要起心眼，只有吃的！把你的命也吞下去。——进山去，是莫得吃的，并且也没有大吃大喝的时候了……"

我们爬了三座很高的山，像楼梯一样，两边像堆着一样地长了许多葛藤，竹儿子，寒松，茨草，结着很结实一颗颗的野果的杂树，小得令人不能相信的鸟儿在密丛里啁啾着；貂鼠在细枝上急走着；五寸长的小猴儿子在叶间出没着，对人睐着小眼睛，路很滑，长着浅薄的一层青苔，还没有散尽的雾在枝叶间萦绕着，从下垂的叶上滴下大粒的雨点。山，一座高似一座的走到最后一座。虽然是首夏天气，可是像入了初冬一样，清寒的气氛在浓绿的密林的山岭上镇静着，风也刮不去。云雾像割也割不开地紧压着，紧贴着，——山已插入画中了。我们从这样的高山下坠到黄连地的谷地里，已经整整一天化去了。

谷里似乎温暖了许多。晚来以前的雾从下面最深的底谷里活摇活动地升起来填满了谷地，更蔓延着上升去了。顿时像晚下来了似地，连路也辨不清。那些在山脊上的庙宇通统敲起了钟来。未归的山羊，发觉了身后边跟着的稀口露着牙齿的狼，在颤栗着，发着悲切的芊芊声。

在湿淋淋的长草中是很难走的，草尖几乎要扫到脸颊。说不定会有野兽甚么的藏在里面的。毛虫很有机会爬上你的面上。拿手指把它捉住，一下子捏死，弄得手指湿漉漉的。最后从草里钻出来走进了正式的森林里面，霉臭的气息从脚下面膝盖深的烂泥样的腐化了的落叶里散发出来，树干的影子像巨人似地密密地排列着，野牛在不远的地方踢着蹄子。

我们都一声不响地留意着脚下小心地走着。雾海在我们周围无限度地扩展开去，静默的，平和的，无限的安谧。

火坑里燃着从树上生砍下来的湿柴，冒着逼得人流泪的恶烟，吱吱地响着，在未着火的一端上吐着泡沫。茅棚太矮，烟子急得打转也出不去。茅棚外是森林里的神秘的夜，呻吟一样的齐声，像轻烟一样袅袅地冲得很高，一下子又跌落下去滚进夜海里沉没了。

当我们站在茅棚外面要进来的时候，石青山拿手敲着门扉。

"有人吗？"

"谁？"门扉里一个女子的声音。

红红的温暖的美丽的火光从牛肋巴样的横暴的树枝编成的门扉上透出来。这好像兽笼一样里面鬼影魑魑地，连火光也神秘地眨着眼睛做鬼脸了。

"春姊吗？——洪寿爹在吗？"石青山赶快说。

"呵，石大哥——"

门随即打开了。一个老头子在烟中静静地坐着，翻着白眼仁看着我们，都没有说一句话，那小巧的困在泥污的衣服里的女子站在门背后，好奇地上下棱着眼睛瞧我们，眼神胆怯地闪着。

"坐吧，傻瓜要人请吗？"他拍着我的肩膀，把我从拘泥中迷惘中惊醒过来。

那女子也挨着上来坐着了。

烟子逼得人流泪，脑里像要爆裂开来似地胀痛着。每人的脚上都胡乱缠着滥麻布，棕须上面搅满了黑色的泥污，神秘的光舐着每人的脸。

我们进来这一瞬间的搔乱过后，便一齐卷入难堪的沉默里，……现在石青山忽然抬起头来问道："妈妈呢？"

女子把他爹胆怯地瞄一眼，然后俯着头说道："她在去年大冷天替金顶到峨眉县背米去，在天门口踩虚了脚跌在岩底下，跌死了。……她背的太重了，踩在一块薄脆的冰上，她并且'过江龙'的齿齿又磨得太浅了。——"

人们更向沉默里沉坠，沉坠到难堪的底层了，愈下面愈尖锐窄小，简直不要人出一口气一样。那当父亲的老主人，用一块木头通着火炉。

天鹅绒的夜色中夹缠着一股股很幽雅的山顶上的庙宇里的钟声，它在夜色中划着在茅棚外面的森林中流荡着。

好久好久了，老主人才说道："怎么？——收拾睡吧！"

"睡吧，"石青山应着。但看他立起身来了，又拉住他的手臂："洪寿老拜兄，我们谈谈好吗？"

"有甚么谈的呢？明天吧。"他不大方便地一拐一拐跑进茅棚的里面一间去了。

"那么明天吧。"石青山望着他的背影，意味深长的说。

第二天，一早，洪寿便上山去替庙子上背东西了，石青山没有和他谈成功话。我问他："你们要谈甚么呢？"

"是呀，他走了，——傻瓜，这个你不消问吧。"他微笑着说，把我装进闷葫芦里。

女子在火坑上架一口锅，在替我们烧盐笋拌野菜，一股潮气引得人的空胃像要翻转来了样。

"你们今年的黄连收好了么？"石青山朝她说。

"黄连收了。"女子一面不注意地在答应他。

"好吗?"

"比去年差不多。——三百多斤。"

"老头子昨晚上怎么不和我谈价钱呢?"

"他不,他要卖——"她语气认真地说。

"他要怎样卖?"石青山赶快问她。同时把我看了一眼。

"他不卖给你。"她毫不动声色地说道,"他说你不老实。"

一阵蹄子声,一个山羊跑到茅棚外面来,拿角向门扉上抵着,在敲打后面两个蹄子。女子赶快用一根用来烧火的木块去打它,口里骂着:"走——滚,不然,看我敲碎你的脑壳!"山羊又连撞带跌地悲哀地芊了两声跑开了。

山顶上庙里的早钟响了,一阵松一阵密地流泄入早晨无云的晴空里,初升的太阳落了一丝阳光入谷地里,谷地里的草木也欣悦了。一群松鼠在株大树上的枝叶间飞窜着,一匹肥大的野猪把前足缩着,用后足像人一样站起来,长声幺幺地叫两声又发狂样地,摇头摆脑地跑进林丛里去了。

"我的弟弟在前年就是这时候被狼咬去的。我在害病,妈去找草药了。弟弟在这儿烧盐笋吃,起头也是这末来一匹山羊,他把山羊打开,又开门去赶它,就在他开门出去的时候,狼便从后面跳上他肩头咬断了他的喉管,他妈也没喊一声便倒地了。它东挖西扯地把他拖到林丛后面去了。我出来看的时候,只有一滩热血了。……"

"呵。"我惊叫了出来。

石青山把我瞪一眼,很惊异样地,随又很安然地坐着,仿佛是说:"这有甚么奇怪呢? 这有甚么奇怪呢? ——傻瓜!"

从下面谷底里升起了无尽藏的湿雾,迅速地很密切地与树叶相黏贴着,森林里仿佛命定地只有这一两分钟的阳光,又黑暗起来了。仿佛这些雾是昨晚上积在谷底里似地。一匹狼样的黑影从朦胧的雾团间掠过。

"你们就这样生活的吗?"我忍不住问。

她不大了解地望着我。

"你们从来就这样的吗?"我再说。

"不,"她说,"我们以前在外面生活得很好。不过那已是好多年以前的事了。"

"你们以前在外面那儿住?"

"在夹江。"

"做甚么的?"

"我们历来是种地的。爷的时候种张家的地,爹当家的时候,张家的地不够种,又种了'王老肥'的地。"

"生活得很好吗?"

"当然啰,天,佃田户,不纳税,不纳粮,一年只消纳够主人的租钱,谁也怨不着谁上谁的门。"

"为甚么要跑进这鬼不生蛋的山里来呢?"

"主人吃不过重税,于是只朝我们头上加呀,加呀,不管天干水灾,连一点让手也没有,就是我们自己吃的也没有,还是要纳,就这样我们呆不下去了。——我们偷偷跑来的,听说那天早晨主人还到家来找过我们呢,不过我们走了。"

"我们走的时候,"她等一会又说,"妈跟爹打了几架的。妈说:她死也不离自己的生长地的,照她说:'人离开了生长地,就像离开泥土的树,怎么能生长呢?'爹是不管她的,气了就打,一句话也不说,毕竟像押着一样地把一家人搬进山里来了。"

"你们不好跟主人说一说么?"

"怎么没说呢?他说:'是我要逼你吗?天晓得,不然的话你把粮票和门牌拿去替我完纳吧!'天,那都敢领受吗?那钱还要多些。

爹一句也不说走回来了。"

这一些话，她都用毫无情感的枯燥的话说出来，仿佛在数数目字一样。我偷偷地看一眼，她，天呀，小姑娘，跟念经的老尼姑一样，跟守寡二十年的枯瘦老妇人一样！——她的那种不动声色的谈话，不快不慢地机械的动作，竟万分残酷地咬啮着我的心。

小鸟在雨样的雾中，栖息在叶丛里啜泣着。一只蚂蟥爬上了门扉上的湿淋淋的木棒上来。雾气滚着样涌进棚里来。

她像少有得着说话的机会似的，又说起来了："有时也起五颜六色的瘴气的，那你就赶快把你的汗臭的衣服蒙住你的脸，不然会死去。——三赵洞去年被瘴气闷死了五十几个人！"

她还是毫不动情地说着，好像一切困苦和危难都不在她的心上存在了。

露更浓地填满了我的视野。

选自 1938 年《文丛》第 2 卷第 2 号

"青　生"

炎热的夏天的河里，浮起一具死尸，妇人们站得远远的，而且捏着鼻子，交头接耳地歪着头往那死尸瞧；孩子们围得近些，好奇地抛石子去打他，惊散一些沾着血水的绿苍蝇；母亲们在大声地招呼自己的孩子；男人们在岸上围个圈子，猜测这死尸的来源。保正马敬之，马端公的儿子，急忙到河边来看一遭，又匆匆地跑到镇上去了。铁匠阿六站在人丛中，颈子鼓得暴暴的，好像在和别人讲道理，被人抓着痛脚一样，在那儿指手划脚地，口里喷着白沫，很起劲地，硬要旁人都承认他所说的话是正当的。

"哼，……那不是嫖客才怪！"

他并且引证了很多典实。例如他曾帮王品三捉过奸，那小学校长詹木成，人都叫他"詹木脑壳"，就是他拿铁锤打起翻垣墙走的。他正说得有劲的当儿，周阿八顶他道：

"阿六，你干吗要给'詹木脑壳'磕头呢?"

他登时放下脸色来，闭着嘴走出人丛，慢慢地反剪着手踱到镇上去了。他满腔的高兴被周阿八一顶，好像雪融冰消似的溶解了。因为他们那次捉奸是吃了亏的，第二天詹木成运动了校董会中的大人物出来争面子，说是阿六和王品三这起坏蛋，随便诬陷社会上的读书人，太有伤风化了，非把他们逐出这镇上不可。他吓慌了，只晓得磕头认错，保证马敬之踢他的屁股，骂他轻浮东西"老着半节就开跑"。后来还是吴太爷可怜见他，只把王品三赶走了事。现在这一群人看见阿六走了，也就大家纷纷地散开了。

那具死尸的颈子上，套着一根棕绳子，紧紧地系在下面，水把他冲着一摆一摆的；这是一具爬着的，发涨了的，臃肿的乌黑的身体，一件汗衣被冲翻了，倒笼在头上，裤子也退下去网着脚，手反剪着背在背上，指头已被鱼把肉啃去，背上，腿上都啃得乱糟糟的。花颈老鸦一群群在天上打旋子，看见人多，不敢落下来。

正午时候，火辣辣的太阳又露开了，看的人都朝镇上走去，滚热的风掠过江面，把臭气吹到人们的鼻孔前。我和何光勇也一前一后地默默地缓缓地捏着鼻子走回茶馆里去喝茶。

何光勇是一个缄默的家伙，说话时总要蹙蹙眉。他和我一起在杜老板船上当水手。我们老是一起上一起下的。我们先前泡在茶馆里的苦茶，这时已凉得冰冷的了。他深深地呷一口，沉思一会，叫道："这个人死的时候至少流过血：至少他做了该死的事，在他的凶手看来——但世上还有不见血的死呀！还有——"

"不!"周阿八在旁边一张桌上不服起来,"谁希罕你说,那个说人人死都要见血!"

"有种不见血的死,比见血的死更可怕呀!"何光勇沉静地说。他伏下去再吮一口茶,汗水直冒出来,仍然若无其事地坐着深思。

茶馆地下很卑湿,阴气森森地,暑夏已不知逃到那儿去了。人们都静悄悄地,好奇地把何光勇望着,希望他说下去。但他总是不作声,静坐了一会,站起来,像很难为情似的对我说:"老×,我们一起回船上去吧!"

人们互相瞧着,都以一种惊异和怜悯的眼光瞪着他。他看见我没有走的意思,便蹙蹙眉,端起茶碗来吮一口,把它放下,也不看任何人一眼,便匆匆地去了。

茶馆里的人都觉得没趣,长长地倒抽一口气,有些倒在椅子里睡着了,周阿八在哼"正月里来是新春"的小调子,也渐渐地伏在茶桌上睡熟了。妇人们在街上垂头丧气地走着。好像睡眼朦胧地伸着懒腰的狸猫在这镇上弓着腰,走着懒散的步伐。

一直在茶馆里打了半天瞌睡,待到黄昏时候,我才回船去。

那时,何光勇斜靠在船尾上,呆瞧着西天变幻的晚霞出神。这只船不大,靠在这儿半个多月,简直没找着半文生意,老板索性回家去了,只剩下我们两人在这儿守船。

一群老鸦正从浮着死尸的河湾里飞起。"哇哇"地哭着,扇着沉重的黑翼悲哀地掠过晚烟缭绕的小镇,躲到黑郁郁的小丘那边去。城隍庙里的那个孤寡老汉,正老眼昏花地,挥着枯藤样的手臂,疲乏地撞着破落了的寒庙的烧香钟,那"忘忘"的声音一圈一圈地波动开来,震动了晚烟,似乎把遗剩在后面的几匹老鸦脚爪上沾着的人肉也震落了。晚烟从小丘边缕析开来,锁住了这条不大不小的曲折的小河。

黄昏的昏黄颜色逐渐加浓,那种忧郁的情调慢慢地浸透而融化了远山的织瘦的阴影。残霞正好似画油画的画家把画幅越染越庄严，渐渐地变成深红色，褐黑色，以致只剩一架骨骼在那儿燃着了。镇上稀稀落落地点着红暗衰残的菜油灯，看来好像墓地上的磷火。水面反映着天空，白茫茫一片，假如你斜视表面的话；但若你直看足下的船边的水，则深沉得怕人。

何光勇老是凝视着余霞，瘦削的面孔在余霞反映的微光中敷上一层薄薄的昏黄；本来浓重的他的眉毛，这时仿佛更蹙紧了。

镇上的卖唱的在调弄胡琴弦子，一声声单调的凄响，在这之中震颤着，真不忍卒闻，——我那时在学做旧诗人，所以那样易感。

我看见老何很难过，便挨着他坐下去，捶着他的肩膀说：

"老何，你今天究竟为了甚么呢？"

他推开我搭在他肩上的手，一句话也不说。因为我这一挤下来，同时两人都热起来了，这使他烦乱的心更加烦乱，他摆开了我，坐向船头去，把脚伸在黑澄澄的水里，轻轻摆着，发出清脆的响声。他叹了口气，低声说着：

"我心里很难过。"

"为甚么？"我凑近一点。

"说不出的难过。"

"究竟为的甚么呀？"

"我从茶铺下船来，就这样的——或许是那死人作怪。"

我不懂他的意思。他忽地大声自语道："是的，是的，不见血的死更叫人难过！"

他又说起老话来了，这个哲学家不变成神经病才怪！他捏着我的手，——糟糕！——像电流一样，他把他心中的悲绪沿着手臂流进我——那时旧诗人的心中来了！他又对我说及他在煤矿里当"青生"的事——这是他在好久以前，就常对我们说起的：他在煤矿里当"青生"，自己是半夜里跳在河里跑脱的。还有和他同路跑的两个都被捉转去，他在水里听见那两个的叫唤，"破"的一声，一棒一个登时打得没声响，像打哑磬一样。

"捉回去没有好过的，打死，登时打死，——唉，我不敢再看第二次，连那两个是怎样死的，……我想都不敢想……"他总是蹙着眉。

杜老板老是爱鄙视他："倒霉哩，干吗要干那家伙呢？"

"没办法呀，受了人家的骗！——人家对你说是去找事业干呀，谁知把你引到矿边就不由你不下去，一下去就完了，挖十年工夫准要你的命……所以说要跑，所以……"何光勇辩说着。

"我总不信会有那等傻角肯干！"杜老板也必定这么说着，就站起来拍拍屁股走了。

"唉……"老何总是目送着杜老板，说不出话来。

"好朋友，我当'青生'的时候呵……"今天何光勇又这么起头了，但我任他把手捏着，悄悄地听他说："……唉，……那才是不见血的死呢……尽是……矿里尽是小孩子，瘦弱的，生了白毛的，舌头强了不能说话的……做上十年包你不见血的死掉……血已榨取完了，……我相信，在他们死的前一天，你拿把刀子捅死他，也不会看见血的了……我那时十八岁，……但人家已经嫌我大了，恐防我逃……大人太狡猾了，他们不敢骗，……尽是些孱弱的少年……少年才不会反抗呀……

"……那矿山属灌县管，我永远记得那山的样式，那山的一草，一木……那山上的黑森森的树木，倾斜欲坠的蛮横的岩石……那矿穴是几个拐……我从'灌'字便想起了那口袋形的矿……我时常怀疑，倘若把河水引去灌它，它将成为怎样的情形呢？……也许是因为那时的愤怒心理所激成的吧！……把河水灌进来，那是怎样的情形呵！……可是我这个思想从没对人提起过，就是和我一起逃的两个'青生'，我也害怕他们笑我，没向他们提起过。后来有一个老

'青生'改正了我的错误，他扶着壁颤巍巍地对我说：'兄弟，不要那样想呀，那不把我们像淹老鼠一样淹死吗？'

　　"他虽然作了九年多工，虽然遍体生了白毛，但因为他平时爱说话，所以他还能够像叫一样地颤抖出些字来，好像半坏了的打字机打出来的字一样。

　　"'干吗要顾惜这条半生不死的命呢？'我不了解他。

　　"'虽然不好，但总是活着呀，总能呼吸呀，总比死了好些呀。'

　　"……他虽然是有年数的'青生'，是一件古董，……有了年岁的气味的家伙……但看来还不及我的肩头高。他是八岁进矿的。他整天整夜在那里刨着，打着洞，跟鼹鼠一样。因为他要表示他是个人——其他那些连表示这个意思也没有！——他总是一个人咕里咕噜地自语着。有一天，我在工作得很疲乏的时候，放下铁锹正想在我打的那个洞里躺一会，——我自从进来以后就没见过天日，只傍着一盏半明不暗的菜油亮壶，做乏了，就躺一会，休息够了又再做。地下是水汪汪的，我们每人有一把稻草，我们拖着稻草爬着，仰着打洞——四周的撞击声，摩擦声，沿着矿壁笨重地沉闷地传来。我心头在暗暗地骂他们——嘿，猪猡，做不累哩！——可是从不远的地方，顺着我的煤洞荡进一缕歌声来：

　　　　正月要把龙灯耍，
　　　　二月又把风筝扎，
　　　　三月清明把坟掛，
　　　　四月秧子田中插……

　　"在这暗黑的世界里，还有人唱出乡间青天绿野的每月叙景歌来！这一缕山歌通过故冢样肮脏龌龊的煤洞，潮湿淋漓的矿壁，透进我疲乏的耳膜来；到处震动着有气没力的一声声不愿意的声响，蠕动着白毛茸茸的'青生'。

五月龙船下河坝，
六月扇儿手中拿……

"'嗯……'以下没听明白，我把身子更抵紧矿壁一点，便又听见了一句：

十月柑子像金瓜……

"我慢慢地爬出来，在洞口向四方探索，我仿佛听见歌声的余响还在这矿里旋绕，我似乎还嗅到了旷野里的蔬菜香，柑子香；但，仿佛是春天的晓烟一样，扬是扬着，但寻不着根蒂。忽然我对面洞里咿咿唔唔地又在哼起甚么来，后来我听见了一句：

九九八十一，庄稼老汉田中犁……

"声音虽然微细，但这一句却很清晰。我知道那是改正我的错误的老'青生'，而我又想起了他那一身白毛，令我不住地打冷颤。我急忙用铁锹叩着矿壁道：

"'喂，老哥，不要再唱吧！'

"'你听见了……为甚么不要？……'

"'我难过呀！'

"他没作声。

"'你可以出来吓——谈谈么？'

"我听见了一阵匍匐声，他的生着白毛的面孔在凄黄的菜油亮壶灯光中颤抖着出现了。我几乎不敢看他，深深地低下头来，但又不敢看自己身上，害怕万一发现一根类似的白毛。

"'听说……'他扶着他自己掘出来的还未搬出去的煤块，眼睛熠呀熠地端详着我。

"我没作声。

"'两个……十岁光景。……'他接着说下去，'怪不服调练的，总要挨些打……活该……'那是他提起两个被打翻了的'青生'。

"'活该——我请问你为什么还记得唱歌呢？'

"'怎么不记得？……我……想起了外面海样宽的世界我就要唱……歌！'他说话很吃力，像一个临终的老人立遗嘱一样，最后很艰难地才把歌字吐出来。

"'那末……'我忽然看见电筒在转拐的地方显露了，知道那是工头查工来了，我对他挥挥手，各自爬转去。

"这事过了两礼拜，在我领了干粮刚要爬进洞去的时候，他拉着我。

"'你的年龄大，……大些，你在外面看见过鬼？'……

"'没有看见过那家伙。'我回答他。

"'人死，……死了，鬼魂是自由的？……'

"'那谁能知道呢？——总是要自由些吧！'

"我害怕看他和他的同辈——那些捧着干粮像蛇一样，聋子蛇一样，爬进洞里去的生了白毛的'青生'——我回头向我的洞里爬去。

"'当鬼都不自由才活该！'他在我后面像呻吟一样哼着。

"那时我冷笑道：'你要想自由谁教你不逃呢？——哼，我相信你自己当鬼也不自由！'那时，我已想定要拼着命逃一逃了。我相信他们最初进来害怕挨打，不敢逃；后来又知道逃出去已不能作工找饭吃，不敢逃；他们又不能团结大众向矿主要挟，因为他们里面有半数不能说话，才进来的又是小孩子，叫他们怎样团结起来呢？

"从此，我每回出来领干粮，却没有看见他；他已像最老的'青生'一样，不想出来领，任随工头与他送到洞口去了。我也从此再没有听见他的声音。

"煤炭从我们各个土拨鼠似的洞口，一堆堆地堆起来，又一堆堆地搬出去。那九年多的老'青生'的洞口，也一样地无形中堆起又搬去……整个煤矿真是太平天下，一点人声也没有，只有'丁丁'的似乎唱着击壤歌那样击着土块的声音。又好像是阴间，每一个洞就好像一个牢门，或十殿中的一殿，阴惨惨地，内面蠕动着灰色的，黑色的，有些生着茸茸白毛的动物，谁相信这是人在工作？我不知道那些运出去的煤，真个能烧得燃么？

"可是，有一次，我正在躺着，忽觉有个甚么对着我爬进来。我以为或许他们把洞认错了，我于是打个响声，又说：

"'这儿是我呢？'

"那个怪物没作声，似乎还更爬得快了些。

"'那个？——不然，我丢煤块来呀！'

"'我，不要……不要丢！'声音细弱得好像得了病的蚓笛一样。

"我暗暗地懂得那是谁了，于是又问道：

"'来干吗？——好久都没看见你。'

"他没作声，只是索索地爬。只得静悄悄地等着他。他爬拢来抚着我的脚干。

"'好兄弟，……你……你从前到过些甚么地方？'

"'干吗要问？'

"'想，知道点……'他的毛茸茸的脸贴着我的膝头。

"我害怕他的有传染性的脸，赶快想缩，但已被他抓牢了。

"'干吗要问？——我到过成都，重庆，荣隆二昌，资阳，内江，怎么？'

"'那末，你听……听见……见过画眉叫得怎么样，阳……阳

鹊？……'

"'那我怎能记得起呢？——我学不像呀。'

"'它们，我已生……生疏了……八……九年，但……我现在似乎听见有画眉……和阳……鹊在矿外叫，……很好听呀！……'

"我觉得他疯了，要不然，也要死了，我将怎么办！……我想拖他出去，但，这是洞呀，怎能站得起来呢？只有爬，但，已被他塞在前面了呀，我于是叫他出去，但他仿佛没听见样。

"'好兄弟，我似乎嗅到了……外……外面海……海样宽的世界的草……香……花香……柑子树叶的苦香，……嫩香的桃子树叶……森林香……我又像听见……外边溪沟里……的水的潺湲……看呀……那儿溪沟边有个妇人，携着孩子，……在……在慢慢儿地走……在向我做鬼脸。'

"天呀，我怎么能把他弄出去呢？我满心在考虑着怎么使他出去，完全没注意他的疯话了。他又摇着我的膝头。

"'你接……接过……妇人……吗？……他们……为甚么要接妇人？……我……我看见过……我哥哥接过……人人羡慕他……他过了一年，……她生了……一个儿子……那是怎么生的？……'

"我不懂，他为甚么问到这些上来了？我怎么能给他解释？解释给他又有屁用？越问越神妙了：

"'死了可以回去……找……父母亲……么？……我记得……我跟爸爸……一起赶场……后来我便没看见他了……一个大汉……把我拉到这儿……来，……你是怎么进来的？不进来，得吗？……'

"我的天，我将怎么办！

"'你为甚么……一句话也不答应我？……我讨厌吗？……我这几天……觉得……虚飘飘的……连铁锹……都捏不稳了……哼……我大概要死了……我觉得我很难过……喂，好兄弟……我还没有活够……我还没有活够！……'

"他像哭起来了，我听见了抽搐声。他的毛茸茸的脸在我膝上摩擦着。……我想着他的样子，我预料到了我的将来，我也哭了。"

说到这里，何光勇把我的手放开，弯腰下去洗他的脚干，我们暂时静默着。

四周已经黑透了，夜色十分柔软，张着它的天鹅绒的卧具覆盖了一切，而不使一切觉得窒闷。老何的足搅动了水声，必剥，必剥地好像掀起了夜之帐幕，震动它的金铃响；又好似聆见了天空中的魔女的足环轻触着响。镇上一阵琵琶，一阵胡琴，一阵凄凉的喉音。——想来全镇中的青年正沉醉在甜蜜的歌曲中，诗神正骑着文豹在迷梦中驰骋——我想起了把他们喝的茶烧滚起来的煤！

我仿佛觉得看见了个甚么，似乎是白毛茸茸的怪物在黑暗中向我狞视。我把何光勇贴得更近，而他又开始发言了：

"第二天早晨分发干粮的时候，他，那个老'青生'，已早死在洞口上了。我亲自照着菜油灯去看他。

"他的奇瘦的毛茸茸的面庞歪着，耳朵贴着地面，似乎在谛听甚么。两手把一块煤块按着，头枕在上面。他那样子，倘若是在走夜路的时候看见，一定会疑心他要忽地像猫一样叫起来。"

他把足抬了上来，松一口气。

"那种不流血的死，实在比流血的死更可怕呵！所以我后来决定与其不流血的死去，不如逃走，给他们捉着打死——流着血死去好了。"

在暗黑中，那白毛茸茸的怪物。仿佛和河湾里浮起来的那发涨了的，臃肿的，乌黑的尸体混在一块。但真的，那白毛茸茸的怪物实在比那被鱼和老鸦啃烂的尸体更加怕人呵！

选自 1937 年《中流》第 1 卷第 12 期

沈起予

飞　露

一　序曲

"细腻纤致，柔滑洁白，真是天然的美人。"

这是到了沙美海岸的第二天，康维的朋友批评此地风景的几句话。原来沙美是那海波微摇，岛屿参差的濑户内海中的一个海岸，说起波浪来，不过是些潺潺作响的漪涟般的碎片，找不着几股浩荡的风涛；说起展眺来，则有几个稀稀的环岛罗列，看不出那一望无涯的壮观。

海岸的后面为一小山，依着山的高下，建筑了几列轻便的房屋。人们可以看见各院的屋前，挂有极雅致的木牌："松涛馆"，"清水馆"，"望月馆"等。

离开这几栋房屋不远，人们又可以看见有几间土厂式的房子，听说是工场的女工们交换地来养病的住家。但她们大概都是早来晚归，并且每天来的人不同。

因此同是一个沙美海岸，浴场却无形的分为两个。一边是些：红绿的防水软帽，花衣，白粉，Parasol，毛织海水服，欢笑声，奢侈的肉体。他一边则不同：麦秆帽，头巾，粗布围衣，无表情的蠢动。女工们自知形秽，不到美男贵妇那面去；美男贵妇们，自然也不会去睬她们；即康维亦不是与她们有关系。

康维本来住在 N 市，但受了冈山的两个朋友的邀约，一同来到沙美海岸住了两个礼拜了。

有一天晚上，康维从梦中醒来，只见皎洁的月光，穿过几只稀疏的松枝，照在枕畔的檐阶上，侧面来的海风，吹在岩壁上，又折入屋楼内来，使挂的蚊帐，动摇不定的荡浪。康维屈指计起来，到海岸后已荏苒的过了十多天，不见静子的面，则将近一个月了。"她现在也一定在那炎灼的 N 市，敞着纸窗在做她的幻梦；她那柔弱的身体，苍白的脸色，显然是个病体，都不能到海边来保养，啊，你们浴院内的姑娘，是何等的幸福！"康维想到这里，万念俱至，上院下院的浴客，均寂然无声，同住的两个朋友亦正放着他们的鼾息；看看月光益发皎洁，渐渐底偏射到康维的面上来仿佛在那里偷看或监视一样。康维勉强合着眼帘，只听着海水一往一复地打着沙边的律响，再已不能睡去了。他几次的辗转反侧后，忽然想起在这月白星稀的静夜，不如到海边去散步一回或可以多赏鉴得些良宵美景也不可知。于是康维翻身起来，披上一件夏季和服，拖着两片木履慢慢地走出海边来。

海边潮水高涨，现出汪洋盈盆的景象，波心承着皎月，与虚悬天空的成一对伴侣。银白色的沙颗，浸露在月光中里熟睡，上面印出无数的树影，风来时，都随着的婆娑乱舞起来。康维再向前进时，忽见一对青年男女，伏卧沙上，男的敞一件白色浴衣，女人则系一件花纹寝服，腰间随便结了一根小带，肉白的小腿，微露在外面，两只赤足，时常举起来向着沙面乱打；两个正在喁喁喃喃地，谈个不休。

康维此时念感着自家的孤独，再不忍向前走了；待他掉了方向，向着侧面走来时，却又见一个中年女子，坐在一个小石上面，苍白的肉色，羸瘦的躯壳，胸部半敞，两乳微露，但毫不引起一点肉感。康维想这一定是由那土厂式的屋子出来的浴客，遂一直向前面的岩边去了。岩下几列长石，伸入海冲，上面现着无数的鳞窍，海水汐去时，是可以下去游玩的。但现在已经全被淹没了。岩上的树木，把月光蔽去，使海面上印成一团阴森黑影；回漩的潮水，带着无数的海藻水沫，在那里发出颤动来。康维蹲踞在一蹲苔石上，眼里虽然睨视着这些乱藻浮沫，脑内却萦回着刚才的两个印像。

"啊，人生！不是在热情的欢乐中昏醉，便在残酷的悲哀里挣扎。同在一个大自然的美景内，为何含蓄得这多矛盾。"

他想到这里，忽然感觉自家的思想，太奔腾远了，仍然举起头来向岩下望去，忽见杂草白沫中，有一团特别的黑影，再看去时则仿佛如一披发的女头，浮摇水面。康维带着疑惧的心境急忙回头过去，只见一片淡白色的薄云，把月光蔽去，分外显出几分阴惨的景色，几阵寒栗向着背面袭来，走回原路时，已见不着一个人影，愈觉得那个宽阔的海口，马上要将逡巡着的自身吞去一样。不一时康维仍在蚊帐内里思念着静子，翌日竟向他的朋友提议回家。

环带的小山曝晒在秋阳的余威下面，农坝的佳蕙杂草，同样的带着了长征的倦容。往复海岸与火车站间的一辆汽车，载着康维与朋友三人，驰驰的向前奔行。途中两两三三的材童，见着他们的汽车，却急手携手地站到路旁去向他们微笑。不上几个钟头，康维又转到了冈山的朋友处了。房主人出来迎着寒喧了几句，即拿了一大束信来交给他们。康维与朋友们都不管其中是含的悲报与喜息，一切的向其中搜索去；被排斥到最后层的一个渺小信封，终于映到康维的眼帘内了。信封上印着一朵铃兰花样，旁边明明写着自身的名字，但他却看了好几眼才伸手去拿着。偏偏眼快的康维的朋友也把它见着了，于是一切的哄闹起来：

“呀！快拿我看一下呢！”

“呀！是情书来了！”

康维虽知道是不能反对，但仍不得不带着迟疑的口吻否定下去。他话还未说完，早已带着绯红的双颊，跑在一边去心内突突地跳跃着折开读起来。上面写的是：

怀念的康君，

谢谢你的信与可爱的风景片！自由地呼吸好景的大气，自由地与朋友们同游，这是如何的幸福呀！我呢，这样蒸热的夏天，只是笼居在狭小的屋内，像锅上的蚂蚁一样。但我还是天天的在感谢上帝，赞美上帝的慈爱。我想世间上更还，更还有不可想象的孤寂不幸的人；一想起他们，我便减少了些忧悲。今天是日曜日，教会里是很清静的；灿耀的日光，从窗外射进祈祷堂来，好像在暗示上帝的多惠一样。到了晚上，星斗异常的放光；它在青空灿烂中，好像在向我私语一样。康君，请你也一个人在静夜里去看看，星姊也一定的要对你讲些无限的好话呢。

青空的星姊，今宵你又看着我？

青空的星姊，你在哭抑在笑？

青空的星姊，你仿佛是无言而缄默

青空的星姊，你仿佛又在娜袅的闪蹈

一年级的时候，学作了一首《星姊》的童谣，现在浮到胸墙上来了。

啊，康君，你那样亲切的信，我是如何的拜谢呀，因为像
那样说起来鼓励我的人，实在一个也没有呢。康君，请你也成
为贤能的人，望你也真正的信崇上帝，真正的在艺术上去生
活……想写的话，簇塞在胸中里还多得很呢，待你回 N 市后再
谈罢。

静子

　　信内虽没有热烈的情语，但康维觉得内面包含的优静崇高的心
境确是很可爱的，所以他愈想早些回到 N 市去依附在她的旁边，看
她细细地描写自然的花草，听她细细的叙述希腊罗马的神话。她虽
没有极美丽的肉体，但她却有极神圣的心灵，极崇高的趣味。康维
的归心到了极点禁不住去把静子借与他的一册诗集拿来重读，借以
减退他成了高潮的怀念。但是他的眼睛虽钉在书上，他的心却回想
到他与静子的经过……

　　原来两三年前，康维有一个朋友，在静子的家中佃了一间房子
住，因此他也时时到静子家里去玩。但那时静子还不过十四岁的上
下，家中除了母亲外就只有一个小妹，到康维同他的朋友一同到东
京去住后，遂不知静子是如何的了。又后，康维复考到 N 市的文化
学院，但亦未去访过她们。到了这个夏期，有一天康维在家中闷坐
一会，遂走到外面去散步去了。他住的那一带虽是属于市内，但人
烟极稀，草木清幽异常，除了学校及教授等的邸宅而外，不过是些
以学生为顾客的小铺而已。近来因为学校放假，所以一带风景，益
显出清寂的样子。康维随足前进，走到一条小径上来，见着左侧是
半堵园墙，绕着一户住家，右侧则有几畴园土，栽着些草卉菜蔬，
前面一个女郎携着一个小弟弟的手纤纤回回的走得很慢。及康维将
擦过她的身时，竟意外的发现是三年前常见的静子，但已婉如两人
了。康维方欲开口，但他已听着静子在说话了：

"是康君吗，好久不见了呢。母亲要请你到我们家里去玩。"

她半带着羞怩的微笑，半露出很热忱的欲望对康维这样的说。但康维并不惊异她的唐突，因为他在途中曾遇着她的妹妹几次，所以想来静子的母亲早已知道他重到了 N 市。

"啊，原来是静女士呀；我到了这边，虽几次想来拜望，都因为课忙不成功，今天我们就一同去好，想来你的学也是假期了吗？"

"是昨天起放假。"

于是他们两个相并的顺着踏去，小弟弟走中间。康维见着静子穿一件单素的薄衣，拖着扭了一个大结的腰带，一双洁白的赤足，显出日本女子特别的一种风韵。身材瘦削，一见而知非健康者。到了她的家后，康维才知道静子已经是高等女学校的三年生了，晚上转家来，另外又在一个先生处的学画。刚才携带的小弟弟就是先生处的孩子。静子的母亲，要去把她平时的写生画拿来给康维看，但她急到旁边来抢，后经康维也执着要看，她的母亲，才得拿来展在康维面前，一面又说：

"我本不许她去学画的。但她无论如何都要去，康君，你看画得如何呀，虽已学了一年多了，但是白天又是学校，一方面又不得不学一点针黹，所以学画的时间，真不过是夜间的一点仅少空隙呢。"

经过这一次以后，康维便常常到静子家内去玩。但他们闲谈了一会，静子的母亲，便去忙着家事，小妹自然亦有同伴，剩得的就是康维与静子了。

静子的家中，前后各打一个极小的庭园。前园除了一大陇蔷薇而外，有一株小枫，几簇荻条，几根细椿；后庭则栽的是些牵牛花，玉簪花，菊类等草木植物，其次就是静子近来正在写生中的一丛绣球花了。有一天康维在旁边望着静子默默的描写一阵后，静子一面蘸笔，一面间间断断的向康维说：

"我这幅布局得太大了。如不忙着画好，几天后花就要凋谢过去，康君，你一个人恐怕有些无趣味吗！"

"不，我望着别人创造一种艺术，是最有趣味的了，因为再莫有比创造艺术更神圣的事。我从前也喜欢涂抹，不过不成样罢了。"

静子听了康维的话，便很高兴的来要求他去共同写生。这虽被康维推谢了，但静子沉滞的颜色，确显了一些快意，复继续的对康维说：

"近来因为是休息，所以把篇幅展大了些，要是平常，只好缩小景面摄取一部分罢了。康君，时间真是不够得很，平时的写生，都是在曙光初晓的时候；因为一到八点钟，就非到学校不可，下午转家后一直到九点多钟都是在先生处，所以学课的温习，大概都是在别人鼾睡的时候呢。"

静子说到这里，不觉表现出一些寂寞的微笑，又继续下去：

"但是我觉这样的迫促，也正有些乐趣的。因为到了深夜静寂的时候，可以供给我以极好的幻想时间。有时我一个人不意的微笑，仿佛白画间的一切可惧的物像，到了这时都消减去了，广大的宇宙，只剩得我一个人存在，更觉得我一个人是胜利者了。有时我又玄想到我所描写的花上去，我觉得这美丽的鲜花，内面也必定有洁净的生命；人们都说花的凋谢无常，我觉得这正是花应当爱怜的地方，所以我描写它的时候，都用着全幅爱怜的精神，想把它活在纸上。所以我那天如果画好了我就非常的欣慰，觉得我的花从此可以不死了；不然则意气凭戚地，觉得狠对花不起。但是，康君，时间总不与我以充分的余裕，大概画在半途来，花的精神，就起了萎靡的现象，外形也就渐渐地变了。记得有一次我在郊外画一株很可爱的白合，起稿的时候已经是开得极繁了，后来渐渐的萎缩下去，到我最后去的早晨，已经枯凋得不像样，仿佛带着极惨愁的容貌在哀怨的诉说'姊姊哟，你来得太迟了！'似的。我觉得这花太可怜了，我的笔不曾把它活下，是我太对它不起了。康君，当时我想到这里，我的眼内已充满了泪滴，后来我把落下的花瓣一律拾起来，取了两片葬在我的口内，其余的通通包转家来了。康君，你怕要笑我痴顽吗，但如果说是我有些慰安的话，恐怕就是我对于事物的朦胧地去想，与这些自然的亲近了呢。"

静子的这番纤柔审美的话，竟打动了康维的艺术有永久性的议论来：

"哦，静女士，你能抱保存自然的生命的态度去创造艺术，你的艺术中当然也有生命流注的。我们人类也不过是自然的一种，早夕是要经过朽败而至于死亡的。所以人生的要谛，是要把有尽的生命寄托在无尽的艺术上去。Beethoven，Wagner 等虽死，他们的生命还在音乐上呼吸，Millet，Leonardo da Vinci 等虽成过去，但他们的生命却还在绘画上长流。其他的哲学家，宗教家都是把各人的生命依存在学说或是教义上的。"

"是呢，尤其是米勒；他是我最崇拜的一个人，无论我是如烦燥的心，只要见着他的画时，都可以沉静下去，一切忿懑的郁积，都变为一种感谢的情绪了。我读有岛武郎著的《米勒礼赞》时，见着他那凄怆穷困的一生，竟来为我们创造伟大的艺术，不竟使我泪下滴了。我觉得他表现的农夫，都是使我羡慕的，他们的辛勤，现不出一点苦怨来，所以我常想我们的世界，也想当成为那一种敬虔的世界才好呢。"

一直到康维未到海岸以前，他们差不多每天都是谈的这类的说，心气相投的人，自然复互相感觉爱着起来。现在康维从海岸转到朋友家中，又接着静子幽静满纸而又有些 Passion 的信时，他们过去的会遇，自然涌潮到胸上了。

二　常饭

康维回到 N 市，即刻于晚间往静子的家中去了。他以为静子一听到他的声音，就会要出来欢迎他，但出乎意料之外的，是静子的母亲，尽管唠唠絮絮的询问海岸的风景怎样，妹妹尽管闹着要看花邮片，却见不着静子的影子来。康维在失意中的过了一阵，再已忍耐不住了——

"静姑娘还不曾回来么？"

"不，在内面的呢；我们到里面去罢。"

静子的母亲，含着照例的微笑回答康维后，即起身往内面去，康维自然也跟随着。但纸门（Fusuma）开了后康维见着满屋黑暗，只有从窗子射进来的一股灰光，朦胧的可以看出屋中有一团份外漆黑的影子。康维正在疑惑，但一瞬间，电灯即刻亮了。

"静子！你在作些甚么哟，弄得这样的满屋漆黑！"

"我在作电气的实验呢！"

母亲的斥责声与静子的似小孩的无邪的回答，又若似遮掩一种事实的谜语，几乎同时的冲进康维的耳鼓。但静子见看康维时，除了一句"晚安！"的通常语后，即静默默地坐在一旁，嗓嗓不休的，仍然只有她的母亲。

"我暗忆着我们彼此交换一次信后，一定是要比从前的亲昵更要加进一层，为甚么她的态度反为变了呢？啊，莫明其妙？"

康维的心中正在泛着这种恼燥不安的情调，忽然听着母亲在对他说：

"康君，我有一件事想同你商量，不知得你的同意否。我因家中经济不充裕的原故，想把这间屋子也一同出租。但这是在楼下联接我们的房间，所以很想得一个相熟的人，不知你愿意来否？"

康维对于静子今晚的态度，虽抱不满，但并不曾失望，所以他想接近静子的心，依然是很切而对于静子的母亲的提议，遂欣然的答应了。

他搬到静子的家来时，静子正拿着她的朋友爱子作模特儿描绘；爱子也是一个信心最深的姑娘，每到安息日的上午都要来静子家中一同到礼拜堂的。康维得静子的介绍，与爱子亦很相熟了，她们也常常约康维去作礼拜，虽是康维拒绝的时候多。有一个礼拜，待静子与爱子转来后，康维无意地问道：

"今天牧师说了些甚么话呢？"

"牧师说不作礼拜的人是要受罚的。"静子含着笑回答。

"自家不去，还要问，那多话都是可以转说得完的么！"活泼的爱子这样说过后，暗把嘴放在静子的耳侧私语，静子点了个头，急把她妹妹也招来了。

"康君，今天礼拜无事，来同我们做游戏好吗？"

静子这样的提议。

"好极了，我赞成做'重拳'，这是最有趣的游戏呢。"

爱子附和着说。

"可是我不懂得。"

康维这样的回答。

"不要紧呢，照着我们的吩咐做就得了快做罢。"

静子的妹妹这样催促过后，急忙把手捏了一个小拳放在草席上，同时口里数着"一！"，爱子也照样的把拳重上数着"二！"静子在旁边急忙催着：

"这回是应当康君了！"

康维莫明其妙，只好也将手重在爱子的手上，口里数着"三！"。待静子笑恨恨的把手放上来数了四后，她的妹妹即痴痴地发笑起来把手翻上来放在静子的手上数了五，继续爱子照样数了六，待康维数了七后正在不知究竟是甚么一回游戏的时候，只见静子将手翻上来用着指尖在他的手背上，用力的乱刺，口里放着微细而尖锐的声音道：

"蜂来了！蜂来了！"

继着就一哄而散，剩得康维瞠目瞪眼的起来问"这是甚么一回事"的时候，爱子用手巾蒙着嘴，痴痴地笑得说不出话来，妹妹更放大声音把背笑弯了，静子则伏在一傍恐怕康维去复仇，连着笑又急连告饶。其后爱子才用力的把笑制着说：

"这是上帝赐与不作礼拜的人的谴罚呢！"

接着静子又说：

"但是我应数的是'八'，当然是有刺锥人的权利的。"康维到此，才恍然大悟了这个鬼（Trick）是爱子捣出来的，静子是利用数这个同音字（在日本'八'与'蜂'两字同音）来锥刺自己的手背。

静子的笑声旋即止了，两颊的笑痕消去过后，换得几股紫红血潮泛在上面，仿佛欢娱的心情突然变为忧郁了。但笑得不止的还是她的妹妹。

除非爱子来时，他们是很少作这种嬉戏的。但若康维借故去提起些文学，绘画，神话等时，静了则非常的高兴，尤其是关于有趣的典故，使他们滔滔不倦的互相喜悦起来。有一次静子翻开她的Dessin来指着一图草向康维说：

"你知到这个草名的来源么？"

康维一见知道是表示爱情的一幅勿忘草。

"我知到这个草有个好名词，但不知道它的来源，你可告诉我么？"

静子听着康维要问，便不好意思起来，

——我不相信，你可是扯谎吗。

——真的不知道这个传说。

——那么，把我知道的告诉你吗：听说某处有两兄妹，互相爱慕，时时都是难割难舍的……

静子说了两句，便忸怩下去，仿佛不再说了。但是康维急忙的催促，

——其后呢？

——其后……有一天他们一同到山上去，走到一个断崖的地方。崖下是一个深潭，崖壁上丛生一些乱刺荆棘；他们憩了一会，妹妹忽然于乱杂的草木中发见一枝极美丽的草茎，便要她的哥哥去摘。但这个悬崖是极崎岖削峭的，待哥哥把草摘在手上时，足便滑去了；于是他急忙把那株草茎投与他的妹妹，同时说了一句"妹妹，勿忘我了！"的话，便蹉跌到深潭内去了。其后他的妹妹便守着这个草恸哭以致终生不嫁，所以以后一般人便称这个草为"Forget—me—not"。我所记得的就是这样，但不知是否真的呢。

——我看传说到无所谓真伪，只要愈优美愈好。但是这两兄妹也可以算是钟情了。

他们两人的手，都把画帖捧住，四只视线，时时不止的对射，但一闪又落在那朵草上去了。康维觉得静子含羞的媚容，是怪可怜爱得很，他那画帖下面的手，便自然地贴在静子的手背上去，静子仿佛不知道一样，

——那真是个好哥哥呢，康君，你可有妹妹么？

——没有，但我知到你也是没有哥哥的，顶好我们以后作为兄妹好了。

——谢谢你！

静子的话还不曾完全说出，早已羞怩得把脸伏在画帖上面去了。

一个炎热的假期，这样地被他们消遣过去。

三 哀话

夏尽秋来，大自然的舞台转换，太阳逐渐增加了黄光，山涧，树梢，野原，室内，以及人们的胸襟，都让给浑淡，虚浮，郁滞的色音占领了。深夜亲着灯火的康维，必定要待他听到肃静戚寂的巷心中，由远而近的一片急促的足音过后，才预备作他一日中的安息。但是康维在鼾息中醒来过后，常见偎拥着自身的衾褥上，射染着一只银箭似的光辉，他知道静子还不曾睡，于是他的思想也常常奔腾起来。

"啊，运命的奇幻，社会的缚压，在这样环境下挣扎着的弱女子，是何等的悲壮啊！人如能把这种被蹂躏的女子拯救出来，这又是何等可羡慕的伟大行为啊！"

康维完全知道静子的世家，是在秋天的一个风雨晚上，她的母亲出外去了，她的妹妹来要求康维作 Tramp 戏。

——那么去请姊姊也来罢。

妹妹去请了姊姊，但姊姊却要请到她的房间去，

——康君，今晚我无心作游戏玩，你看风雨这样的凄凉，我们不若讲阵话好了，我们有好久不曾细谈了呢。

康维到了静子房间后，静子仿佛在抑郁的追想什么一样，多久才把头抬起来向他这样的说，外面一点一滴的细雨，觉得更添了些愁意。

——唉，真是好久不曾细谈了，你近来好像比较平常还忙一样呢。

——因为从前的学画，是自身的努力，现在则非当成一种义务的去不行了。

——为甚么呀？

——康君，你不见我们一家的生活，都全靠老母一人么，我常想我的学校，已将毕业，总觉得早些作点物质上的事业以减少母亲的劳苦。近来我把这个意见对先生说明，他就承认每月多少给我些报酬，但要我每天下午到晚上十点钟止都在 Atelier 里内作图案画，并且兼理其他的杂事。

——在这种社会也是无法，受了报酬，大概就要任人使用。

——但是康君，我只有诅咒自身的运命……假使我的父亲还在，……我……我们是不会这样的苦！

静子幽缓地说到这里，眼眶早已充满了晶莹的泪珠，急忙把头俯下去了。康维见她起了伤感，一时竟说不出话来，只有她的无心的妹妹已在旁边打着徐徐的鼾息。空洞的房间，顿添了些冷寂的气象，外面的雨声却渐渐的趋紧起来。他们在这萧瑟的空气中沉默一会，康维才先开口说，

——静女士，如果不要紧，我很想你，把过去的全部都告诉我知道。

——啊，康君，谢谢你的细问，我们是受运命播弄得很久的；我每想起憔悴的母亲，在奔逃来城市的途上，携着我的手说"儿呀！以后你要信说些呢，我们从此是莫有安乐的日子！"的这几句话时莫有不令我哭泣的。

——那么你们的家，从前是不在城上了？

——不，在乡下，在一个极和平的乡下。当时我们所过的生活的雾影，现任还隐隐现现地浮在我的目前。我从小即非常的病弱，奶母是不敢离开我的身边，父亲尤其是眷痛我，他与来客的互相对话，或饮酒的时候，大概都把我偎抱在怀内的。但是到了六岁的时候，那不幸的可诅咒的生涯，就猛然地袭来——父亲得病薨去了；他死的情况现在虽记不清楚，但微微忆着的是从来极慈爱的爸爸，忽然不理我也不答应我了，母亲哭我也跟着哭，但却不十分明白是

甚么一回事。屋侧的邻人们都来在家中骚扰，爸爸不久也就被他们扛去了。

听说爸爸生存的时候，一切事务都是托给叔父经理，围棋饮酒就是他唯一的消遣品，叔父的野心，也就跟着父亲的宽大增长了。父亲死了过后，从来未见过的人都来向着我们讨债，田野归了叔父家宅什物都抛弃我们了。母亲的去路只剩有一条——怀着小妹，携着我的手到城市来求糊口……

初到城市的我们，正像那十字街头的丧家之犬一样，向东望只见一条混杂的长街，向西走也只有些横错的狭巷。若在乡间的时候，无论遇着甚么人，都是满脸的和蔼可亲，殷殷地向人寒暄问讯，但这城市的人则不然了，他们见着我们，都是漠不相关的脸上泛出一股冷淡甚至狰狞的气象。母亲好难地问到了一个亲戚的家中了；亲戚不冷不热的招待了两天，即为我们把这栋房子租下，母亲只留一间来作寝室，其余通租给客人，康君，以后生活的穷窘，想你可以想像了，可怜小妹进了小学校后，见着其他的小孩穿有极美丽的衣服与或有新奇的玩具时，都要转家来向着母亲要。母亲被强迫不过时，只有回答说："儿，人家有爸爸，你家里却莫有呢；娘一个人是臭有多的钱给你买的。"这个时候母亲哭，妹妹哭，我也随着哭。以上许多是母亲暇时说给我听的，叔父如何的诈骗，家产如何的变卖等我当然是记不清楚了。康君我真是孤哀的……所以我只有求上帝……

静子说到这里，头已不能仰视了，只听着屋外点点的雨滴，在数着静子的暗泪一样。

以上一段哀史，常伴着静子的长夜灯火，射入康维的脑内，脑内所起的反响常是

"这样喘息着的弱女子，是极可爱怜的。"

四　烦闷之烦闷

时间到了浓冬。菊英凋去，枫叶陨落，严寒渐渐地相侵，康维对于静子的爱恋，也愈增加了浓度。在有一个初晓的时分，他忽然被窗外格格的声音惊醒了。待他起来走到檐前时他知到是静子已经在替她的母亲拂拭小园侧外的门墙了。为是他走下小庭去把板壁上的小门打开只见园中的蔷薇枝条，在朝寒中的发抖，微微的淡烟，轻绕绕地向上升腾，静子正在朝雾中里背着自身站立，背上一簇散乱的黑发，随着头的动摇，在那里东偏西移。两只长袖，一直高挽到肩臂上细长雪白的手干，在板壁上往复了几次后，又把拂巾浸到一桶已秽了的水中。康维在门侧站了一刻，静子终不曾回过头来，仿佛毫不注意自身所住的周围一样。待他转到自身的房间时，桌面的书上，依旧的放着一套方盒形的绘画颜料，他急忙把它拿起走下檐去，但静子的姿影，已经不在那里了。

康维近来发生了多大一个不安，就是觉得静子对他渐发生暧昧的态度起来。今朝的态度，竟使他猜到是冷淡但他爱恋她的心境反渐增加到高潮甚至于急躁了。

吃过早饭，康维照例的抱起书包到学校去，淡雾沉沉的朝景，已被旭日的光线射破，浓碧的天空，高盖着已醒了的地球。但这一片晴冬好景，诱不起康维的欢欣来，他模糊踱进了学校，到了午后又模糊底出了校门。但离开学校后，他却不回到他的假寓，竟笔直的向郊外的小山上去了。山上除了常绿的苍松而外，其他的树木，皆已赤着枝干，晒晒空中，见不着片点神秘了。但周围的景色，仿佛与他无关一样，他只埋着颈项在那洁白的曲径中乱走。

"静子近来未必是怕起她的母亲来了么？她在朝上有时连'早安'都不说。但她究竟是忌避母亲的嫌呢，抑是真对我起了疏远的心呢？

"如果是顾虑母亲，她应当努力的制造我们两人独晤的机会；疏远了我么，我不相信。啊，不能解决！"

他抑郁郁地萦回着这个问题一步步底竟走到山顶了。待他发现了地上映着自身的一个斜长的倒影，他才觉醒了已经是日落的时光。他把头抬起来俯瞰着山下的田陌，都浮着一片薄红，斜挂在西山顶上的太阳，射出几股黄金色的霞光。他觉得惨淡的薄暮将要袭来，忧郁的情绪，使他低吟出"落日"的悲歌：

Une aube affaiblie

Verse par les champs

La mélancolie

Des soleils couçhants.

……

夜暮深了，为着康维及楼上的两个客人灼饭扫除等事，在屋内打了几十百个转的静子的母亲，携着小妹到浴堂去了。家中如死墓般的静寂，巷头也听不出一点声息来，但懆急着的康维的心偎，却与支配着他的空气成反比。他觉得静子房间的电灯还不曾熄，于是把自家的电灯阴下自然地走到纸门的隙罅前面去了。他见着蒲团上跪着一个背影，两只极长的衣袖拖在席上，如方仁的宿鸟半敛着翅膀一样，静子正在肃敬的读书，一盏电灯悬在前额上。

他高兴极了，以为久不相语的静子，今晚一定是在等待自身了。他涌着无数的欢蜜的预感，把激动着的心脏压下去，

——"静女士！"

——"……"

他听不着应声，心内觉得闪了一下，但他即刻想静子是在专心

读书，自家的叫声不曾穿过门缝，传到她的耳鼓内去，他又把喉头更放大些，

——静女士！

——就来！

他听了回答同时草席上也响着涩涩的足音。于是他轻轻地把纸门推开一尺宽的空口静子已经现在他的面前了。但他知道静子的眼睛紧紧地看着草席上，脸上毫无一点表情底在问：

——有甚么事情哪？

——今天买了一盒绘画颜料，不知能合你的用否？

康维把他买了好久的礼物撑在空中，觉得半晌都没有人接受。他见得静子的迟疑，并不是从前的羞恨，仿佛表现出十分的厌弃一样。但后来静子终于把停在手上的礼物收下，微微向着侧面的墙壁弓了个腰，嘴里仿佛还出了点甚么声音。康维正猜着是在道谢，静子已经走回了她的桌前面了。康维此时觉得有些瞠然，心内也渐渐慌了起来；在这电光突闪的瞬间，使他欲进不可，欲退又不能，他更摩不着静子的心意在那里了。他即忙又说，

——你今晚是很忙的么？

他的声音一出口便觉得不是在颤栗，但自然也不是堂皇沉静的；他只觉得口腔出来的第一个字飞了，第二个字也飞了，一句话完全从耳侧飘去，自身毫不知是甚么意思，同时只见静子如街上的行人在忌避追尾的乞丐一样，急推开侧门到厨下去了。

康维完全钉在草席上了。他一步也不能移动，手也不知怎样了。四周十分朦胧，连他眼睛钉在的地方也看不清楚，开着的门口也关不上了。他只觉得时间走过了一阵，静子确是不曾转到他的面前。他感觉一种欲哭不能，欲恼不可的异样的羞辱，这是他从来不曾经过的。门罅还是开着康维的双脚还是钉在席上。过了好久，他才想起前次曾在同样的深夜笑怩怩的把一张"舞姬"的画，贴在自

身的胸上，站在同样的门缝上要他看过，今晚为何却要这样的侮辱我呢？他想到这里，才觉得愤怒了。他决意再要叫静子来问个曲直，他奋然断魔的勇气又把口腔张开，

——……！

啊，他方要叫出，觉得有人突然捏住了他的喉头，连半个字也迸不出来，他只觉得静子在厨下微微地发了一二个响声，来在指着他嘲笑，四周又朦胧起来了。

五 实现

一个阳春将到的三月，沉睡中的万物，渐渐放出将醒的气象，涩室的天面，微微转出些快爽的容色，康维早已不住在静子的家中了。有一天他在外面散了阵步回来，案头上忽然来了一个细长的信封，上面署着自身的名字。他开函后，使他发了一惊，意外的竟是静子写来的：

> 怀念的康兄，真是久疏音信了，想你每天都是很愉快底到学校，这是很令我羡慕的呢。康君，我近来觉得世间太无趣味，寂寞得太无聊啦，这或者是病的作原也不可知，但是呢，……我时时地，时时地都是孤独的一个人，朋友些都升了学，自然地与我疏远起来，到 Atelier 去，与一般人也不合气，康君，像我这样想向着正路前行的人，真正是错的么？康君我近来不明白了，我一想起这些头就昏痛起来，我已经不能以自身来净化自身了。啊，康君，教我罢，照从前的那样教我罢，我这已倦怠了的身心，要如何才能够愉快的生活去呢。我这种沉苦的胸怀，康君，除了你以外，是再莫有可以开陈的人啦！
> 怀念的康君，不把具体的状态告诉你，你一定是不知道我

的实生活的。先生的画室，已经迁到×工场附近去了，研究艺术的志愿，已渐感觉幻灭，我已等于一个女工了。我每天初晓的时分即到先生处一路出发，电车内的同伴者，都负着锤，尺，斧，钺等散布到各工场的；但那粗暴的举动，喧噪的话声，已引不起我的恶感，他们已像知道我是同一运命的人，所以再不受过从前学生时代的那样底揶揄了。怀念的康君，我现在才知道人们的心境，是随着运命变迁的呢！到了工场侧近的画室，——啊，画室这个名词太雅致了，这已经是个工场的缩形，运命还在一步一步的把我向着实在工场运输呢，——就有一大堆绢，布，等类在等着我把它棚在架上，室内的桌凳及机案等都要经过我的摆设后，其他的画工才进来开始工作。啊，康君，劳动倒还不足惜，最痛心的，就是这些画工里面，很多性质恶劣的人，竟把我当成消闷的物品呢！他们在晚饭时，常强邀着我伴酒，醉了过后，常说些不堪入耳的话，啊啊，康君，那时真说不出我的伤惋，我的暗泪恐怕抑溜在胸内里成个巨池了。我与画工们与工场都无直接关系，各种材料的图案，纹样等，概由先生向着工场包办的。啊，康君，我身体的病弱，是你知道的，但现在即礼拜日也不许有了呢！

啊，怀念的康君，我知道你常是眷爱我的，自从使你离开我过后，才突然感觉失了光明一样；但这只怪是我自身的顽冥啦，啊，饶恕我么，康君？在这样寂寥的时候，外面又满着寂寥的雨点，啊，康君，请你忘去我从前的一切，并且继续的爱我，指示我罢；想说的话太多呢，但明晨还要早点去出勤，天怕快也要亮了吗。啊，康君，能得你的饶恕，我要到你那里来一次呢，我是永远待着你的回信的……

孤闷的静子寄

康维的安静，完全被这封信搅乱，他的意识也不忙的轮回起来：侮辱；失恋，复仇，一个爱自然爱艺术的可怜女子的运命，离开她后，常于深夜静寂中，蹑足到她家的周围静听。"啊，我是爱她的，我还是爱她的。"康维终于安静了。

在礼拜日的一天，阳光分外的晴明，康维豫想着静子来访的光景。在寓所等了一天，但静子的影姿，终不见来，及到翌日，他才在急躁中里接到静子的回信。

我最爱的康君，正在疑虑中时，竟得到你慈爱满纸的回信，孤哀喘息着的我，好似干涸中的鱼儿，忽然得着一溜净洁的清泉一样，啊，康君，你想我是如何的慰藉而快乐呀！

我的身体时时都是疲倦的。近来先生又从工场接来许多材料，催着我们加工，晚上睡眠的时间也仅有五点钟；所以土曜日的深晚接读了你的信既不能回，日曜又非早去不可，真是焦灼人呢，请你原谅我罢。你那里我十一日一定要，但该不会遇着你的朋友来访吗，我总觉得有些不好意思呢。今晚也是寒冷的天气，请你好些珍重身体吗……

妹静子寄

十一日的午后，康维的主人来说有客会。康维下楼去见静子的头发已不在背上拖着，颈项上仿佛铺过一层薄粉，已经不是学生时代的姿态了。并不华丽的衣服，却整洁匀齐，正站在门口的内面，踌躇她的姿式一样。见着康维过后，她仅弓了个腰，眼睛不曾正视过。待楼梯刚要上完，静子的脚步在梯段上踢了一响，她才向着康维打了个微笑，同时紧张着的态度也才宽释下来了。

——你这间屋子真好呢，你看前面的古刹小树，尽像南画中的风景一样。想来在晨晚时分，那庙内的钟声定是很洪亮的吗！

文化的筵席上，被迫走了的静子，一直把房内的玻窗打开，凭着栏杆，尽在依依地眺望，康维设好的坐席，竟毫不管闲。

——静女士，你请坐罢，风景留在后面缓缓看。

——谢谢你，好久不得接触这种自然风景，所以一见就舍不得一样。

——听说你的 Atelier 已经不在先生的住宅了哪?

——不如就说工场好了。

静子说时，打了个"微苦笑"，脸上现了些冷寂的表情，一时又继续下去：

——这都是因为工钱的过呢! 不曾受先生的报酬时，仅随意的画一阵，就可以把颜料绘笔等拿回家来练习自身的艺术，你不曾看见我拿爱子做模特儿画过的么!

——啊。记得记得，那位爱子姑娘，从教堂转来，还用过诡计使我去做游戏上当呢。

康维的这几句话，把带着忧郁色的静子及自身都发笑起来。但不一时，从前静子侮辱他的光景，像一股恶光一样忽然闪上了心头。

——康君，我学艺术的念头，已经感着幻灭，我无论如何的努力，恐都要成徒然吗。

静子的双眸，确是像哀诉过后，盼望一种回答。

——那也不一定吗!

康维说完过后：把头偏在一边去了。那种淡冷的态度，连自身亦有些惊疑，但他却故意地让着这股沉默在房中浮漾，自家反看起窗外的风景来。

——康君。你已经不与从前一样的了么?

——我是与从前一样的，但却诧异你不与从前一样了!

康维顺手在旁边的书架上取了一本小说来摆在前面；他这时的

心意，完全离开了静子的境遇。静子的身体，他的注意——或者是要求——完全集中在爱上去了。所以这种态度，究竟是在责难，或者探试，即自身也觉得十分暧昧：但静子却被触动得不有一句话来，长久的沉默竟使她呜咽起来了。

——那……那是你误解了。我从前与……现在完全是一样，……一样的爱你的。

静子啜泣的声音愈渐激烈，两肩不住的侧动，终于伏到草席上去了。一瞬间康维的心境，更感觉得复杂，他不知道是甘蜜，幸福，或是爱怜了；自然的威力终于使他轻轻地把手放在静子的肩上，缓缓地扶起她的颈项来，

——静女士，不用哭了，我始终是爱你的。不过我不明白你，不明白你从前为何那样的冷淡，刚才实在对不住了！

——请你恕我罢，那都是我一时的痴冥，但是康君，那晚间的无礼，是经过长时间的挣扎，才忍着痛做出来的呢。但你一点也不知道，你太残酷了……

静子说到这里，竟倒在康维的腕内，又哽咽起来了。康维觉得全身都有些战栗，急忙把她扶起，用手巾替她把眼泪擦去。

——静女士，我希望……

——不，你如果爱我，希望你称我妹妹。

——那，妹妹，我希望把你烦闷的经过，说来我们大家解决吗。

——只要你喜欢，那么我极希望的。

他们两个重新坐好，康维埋着头把火钵内的木炭添多了些，因为他们都感觉得有些颤栗，静子把话继续下去。

——康维，——啊，不，你是我的哥哥了，从此许我称你哥哥罢；——我们家庭的状况，是你知道的。母亲从千辛万苦中，才把我哺育起来，所以我是万不能忘去她的。同时母亲对我也有种要

求。他时常说妹妹是不中用的，所以一心要把我留在家中，招一个入赘的夫婿，以便撑持以后的家庭，啊，哥哥，你看我们这样贫贱的地方，那能有个好男子来入赘的呢，我一想起我黑暗的前途，不竟发生恐怖起来，但母亲的意见，又是我不能拒绝的，所以我当时的决心，只有把终身委给那可诅咒的运命蹂躏罢了。但是……

静子用沉滞的语调说到这里，忽然停往了，举起一双莹湿的眼眸望了康维一次，随着又把身体移动坐好。康维见着这种可闵爱的姿态，虽感觉得诱惑，但亦只好倾心的听去。但静子另外把姿式坐好过后觉得微有些羞意，把视线垂在自身的手背上，同时又把话继续着下去：

——但是自从与哥哥相遇过后，觉得我爱慕哥哥的心，渐渐由萌芽而渐至强大，因此我的恐怖烦闷也同时增加了。从来只有母亲单独存在的头脑，现在更添上一个姿影了。哥哥与母亲都是我不能舍弃的人，但又不能同时存在，究竟要怎样才好呢？啊，哥哥，我每想起这个问题，脑中便如有毒蜂一般的乱刺，结果只有一场暗泪罢了。到后来我才想了一个痛心的计谋，就是要想拯救得母亲，只有使哥哥的影像自动地从我的眼前灭去，那么我的爱恋或者可以渐次疏薄而至忘却，自能把我的身体献给母亲一人了。这个计画，你那次从海岸转来就试验过一次，但性弱的我，完全失败了。啊哥哥，后来使你厌弃我的结果固然达到，但见不着哥哥过后，反觉得热爱哥哥的心渐渐澎涨，像突然失去了璀璨的太阳在那幽淡的黑邃中摸索一样。我已曾努力的抵抗过，但这个痛苦，我也不能再隐忍挣扎了。啊哥哥，我自家把生命前面的明灯吹息，要在波涛淘涌的荒海去受难，这是自擘自得的了。我现在只跪在我心爱的明灯前面忏悔，我希望我的明灯再燃……

康维静默底听到此处，忽然伸开了双腕，紧紧地把静子抱在怀内，狂乱的在苍白的颈上乱吻；

——啊啊静妹静妹，我明白了我明白了，我再不能恼你，我爱你的燃度，只有较从前猛烈的。啊，可怜的妹妹，你的烦闷是应有的，你若顺从你的母亲，你的前途确是只有黑暗，我虽不是暗礁上的灯塔，但我不能坐视你受这个社会的恶涛吞蚀的。

——哥哥我真幸福。

康维觉得静子像一只被鹞鹰追穷了的驯鸽，在自身的怀内发抖，再不忍把她重放到那荒辽的大空去。

——静妹，你的身体愈渐清瘦多了，画室的钟点，是不能减少的么？

——那是不能的，除非是不要报酬。我也曾把这个意思向着母亲微露过，但觉得她有些不喜欢。

——你受了多少报酬？

——每月给我十五块钱。

康维觉得眼前的静子，完全像那机声扎扎，煤烟熏蒙的工场中，流着血汗的妇人，长日不息的受着工场主的压榨，每月不过仅得稀少的养料，还要拿同去分拨与家中做生活。

——静妹，十五块钱的工资就连日曜日都不有了么，你还练习自身的艺术好了吗？你那的天分一定是可以成功的。十五块钱也不算多，我每月可以从学费中省节出来帮助你。

——啊，那是不行的，哥哥完全把我的意思误会了呢，我今日不是来向哥哥借钱的。

——静妹，你以为金钱可以把我们的爱情污秽的么，这种思想，完全是有钱社会的虚伪，我们不应当计较的。

但静子终于谢却了，她回家去的时候，已是灯火照耀的晚上，过了几天，康维才得着她一封信。

最亲的哥哥，今天我画了一幅极美丽的腰带，上面配的是孔雀羽尾的花纹。我正在绘的时候，忽然起了一个幻想呢。我想我把它绘好过后，拿来结饰在自家的腰间，伴着哥哥到那繁盛的街中或到野外去散步；人们因为腰带上的花纹，太鲜艳了，都回头过来看我又看哥哥。我想到这里，不觉羞怩起来脸上有些发烧，才把我的梦境打断，一想起我费了这些心血画好，还不知到使用的人像甚么时，终使我微笑起来了。但是我这种梦游的状态。竟被侧近的画工——照例的讨厌的画工——察觉，又惹得他揶揄了一番。啊，哥哥，我近觉得他的举动，非常可怕，听说他是个无政府主义者呢。他不称我的本名，"基督教徒"就是他给我的绰号。尤其是酒醉过后，我是绝不敢走近身旁的。哥哥，我不隐瞒的告诉罢，但是请决不要为我担心呢。他的卑鄙的心肝我是在有一天晚上才完全发现，现在想起，还有些颤栗，还令人作呕呢。那晚上的晚餐后，其他的画工，都回去了，待我去整理画室时，见着他又醉倚在桌上。但待我走到他的侧边时，啊，哥哥，他竟突然起来把我的双手捏着，继又把我紧紧地抱着了。我只觉得一股熏人的酒气扑近面来，他那充血的双眼，尽像地狱内的饿鬼一样。我无论如何的抵抗他都不肯，最后见我使劲的叫出声来，他才把手松了。听说无政府主义者是专求娱乐，不问秩序的，啊，我真有些可怕呢。哥哥，那天太担误你了么，请你恕我。最后请你保爱身体罢，我也是时常注意的……

你的妹妹静子

康维读完过后，感觉十分不快，他觉得静子是在魔宫里面一样，次日即决定回静子的信。

可爱的妹妹，接读你的信后，令我胸中起了十分的鼓励，我感觉着烦躁甚至有些不可抑压的愤恼，因此昨晚我不曾安宁的休眠一息，我这种兴奋的原因，想来你应当知到的。你为甚么要拒绝我的意见，我不是纨绔的富家，但你每月的十五圆钱，无论如何都可以设法的，近来愈觉得我们这些穷人，只有需要物质，绝不能轻视物质，静妹你一定受了些虚伪的宣传呢。我知你崇拜有岛氏，更或赞美他成全了纯洁恋爱的殉教者。但是他一方又有痛恨私有财产制，把他的家资都抛弃了的事实，这正是急进的智识阶极发生了矛盾的死呢。妹妹，我们应知到痛恨物质的偏藏，不应当连物质自身轻蔑，请你不要执拗罢，我无论如何都不能把你放弃在那种蛊惑的地方居住，妹妹，你仿佛在虎阱中里徘徊一样呢。啊，尤其使我挂念的就是你的身体太消瘦了，多谈几句话时，你的双频就泛出几股紫黑色的红晕，而且有些发咳，不知对于你的肺上发生过疑惑与否。啊，妹妹，你需的是休息，你需的是物质，请你不要癖执罢，让我们共同贫穷；共同受踏躞，并且共同底与社会挣扎反抗起去吧。……

你亲爱的康维

静子的回信：

　　世上唯一爱我的哥哥，你那样为我爱虑，我只有感激，我只有以感激上帝的心来感激你呢，我觉得除了这句话而外是没有更好的词藻来表示我的心情了。啊，哥哥，你竟把费用送起来，不苦然你么。我知到你还在修业时代，我不能作你的累赘的。但是我若退还你来，一定是太拂意的，现在就储蓄在这里罢，以后一定不要寄来了呢。

　　呵，画室的事，本来不想说来扰乱你的胸窝，但我无论甚么事都不敢隐瞒你，所以终于告诉你了。哥哥，你以为那个无政府主义者也可欺凌我的么，你看他那一双充血而且翻白的眼睛，颈项短似乌龟一样，臀部比妇人还大走起路来东摇西摆的，常发出些邪笑来，哥哥：请你去看那污泥内的虾蟆就可知道那个模样儿，想起就令人发呕，你以为我可以侮辱的么，哥哥，请你不要为我担心啦。我读到哥哥最后的一段信时真把我感激下泪了。注意我的身体的人，哥哥实在是第一次。啊哥哥，我的身体确是羸瘦得不堪，时常感觉胸前作痛仿佛有一团血块亭滞在那里。我不曾告诉母亲，我知到这是无益。但是我也知时常保重，请你不可太为我操心了，啊，哥哥，我常见着侧近工场进出的女士，都是一样的苍白病弱，我们同一运命替他人劳动过生活的人正多呢。那天我同别的画工，一同到工场去参观了来，走到制丝房时，忽然使我受了最大的一个冲动。我们见着内面设置得有几个大锅炉，炉内沸腾的水中浸蚀着无数的茧子，机械不住的旋转，缫得肥大的蚕茧，渐渐瘦小下去，终于残下一个黑蛹，像死骸般的横浮水面，我觉得炉旁的女工与炉内的蚕蛹，同是一样的运命，我们急忙又转到缫棉房来了。这里的机声，更是喧噪，屋内飞腾着无数的絮丝，女工们的身上，皆布满一层薄棉。啊，哥哥，在这样的空气中，我竟发见了一个婴孩，睡在机器间的一个破烂的摇篮内，一双绯红的眼睛，在纤尘乱舞的空气中鼓张仿佛在诅咒这个世界一样。旁边站着的母亲也时时带着忧郁的双眼向他盼望，此时忽然觉得我们平常的圣母图太美丽了。母亲说：婴儿的父亲，也是在市役所内卖劳动，家内其外无人，才带到这样污浊的空气中来的。婴儿初受不过这样的震动，终日只有啼哭，以致惹起了工头的干涉，但现在已经不能哭了，或者是习惯了吗。母亲说时，心内非常酸楚，悲戚，我急忙到旁边去为他们祈祷一会。

啊，哥哥，关于工场的哀话真多呢。有一次先生有事到工场去转来说工场内有许多工人在同管理喧闹，原因是一个女工被机器的皮带缠着了衣袖，竟拖到机上把臂部伤了，所以不得不停止出勤，但工场主把她的工资也就停去了。这个女工的家中还有几个幼孩，都全靠她的工钱哺养，所以现全家都陷于饥饿中了。喧闹的工人，都是特来为这位女工要求继续发薪，而且请求场主抚惜的。先生说完后，更添上了几句说："不出勤，工钱从何发起呀，工钱原来是买劳动的。"但是莫有那个画工回答，我在旁边也奋怒起来，不知先生的居心为何那样的残忍呢。哥哥，我近来对先生确有些怨恨，我觉得他完全是一个营利的商人，已经把我完全当住女工使用了，你看我这样状态。何时才可以在美术院去出品啦，我不觉常常在自家嘲笑我的妄想呢。但是我的思想已有些变迁了，我觉得美术院内的艺术品既不是我们这种穷人所能创造得出，并且也非穷人们所能鉴赏的，所以我觉得努力去创造这种艺术品太无价值了，这与我现在努力装饰好衣料去给淫富的姑娘穿带有甚么分别呀……。"

六 本能

一个晴朗和暖的天气，静子与康维在植物园的一条清溪上沿着步行，一直向着有梅林那面走去。因为他们近来的生活，都非常的郁积干燥，尤其是渴爱自然的静子，愈需精神上的休息，所以康维送到她那里的钱，得大家的同意，取了一部分出来作一个极小的郊外旅行。静子穿上她最好的衣服，显着比平常轻快的样子，将放苞蕾的树梢，已经开喉了的鸟声，以及清漾淙淙的水鸣，都被他们贪着饱赏。"还是女学校时代来过了。我是很热爱这一带的风景底呢！"静子常吐着气息微叹。将要到梅林的时候，静子忽然放了一个极尖锐的惊喜声，在草坝上绕了一个大圈，才再向前面走了。康维急忙俯首看时，乃是枯干的草叶下面，萌出一团很嫩柔的青绿的草芽。

走到梅林的傍边，他们在一个涂白的长凳上坐下，红梅的幽香，阵阵伴着微风送来，陶冶着他们的心意。他们都非常沉默，除了静子间断的叹息赞美而外。

"真是绮丽呢！可惜我们不能常来游玩。"

不知是几时，静子的纤瘦的双手，紧握在康维的掌中，他们依然的很少说话。

过了一阵，忽然有几朵暗云，飞布天宇，一切的光辉，都被洗敛去了，只有从浮云的稀薄空洞处，穿出几股黄金色的针状光线，射在梅林上。这个奇异的光景，竟把他们的沉默打破了。

——哥哥，你看哟，黑云的那面是如何的光明呀，我们竟被封锁在黑暗的地下呢！被窒息着的人们都努力的向着云口翘望，唵，哥哥，可惜青天如是之高远，攀登遑遑无路，见得着光明，享不着光明的人正多呢！——妹妹，你的话的确是我们心境的一个好比喻，但把一个世界分隔为光明与黑暗两面的恶云中，说不定不痛打几个"曝动"，"曝动"的闪雷，把这个乌烟瘴雾霹开，现出青天白日来。妹妹，我近来的心境也大变了，我那些靡靡之音的诗集，都在书架上生了尘埃，我们共同爱好过的，

秋琴柔长之鸣咽兮
伤吾孤淡憔悴之心。

息郁室而色怆惨兮，
聆钟意昔而吾泣。

吾踽踽乎冷恶之秋风兮，

秋风飘吾如陨叶。（Chansond'automue.）

的这样句子，现在已不快口了。我们从前要把简短的生命寄托在无尽的艺术上的那种思想，觉得是错误了的因为我们找不着——也可说无有——有永久性的艺术。妹妹，我在一个暴风雨的午后，竟暗示出我自身的诗来，因为我觉世上要有一次暴风雨，才有暴风雨后的那样平和出来，诗虽是粗鲁，但颇觉得把我的心境表出来了。

——哥哥，暴风雨是上帝给世界以平和的——牧师从前这样讲过——所以我也觉得上帝是不让我们被蹂躏的人长久受蹂躏。但是请你把诗读与我听罢。

——啊，宗教的事，让你自身去解决，不过牧师的说教是很浅薄的，我的诗也不过是喻意罢了：

恶魔样的云霾，

奔湍昊苍，

氤氲的宇宙，

全被他们纵横。

挣扎着的筋肉！

喘息着的嘶声！

被抑压的生灵啊，

一如在冰河下的封禁。

黑雾濛濛中，

忽然迸出了晶闪，

团叠的痼瘴气里，

狂放着吼暴的叱声。

痛打着的闪雷，

奔逃着的妖纷，

污浊的雨柱倾泻，

腥膻的血潮飞奔。

一切都被粉碎！

一切都被震惊！

啊，痛快的霹雳！

……

五彩的虹弓，

奏出翠音滴滴，

群飞的百鸟，

欢唱歌舞声翩翩。

——永远的平和克复了，

幽歌！凯唱！

丛林荡摇，

发出溪山的微笑，

桑陌虚烟，

浮着人类的雍和。

——新建筑出来的

美景哟，快畅！

　　静子与康维，一同回到寄寓来了，空际的浮云，已经变成丝线般的霏雨，春日的余寒，复伴着雨点增高了。

　　康维重新把火钵烧好后静子仿佛无力的把身体靠着他的肩膀坐下，带着女子特有的懒懈的状态，向他说："今天仿佛有些疲倦了呢！"同时双颊浮一上些羞怩的微笑。康维的心脏，突然发生异常的激动，本能的紧紧把静子的手捏着，静子乘势倒到他的怀内，互相感觉一股肉温的馥郁，及微颤着的喘息，室内沉静了一会……

窗外的细雨，稠和着乳白色的飞烟，在对面山间的轻飘浮动，幻出无数的画景，时有掠雨小鸟，从窗前飞过，放出几声畅快的欢叫。

七　堕潭

又是一个初秋。

他们在一个石工家中的楼上，同住了好久了。在未同住以前，静子因为有一次回家得太晚，竟使她的母亲起了疑惑，一直到她的朋友爱子家中去探问，但那里不惟见不着静子，连她素来借口到爱子家去的事也发觉了。静子回家后，与她的母亲起了争端，她竟把从来的事实——的直述，并且无论如何不能离开康维的意思也说明了。她的母亲，见着事已无法，只有允许了静子的行为。

静子唯一的幻想，就是希望康维早些毕业，一同回到山东去看孔子的圣地，雄壮的山水，巍峨的建筑；他想那时的康维，自然是个大学教授，或与这样职分相当的地位，他们自然不会像现在共同的受穷了。所以她竟把从来想在美术院太当选的意见打消——她也知道她与美术院的中间并莫有一座渡桥，仍然继续去工场侧近去作图案的工匠画来与康维共同维持他们的生活。

这样平凡的生活一天一天的经过，但社会的恶魔，并不曾把他们忘去，并且使他们欲逃不能的抓住他们了。

康维忽然接到他家中来了一封信

　　……今年山东全省旱魃为灾，收获不丰，我全省父老无不渴望南军早日将全省占领，使我乡土得早日脱去交战区域，俾得减少军费负担。南军虽闻远不如昔，但较之战场久滞省内似为稍好。但无赖省内军阀屡得日本的武力帮助，以至死灰复燃，战事绵延，军费囊括，吾省租税，已豫征数年，仓无粒粟之储，复遇大旱之灾，不知伊于胡底。

再者大连商号，复受日人强大资本之抵御，竟于前日宣告破产了！以后吾儿学费，实难于维持……

康维把信读后，突然增加一段猛烈的威袭，一股一股的烦燥簇来，使他无论如何不能在室内安静的坐着。他窜着头向外一趟，但走甚么地方去，他也不知道，真正也莫有一个 Paradis 能把这个青蛇般的死缠着他的穷魔避得开。

"上月的房金，主人催促了几次，都是静子以这个月的工钱来作抵当，才把他制服下去了。可怜的静子竟梦想同我回去游泰山，泛长江……不惜与我共同甘苦继续她的女工生活，唉，静子哟，你这种美好的幽梦，竟要被你的祖国——你所爱的祖国——给你破坏了！"

但是这种忧伤的心境，是闲散阶级的人，遇着无可无不可的问题时，才能长久继续的；康维现在已经失去这种诗意的，半苦半甜的忧伤的特权了。他有更猛烈的严酷的事件，浮在他的头上——

"静子已经受孕了！"

他一想到这里，忽然像由 L'oubliettes 的第一层，一直被推到深底去了。他的周围，现了一阵昏黑，头上像铜钻般的锥刺，几乎使他晕倒过去。

"静子的身体是不能久去作那工场般的劳动的，那时不但少了一些收入，还要另费几多钱来迎接婴儿，如国内不能来钱……"

康维回到家中正在豫感着将来的不吉，静子也从外面回来了。

——哥哥，你的颜色为甚么那样不好？又有人来催过账去么，教他待着就是，我想哥哥家中的钱快要到了呢。

——……

康维见看静子尚在梦中的这种小孩般的态度，不觉伤些痛心，一时竟找不着一句答话来，他更不忍见静子知道他家中来信后的悲伤。

——哥哥，你恼我回来太迟了么，我愿受罚呢。

静子见着康维久不说话，便有些担心起来去捏着他的双手发问。但这样宽慰的苦心，竟触动了康维久就欲哭不得的心情，一时泪滴如降雨一般，流个不止终于把家中来信的事告知静子了。

"唉！社会究竟要把我逼到那里去才放手呢，但哥哥，请你不要过虑，到了那时，我想自然有法的。"

过了好久的沉默：静子才叹息一声：彷狒有一种主意的把康维安慰一会。

静子的身体，一天一天的变化去，但康维家中，仍音信全无。他们完全被暗云般的穷愁封锁，觉得世间上只有悲哀的他们两个。

"哥哥，是我累了你呢！"

静子见着康维过于愁燥的时候，常在悲痛的脑内，寻出话来宽解。

"你不要太心焦了，那时家中即无钱来，我去送报纸也要找钱来供给你！"

康维见着静子一个在暗中流泪时，也常想些奋勇的话来安慰她。

静子的眼泪，只有康维为她揩擦，康维的烦燥，也只有静子为他宽解。

八 抗心

有一天康维在外面转来，见着静子同另外一个女人正在谈话。她们见着他后，都急把话停住，那个女子也一时就告辞走了。静子对他说这是一个洋画研究所的模特儿，系她从前的同学，她们因为都爱绘画诗歌等类的东西，觉得有些心气相投，但静子因为她太过于带魔性的原故，所以又不曾深于往来。

那个女子走了过后，康维觉得静子的心情，有些不安定起来，时时都在沉思默想似的：有时她又带着疑虑的眼瞳，把康维凝视了一下，有时又现出些安心的神态，仿佛解决了一件问题一样。他想静子素来虚弱的身体，又经过长久的忧愁，恐怕神经要发现异状，心中也愈担忧起来。

晚饭过后，静子即强着康维早些睡去，康维以为她那样不宁静的心境，早些使她安息一阵也好，于是培伴着睡下了。但慌惚底过了一会，他觉得静子偎依在自己的腕内咽咽啜泣起来。他想起静子粉碎了的胸窝，枯劳了的身体，现在又使她受这样的兴奋，也觉得有些伤心，急忙翻身把静子抱在怀内：

——静子，你今天受了甚么刺激么？你要宽心些呢！你的身体是有孕的……

他的话声再不能续下去了。他们愈哭愈激，愈抱愈紧，一时都说不出话来，过了一刻静子才断断续续的说：

——世间太……太把我们蹂躏尽了……我……我要向世间，向上帝；向一切去复仇……我是不忍久连累你的！

到第二夜的晚上，康维见着静子久不回来，竟先睡去了。但他到了半夜醒来把两手向侧一摸，只触着一床冷浸浸的被褥，静子竟不睡在他的傍边。他又把头伸出来向外一望，只见黑洞洞地一间屋子把自身牢住，顿感觉十分的寂寞，渐至发生恐怖起来。隔一会他才听出远处的两声三声的鸡鸣，他一直辗转到天亮。

朝上他麻糊地又等了一会，仍不见着静子回来，他的担心也愈重了。他想起静子从来没有在外而不回过，竟对静子起了疑心，但又觉得静子绝不能背叛他的。他在屋内受不过这样寂寞与心燥的交迫，又穿起木屐向郊外走去。他正在追想时，静子前晚那样神经异状的事，忽然浮在头上来了。"静子莫非去自杀了么？"他打了个战栗。

"唵唵静子啊，我因为爱你，遂起了拯救你的心，但是现在我也要颠坠下去了。"

他东想西愁的，从前静子为他讲"勿忘草"的故事，也浮在心来，他不觉打了个冷笑，因为觉得他自身有些像勿忘草内的主人公。

远远的一阵钟声，和着一阵汽笛的乱鸣，报着正午到了，他才觉得他不曾吃过早饭，慢慢的又走回家来。

走上楼去，见静子正铺好被窝在睡，他一时安心下去了。但待静子把头掉过来时，他见着她的颜色竟惨白得像死人一般。康维知道静子在外边一定发生有异，急忙上前去，一面用手探试额上的温度，一面问着：

——静子，你做了甚么呢？

静子的皮肤，像火烧一样，眼露露地伸出一只手来紧紧把康维的抚摩着在她额的手捏住。

——哥哥，我不告诉你就出去了，太对不住你呢，我充心的求你饶恕。

——这也无所谓饶与不饶，但是你的身体为何突然变到这般模样呢？

——……

康维见着静子沉默一会，嘴唇颤了几次，都不曾回答出来。

——我看你心里有些难过一样，去请医生么？

——不，哥哥，老实对你说，我已经犯了罪了！

——甚么？

——你的婴儿已经被我杀死了！

静子还不曾说完，饱忍着的眼泪；像雨珠般流了下来。康维有些疑惑自己的听觉，但"婴儿已经杀死了"这几个字明明是穿进耳匡内去了的。他也呆了一时才把意识恢复过来，

——静子，你去堕了胎来么！

——我只有求你饶恕，因为我再不忍使你受累赘了。

康维见事情已经真了，沉默了一会，不觉伏在静子的被上，也沉痛起来。

——啊啊，我的静子，青青的嫩芽都不忍踏，小孩手中的蜻蜓都要教他释放的静子，你竟把自身的婴儿，还不曾见过天日的婴儿杀死了，我知到定是如何的心痛哟！

——哥哥，我不得你的同意就实行了，这实在是我怕你的阻挡，只要你饶恕我，我在道德上是感不到丝毫的痛苦的。我祈祷了上帝，上帝终不见救助过我，我这种行为，是可以说我复仇的第一步了，哥哥，请看我枕畔的纸屑罢！

康维抬起头来，见着静子枕头那面，有一个耶稣的偶像被撕破得粉碎。一时静子觉得要入侧所，把被盖掀开时，康维见着有一团棉花，被猩红的血液浸透了。待静子由厕转来，苍白的手内，战兢兢地捧了一叠鲜红的血纸，纸上托着几团乌黑色的筋丝般的血块，血块内面像有一只刚发生的新红的蔷薇嫩芽，尖蕊的半头，被指甲切断了一样。

他们一时都骇得发不出一句话来。隔了一会康维见着静子的脸上像敷了一层白纸，头发乱蓬双肩衣服零乱松散底只是站着发抖时，

才忽然想起受了戕贼的身体，是不能再受这样精神上的刺激的，他把几至狂暴的感情抑压下去。

——啊罢了，罢了，身体要紧，快睡下去安息罢！啊，啊，静妹，世间把我们逼得好惨啦！

康维想去请个医生来看，但他想倘如诊察出来是坠胎，静子一定要成个刑事犯，就是这样呢，对于静子的身体又不安心，他郁回了好久。

——静妹，你安心睡着，我出去探询流血过多的药方来呢。

——不，哥哥，我希望你在家里伴着我，我现在心里觉得十分的寂寞，我不能离开你一眼的。施手术的尼僧说，对于生命绝对无害的。

——尼僧？尼僧竟能做出这样的事么？

——是的，哥哥，你看世间上的牧师，和尚……等类的人类如何的诈伪，从此也知道上帝是如何的虚假呀！

——这是那天来会我的那个女子的介绍。那天是来告诉她与尼僧交涉的结果的。这位尼僧是蔽开眼目专门作这项生意，作介绍的女子，已经受过三回手术了。她因为受过一次欺骗的结婚，她要实行对于男子的复仇，决意再不嫁人了。

过了几天，静子的身体，果然比较好了一些，他们在一个晴朗的下午，相约起去看他们婴儿受难的地方—尼庵。静子的神经，仍然有些兴奋，走路的速度，竟紧一阵迟一阵的。他们走了一会，在一个林荫中间隐隐现出一座纤细的屋宇，上面盖着整齐的梭草，草上丛生着绿褐色的苔藓，现出一股苍老幽寂的景象。屋的三方，围以藩篱，中庭一堆洁白的沙渚，上面复印着无数的整齐的纹路。沙渚侧近培了几方莹洁的滑石，与茸绿的小松。若更借稍古一点的形容词来描写时，可以说是："人迹不逢，飞尘罕到，虽观音莲台不是过也。"

"刑场已经到了!"

他们站在远远地呆望一阵,竟滴不出一点挽吊的红泪,也唱不出哀哀的赞美歌来。但他们两人的胸中都在诰问:

"好个美丽的刑场呀!但不知婴儿的罪名是甚么?"

九　极地

静子继续又去出勤了。但她素来瘦弱的身体,又经过这一次的戕贼,竟愈一天一天的枯凋下去,时常发出头晕目眩的症候来。她有一天转来对康维说她已经加入附近工场的女工联盟会了。

在一个黄昏朦胧的时候,静子由外面出勤转来,正在与康维谈话,忽听得,下面有人在扣门。继续又听着一个人与楼下的主人说话:

"哪……我是……从警察处探听得来的……此处住得有支那人么?"

静子起初仿佛现出非常惊惧的神色但过一时又仿佛有了决心一样,不待主人上来,一趟就跑下楼去了,

跟着静子上楼来的,是一个着和服的日本人。上来向康维行了一个礼后,慢慢地取了一张纸出来。

"实在对不住得很,我……近来……想到东三省一带……去经营商业,现在……带了一篇广告来。哪……不知先生能否,替我译成贵国的语句?"

康维待这个日本人幽长的把话说完后,接过纸来看时,上面尽是些"价廉物美""老少不欺""……"等类的话,提笔就写好了给与待着的日人,静子竟在傍边睁大了眼睛,抱着不平,日人回去过

后，静子才说：

——贱东西，竟把我惊骇了一回。近来新闻上常见有堕胎事件发露，我以为我们的事也被摘破了呢。哥哥，我的良心上是毫不受苛责的。我知到杀我们的婴儿者是谁，负这个罪过的人，就是刚才来的这种"吸血鬼"。

静子渐说渐兴奋，声音也渐大起来。

——他们在国内榨取了一般人的产财。到了无可榨取时，又把毒手向海外去发展。啊，哥哥，是我错了，我前次不是给过你很长一封信么，快还我罢，那时我还是被麻醉着的，所以立有那种的愚论。

康维把信找出来给与静子，静子一气的再往下读去：

……爱祖国的人是善的，我的生地，我的故乡，我都感觉优美，我爱祖国，我爱日本，这点要请你允许我的。我的胸腹，我的手足，我的全身都是日本人，都流着爱国的血。虽说身体属丈夫但亦不能同丈夫共同排斥祖国的。

我爱哥哥，亦爱哥哥的祖国，但哥哥却为甚么要排斥日本呢！那样的心未免太狭小了。

我信真正的上帝，请哥哥把新约圣书马太传第五章第九页翻开来读罢，上帝不是教过我们的么！

所谓"正义""正义"云云者，例如被殴时，亦殴还之，被爱时，亦还以爱，不过这样罢了。那么为所不爱者祈祷的事，是哥哥所不能的了。哥哥，爱是那样的狭小么？如以天下为一家，则各国皆如兄弟，哥哥如排斥日本，即无异于排斥自身的骨肉呢！况且一家之中，即有一个顽冥小孩，亦应当格外照拂，而感以慈爱的么！

凡爱基督者，都为上帝的从仆，若从仆之间，互相殴斗，这一定是递侮上帝创造人的本意的，啊哥哥，你的心是我所不敢赞同的……

静子读完过后，一气把它撕得粉碎，还要找火材来烧。

——啊，我知道甚么叫上帝了。他是麻醉这些被压迫被榨取的人们的一种工具，使他们像家鸽般的驯柔，羔羊般的屈服，不敢起来反抗戕啮他们的猛兽，打倒撕裂他们的鹰鹞。哥哥，一切的罪过要归世间担负，那有不爱婴儿的父母，但是我们却不得不杀起婴儿来，世间与我们同运命的还不知有好多。啊，我完全明白了，在这种社会内面，无有不演出丑恶的争夺，无一人不是爱钱的！我们的财产，受了叔父的强占，竟把"穷"拿来使我们一代一代的传递，但他已成了资产阶极了。哥哥的家中，也被蹂躏得破产，我们将来的幸福家庭已经成为梦幻了，啊啊，在这种社会里面，说得上能享受真正的爱情么！骨肉的叔父竟舍了我们去抢钱，哥哥欲爱怜我亦不可能，而反致不得不致死我们爱的结晶！我可算努力了，但我也知道了——一旦被推到无产阶级去后，是万劫不能返生的。啊，一切的罪恶却隐藏在社会内面，一切想向上的人只有把这个社会推翻，——上帝除了劝我们柔服而外，再不能给我们的幸福的……

康维见静子的神经已刺激到极点了，便伴着她早些睡下。

已是夜半的时候，康维忽然从慌惚中，被一声音惊醒了，他还听着静子在叫：

"你要认清杀人犯！你要认清是谁杀了我的婴儿！"

康维急把静子摇醒。

——静子，静子！你梦见甚么？不要怕是我在这里。

他觉得静子周身是汗，竟烧得像火团一样。静子从梦中醒来，还在康维的怀内战栗，隔了一会才慢慢地说出话来。

——啊，哥哥，我还在你的身旁么？还是你在抱着我么？啊我现在感觉无限的幸福！我刚才梦见被抓进监狱了呢！大概是受了下午那个贱东西的刺激吗。

——啊，我可怜的静子你不要太兴奋了呀，你已经是病了呢！

康维只有把一切的悲痛，一切的仇心，都暂时强为制下来安慰静子，偎抚静子。他知道他若把感情暴发出来，只有增静子的苦恼的，但他一面在悲奋中的作想他将来应走的路。他想：

"现在的资本主义社会，冷像一个堰堤内面，含得有波浪滔天的一股浊流。内面沉溺了无限的生灵，都在拼命的希望攀登上岸。但这个泥沙松散的堤岸所住的人们，只有向着浊流内沉坠去，终不见有一个登上岸来的。要想拯救，堰池内的人，否，要想自身不致颠坠到堰池内去的人，只有把它全部改造过……"

过了几天，静子的病势果然沉重了。他们莫钱进医院，自不用说，连充分的药资都不能得。

凶祸——当然的凶祸终于临头了。在一个阴云惨淡的下午，静子忽然把康维喊近床前，紧紧的握着他手掌流泪。

——静妹，不要作急，病自然会好的。

——哥哥，我知道是不行的了，这恐怕是我最后握你的手了！

——啊，可怜的妹妹，你不要说短气话，你绝对是不能死的。

静子把康维的手愈握愈紧，

——哥哥，我是舍不得你的，我不忍把你一个人抛在世上，但是现在已经是无法了！

他用手摩抚静子的全身，觉得温度减低了好些，他作急起来，想再去请医生，但被静子挡住。

——哥哥，医生来也不中用，这是当然的。我自身明白，我流血太多了。我身体从来的虚弱是你知道的……

静子又停了一响，康维急忙把她的头抬起来放在自身腕内。这样身体的动摇，竟使静子吐了两口红血出来喘息不定。又停了一会。

——哥哥，我要说的话都完了，我感谢你伴侣我孤哀的一生。我最后的托嘱，望你努力为我们的婴儿复仇，一方还希望看照我可怜的母亲……

静子的简短一生竟于晚上在康维的腕内告结束了，他的身体，像晶莹的白露一般飞了。但白露遗留下来的清气，是能与宇宙合流，永不至于消灭的。

（完）

作后感：仿佛有人说过："创作宜先写自身的经验，然后写自身的构想。"如这个话是对的：则我算是犯禁了。

软文学现在正泛滥中国，我这篇内面也包含了些——但我只能说包含了些。这并不是趋时，这实在是恐非此则不能许我印刷的一种观念——在国外的人应有的观念——所致。但近来觉得这个 Ideologie 是错了。

静子爱艺术，爱自然，信上帝，可以说是满头朦胧。但这是她的生活还有几分犹裕才许她的。所以到她被迫到了必然的路时，头脑也必然的明晰起来。

这个短篇的内容，形式，都是个"放脚妇人"；因为作者急于 Tempo 的转换，更成了一种浮雕。好得我不想作个"龙头蛇尾"的作家，而且也不想作个职业作家——处女作如何的坏，我也不管……

选自沈起予：《飞露》，世纪书局，1928 年

火线内

肉弹三勇士的行动，才是真真地以身来表现了"一死
报国"的精神。

中村武罗夫

爆破筒的急造：

将四米突长，直径三村的竹筒一刀两剖，挖去了内面的节隔，
装上了重量的黄色炸药，插上引火线，又再合拢来，用金色的铜线
紧紧地捆绑……

经过一天猛烈地炮火，麦家宅一带的民房，早已毁去了头盖，
倒坍了四肢，焚烧了内脏，然而独有这一栋孤立的瓦屋，尚奇迹似
的整然地存在着。

就在这栋整然地存在着地民房中，下元混成旅团的工兵中队赶
造着这杀人的武器。

密雨似的子弹虽已停止，但这民房的四周，还飘荡着一股硫磺
的气味，较远的地平线上，仍有间断的枪声传来，两军的最前面的
火线，显然离此不远。房内的几十张赤铜色的脸上，饱藏着恐怖，
颧骨上不时地发出痉挛。大家虽然从第一次的总攻中逃出了性命，
然而谁又能保证明天还活在这异邦的人世呢！

因之，这角落上的三人，虽然在很忙碌地运动着他们的几双大
手，而内心却在各想着各人的家事。

江下今早抽空用铅笔写了一张明片，然而还不曾交邮，便来了

命令；现在那张明片还老实在背囊内面睡着。父亲在三年前便死了的，但他五十开外的老母，总是老挂在他的心上。他不觉望望旁边的作江；作江正在扭铜丝。那双手怪熟练，真不愧从前在运送行中捆绑过行李来的。可是那张脸并没有其余的人那样紧张，仍然是那样自暴自弃的样子。早上喝过的酒，还在上面发红。

"你的信写好没?"江下轻轻地问。

作江摇摇头。继续将铜丝用力地扯了一把，回答："算了罢!写也没有办法。老头儿跛着右脚做了六十年的庄稼，谁说他还能活得好久。大家一死就完，还管他什么!"

平常在长官面前总是默默不作声，在弟兄面前总是爱谈喝酒的他，自二月五日从久留米开拔以来，便多了一套大家所厌听的"死"的话。

江下一面装着爆破筒的引火线，一面听着作江的话；他颇懂得这位战友的自暴自弃的心理：谁高兴来送死呢! ——对于这样与自己毫无关系的战争? 可是不来又怎样办? 这儿有长官的命令，有军队的纪律，有太和魂那些东西，像铁板似地将你钳制着!

"傻话!"他终于又很正经地说，"第二次总攻击就要开始了，你应得好好地写封信回去；谁敢说这家伙一定爆着敌人，爆不着自己!"

作江没有回答。然而这几句话却不禁把站在对面的北川惊动了。他起初一心念着高良菩萨（久留米师团的保护神），没有听清江下和作江在说什么；可是这一次江下的什么"要爆着自己"的话，却明晰地刺进了他的耳鼓，一股寒栗不觉往背脊上冲来，一直冲上他的脑顶。他忽然想起这一群人，像是些吐丝作茧的虫子；这用铜丝紧紧缠着的爆破筒，说不定会真要送掉自己的性命。第二个寒栗打来，同时遂诱起他发生了一股怒气。他恨江下不应当说出这样不吉利的话。

他正想要骂句把什么话，可是并没有骂出声便又缄了口，——少尉小队长走进来了。模样儿很抖擞；可惜脚干骨生短了些，拖着的指挥刀，老是在地上打杵。

"猪猡！"真正骂出声来的不是北川而是少尉，"哪来这多话说不完！战场上是一秒两秒的时间都要争的。赶快做！"

江下回答了一声"是！"作江只耸了耸肩膀，可是小队长不曾看见。

不曾被骂的人也骇了一跳。满屋顿归死寂，只见着许多粗大的手，监狱中的犯人制的军靴，钢盔，火药，铜丝，竹筒，以及紧张着的赤铜色的脸。

少尉很满足；想着：这一仗过后升中尉，再一仗便是上尉，少佐，中佐，……未来的乃木大将。

夜。——暴风雨前的夜。

江南的春还在萌芽。广大的野原括着寒风。

兵士们发着抖，一半是因为心里害怕，一半是真的冷。上级将官们在司令部中喝太阳啤酒。火炉烧得烘烘的。大家很高兴地谈着昨晚的 Howitzer 炮弹炸裂时的美观。

就在这样的司令部中发出了命令，不，传达了命令——三井，三菱，岩崎，大仓等等大肚皮们的命令：

"二十二日拂晓，午前五时三十分，向庙行镇的敌军阵地总攻，森田大队为左翼，碇大队为中路。松平工兵中队的主力，分配给碇大队，再分一部分给森田大队，以破坏正面的铁条网，开辟步兵的攻击路线。"

于是工兵中队长便召集部下的两位少尉来分任小队长，同时也下了一道命令："第一小队将森田大队正面的铁条网破坏，开辟三条进攻路线。第二小队同样在碇大队正面，开辟五条进攻路线。"

于是两个小队长便又立刻来召集他们的部下，在这寒夜中来作"决死爆破队"的编制。这样，三井……大仓们所下的命令，便快要传递到那些拿过鹤嘴，捏过锄头的人们的身上了。……

　　夜幕深深地笼罩着大地。天空中满布着黑云，云罅隙间时而漏出一线死的灰光。四面八方都是阴风惨惨的。

　　就在这阴风惨惨中，作江，江下，北川三人，混在一群黄色制服的兵士中，满身颤栗着，集合到一块旷地上。昨天所见过的血迹模糊的肉浆，一阵一阵地在每个头脑中飞闪，大家都感到自己是要被押到屠场去的畜牲一样。

　　兵靴在干泥上踏着。满脸发青的面孔，彼此默默地窥看。集合命令已经下了一刻，然而大家还很踟蹰地紊乱着。

　　"赶快！赶快！"

　　知道中队长快要出来了的两个少尉，不得不咆哮一声。

　　北川站到排列中去，急忙把胸膛摸一摸，前两天家中寄来的"千人针"的背心，的确是穿着的。他继续又暗暗地念了两次高良菩萨。作江这时也感受了传染而严肃起来；他见着旁边的江下把牙齿咬的怪紧，手膀抖得连续不断地撞着他。他想这一定是白天说过的"谁敢说这家伙一定爆着敌人，爆不着自己！"的念头在作祟。

　　中队长终于走出来了。带着雪白的手套的两手，反背在屁股上，一步一步地踏着。他很聪明：起先默默地向着行列一瞥，便知道这些兵士是少不得一件东西。于是他板起脸孔，在少尉面前如此如此了一会，不久便有两个大圆桶摆在这一幅旷地的中央来了。

　　照例喊了"立正"，"向右看——齐"，"稍息"过后，便是中队长的训话："明早五点半，我军决定夺取庙行镇附近的敌军阵地。为得使友军们便于进攻起见，现在我们要准备去破坏敌人所装置的障碍物——铁条网。"

　　行列中间的许多颈项，不自觉地往下垂："决死队！要来的命运终于来了!"可是,一下队长更放大了喉咙:"希望各位要有一死报国的决心。在敌人面前从事破坏的工作,自然是顶难的事情。可是大家不要怕,这是我们工兵队在战场上的责任。有情愿为皇国拼命的,快向少尉小队长报名。"

听着这样鼓舞的训话的作江,在心中不觉发了一个冷笑。江下没有抖得从前那样厉害了,不过觉得四肢有些麻木。感觉高兴的是北川,他想幸好是由于自愿,同时决定死也不出去报名。其余的人也不作声,更不见有一条腿向前走动,全队人都哑了。

见着这样的情形,队长心中便有些着急,而且有些发怒。可是他隐忍着。他的目光无意中瞥到了场中的两个大圆桶,他才感觉得救了——原来是自己的话说快了些。于是他急又补充下去:"这儿豫备了一点为皇军祝福的支那酒;大家尽量地畅饮过后再来报名罢。"

聪明的队长,对于这强烈的酒精的作用还不放心。他又召集了两个少尉来如此这般的吩咐了两句才走。

最初走到那两个圆桶边去的是作江,他拿起那长柄的木勺来便开始牛饮。继续江下也走了过去;平素虽不喝酒,可是这时也想喝一点来止住身上的冷痉。北川起初踟蹰着,但末了也决心去占一点便宜,横竖喝了过后,也还是要自己愿意才报名的。一时满行列的人都像临刑前的犯人似的,先后地围上前去;两个圆桶像有一根汲筒往外排泄一样,望着望着便干涸起来。真的,在这样又寒冷又恐惧的火线内,谁不加劲地喝两口呢!……

行列又重新整齐好。大家的脑袋都有些晕沉,但身上却暖和得多。两位少尉站在一旁,面孔上有一股阴气。他们喁喁地商议了一刻,便开始决死队的编制。其中一位走过来说:"时间不早了;用兵贵神速;现在我们商议的结果,决定采取指名编队的办法。大家拿出一死报国的精神来听候点名。"

"指名编队?"首吃一惊的是北川。糟了!他急忙想起平素与少尉有否仇恨,可是一刹那间竟想不出。更大的恐怖支配着行列,每张赤铜色的脸上,重新掠过一股惊惶的神色。大家想着一被指定便完了。

"阁下,刚才中队长说的是由志愿者报名。"

行列中突来一个声音,爆破了凝结般的沉寂。

"不准作声!中队长走的时候,是委托下来的。"

"少尉,还是请依照中队长的办法。"行列的另一处偏又"作声"起来。

于是行列渐次地动摇了,而且有些兵士在开始私语。本来想用酒灌醉之后,使大家像野兽一样地勇往向前,然而这刹那间的酒精的作用,竟使大家都大胆地起来反对长官。

"阁下,还是自愿者报名的好。"又一个声音飞来。

"赞成!"又有一个声音应和了。

"……"

这样"你一句我一句"的,形势愈渐增加不稳。少尉简直无法整理;他大大地咆哮了几次,可是都成了"风马牛"。这时江下也热烈地反对;北川在少尉的脸不曾向着他的时候,也吼了几声。只有江作仍然默默地不响,他的脸喝得像"关爷"一样。……显然群众是不易对付。两个少尉心里发慌,同时也有些激怒。这还了得!胆敢在战场上不服从命令!这样一想,中队长临去时的"得便宜行事"的吩咐,忽然掠上头来,他们满身发抖的,决定了采取"紧急处置"的手段。恰在这时,行列中又有一个"反对指名编队"的声音吼来,于是他们便像鹞鹰一样,向着那人飞扑过去,猛烈地一阵拳脚齐下,打得那人直弯住一团。继续又是一人擒着一只手膀,反扭过来,拖着走了几步,忽然一支手枪一闪,便有一个清脆的声音进出,同时兵士的身体抽动了几下,继续四肢便伸直了。……

满行列顿时哑然无声；大家都被这一刹那间的残酷的光景所惊倒而呆住了。无数悲愤的眼睛，在行列间彼此默默地交换了一下，可是转瞬间他们已发现了四周有几架机关枪的枪口对准他们了。

夜幕仍然是深深地笼罩着大地。天空中满布着黑云，云罅隙间时而露出一线死的灰光。四面八方都是阴风惨惨的。……

就在这样的阴风惨惨中，被指定的三十六个人，编成了两个敢死队。江下，作江，北川又是同一组，作江做了组长。

"真倒霉！"江下将后事托付了战友，整理自己的背囊的时候，那张明信片仍然还好好地睡在内面。

北川的眼睛中饱含着泪水，一心念着高良福萨。他实在不愿意死；想起家中有那几亩可爱的田地，平素过活得那样的温饱，而母亲又是多么的爱他哟！

"罢了！北川君，这样的世界是要人来死的；不然，国内的那些有钱的人怎样能过得快活呢。喂，我倒没什么，走吧！"

作江的舌尖醉得有些不灵活，喃喃地这样劝慰着北川。他颇能同情于他；比起江下在炭坑中苦工生活，比起自己在运送店中帮人运行李来，北川倒是一个小小的地主的儿子呢。

终于到了二十二日的午前两点钟了。

愁云增加了浓度；虽是阴历的十七日，但月亮仍然深深地躲藏着，好像怕看着人间这许多的惨剧似的。曙光前的白雾还很稀薄，四面八方仍然是阴风惨惨的。就在这时候，作江，北川，江下跟着一大群的敢死队在地上匍匐地进行着，而今已渐渐地逼近了庙行镇前的阵地了。时间不断地向永劫中进行着，敢死队却向死线上进行着。在他们的前面，有等待着他们的密密的枪口——那是弱小民族的死中求生的枪口；在他们的后面，有逼迫着他们的枪口——那也是帝国主义者的死中求生的枪口。

就在这样的枪口与枪口之间，他们在黑暗中匍匐地进行着。江南的道路虽然平坦，然而对于他们却是异常地崎岖。十分，二十分……到了金冯宅的时候，已经是午前三点两刻。再向前进行不久，便是那蜿蜒着的，在木柱与木柱间紧缠着的铁条网。

"喂，朋友，来世再见吧!"

不知何处来了这样告别的声音。……时间又在黑暗中伴着人们静静地爬行了一会，少尉的手表上的时针快要指着那个"5"字了。在快到总攻击的时候，前面的铁条网已经隐然在望。

"前进!"

少尉的命令刚从口中飞出，前面的那些死守在铁条网旁边的枪口，已经察觉了敌人的袭来;一刹那间便是一齐开始射击，密雨似的子弹，从四面八方向着他们的耳朵，鼻子，眼睛旁边飞来。他们仍然慢慢地爬着。可是他们将破坏筒运到了隔铁条网三十米突的时候，这一次更有几支机关枪的火口，像几条怒蛇的舌尖似地狂舐过来，那些"打! 打! 打!"的重机关的吼响中间，更参杂着两支水机关的"哭—哭—哭"的哀音。——已经不是子弹的密雨，而是子弹的洪流了。暗中悄悄破坏的计划，显然是不可能了。

"点烟幕!"

少尉狂叫了一声，继续果然便是蒙蒙的白烟，慢慢地升腾起来，可是已经快到总攻击的时间了。少尉有些发窘;在这时间以前，是应得先开出道路来的。望着朝前的白雾快散，晨曦一现，便更难于进行了。于是长官的命令，升级，中尉，上尉，未来的乃木大将，职务怠慢，军事裁判，处罚，坐牢……一切的幻影，像电光石火似的在他脑内旋转，心中更是恐慌起来。 "等他妈的烟幕! ……"这样一想，口中便又狂暴地发出了命令:"第一班第一组前进!"

应着声音跑去的，是滨川，小崎，持田三人。他们埋着头爬，爬了起来又走。可是前面仍然是机关枪和来复枪的子弹的奔流。一瞬间滨川便中了弹，持田也跟着倒了；小崎再抱着爆破筒走了两步，又是一弹送了他的性命。

"第一班第二组前进！"

可是不到五秒钟，便又结果了三条性命。少尉刚要来督促第三组，忽然又是轰然一声爆裂，附近一个巨大的炮弹落了下来，接着便是一大网的泥沙腾空飞去，随即又用加速度猛烈地向他的身边扑来，使他不得不倒退了几步。他站定了之后再喊一声前进，然而已经没有回答，第三组的三名，已经被刚才的炮弹送回老家去了。

第一班全灭了。这一队剩下的人员，只有第二班的两组共六人。继续这样下去怎样办呢？可是少尉毕竟还有他的"太和魂"；一股残暴气掠过他的颜面，他下了最后的决心。

"第二班班长！"

"有！"

"这样不行！快叫你下面的第一组实行强制破坏！"

于是江下，作江，北川，便在这样的命令下面被集合起来了。前面仍然是枪弹的洪流。

"喂！快！这样的炮火是不准你们把爆破筒拖到铁条网前去才点火的。先把引火线点燃后，再抱起去罢！快！快！"

北川的脸上顿时发白，脑内嗡然一声，几乎失去了知觉。可是他忽然觉得屁股上有人猛踢了两脚；一回首过来，他见着少尉正又猛烈地在踢着江下和作江，耳门边仿佛还有些"快！快！这是战场上的军令！"一类的声音从少尉那面响来，引火线已经点燃了。

于是他勉强地跟着作江，江下，向前跑去，然而还不曾跑上几步，忽然又有一股更强烈的恐怖袭来，于是他本能地扔了竹筒就倒滚回来，仿佛江下也在后面跟着他跑。……

"什么？不听命令吗？"

抬头起来，少尉的手枪，正对准着他们两人的胸口，幸好机簧还没有动。……作江一个人正在爆破筒旁边迟疑着，然而一瞬又见着两人依然又滚过来了。四寸长的引线已经燃了两寸。……三人只得又将这家伙抱起往前跑。

一秒，两秒，……忽然铁条网旁边轰然一声响来，像天崩地裂一样，一大网沙石伴着许多木柱，人头，铁丝网，断手臂，血脚干，寸断了的肝，肠，肚，脏等等，向着半空飞去，在那儿微微停了一下，然后又回转来向着大地落下。……

选自 1933 年《新中华》第 1 卷第 3 期

难民船

一

覃顺靠着年轻力壮，两手扛起行李，在人群中拼命撞，拼命推；覃老爹在后面死死抓住他的腰干，喘得气咻咻的，好容易两父子才挤过了搭桥，走上了甲板。

甲板上早已是人山人海，还乱杂杂地堆上一些簸箕，网篮，被盖卷之类的家伙，几乎连插脚的余地都没有。

覃顺背后拖着老爹，在船头船尾打了两趟，结果又掉头回来，暂时将行李搁在过道上的一个靠壁的门前，真的到处都找不出一个空处。然而就住在这里也不是话：门扇一开动就要打肿你的脑壳，而且进出的人也会踏瘪你的身子。

于是覃顺又叫老爹看着行李，他空起两手，打算挤下炭舱去，看能否寻得一个住处，可是我的天！待他刚从舱口埋头一望，那无底洞般的黑魆魆的阱窟里面，只见有千个头在转，万个臂在动，大家翻来撞去，真像被撩拨了的一窝蜂，一穴蚁，连那螺旋形的铁梯子上面都站得满满的；有那些呼娘唤女，叫子寻爷的喧嚣，复乱嚷嚷的混成一股巨响，霍刺刺地往舱口上冲来，使他不得不打断念头，又往船尾上去再寻一次。

幸好，人虽是这么多，这么挤，但大家都似乎还不曾十分住定。当覃顺走到船屁股的镳锚机旁边时，便见着两个人正在移动行李，据说是有同路的在另一处占住了更好的位置，这样，他便即刻回头把覃老爹和行李搬过来，补上了这个缺。

"丢那妈，这样一只运炭船，竟装了六七千人！"

放下行李，覃顺便一屁股坐在被盖卷上，抹了一把大汗，他这才感觉疲倦了。同时他又从怀内抹出那乘船证的白布条来再看一次，上面的号码已经到了六千多。

可是站在侧边的覃老爹则冷得满脸痉挛，两手紧紧抱着肚皮，一声咳来，背脊便直往下弯，两条干瘪的腿子，也不住地打颤。

看着老爹发冷的样子，覃顺才仰起头来望望天空；自己像打冲锋似的，只顾提起劲儿在那些人群中东奔西撞，弄得满身发烧，却不知晕晕的阳光早已躲进了云头，半空中又刮起风来了。

"好了，老爹，现在总算逃上了船，再过几天就是家乡；快来躺一下罢。"

一面讲，他便一面站起来打开被盖，把棉絮铺在船板上，又用几件行李扎在四周，弄得有几分像街头的膏药摊子。这种打地铺的生活，是他们在难民招待所中早已过惯了的。

铺刚弄好，只见覃老爹呻唤一声便坐了下去，同时又将颈子摆了两下，自言自语的说："嗯，日本鬼子真害人！……我这样的身子不知道还经得过几天的海船不!"

"莫担心,老爹,天不绝人之路,只要一帆风顺,很容易到的。"

话虽这末说,其实覃顺自己就有些担心。老爹是六十向外的人。几十年来的藤匠生活——天天弯腰驼背在灰尘中编藤椅,打藤箱……早就弄了一身毛病。现在又加上这一次的惊骇,和在难民招待所中吃了二十多天的亏,身上简直成皮子包骨头,脸上只剩得两个瞳仁在转了。

提起难民招待所来,覃顺就觉得满肚子是气。在那四小时的停战中,逃出了闸北,刚被人招待进去时,他还满心念着阿弥陀佛,谁知三两天一过,他便明白了这并不是什么难民"招待所",实不外是一座难民"拘留监"。每天吃清水粥,脏馒头等固不用说,而那些办事人也简直就是了不得的大官,几乎连你的生庚八字都要盘查,十八代祖宗都要登记,说怕有歹人混迹进来;还有那些倒大不细,拿棍拿棒的什么童子军之类的家伙也简直比小牢子还可恶,他们时时要来干涉你晾衣裳,放东西,甚至一天他为老爹多添了一碗粥,便差点棍棒爬上了身,说是犯了招待所的规章。……

覃顺正在想这个时,忽然一股冷风迎面吹来,这就连他也打了一个寒噤。他抬起头来四周一望,四周竟是光光的,连遮风蔽雨的东西都没有。一个妇人背上贴了两块烂棉絮,死死靠住船尾上的烟囱,旁边一个掌柜模样的男子一歪过来时,她便一掌推去,随又骂了一声。不远处又有一对文弱夫妻用一床脏卧单紧紧蒙住脑壳,一个小孩老实不客气就在席子旁边拉了一大堆屎。栏杆那面,则有一位胡髭爹爹早已把烟灯点好,缩成一团,在嚓嚓的抽了。

就在这时,一架飞机从吴淞口外的昏沉沉的云端慢慢地翔来,一转到江湾地界,便有如山崩地裂的巨响从地底传来,连船都似乎被震歪了两下。

"真造孽!"

早已是听惯了的炮声，但覃老爹却睁开眼睛，抬起头来，望着岸上狠狠地咒了一句，才又躺下去起一阵剧咳。真的，这一回日本人给他的打击，实在使他太伤心了。自己辛辛苦苦经营了几年的藤器铺，一下就被打得精光。现在虽然逃得一条老命。但这唯一的衣食饭碗已经碎了，就活着还有什么想头呢！"人怕老来穷"，要不是儿子覃顺的那般苦拉苦劝，当时他真是死也不愿离开自己的宝贝铺子。

可是儿子覃顺，这时倒不怎样理会这些飞机或大炮了。他一心顾虑着明天的天气，及今晚上的过夜；自己当然可以靠着一副蛮骨头去拼，但老爹就真是再经不起风，波，雨，露的。他打量头上的天。——天老是昏沉沉的，阴阳不分，而且一刻一刻的加重露气；他又看四周的人——人们也个个都是冷得脸青面黑的，缩成一团。

"丢那妈，这样子怎能过一夜呢！"

突的从一床毯子中拱出一个头来，覃顺一看，才知道这些乱杂杂的人中间，还睡得有这末一个与众不同的学生模样的家伙。

"真的，这船上连布篷都没有。"

覃顺由不得和上一句。

"我看并不是没有，倒是不肯挂罢了。"

学生仔翻身起来，打个盘脚坐在席子上，又用毛巾捆住脑壳，样子像也是冷不过了。

"既然有，为什么不肯挂呢？"

这时，那对瘦弱夫妻也参加进来了。似乎大家心里早就要谈论这个一样。

"哼！那不多化费了！这些做慈善事业的家伙顶坏蛋：他们对难民根本就不会慈善的。"

这话真对，覃顺想。可是那学生仔似乎一开腔话就很多："我看这船上又是与招待所一样；他们简直把难民当成三牲六畜，只要把你装起来就完事。"

"哦，先生也住过难民招待所？"

"还不是！从北四川路俭德寄宿舍逃出来，腰无半文，所以只好进××公所。哼，里面真糟透了。"

远处也有许多人围拢来了。都把脖子伸得长长的，像在听故事。连那背起破棉絮紧贴着烟囱的"婆妈"模样的妇人，也抬起头来把眼睛鼓着。他们都是两广籍，都是在大大小小的"招待所"中吃过苦，而今又被"招待"上船来的。

但跟着又有人说出了不同的话："这也怪不得他们；'僧多粥少'，你想这一次'嗷嗷待哺'的难民是几多啊！"

像是读过什么赈灾会的"募捐缘起"之类的文章来的。覃顺一看，这说话的人，原来就是在烟囱旁边，嬉皮笑脸的挤妇人的家伙。真讨厌！不独样子难看，连说话也不中听。

突的双脚将毯子蹬开，学生很轻快地站了起来，样子像要干点什么，同时又"言归正传"似的说："所以对这些家伙简直用不着客气，让我去要他们把布篷挂起来罢。"

说完就往船头那面去了。大家都有股喜意。覃顺想毕竟学生仔们不同：不但能说会道，而且还敢说敢做。

可是不久他又有些失望；学生仔像吵过架似的涨红着面孔走回来了，后面竟什么都没有。怎么？不肯借，还是真的没有呢？病着的老爹会完了！正在这样想，但他即刻见着那学生已经放大了喉咙在向大家讲着："……篷是有的，但办事人硬着头皮推没有。根本是人少了，要多去几个才行。大家想晚上不在露天过夜的话，就一起去罢，篷是一定有的。"

有了领首的人，谁还肯不去！覃顺首先就附和了；他想自己虽不会说话，却可以助威。两个开头一走，后面便马上跟了一大串，大家嚷嚷闹闹，一直向办事室去了。

房门意外是紧关着的。学生仔先拍了几下，可是没有人应。罩顺性急，这时便马上"助威"起来了：他粗脚粗手的，先向门上一拳，继续又一脚踢去，门几乎成了两块。办事人终于把门打开了。啊，我的天，原来那家伙正关着门在抽大烟，烟灯还一闪一闪的点在小床上呢。

"什么事？"

办事人见着了这一大串人，便先有五分惧怕，但他依然装腔作势的这末问。

"什么事？——大家都要篷挂！"学生仔说得快。

"我不是说过船上没有么？"办事人皱皱眉头，又看看大家。

"可是大家不相信一条走海的船上没有布篷；而且甲板上有老年人，有小妹仔，——都是经不起霜露的。"

"唵，我看大家还是将就些罢。你们都是难民，又不曾出船钱；船上也实在没有篷啦。"

这回罩顺懂得了；那是说纵有布篷也不给难民挂。这可气得他眼睛直挺，同时拳头一捏，便不自觉地迸出一股骇人的卤声："难民不是人么？——将就不得。"

"对啦，一点遮风蔽雨的东西都没有，实在将就不得。"不知谁在后面附和。

"真说没有，就让我们满船找去。"

"没有篷，顶好叫他也去过一夜！"

"……"

大家围成一团，七乱八早糟的声音直往办事室内送；其中也颇有些不成道理的道理，可是办事人却面孔红红的，回答不出来——也许是无插嘴的余地。这是罩顺在老头子的藤器铺所不曾经验过的。从前送藤桌子，藤茶几之类上公馆时，当然也与阔佬们起过口舌，可是像这末闹热，这末多人站在一边的事，确是没有。他乘势又想来句把什么，但他听见学生仔又有条有理地说了："你看，这还不是大家的要求么？你莫以为难民是好欺负的，谁相信一条海船没有布篷呢。所以顶好还是请你叫水手们去找一下，不然大家是不肯转去的。"

这显然是在为对方转弯，聪明的办事人当然懂得；于是他也就"顺水推船"，承认叫水手去"找"了。

可不是！大家散回不久，便见着水手们抱了几大捆家伙过来，七手八脚，转瞬即把那厚厚的帆布篷扯在人们头上，而冷飕飕的寒气也就突然减少下去了。这时甲板上只见一片欢喜，覃老爹说了声阿弥陀佛，连那蜷缩在栏杆旁边抽大烟的老头也坐起来说七道八的了。……

刚一入夜，闸北，江湾，吴淞一带，又是密密的枪炮声发作了。还有几处起火。租界上燃着稀疏的电灯，浦东一带，则简直黑得鬼啾啾的。满甲板的人都静静地躺在布篷下面听着，知道炮弹是不会落到码头这面来的。覃老爹照例咒了两句日本鬼子又躺着咳嗽。

二

一清早，大家突被一片嚷叫声闹醒了，而这声音又是一个妇人在求救，仓促间使大家更觉惊奇：这样男男女女混成一堆，难道是有人在向妇人们来个不清白么？

"快些呀，那个快起来救一下呀！……"

大家抬头一看，只见那死死靠着烟囱的女人正懵懵懂懂的在甲板上乱嚷乱跳，背上贴的两张烂棉絮烧得焦糊，上面还有两股白烟直冒。

"傻仔，快脱掉！脱掉就行了呀！"

旁边的掌柜模样的家伙大声地这样提醒了她，她才即刻将腰上缠的带子一松，抓下那两块烂棉絮来用手直揉，揉后又用脚踏了两下，一场天大事也就随着棉絮上的烟消而"烟消"了。

"原来如此！"

望着大家都是一副打趣她的面孔，于是她才脸红红的，现出难乎为情的样子说："真的，一下把我弄慌了。我靠着烟囱睡得正好，但睡呀睡的，忽然背心上有股热气锥来，我以为是衣裳起火了，竟忘了背上还有两块棉絮。真的，从梦里骇醒过来，一下就把我弄糊涂了。"

大家一看，果然是机器舱已经升火，烟囱烧得灼热，而船也不久就开了：……

江面上一股股的白烟漫漫地飞，漫漫地卷，船尖刺破水面，一团团的小浪花哨哨地向两边翻。江心中到处停着日本的小型军舰，军舰上有水兵拿着旗子在信号台上彼此打信号。岸边也处处有小蒸汽船停着，日本兵像蚂蚁似的在搬运军火。岸上杨树浦一带的日本兵像整夜没停过，现在早已是杀气腾腾的成线地飞跑了。

远处，白茫茫的雾气中，有枪炮声传来，那声音先是一阵紧，便渐渐松下去，终于又寂然了。似乎是照例的拂晓战。

就这样，船在很大的威胁中怯懦地而又紧张地向着吴淞口划去，船上除了处处的三两声咳嗽而外，似乎大家都在口水倒吞，听不出一点嘈杂的声息。

望着望着，吴淞口已在面前，大家知道这是最危险的一重难关。可是许多人一面怕却一面又想看；首先是那学生仔把头伸到布篷外面，继续便有几个缩头缩脑的家伙站到栏杆旁边去了。待罩顺也伸头出去时，吴淞镇正在对面，但一切已经打光烧光了，只有朵朵的砖墙七零八乱地站着，还有几处在冒烟子。似乎从那烟子里面还可以闻得出一股烧焦了的泥土气。……中国兵就躲在这末样的地方防守么？真算是好汉子！这时他真想在那些烧焦了的瓦砾中找个把出来看看，就是影子也好。

可是他忽的见着有一个水手气咻咻的跑来向人们直叫了："大家快躺着！莫站在栏杆旁边，谨防日本军舰开炮！"

叫声还未完，果然人们又退回来了。船依然慢慢地往前爬行。一瞬，三夹水外一字排列着的军舰也可以见着了，然而意外的，竟是什么都没有。于是几个好事的又把头探了出去，而就在这一刹那，洋面上便有轰轰的两声巨响，掠空而来，顿时骇得大家面如土色，有的用四脚爬着急窜，有的用肚皮死死贴住甲板；很安静的，只有那位抽大烟的老头，他依然是那么缩成一团在不断地打他的烟泡子。

约莫过了一刻，大家才松了一口气。炮声既没有再响了，而船也意外地还在往前驶动。连以为死定了的覃老爹一见着儿子还蹲在旁边时，也勉强苦笑一下，那样似乎在问："哦，没有打中么?"

"不怕了，不怕了，已经出了口子啦。"

见着老爹的苦笑是凄惨，是惊骇，覃顺倒不得不装出一副无事的面孔来安慰他，可是自己的心却依然是紧张着，眼睛时时顾虑着四周，一直到船走过了崇明岛，倒拐向西后才随着大家把心放下来了。

船上又恢复了从前的嘈杂。大家像遇贼后似的，一切谈论起来了；有的说东洋大炮打不准，怪不得这次赢不过中国兵，有的说那两声不过是骇骇大家而已，根本就没有指着船打。至于最近情理的解释，似乎还是那刚才毫不曾惊动一下的大烟老头的一套；他以为那两炮是向着岸上中国兵的防线轰的，至于为什么不先不后，船一刚过口子就轰呢，那便正是日本兵的聪明处，因为这样一来，中国兵怕打着了中国船，便自然不敢回炮了。

可是对于这些七解八说，覃氏父子根本就觉得什么都好。总之现在是完全逃出了炮火地方，来到海洋上了。不过唯其是这样，他们的心也就像海洋一样的虚渺。覃老爹望着那绿油油的海水，听着船舱的机器的响动，回想起几年前妻子一死，便把乡下的一切都卖掉了来上海时的情形：那时仿佛每个浪头都在帮他起劲，船走一程，好运便近一程，谁知现在竟落得这末一个下场，大家既硬着头皮把他从闸北拖出来，又在"招待所"内把他关了二十多天，现在只发了两块钱的路费及一张搭船的布条子，硬叫他回乡去；至于回乡去怎样，乡里有没有家，他们就用不着管了。

覃老爹眼睛死死钉住还远远的海面，默默的这样回想，而海面上的那些徐徐地挤着涌着的波浪，有时会忽的一闪，竟变成了无数的藤椅子，藤篓子，以及藤桌，藤架子等类的东西，有的倒挂在低矮的天花板上，有的单叠在墙壁的四周，有的竟摆在铺门口，而自己也仿佛就在那些乱杂的藤器中间，坐在一条矮板凳上，驼着背，拿着篾条子在鞭打一件什么，可是那些篾条伙计一摇一绕的，渐渐移近前来时，便忽然哗啦一声，在船腹上撞个粉碎，自己依然是两手空空地躺在甲板上。而这时他也就往往在儿子覃顺的不意中，会突然发出如后的话语："嗯！可惜我那铺子。"

三

船在两天之后便到了汕头，再过一天一晚就是香港。

覃顺暗暗地有股喜意，家乡虽没有好事等着他，但他想照这样的风平浪静，心里记挂着的老爹总不致把骨头丢在半路上，而且到了南方就没有上海那末冷。在后来苦难的生活中，暖和地方也比较容易过活些……

然而，船一开出汕头，他就觉得有些不对：船不曾到口子上，布篷便一起一落的，在头上打得嘭嘭地响，风扑上脸来，像有很大一股蛮劲。远远的天水相连处，有许多乌云在乱飞，在追赶，其中有几块还在一面跑一面洒下一些雨点。

见着大家都在加衣裳，取被单，他也急忙把被窝重新给老爹盖好，心里希望风浪不至再大，但船刚在海口上一倒拐，便突有一股大浪打来，同时船身两头一跷，船上的洗脸盆，盥口盂等即刻开始乱滚，即笨重的行李，也是跃跃运欲动的。……

此后，向船头打来的白浪一股比一股大，而船就是一颠一跛地走着。开初孩子们是哭，大人们是嚷，但不久便大家都晕了船：有的牙齿咬得紧紧，躺着不敢动，有的则涌了几口涎水之后，便翻肠倒肚的大吐起来。

覃顺望望老爹，老爹躺在被条中，脸色惨白得可怕，太阳穴上爬着两大股青筋，双眼死死闭着。于是他把所有的行李都搬来堆围着老爹的脑壳，又用几块布来挡住行李间的罅孔，想借此减少些冷风；然而刚弄好时，船又猛地一簸，将行李抛得东滚西倒，使他又不得不去拉拢来用绳子紧紧系在旁边的镳铁机上。……

"呀！大雨来了！"

不知什么时候，靠近船舷那面，忽地有人尖锐地惨叫一声，而像竹杆一般的豪雨，已经哗喇喇地向船上打来，使大家东慌西乱，一面躲，一面抢着行李，急向布篷的中心地带滚窜过来了。这时睡在覃顺面前的两个瘦弱夫妻似乎已经动弹不得，只在甲板上乱嚷乱叫："呀，网篮滚走了，哪个快帮我拉住呀！"或者："呀，孩子跌倒了，哪个快帮我拖过来呀！"烟囱侧边的妇人早又把两块烂棉絮贴上了背，对于那掌柜模样的家伙的偎挤，似乎已经不加拒绝了，而那抽大烟的老头则端着他的烟盘子不肯放手，仿佛其余的东西都可以丢掉一样。

天空上再已不是云块的奔跑，而只像是黑魆魆的一口铁锅在翻过面来把水往下直灌。风声和着雨声像要吼破九洲，海面上白翻翻的浪块汹涌，在乌暗中直像是无数倒立着的镜子。

望着，这布篷的中心，也不是安全地带了。先是篷的接缝处有水下漏，继续连整个篷面都有水渗透过来结成一串串的水珠，又由水珠联成一股股的洪流，往人们的颈项上，行李上直泻了。覃顺曾几次地挺起腰杆用面巾把布篷上的水滴抹去，但总是那末愈抹愈多，后来连篷的腹背两面都是一样淌水了。"这怎样行呢！"他打算到大舱下面去寻个地位，豫备把老爹搬下去暂时躲避一下，可是他还不曾动步，便忽然又哗喇喇的一声响来，头上那张五分厚的布篷已经被撕成了几大块，接着一阵呜呜的风雨打过，那些较大的布块又撕成了无数的细条子，在空中乱飞乱飘。甲板上顿时是一片悲鸣，一片惨叫，人们在汹溅的浪花和飘打的豪雨中互相地践，互相地踏，覃顺也在这些乱撞乱窜中，施出了奇迹般的力量，将老爹连被盖一同搭到背上，两手拖着行李，好容易才跟大家逃到了船的最下层的一个甬道上去了。

甬道上早已满挤着人，而且大家也是在苦闷，在呻吟，在呕吐，甚至有的连屎尿也在那里一起来，现在又陡地硬闯进了一大批，真是愈乔得秽气弥漫，不呕也呕了。

覃顺将老爹放下时，老爹已经是软成一团，眼睛一翻一翻的望着他，样子像要说什么，却又说不出。待覃顺给他换去湿衣，择一个地方给他靠着之后，他才似乎松了一口气，凄然的喃喃了两声："劫运……劫运……"

移时，老爹似乎受不过气的刺激，便干呕起来，而且头上有些发烧，他呻唤，他想喝点开水来润润喉咙，可是找遍了许多人，竟谁也没有。后来不知什么时候，有一个穿起油布衣的水手从甬道上走过，覃顺便又去捉住他问，可是这水手望了他两眼之后，竟意外地说："要开水么？现在船上连一点清水都没有了！本来船头上是盛有两大缸的，但是刚才几股大浪打来，早就连锅灶都一起打下海去了呢。"

水手说了就走，但随又回头过来指着甬道壁上的一道门说：

"只看那房里的先生还有没有。他是有热水瓶的，你进去问问好啦。"

依着这话，罩顺果然从许多人身上跨过去拍门；门一开后，他见着宽敞的房内，只住了一对时髦夫妻，而且壁上也果然有两个大大的热水瓶挂着。后来他才晓得：原来里面的男子，是杨树浦×江大学中学部的教员；因为这是一只被临时借来装运难民的炭船而没有客舱的原故，他遂出了一百二十块大洋把水手们的住房买来了。想不到外面弄得那般的"阿修罗"一样，而这里竟有这末一个"天堂"。

待他说明了来意，又解释了船上已经找不着开水时，那男子竟许久不开口，只是眼睛望着铺上的妇人，似乎在讨命令。可是那妇人立刻眉头一皱，傲慢地拒绝了："没有！喝完了！"

"只有几滴也好，润润喉咙；一个老年人实在咳得真可怜。"

希望着万一的慈悲，他向那妇人这末说。可是这回男子却理直气壮，抢着回答了："你这人真是！不是说过没有了么！难道一点开水还不肯给你。"

罩顺知道碰钉了。自然也不便硬要别人打开瓶子来给自己看。他想不到在这种苦难的时候，一杯开水也是这末可宝贵。他想回头走了。但忽的另一个念头爬上心来，使他不得不又硬着头皮站了下来："那末，先生，让他老人家进来靠一下好么？就在地板上也行的。人又不舒服，外面实在挤得没地方了！"教员又先望望太太，幸好这一回太太没有开口，于是在问过是不是传染病，又啰嗦了好一会之后，才总算是勉强承诺。

四

在房门大开，覃顺把老爹搬进来之后，那掌柜模样的家伙也就带起那背贴烂棉絮的妇人，两口儿似的，跟着进来了。他先是借口引那妇人进来"解溲,"可是一"解溲"之后，便花言巧语的痞着不肯走。这时那位教员太太可真叫苦了；她眼睛一斜一斜的望着这些意外的侵入者，喉咙上也不断地向丈夫咕噜着，说弄得她"换衣"都不方便。但是她的一切的啰嗦，毕竟也奈何不过掌柜的嘴巴的油滑及奉承：掌柜说他可以帮忙在角落上扯一个布幕，这样太太便好在那里面作"脱裤解裙"的事，至于那水手们的油漆桶作成的"马桶"解满了呢，他也可以一手帮忙提出外面去倾倒。这样，大家也终于相安无事了。

外面，依然是风涛浩荡，船身也依然是颠簸，倾斜。不知什么时候，有一个老水手模样的人前来了。他一面脱去湿淋淋的防水衣，一面也默默地蹲下来休息，样子像是这房间的原来的主人翁。

"船要不要紧啦，可塔马斯！"

覃顺不知道这水手为什么有一个洋鬼子般的名字，但一听着教员在这样问时，便也就跟着大家出神地望着他的面孔，巴不得在那上面得一个好消息来。

"难说！像是已经吹脱了航线了"，老水手微微摆着头这末说，但一见着大家都是仰起那末一对不安的眼睛望着他时，便又即刻改变了口气，"不过也不大要紧，只要慢慢地走出了风圈就好了的。……"

"日本人也太可恶了，无缘无故就开火！"这回老水手也说了。

话虽这样说，老水手却没有要讨论这个问题的样子，默默地披起防水衣，走了。

外面的飓风狂雨不减势，海底下就像有一个巨大的怪物在乱拱乱动。船尾一跷起来，只听得一阵轰隆……的搅水扇叶子出水的声音，一沉下去时，那声音便又唔唔……的跟着缩小以至于模糊。

就在这种似妖魔的狂吼，似鬼怪的哭泣的沉重凄厉的声音的返覆中，大家苦闷着，挣扎着，等着最后的命运。……

五

不知是什么时候了。突然甬道上有一股闹声起来，只见有两个船员抱着一团黑东西走过，然后一个蓬首垢面的妇人哀嚎追来，死死拉着船员的衣裳不肯放。

"已经死了还有什么用呢？"船员回过头来，样子是哭笑不得的样子。

"我……我只有这一个呀！莫抛下海去了呀！"妇人软作一团，但手依然是拉得紧紧的。

"你放明白点；船上的规矩是不能够放死人的。"另一位船员这样说。

"我……我不愿把他抛下海去，我要……带回去好好地埋的呀！"

可是两个船员已经将她摔在一边，向前走了。妇人只好蹲在地下，悲唉地嚎啕。

见着这一幅凄惨的景象，覃顺也不免背上一麻，一股什么不祥的黑影从心上爬过去了，他想那昏迷地躺着的老爹，该不至于知道这回事，但他一回头过来，见着老爹已经昂起上身，眼睛死死钉住门外，样子就像要扑出去。

"没有什么的，老爹，躺着罢。"

但老爹没有听着。外面老是像有什么奇怪的，恐怖的东西在吸引他，威胁他，眼睛没有光，双颊痉挛得怪可怕。后来还是一股激浪打来，船剧烈地一震动，才使他歪身下去了。

但不五分钟后，怪现象就发生了。老爹先是牙齿锉得直响，继续是喉咙在喃喃些什么；待覃顺心里一惊，急倾身过去看，冷不防老爹陡地将身子一闪，口中迸出了两句可怕的声音来："呀！日本兵，……你追来！……你追来！"

"老爹！老爹！做什么？是我呀。"

见着老爹似乎在惧怯自己，覃顺只远远地这末喊，可是老爹突又伸出一手来指着舱壁："呀，快些！挂的藤椅子在动。……啊！掉下来了！狗东西！……那边，……那边……啊！起火啦！……"

这可弄得覃顺着急了，他暂时怔得不知所措。后来他用力将老爹拍了两掌，又在人中上死死掐了两下，老爹才回醒过来，恍恍惚惚的望着他说："啊，是你么？……这是什么地方呢？"

但他还不曾十分听清儿子的回话，便呻唤一声，又昏昏地睡下去了。

这由于过度的刺激及船的震荡而来的神经错乱，却把房内的教员太太骇着了。当老爹一发作时，她便叫了一声，蒙住眼睛直往布幕内面躲，待一回复过后，便又出来向男子一阵咕噜

时间过去了。……

人们不知何时是白昼，也不知何时是夜间。甬道上的呻吟一声较一声微弱，呕吐也再吐不出什么东西了。

而在这活活的地狱中的唯一的通消息者，便是那位时时换班下来的可塔马斯，但后来连可塔马斯也懒得再作安慰的话了。当那教员死死问他什么时候到香港时，他只是微微地叹气说："什么时候到？算起来早就应该到了；可是现在不特见不着香港的影子，连船究竟在什么地方也不知道！"

"为什么不打无线电求救呢？"

"自然打过；但是对面回电来问船在什么地方时，我们就回答不出。我们平常决定船的位置是靠星辰，但现在天上根本就见不着那样的家伙，其次是靠测量海底，但一百丈长的绳子都放完了也还打不到底……

"那末船上怎样办呢？"教员依然焦虑地追问。

"怎样办？船底上的四把搅水扇叶子已经打坏了三把。现在是在慢慢地修；修得好呢，说不定还有望，修不好呢，那就只有天晓得啦！"

可塔马斯做出一幅"再无可说了"的样子，把头埋下，大家也只好把失望的眼睛慢慢地从他的脸上收了回来。……

自从风浪袭来后，已经是几天没有茶水可沾了。老爹只有奄奄一息，覃顺也终于疲惫不堪了。然而对于这些无数的垂死的灾民，船上竟毫没有一点救济，疾病蔓延起来，没有一个医生诊察，饥饿侵袭着身体，也不见有一点食粮发下。

覃顺心里很不明白，而且也很有些忿怒；他不相信既有那末多的捐款，竟会不曾在船上准备一点干粮。船上的办事人们在做什么呢？未必他们也不吃？未必真的只要把这么几千难民装上船来就完手？这时他忽然想起了那位学生仔，想起了学生仔领首去争篷挂的情形来，使他愈想信他的"这些挂名做慈善事业的家伙……对难民就根本不会慈善"的话不错；但是现在那学生仔在什么地方去了呢？……自然，那教员夫妇的网篮内面是带有面包的，而且他亲眼见着两口儿拿起热水瓶到布幕后面去偷偷地喝，偷偷地吃。可是他覃顺再不愿丢脸去作乞讨了，就是对于这样的无情无义也不怎样见怪。可不是，在这船不知漂流到什么时候为止时，谁不把一滴开水也当作性命么呢。……

后来覃顺终于决心到船上面去找办事人了，他想在那里总可以找着一点东西给老爹吃。于是他忍着发呕的恶心，一颠一簸的，慢慢跨过那些七歪八倒的人，踏着那些一堆一堆的肮脏东西，向着舱口那面走去，在甬道的半途上，他终于见着那位学生了。但这时的学生似乎早已抵敌不过那凶残的"暴风雨"，只是死死地在地板上缩成一团，旁边已污七八糟的呕吐了一大滩。再向前走时，便更有一幅怪现象向他的眼睛刺来，那个抽鸦片的老头已经成了半死的状态，靠壁睡着，旁边是几块木板钉成的一副棺材在看守着他。

"啊，谁说船上没有准备呢？他们可不是早就料到有风浪，早就料到有人死的么！"

快到甬道的尽处，他见着有一间器械储藏室。一扇门随着船的歪动，在开来闭去地打着，室内的铁锤，老虎钳等类的东西在地板上滚得晃郎晃郎地响。这似乎是水手们在打开门取器械来修理那搅水扇叶子的。

好容易走到了舱口，舱口像一扇天窗似的透下了一股微微的灰光。覃顺攀着梯子的扶手，一步一步地爬上，可是刚将上半身探出口外，便有一股大浪打上甲板来，使他不得不急又缩回来了。待他第二次鼓着劲走上甲板时，甲板上有几个水手像在打仗，又像救火队似的在风雨中跑来跑去，其中有两个回过头来见着他时，便大声咆哮道："来不得的！……你寻死呀！"

"有个病人！已经是几天没有饮食吃了。……"

"哼，这种时候，一个病人算什么！你晓得已经扔过几副棺材下海去？……快回去罢；大浪打来可不是玩的！"

竟是这样的不得要领！照这情形看来，不特难于找着一个负责人，即找着了，恐也奈何他不得，这末一想，于是他只好又转回，舱口走下甬道来了。

可是刚一回到房门口时，他即吃了一惊；先是那个掌柜模样的家伙大声向他叫道："还不快来呀，你那老爹又在打糊乱说了啦！"其次，那位教员太太一见着他，也就疯狂地乱嚷起来："快背出去呀，我是怕见得的！真是怪骇人啦！……"

覃顺急跑到老爹旁边去，老爹已经是人事不省，满身闲憩地颤动着，喉咙上又是那末喃喃的，但那声音已经是比前一次更不明了，更细，更弱了。他再不敢去拍，更不敢用力去按人中。但背后的太太却老是在催逼，那位跟着混进房来的掌柜家伙现时也居然像有一份所有权似的随声附和。

"快背出去呀！……我是怕见得的呀！……"

"是的，你顶好快点背出去，女人们是怕见得这些的。……"

正在心慌不知所措的时候，而又遇着这样不仁义的人，真使他气得要一拳打过去，但一念及即垂危的老爹是经不得闹动时，他又只好暂时捺着快要爆发的性子。……后来，他才忽然想起刚才见着的那间器械储藏室来了。是的，那里面有空处；与其在这里与人吵闹，不如将老爹迁过去还安静些。

这样，他又作第三次的搬动了。待他在储藏室的地板上将老爹放好，又用绳子将那些随着船的颠簸而滚来滚去的铁锤，铁钳之类绑在一根横柱上后，他即刻去找一杯海水来了，这虽然是很污浊而又有璞膻味的，但他想说不定也可以使老爹喝了好些。于是他一膝跪了下去，一手轻轻地将老爹的头抬起来，另一只手又轻轻地拨开牙齿将海水灌了下去，不久老爹便呻唤一声果然又暂时清醒过来了。

"啊，覃顺，……我是已经没有望的了。"

不意中，老爹伸过枯瘦的手来捏住他的手这样说，眼角上还浮了一些干涩的泪水。

"不要紧的，老爹；风浪已经在小了，只要风浪一过就会好的。"

"不行了！都是日本鬼子害人！……竟弄得我这末一个结局。……覃顺，记着！……我老了，死也没有什么。……"

显然是临终的遗嘱，要来的事终于来了。这时覃顺的心像有几把刀子在戳，眼睛是热刺刺的，但他紧紧捏住拳头，终于忍住了眼泪，毅然地说："你安心罢！……"

但老爹已经不能十分听清他的声音了；眼睛也渐渐往里面陷了下去："你……舅父住在西关……你……"

就在这时，船又猛烈的一震荡，把老爹的话打断了。覃顺叫了两声，可是永远没有回应。……

六

在跟着两个船员，用木板棺材将老爹滑下海去之后，他才完全明白老爹已经不在这世上了。想不到自己那样担心过来的父亲，终久还是把骨头抛在半路上！

可是在回到那储藏室来大大地淌了两场眼泪之后，他也就不觉得怎样的悲伤了。可不是！现在他就得马上想到船出险后的自己的途径，他得打算着到广州去怎样托舅父找工做，他再没有剩下什么了！日本人打毁了他的铺子，大海吞去了他的老爹；将来的吃饭活人，都得靠自己赤条条的 个身子，同时他感觉老爹真的渐渐老了；现在虽是那样不幸地葬身在海内，但这也未始不足减少他将来的负担。

这样，心里一轻松下来，他便感觉身上真的疲乏了。计算起来，还是在汕头吃过了饭！他真不知道炭舱里面的那些住得像蜂窝一般的人是怎样过活的！

不知从什么时候起，外面的风浪似乎已经小了一些，而自从将老爹扛出去之后，也有许多人渐渐搬进这储藏室内来了。大家都是那末饿着肚子，软瘫瘫的躺着，靠着，都是那末肮脏的一身，都是那末孤稜稜的面孔。覃顺有时默默地望着大家，大家也有时默默地望着他，而在彼此的眼睛一遇着时，便又各自默默地移开了。

在这样的期间中，曾有两个船员站在门外大声叫他们搬出去，说炭舱那面有人发生了猩红热，要抬到这里面来。可是大家叫由他叫，却谁也不愿走，后来那两位船员似乎也就没有办法一样，走转去了，而发猩红热的病人也终于没有抬来。……

暴风雨似乎来得快，去也就快。现在船是渐走渐平稳了，只是人们是像打了一次大仗后的疲倦。

后来，不知是什么时候了，覃顺在昏沉沉的睡眠中，忽的被一种唏嗦唏嗦的声音惊醒过来，他见着了一幅异样的光景摆在前面。储藏室内的另一道门打开了，有许多人在那里挤成一堆；有的嘴在一面大嚼，手也一面在直抓直抢，有的则装满了一脸盆，一口盂的饼干，蛋糕，榨菜之类，便像偷儿似的轻脚轻手的，往门外直溜。

覃顺问起原由来，旁边才有两个同样大嚼着的人，轻轻地叫他莫声张出去，恐怕船上的办事人知道了脱不了手。至于那门是怎样打开的呢，人们又告诉他说：先是有人见着两个船员打开了进去取东西；从气味上闻来，大家便猜内面一定是是装的食物。于是待那船员出去之后，有几个人便拿起房内的老虎钳去扭门，那门也果然竟被扭开了。

啊！原来船上的食粮库就在这儿！原来人们竟藏起这末多东西来使大家受饿呀！但说不定那一篓篓的饼干，蛋糕之类……原是由救济会买来发给灾民的……说不定先阵船员来说抬猩红热的病人进来的事，是想借口把大家赶出去的，……说不定老爹早有点这末样的东西吃了，也不致于死！

覃顺这样一想，便有一股受人欺负了的怒气涌上心来时，使他不觉对那些人大声叫道："大家莫那末偷偷摸摸的，大胆地吃罢！船上藏起这末多的干粮不发，办事人来了，我们还得先向他算账！……"

果然，一下又有更多的人，拿着杯子，脸盆之类从甬道跑来了。

选自 1935 年《文学》第 4 卷第 2 号

五婆的悲喜

初冬时分，老天爷总是那末愁眉不展的望着大家，还是半下午，屋内就打了乌，快要黑到大门口了。

五婆独自一人坐在这门口上替小狗子补衣服。头埋在破衣上，鼻尖快触到了补绽。这自然是因为她眼睛不大行了，同时也是怕偶一抬头，会看见什么奇怪的东西。她耳朵边嗡嗡发响，四周就像有些影子在动。屋子实在太清冷了。她很想有个人同她谈话，可是小狗子还未放学回来，老大的媳妇也还在坡上打柴。

突然飒的一股山风吹过，屋背后的篁竹便乱动起来；那下面有两座荒坟大张着口，内面还常有野猫叫的。她默念一声阿弥陀佛，但背上只见起寒栗，好像有一股什么紧压在她身上。

"这大年纪，还在怕鬼！"

她这未嘲笑着自己，勉强提了提劲。可是自从附近的场呀庙的，扎下那末一批人，又不断地抬了些出去到处埋掉之后，这山间的人便突然闹起鬼来，使自己委实担心着也出门吃粮当差去了的大儿子——老大，同时也随着左邻右舍的关于鬼的话而胆怯起来。

过了一会，忽然又喊喊喳喳的起了一阵脚步声，似乎有人在走动。这声音越走越近，终于听见有人在咳了，五婆才抬起头来，看见是屋后一家的王二哥到溪沟内去挑水，这时正绕到她屋前面的田塍上。

"张二哥，今天这末早。"五婆不放松说话的机会，即刻这末打招呼。

"是呀，今天早点动手，免得又遇到稀奇事。"王二哥也就站了下来，两手按住扁担上的一摇一摆的的水桶。

"昨天，不是当真遇到过那样的事的么？"

五婆就便放下破衣，走下阶沿来豫备收检晒的粮食，也为的是站近一点，好与王二哥谈话。

"还不是！活了这末大，真是第一回活见鬼呢。"

于是王二哥带着反复个百次也不厌的神气，说起他的奇遇来。

原来昨天他也照例做他一天中的最后一课，绕到溪沟下面去挑水。那时已经很晚了，黑暗和雾绞在一起，连最后一批乌鸦已回了巢。当他从溪流中打满两桶水，走上竹林边时，忽然前面有个黑影在动，一恍，那影子已经到了他跟前，双手死死吊住他的水桶不肯放。这时，他才看见这是一个黄皮刮瘦的人，头上戴着熨斗形帽子，穿一件单薄的黄短衣，赤条条的两腿，只见在打颤，总之是跟扎在场上的那些人一个打扮。"要喝水，那下面有呀。"他这末说了。可是他刚这末一出声，定眼一看，那影子却早已不见了。

"身上一阵寒噤打来，挑起水桶，还是我在跑呢。"王二哥说着，不觉苦笑了。

"阿弥陀佛，你看他生了下巴没有呢？是鬼，就没有下巴的。"

"真是一下子的事咯，那有功夫去看那些。后来我想把老板的鸟枪拿去放他一枪的，可惜老板不在家。"

"是嗒，放一枪倒会压邪的。"

五婆忽然回应得无精打彩起来。这时她又想起来了老大，说不定老大也是戴的那种熨斗形的帽子，穿的黄色短装，两条腿在打颤。

王二哥也就又摇摆着水桶，向前走去，不久，就走到溪边的竹林中去了。

五婆一个人将簸箕内的粮食慢慢地倾到箩筐内，又慢慢地往屋内搬；心老虚恍恍的，不知是否也会有那末两只手突然伸过来死死拉住她的箩筐。待最后的一箩也端进屋后，才忽然有一股温暖味涌上身来，她见小狗子放学回来了。这是一个十一二岁的孩子，一只手提着书包，一只手拿起自己办的，当宝贝般的箭。他蹦蹦跳跳，走进屋去把书包往桌上一扔，便即刻跑到母亲面前，气喘喘，报告了他今天的重大新闻："妈，今天我们庙上又抬了出去了两个，泥巴盖的浅得很。"

说着，小狗子的眼睛只见骨碌骨碌的转，两股鼻涕也一伸一缩的。

"你去看过来么？小狗。又是埋在那里的呢？"五婆坐下来担心地问。

"我们学堂的学生都看过的。就埋在庙子后面呢。"

"以后还是不要看的好。那种家伙会多事的。"

"哼，我才不怕，我有箭的。"

于是小狗子就做个样子与母亲看，举起竹弓，搭上高粱杆子做的箭，一拉，一放，箭杆便笔直飞去，喤的一声，箭头正栽在人门的纸门神上，箭尾在一摇一摆的。

"你看，箭头上安了针的，连麻雀都射得下来。"

"小狗，当心些，怕射着人啦。"五婆微微地申斥一句。

屋子完全被孩子的蹦蹦跳跳弄热闹了。他搭起凳子，把箭取下，即刻又嚷起肚子饿来："大嫂呢？怎末还不点灯热饭呀！"

可是正在这时，老大的媳妇也回来了，背上背了一篓柴，快临盆的肚子，胀鼓鼓的挺着，像身子的前后，都各驮了个包样，她放下背篓，拉起围裙揩了一把汗，便到厨房去发火，——她的一生中还不知道有休息，而自老大走了过后，她的担子是越加越重了。

五婆和小狗子也走了进去。灶内的火已燃得必必剥剥的，闹热得多。小狗子这时顽皮地问道："大嫂，这末迟回来，不怕路上有人抓住你么？"

"还用问！"大嫂苦笑一声，说，"走到那个新坟旁边，汗毛就倒立起来，心子骇得突呀突地跳。灾瘟的，埋人又不埋远些。"

"嗯！"五婆慢慢坐到灶门前去，向灶内加把柴，呻唤一声，"以后都要早些回来才是，怀身大肚的，怕遇邪呀。"

于是婆婆烧火，媳妇热饭，寒伧的晚餐，不久就摆在桌上，不久就已吃过了。小狗子一天读书、射箭，还要和同学打架，真算辛苦；所以把碗一放，就倒上床去睡了，厨房里剩下婆媳两人，在办理洗碗之类的善后事宜。灶内，火灭去了，一盏油灯鬼啾啾的燃着。屋内到处黑影，有时像在动。五婆又感到耳朵嗡嗡嗡的，被什么声音装满了，而一细听，却什么也没有。一股更大的沉寂支配着四周。只偶然有一股野风从屋后吹过，悉悉索索的！似乎带走了几片竹叶子。

可是，她突然竖起耳朵来了。一看媳妇，媳妇也正像手脚都被什么慑住，目瞪口呆的，站在灶后，一动也不动。而就在这时，怪声又叫起来了：

——嗯，嗯呀，嗯呀……

"听见了吗，媳妇，那不像野猫叫呀！"五婆不期然地走去和媳妇站在一起。她感觉媳妇的手膀在抖。

"不是野猫。"媳妇这才说出话来，"野猫的声音是咕呀咕的。好像就在那头柴屋里叫呢。"

的确不错，从那头柴屋里，这时，那怪声又第三次叫了，而且越叫越大，越叫越厉害：

——嗯，嗯，嗯呀，嗯呀，嗯呀……

"灾瘟的，我劈脑壳跟你几菜刀砍来！"五婆提高嗓子，自言自语的说，想壮一壮胆。

但，自然她没有去劈脑壳几菜刀，而且还有一种不祥的念头浮上心来，使她不知道对这怪声应恨，应怜。"该不是老大的魂魄回来了呢！"她这末想。不过她不敢对媳妇说这话；在媳妇面前，她连老大的名字都不常提的，——怕媳妇伤心。

"把小狗子叫醒罢，多一个人，阳气会重些的。"媳妇张惶了一阵，才拿出了这末一个主意来。

于是她们即刻到床前去把小狗子拍醒。小狗子最初是满眼惺忪，莫名其妙的望着自己的妈和嫂子，但一听说有什么鬼怪在柴屋内叫时，便鼻子一哼，翻身下床，从枕头边摸出自己的箭米："一定是埋在对面的那个家伙作怪，看我去给他一箭。"

"小狗！"

五婆忙要制止，但小狗已经披好衣服，打开门就往柴屋那头奔去了；即刻听见他在外边顿脚、搥壁头、撞东西，嚷个不休："你叫，再叫罢，怎么不叫呀？再叫，老子就跟你一箭！……"

果然没有什么敢叫了。一刻，小狗子才像打过一次大仗，走了回来，在妈和嫂子面前把裤子耸了两耸，得胜将军似的，说："他敢再叫！我不一箭射穿他的脑壳！"

"好了，当心着凉哩。"

五婆和媳妇互相望了一眼，苦笑了。她们又静静地听；可是什么也听不见了，只耳朵直嗡嗡嗡的。

"睡罢，媳妇，明天早点起。听说鸡冠血是压邪的，明天把大红鸡公捉来取点血滴在纸钱上，贴到柴屋内去，便什么都不敢来的。"

她们在小狗子的床边对坐了一阵，五婆才拿出最后的主意来。灯油没有几多了，豆大的光在打闪；满屋的黑影子更渐增大；可是

她们没有从前那末怕了。······

第二天上午，她们正在追捕大红鸡公时，忽然见着从场那面走来两个人，越走越近；五婆认得前一位是本甲甲长，后一位是场上扎的人的打扮。她即刻叫媳妇到屋内去了。

"五婆，要在你这里找个空处哩。只有你老人家这里隔场近。"

甲长走上阶沿，和气地说。而跟着来的一位，则已经在这里探一头，那里望一眼，开始打量她的屋子了。

"你说是要找屋子么？甲长。"五婆勉强带笑的问。

"对了，先生们又新到了一批。"

"阿弥陀佛，还是求先生们另外找个宽敞地方罢，我这里褊窄得很呢。"

"不要紧的；住得下几个算几个。"

"那怎么好，家里又没有个大的男子汉。"

"放心，五婆。先生们也不是你们老大一样的人，顶规矩的。他们从这里过过路，隔两天就开走的。"

说起老大，五婆便没言语了；她原是希望老大在外边也有人给恩惠的。于是，有十个人来到她这里了，五个住堂屋，还有五个就扎在柴屋里。自然全是打地铺。五婆细细地端详了这些人，看有与老大相像的面孔没有；但看了之后，她不禁连皱眉头。怎么穿得这个样呀。她想。

但还使她丧气的，是第二天起来，她发现了吊在屋檐下的"风萝卜"不见了几串。于是待扎的人们开稀饭时，她才好奇地走过去看。那时，她只见十个人围住一个桶，其中一个拿一根棍在桶内直搅，旁的人便拿起碗直添，那样子似乎是想把稀饭的浓淡搅匀，免得分配不均；而一看地下的菜，却正正是一碗"风萝卜"。

"阿弥陀佛，难怪！"

五婆摆摆头，走开了。看在老大面上，她没有说一句怨言。

同时也讨光得很，自从这批人来了过后，柴屋内便没再有怪声出现，而她最初所顶担心的……恐怕也要从她屋内抬出去个把人的事，也未实现。住扎的人，不几天，果然开走了。

大概是这些人开走后的第三天，媳妇的大肚子便发了作，起初是时疼时止，后来渐疼渐密，终于一倒上床就开始呻唤。五婆心中暗暗欢喜，计算起来，该是抱孙的时候了。于是她找好了小衣服，就又到厨房去加柴烧水。

可是她渐渐有些作急了。一切都已准备停当，但仍只听见媳妇的呻吟、苦闷，却不见婴儿的呱呱坠地。烧热的水，望着又渐渐冷去，死沉的黑雾，已偷进了屋来。"该没有遇邪呢。那些灾瘟的！"这末一想，她更坐立不定。她计算着四周是否有"产死鬼"，但仓促间，她已经记不起谁家的女人是因产而死的。

末了，她才决心去找后面的王二哥；王二哥会放鸟枪，火药气是压邪的。

王二哥来的时候，快要薄暮了。他笑悒悒的在灶内点好火绳，就想向媳妇的房内走去，但即刻被五婆止住道："莫忙！王二哥。轻轻地拿到屋背后去放罢，媳妇知道了，会不灵的。"

于是王二哥这才捎起枪，火绳嵌在嘴上，蹑脚蹑手的，从屋外绕去了。不两分钟，便轰的一下，枪声从媳妇的房背后响了过来。

果然灵验！但其实也是婴孩被这突然来的轰响惊动了罢，王二哥刚一回去，五婆已经听见媳妇房内，呱呀呱的叫起来了。声音倒也有点像柴屋内的怪叫，但这是多有力量，多有生气，多有希望啊！一股笑意飞上眉宇，五婆添一把柴在灶内，即刻跨进了媳妇的房。看看下体，还是一个男孩呢。

在给婴儿洗过澡，裹扎停当之后，小狗子也回来了。他爬到床边，在油灯下，看见那张小小的红脸，简直高兴的了不得："对了，明天跟我一道去上学；打架可多有一个人帮忙了。"

"长得那样快就好了嘞。"这时嫂嫂也微微笑了。

五婆直忙个不了。而最要紧的，便是准备香、烛、纸钱等到堂屋内去敬神。她暗暗想：纵然老大在外边有一差二错，他这一房人也不会断绝香火后代，要是打赢了回来，说不定孙子一辈就会要过点好日子了。

可是，待香、烛等都点好，插好，叫小狗子上神龛去敲磬的时候，小狗子忽然回头过来惊异地叫道："妈，磬不见了！"一定又是那些人偷走了的。"

原来他搭起板凳去摸着了磬槌，却摸不到那口传了几代的磬。

五婆怔了一下。可是立即温和地说："算了罢，小狗。就这末磕一个头，菩萨也不见怪的。"

于是她诚心诚意地跪了下去。

看在老大身上，对偷磬的人，她一句怨言也没有发。

选自 1941 年《抗战文艺》第 7 卷第 4、5 期合刊

虚脚楼

——另题"发噪音的 Pastoral"——

屋子的四周似焦土。陈老七收了活回家，觉得骨节已有些酸痛，然而他还须得到两里路外的山麓下去挑一石牛水回来后方能完事。

当他把水倾下水缸，然后绕过屋背的竹林以走到土筑的牛槛门口时，那两扇泥墙像炉门一样在那里吐着袭人的蒸气。傍晚的蚊虫汹汹成群地迎面扑来，使他忙取下赤膊上的汗帕来左右横挥，才辟开了一条道路来踏到盘角牛所蹲踞的角落上。

"叱！老脾气总不改。"

老七弯腰下去解牛鼻绳时，那被暑气熏蒸得猛烈喘气的盘角牛便唬的一声把头打过来，角尖几乎中在老七的前臂上。幸好老七知道这是这个畜生的老脾气（也有人说这是动物的一种表情），所以他只吼了一声便完事。

盘角牛走到水缸边去开始"牛饮"，直到把最后一滴都用舌舔尽时，然后才昂起头来，用两只鼻孔向着老七吹了一口大气。

"天不旱时偏不这样渴，两里路远去，找点水来却一气就喝完了。"

可是老七终于不曾把这两句话说出便把牛绳系好了。

老七住的是萧第祖的侧房的虚脚楼下。因为侧房前面的地基要低一级，第祖便在这一块洼地上建筑了一个楼，而使楼面与侧房的地基相平；楼下用了几堵泥壁隔为两间极窄狭的地下室——人们便称山地间的这种建筑为"虚脚楼"。老七租了萧第祖的田后，就搬到这虚脚楼下来住了。恰好前一间足以用来供神龛兼烧饭，里一间便足以用来和哑子老婆睡觉。

老七虽然佃了田，但是他没有牛，也没有犁，锄，镰，耙，这些庄稼人所应有的工具，他都是向第祖借，条件是：借用两季的牛，便须得为第祖饲养一个整年，借用犁，锄，镰，耙等，则须得多缴一点租，而且为第祖家中作些杂事。因之在"学理"上，老七委实把自己的位置弄得有点暧昧了：他是个佃农，然而又像是长工。

这天回到虚脚楼下，老七还见不着那个洞窟似的里房内点有灯火，他知道哑子老婆在那些枯焦了的杂草中还不曾把牛食准备好。于是他把腰间的两尺长的竹烟管取下，吐了一口沫，便在门阈上坐了。恰巧这时右面也突然吹来了两股山风，把整只日剩下的酷热卷走了些，而且对面山尖上的鱼肚白色的云中，也微微起了两次电闪。

"谷子已经干坏完了，落雨也不中用。可是也好，落下来免得我走那样远去挑'人水'和'牛水'。"

老七很疲倦地正这样半自暴地默默想着，屋后的竹林里又是飒飒的几股更烈的晚风吹过；凉虽然更凉了些，可是同时雨又有些靠不住，天边的云霓，被这"夜凉风"吹稀薄了许多。

一斗烟熏完过后，也不见着哑子老婆回来，老七便想先在板凳上躺一会来松一松腰杆；可是一条五寸宽的木凳还不曾托好他的脊骨时，他忽听得斑子和乌龙一进一退地猛烈狂吠起来，而且还有许多急急的脚步声和人语。他急本能地翻身起来，上面已经有人正在招呼狗不要瞎叫，几乘轿子很快地已走到屋边来了。他知道不是丘八过路，心窝一缓，那拉伕的恐怖自然也就消灭了。

先下轿来的，是在城里号上作事的少老板，这，他是认识的。

其次下来的少老板娘，他也是见过；还有两位异样一点的，他觉得有些生疏，但这也用不着他关心，不是同路的亲戚，便是一道的朋友。

几刻钟以前的这座房子都还支配着农村的晚夜的寂静，但现在却陡然地沸腾起来了。新添上的美孚灯像火把一样地在各房间内闪动，许多脚步交织似地在地上往还，灶中炎炎地燃着新加上的柴火，厨上也密密地响出调宰的刀声……

老七看完了这一幕后，刚要返身回虚脚楼下时，他觉得忽然有两句话像钢绳似的把他拦着而使他不能不站住；主妇说水不够用，要他再去挑两石来。他知道这还是像被拉了伕一样了。他一想起那两里路的坡坎，便觉得两腿分外地瘫软，眼前也有些火圈发现似的，然而他一想起灶上已经空空然，今晚还需得向老板借米，哑子老婆的肚皮已大如斗等时，这些肉体上的痛苦也就被压缩了些，而且不久他的肩上已经挂着两只木桶在向着山麓边走了。水挑好过后，老板第祖便招呼他今晚就在上面吃夜饭，同时帮忙在灶下烧火及设席端菜款待轿夫等……

抬轿本是镇旁农人们的临时副业，所以夜饭一毕，他们便又借着午夜的灰色月光，奔回老家去赶次朝的庄稼去了。

不过待老七把老板家的杂事完全整理好然后回到虚脚楼下时，他的确听着那乌种鸡已经叫了头遍。他走进前一间小屋时，他有意识地呻吟了一声，想吐一吐那股莫名的怨气，和轻松一下身上的疲劳，可是不幸得很，他顺脚踏进里房时，他又知道倒霉了——哑子妻还把那盏鬼啾啾的菜油灯点着。他真有些发气了。他打算咆哮一下。痛痛地骂一骂哑子老婆不知油的贵贱。然而更不幸的，是他毕竟不曾开口，因为他见着哑子老婆先咆哮起来了。不能说话的妻，一手先指着老七又移到楼上那面去，随即把手收了回来在下颚边刨了几下；而且一瞬又转过身去指着角落上的一个张着大嘴的土罐，口内不住呀呀地要说出些什么来。老七马上知道了，他知道这所谓身怀六甲的大肚皮还不曾吃夜饭。本来今晚是需得借米的，可是那一串串的临时"拉差"，却把他的身心都绑紧而竟使他忘却了。现在忘却不了的，毕竟是个那大肚和大肚内的小生物，所以他的妻仍不住地用手脚来疯狂地指天划地，愈叫愈厉害，使看惯了她的手势的老七也分别不出个清白来。

可是老七也真疲倦极了，而且早就有些怨气；他本想回来就躺着的，但现在却遇着妻的一场咆哮；于是他不由得一股怒气直冲上脑顶，不知不觉便"拍"的一耳光打在妻的左脸上。可是这时妻也真像被恶鬼抓住了似的，掉身过来便抱住老七的手腕，死也不肯放松。老七急打算用左手来挣脱这被捉住的右腕，恰巧一晃又撞着了妻的颧骨，使妻放脱了手膀，便照着老七的左臂上一口——这样，他们遂扭在一团了……

望着，灯碗内的一股灯草，似青蛇一样地快把残油吮完，昏昏的小洞内面，愈敷上了一层阴森的黑暗；潮霉的泥壁上飘渺地映着两个人影，都像饿鬼似的抓来抓去。末了还是老七忘了死活地狠命地一拳打去，妻才应声倒地了……

继续是一时的静寂；将熄的鬼火似的油灯，这时忽又发亮起来，闪摇不定地照着这一对苦命夫妻间的悲剧，泥壁上已只剩得一个垂头不动的黑影了。不久老七爬上床板时，他才清醒地听着妻伏在那角落上的张着大嘴的土罐上哭。

次日萧第祖和少爷等到乡场上去。这乡场本来也不曾十分殷盛过，但近来却愈疲惫得一年不如一年：不特茶酒馆的每条板凳和每只杯碗都显出萎缩不堪的倦容，连场头和场尾以及那屋脊上的每片瓦砾都在那里叹息着穷困。

因之萧第祖今天坐在茶馆中的上席里委实有些高兴，他四周一顾，那些乞丐般的褴褛中，个个都不及他的少爷在城里所制的衣服漂亮。他觉得今天是特别有些面子了。

然而不幸得很，他的这种高兴还不曾到顶潮时，他便忽然不得不本能地"恭"而且"敬"地站了起来，他见着场上的地方管事走到面前，而且手上还提了两支枪和一串子弹。

"恭喜你，这个'玩意儿'来了嘞，以后本场就会无事了。"

萧第祖见了这要人性命的东西，脑内便打了一个转；然而他终一时猜不透这所谓'玩意儿'的根底，因之对于管事所说的话亦不甚了了。所幸管事又说了下去：

"是昨天才由镇上带来的；一共有五十八条。这嘞，是城里驻军的命令，要的是嘞，每场担任这样多。"

不甚了了的萧第祖，经这番说明过后，他已经感着情形有些不大好，他大概又是什么"花样"来了；不过管事倒还没有把这当成是花样的样子，而且有如断公道似的，理由很充足地补叙道："现在嘞，下游各地都是土匪蜂起，人人自危的；所以嘞，要每场的缙绅都踊跃地起来担任这几十条枪。你名下嘞，素来都是热心公益的，所以嘞，跟你名下派了三条。"

萧第祖猜的果然不错，因而现在也就有些为难了。他虽时常听说什么地方已经有几十县无田租契约，然而这在他实不过是等于外国的事；他觉得虚脚楼下的老七，从头至尾都不像这一类的人，因之也认定现在实无加以防范的必要；至于公益这两字他虽有时也说，但他始终觉得只可说一说罢了，做则大可不必。他又记起分配鸦片窝捐的事还是上月，而且他本来不曾种烟，亦被强迫地承认了两百窝。现在他由为难而有些愤懑了，终于他觉得要说点什么才行；他说："目前名下的家境不十分好，这是管事晓得的。所以还望管事特别看照，使宽裕点的人家多分担两支才是。"

"那里话，谁都这样说，那还成公事！你要晓得啦，这是为一方的安宁，为公家的事呢。"

"是是。可是俗话说得好：穷沾富恩，富沾天恩。像我们这……"

"笑话！像你们这样的粮户都不摊派嘞，还摊派与谁。"

"总之还望管事特别……"

"这是上面的命令，与我何干呢。你要晓得嘞，一百五十元也不是白出，还有三条枪在这里。"

几次的话都被管事打断，萧第祖知道有点不行了。他记起上次用过告饶这一调，也是不曾有过效果。他现在有些憎恨管事了，但觉得也无可奈何；管事是公事人，他后面有公家；若要与他作对，自己这个脑袋实在是太脆弱了。然而现在告饶也不行；"三五一百五"，这个数目更使他有些心痛。末了他想既不能完全不出，总觉得也要把这个数目减少一点才好。于是他遂含着所谓"打商量"的口气说："名下的事，素来都承管事看照的，这回也要希望管事帮忙一下，使名下得落一回空才好；至于管事的名前，这——当然是不会短少的。"

显然这几句话比徒然的告饶来得有效，管事的脸色有些欣然了；他踌躇一下，便贴到第祖的耳边来轻轻地说："这回嘞，比不得别的。枪支是上面团总亲自分配过；要想完全不要嘞，这是不行，不过我去与你设法少摊派两条好了。我想团总跟前总得也要一点，五块十块嘞，都随你的便。……"

在暮色苍茫中，萧第祖抱着一付哭丧的脸回家来。他半自暴地把领得的一支枪拿来叫少爷检查，据说上面刻的是日本明治初年的村田式的枪。待少爷把那把漆黑的机柄取下，又用半只眼从枪口望进去，那弹道上已经生有五分上下的锈了。其次的一排子弹，则又恰似几把指头合并在一列，不但各有特长，而且每颗上面也是堆满了青褐色的铜锈。后来据知道内幕的人所说，这些"玩意儿"本是驻军的军队用陈腐了而应当淘汰的东西；但恰巧遇着军长新看中了一位姨太太，要需得两万块钱的开销，他便把这些玩意儿当成"废物利用"，借个名义就分配到乡间来保境安民了。而县城的几位绅董，亦乐得来做这一笔生意，于是军长只需三十块钱一支的玩意儿，到了镇上便涨到四十块，到了老百姓的手上时，更又成了五十块了。

这时萧第祖颇有些不满意大少爷。他想大少爷只晓得恨乡间穷狭，一心一意要城里跑，而这时显然是不中用。他自然更恨那"敲竹杠"的地方管事，可是他也想若果自己的儿子是一个管事就好了。末了他还是只好叹一口气，仿佛在说：

——三天一搞，五天一榨！

过了几天，老七请了一个人来换活割稻，饭中的米的成分，不得不比红豆多加一点，因之角落上的土罐，也就早两天就把那只嘴张起了。老七清早拿了簸箕走到虚脚楼上，很迟疑地还不曾开口，但看惯了这幅鬼相的萧第祖，却早就知道了来意，他先大声地说："米要匀着吃才行呀；你这一响的米真吃得吓人。莫说我不提醒你，你要看看今年田里那几颗谷子，除了缴租而外，还够不够还才行呢！"

"都还是在匀着吃啦；这两天请了一个人来换活，一升米才少吃了两天。"

"我不过是为你打算罢；你想把你田里那点吃完了又吃什么呢？"

这两句话倒还说得老七很明白；他已经把那还不曾收获的谷子吃了大半了。那些作为抵当的稻禾又委实不争气地敌不过旱魃，使每根杆上都老起一串不饱满的谷穗。因之现在只能让老板的理由充足，而他竟默默地说不出一句话来。

"再者，你那哑子嘞，虽说现在是怀身大肚，但也要叫她俭省一些才行；俗话说得好：莫要有多吃多，有少吃少。像这样的年成，还是当饿者就要饿一下。"

老七仍然是无言。不过老板的话却使他回忆起那狠命的一拳；他脑内一闪，仿佛还听得妻伏在那角落的张着大口的土罐上的哭声。可是老板的滔滔不绝的算计，马上又把这哭声打断了。

"依我计算起来，你今年种的田恐难收到十石；就打算有十石，依四六分起来，恐怕你那四石谷不够那一种哪。第一，那犁，锄，镰，耙等的租费，合计起来就要五斗，至于你那不留心铲断了的一把锄头也要算几颗谷子才行，所以再把你借的米折扣下来，你想还剩什么。"

表面虽然是在为老七算计，萧第祖实在是恐怕他的米账放多了。可是默默无言的老七，这时忽然觉得他含蓄在喉头许久的话，是可说的时机来了。他很拙讷地说："我还不是许久就这样算。所以，恐怕要请老板看年成不好，让一点才好吗。"

"让?"老板的声音更大些了，"你们只知道让，我们又去要谁让呢?"

"俗话说得好：穷沾富恩，富沾天恩。像我们……"

"笑话！像你们拿出时就要沾恩，可是别人征收我们的时候就过硬来。"

萧第祖忽然想起老七的这两句话与他向管事告饶时说得一模一样，所以急忙像管事打断他的话一样来把老七的话打断了。他又说："现在，你又为我打算一下罢：照四六分算，我自然有六石；但你想年粮就要两成，而且年年都在'豫征'。至于那团防费，驻军费，鸦片窝捐，以及什么临时捐等等，都是你亲眼得见的。还有那天拿回来的那个什么什么名义的'枪'，第一作不得'打狗棒'，第二也作不得'柴烧'，却要他妈的五十块，你想，让得你来我还吃什么！"

萧第祖这样作了结论，吐了一口沫在地上时，他才想起他还不曾说出他送了管事和团总的"暗礼"的事来。

拙讷的老七，又是默默无言。饶舌的萧第祖，也像把借米的事忘了一样。末了还是心慈一点的主妇出来量了一升米与老七，才把这件事完结了……

过了两天，少老板因为号上所请的假已满，打算于次日便回城里去。这日萧第祖特地请了几位熟亲来玩，因之虚脚楼上又比较地沸腾起来了。但是虚脚楼下则分外地静寂，因为老七清早便到了山后，只有从那天闹架过后便患肚疼的哑妇在家。

移时，虚脚楼上因为来客的缘故，又发生了水的缺乏，使主妇不得不走到下面来找老七。可是她一走到门前时，她便觉得有些诧异，两扇门是紧紧地关闭着的。她叫了几声不见有人答应，但细看门罅，的确又是从内面闩着的。于是她使劲地拍了几下，可是仍然也无响动。主妇有些惊疑了。她急忙回到上面来报告这个消息，大家讨论了一回，才决定是这哑妇病了。然而主妇一想又不对，她以为纵然是病，亦不应在白昼里把门关上；移时哑妇是妊妇的事情也来到她的心头，使她更加重了一层疑虑。末了她决定需得再去明白个究竟，以免得在自己的家中发生出意外来。

主妇第二次走到虚脚楼下时，门是已经打开了。可是她一踏脚进去，便觉得有一股腥气刺鼻，地上一堂污血，被柴灰盖去了一大半。哑妇披头散发地淌着满身的大汗，一见主妇进来，便忽然双膝跪下来拜个不止；一面她又用手指着山后，呀呀地要说出什么来。主妇已经本能地有些明白了；她下意识地去看哑妇的下腹，果然是小得许多，但是她仍觉得有些不安：如果是哑妇临了盆，为何又听不着胎儿的呱呱的哭声呢？

这个第二次的消息又传到上面时，便有好几位客人都跑下来探看。一个哑妇，单单地关起门来生小孩，他们以为这实在是有趣的事，而且据主妇的报告看来，仿佛还另外有些什么稀奇事在内似的。可是待他们走到门前，看见那块还不曾完全遮去的血迹时，大家却本能地不敢踏进房内去；进产妇房是不吉利的事情，这时才被他们回忆过来了。末了，还是已经进去过一次的主妇鼓起勇气探进那黑暗的角落边去，才果然在那铺板上发现出一个胎儿来。这个小生物的身上已经包起了一层破衣，而且哑妇不知道几时缝好了的一顶小帽已经戴在头上了。主妇用手指伸到婴儿口边去试探，仿佛并不曾死，及她用手抱到有光线处来看时，胎儿才微微地叫了两声。但大家仔细一看时，不觉得互相地环顾起来，而且不知谁还在轻轻地说，这恐怕活不长久的：胎儿的两眼并不曾睁开，四肢亦枯瘦得像一只青蛙一样。移时主妇忽然想起了有去叫老七回来的必要，同时也感觉了哑妇委实是有些可怜；于是她一面命一个八九岁的小孩到后山去喊老七，一面自己也回到上面来为哑妇煎一些糖开水。

老七回来时，婴儿已经在哑子老婆的手中没有气了。他只默默地看了哑妻一眼，便打算向老板借两块木板来安埋。他实在也说不出话；他知道这本由于妻在孕中的那样地受饿，而且又加之他前次在夜半的那不知死活的一拳。

木板小箱已经钉好，可是妻还抱着小孩死也不肯放手。老七两次要去抱来"入棺"，她都还是呀呀地紧紧抱着。末了老七也背着妻走到角落上去暗暗地流了一串眼泪，那豆大般的泪珠，恰恰滴在那个大张着嘴的土罐上面……

然而这一幕小小的悲剧，显然并不曾影响到虚脚楼上。到晚上来，那些来客的喧扰仍是在沸腾，少老板的准备行李，仍然是继续到深夜……望着快到夜半了；人们大都已经睡去。剩下的那处处为着儿子留意的主妇，这时才忽然想起轿夫是明晨清早就来，而且还要在家中吃早饭。于是她走去揭开水缸一看，她便有些作急了：水显然又是不敷用。自然也觉得不便去叫老七，然而家中又无一人能走那远去挑。末了她便去商量丈夫，但丈夫果然仍是主张去再叫一次老七。这样，萧第祖便打起美孚灯走到虚脚楼下来了。可是刚好他才拍了两声门，他竟意外地听着里面在回答说："叱！简直像宿栈房一样，三更午夜还在敲敲打打的！"

不过这显然不是老七，而乃是老七请来换活的杨大的声音。

选自 1931 年《北斗》第 1 卷第 2 期

万迪鹤

达生篇

第一章　估计一个人的价值

那是一种很可靠的估计：他存在的价值是用屁股来承
受刷亮的皮鞋尖，狼狈得叫大家吃过饭后发一回笑。

虽然长一有过很多的希望，想过很多的计划，可是这些，都不
曾在他面前实现过，他的命运好像一块锈铁样，从来就没有发过
光彩。

他是一个粗人，不曾吃过夹肉面包，不曾做过细致的工作，也
不曾读过书。他的两条臂膀异常坚实，就靠了这个吃饭，养家；面
孔很长，那轮廓看去，仿佛是一个马脸；鼻孔里鼻毛有的伸在外
面；眉毛浓厚而不规则，正像用来擦过皮鞋油的烂毛刷子。当他的

年龄正在二十四岁的时候，他就有了一个老婆；老婆的年龄看起来比他的还要大一点，她的姿态上的第一个特点就是臀部突出，翘得很高，第二个特点就是有一个吹火筒嘴，常常欢喜叽叽咕咕地讲话，要是被他捶了一顿，她的那张嘴就立刻闭了，两角下垂，就像因子分解里常常用到的一个括弧线。她每天的工作就是替工厂里没有家眷的小职员们洗洗衣服，有多时间，她便挽了一个篮子，篮子里面放一个小凳，放一些白色青蓝色的布头布角，到街上去替一些巡丁老总们补补袜子和衬衣；一些老总们围拢来的时候，有的要伸手来在她那肥臀上拧一把，她就不免要叫一句"喔呦"，坐下来，便有许许多多的生意好做。

长一老早就在工厂里替职员们烧饭，他是火伕，他的工作就是烧火，淘米，铲锅巴，洗锅。在铁锅米袋干柴箩筐中间，消磨了他七年的岁月。

整整的七个年头了，他并没有对于自己这样的生活喊过不平，好像一切都是必然如此，不得不如此，而且很合理一样。

他不吃酒，也不吃烟，就只喜欢约几个人，赌一点子博；这个事情，在他，很难得说是一种高尚的消遣，也不能算作是落后的嗜好，说他想去弄旁的人几个钱大约是很对的。不过事实上每次总是他把钱送得光光地才回来。

有的时候，他很欢喜和自己的女人打架。不，——实际上是他打女人，女人挨他的打。这原因，追究起来并不是他怪女人被人家拧过了，失掉女人所应守的本份；也不是憎恶女人的腰像吊桶样一点也不妖娆。他用那酱萝卜般的手指，卷握成拳头去打自己的女人，多半那是钱给旁人赢去之后。

有一次，他在厂里的庶务处领来一块四毛钱的赏号，他一领了来就放在荷包里，但是他觉得这几个钱所能够做的事情太少了，所以在荷包里还没有放热，就又去清清楚楚地送到另外一些人手里去了。于是他暴出满头满额的青筋，从人堆里钻了出来。

"他八代祖先的!"他心里想。

他原是想赢旁人几个来充实一充实自己的荷包，可是这样一来是他的钱教旁人弄去充实"自己"的荷包去了。在回到家里去的路上，他很懊丧；不过当他钻进自己房屋里的时候，落在心里的那种懊丧的成分，都化为乌有。这就是说，他对于自己所做了的什么事，他不愿意去老是追悔；这是他那样的一个汉子应有的而且是必不可少的性格。他拉了一条板凳靠了桌子坐下来，用那粗硬的指头，敲在桌子上：

"在里面做年饭？——快一点!"

他的女人从房里将饭菜捧了出来，放在他的前面。

"米缸里还只剩得半升米!"她说，似乎对他粗里粗气的举动还有点抗议的味道。

女的说了这一句，刚扭过身来预备走动。

可是好像他的计划是预定了样，他没有去管女人讲些什么，只是用鼻子去嗅嗅那碗里的饭，看找不找得出什么"由头"。

"怎么？饭烧焦了!"

想到这是出气的好机会，便自然而然地抖起一股精神，将自己的右腿提起来了。

"烧的好饭! 你糟踢老子的米!"他一面喊一面捶桌子助威，并且顺便照女人的臀部一脚踢去；没有踢得准，那只脚所使的气力都落在女人的那只大腿上去了。

用脚来踢自己的女人，他还是第一次。

他从没有忘记过在厂里有一回，他也是烧焦了饭，有人喊他上去骂了一阵；他正在挨骂的那当儿，另外却有一只腿，一个擦得刷亮的皮鞋尖，很有力地踢在他的屁股上。他看那脚上雪白的袜子，正是他女人洗的。那种羞辱鞭打了他，使他张惶失措，无可抵抗地捧着那被踢的臀部，溜到后面厨房里去了。他教人踢得顶门发炎，心头冒火，可是他不敢回半句话，只是到了再烧饭的时候，一心一意地，再也不去想赌博赢钱的事。

可是今天他采用了同样的方法，想来制服女人，却没有收得良好的效果：这个并不纯善的女人，开始大叫不平了，不独大叫不平，并且指在他面前大骂：

"你这臭杂种！死王八！钱赌输了就回来打人，老娘的这条命不要了，老娘和你拼命！"喊着，便一头撞了去。

这样一来他满肚皮里的火都跑上来了，他顺手掣起一根桑树面棍，对准老婆劈头就打。

"你这——"

不知道是他用力过猛，还是女人的头生得太欠结实，这一下打去，可被他在那前额上打出一个洞，那鲜红的血涌出来，就好像一个破皮球灌了水之后让人挤了一下。

"啊呦！"女人这样喊了一声。

他心里晓得闯了祸，赶紧丢下面棍，跑到她那里去想替她按住那伤口。但是女的以为他再跑拢来是再要下毒手了，于是跛脚就往外跑。

"救命啰！打死人了！"女的一面跑一面人声地喊。

这个事情使得他突然不大好过，可是他想不出一个挽救的办法来，他望着那碗并不怎样焦的饭怔了一会，末了，安慰自己似地喃喃地说道：

"老子输了钱，你还要来犯老子。"

他这样说了一句，觉得自己这一方面的理由十分充足，于是捧起那碗饭来便吃。

头破了的女人站在外面，一会功夫，便围上了许许多多的男男女女，有的在咒骂，有的在叹息，有人把这当作很严重的事，跑去喊了巡捕。巡捕来了之后，他的饭也没有吃成功，便被带出去了。在行里坐了三天。事情过了以后，女人额角脚上添了一块大疤印，他被扣了三天的工薪，还赔了两吊多钱的药钱。

从此以后，用在女人前面的威风便无形地减杀了许多；因为这件事情的说明，使他明白了用面棍打自己的女人，并不算是一件聪明事。

像这样的一对男女，由一个高等人，——不，就是一个身上略略沾有一点高等气分的，如像工厂职员之类的人来看，他的存在的价值，仅仅是用屁股来承受刷亮的皮鞋尖，狼狈得让大家发一回笑。

第二章　有了孩子以后

> 许多有价值的学说，都以为向上爬的意义，是小资产
> 阶级的。可是我在这里却要证实一下向上爬的意识，并不
> 是单独属于小资产阶级的。

长一的住宅和许多工人的住宅连在一起，这地方，是有山又有水的形势：他房屋的坐落后面是山，前面临了一条小河。

当都市里的小菜场收过市，那马匹拉着笨大的木斗车，悠然地踏着懒散的步子，在荒僻的马路上踱过。那街堂垃圾箱里的秽物和小菜场里的渣滓堆，便借这笨大的木斗车一车车地装了来泻在此地。这里面，有莴苣头，有白菜叶，鸡肠，破布，肉皮，煤屑，……一天复一天地堆起来，便形成一座位置在长一屋后面的小山。他屋子前面的河，河床有两丈来阔，它的深度，谁也没有去量过，黑色的水面，飘浮着泡沫，沸腾了似地，翻着臭气。篙撑下去，软软的探不到底。长一家里的门一开开来的时候，便要看见三

两只粪船，静静地弯着，在那水涸泥深的河沟里。

这地方，顶适宜于病菌的生存与蕃殖，可是对于长一，这个算些什么呢？他老是那样：有阔的胸脯，粗的背膊，他是一个铁样的汉子。

对于这样的住所，他也像对于工作的态度一样，从不曾发生过厌弃的感觉，好像这也是安排好了的：必然如此，不得不如此，而且很合理一样。他呼吸这里的空气，生活着，很起劲地，就如同一个勇敢的战士一般，在人生的道上前进。

自从女的替他养了一个孩子，他这才感到女的这个东西的好处，不仅仅是在烧烧饭挨一顿打；有了孩子以后，他不独不曾去用面棍打自己的女人，就是可以使他和女人之间发生龃龉的赌博，也戒掉了。他虽然不能像一切很有教养很有身份的丈夫样，和自己的女人做出特别要好的神气，可是比起他的先前来，他对待女人的态度，已经是客气得多了。

他的孩子有四岁的那年，他正是三十一岁。他面上的胡髭都透过棕色的腮帮子长了出来，就同一个板刷一样刺人的眼睛。可是这正是他行时的年份，他从烧饭的火伕被调到工厂的煤房里去了。他离开了米箩饭锅的生活，每天环绕着他的是疏炉钩，圆锹，黑亮的煤。……

在两丈多宽的煤房里，在悬崖绝壁一样的锅炉旁边，他们在这里工作的同伴一共是四个：老通，姓张的，他，还有一个矮子。他们交替地工作着，坐在窄而又脏的木板凳上，抽一袋烟，讲两句粗话，摸摸铁壁上的螺旋钉，汗浸在身上，手上，头面上，再扑上一层煤灰，人便和垃圾一样龌龊，发出鲍鱼的臭气来，用圆锹去铲煤，用铁钩去爬炉齿，用当火伕两倍的气力，可是当别人问他怎样的时候，他总是点点头很带一股劲地说：

"还不差。"

或者是用点点头来表示这个干得。

对这样的工作很抱好感的缘故，当然不是因为汗流得多；流汗的事，只能够使他疲劳，其所以叫他有了那种表示，那是受了另外一种力量的支配。这种力量，不独支配了他的观念，并且在推动他使他工作得十分卖力。这个力量就是报酬比以前丰富了。那熊熊的火光，正燃烧着他的希望：从那火光里给他看见的是袁世凯的头，孙中山的头，圆的，亮晶晶地闪着光。还有他的孩子，从火光里，他看见他的孩子在逐渐地长成，长成一个和他的地位完全两样的人物，一个很出色的姿态；他仿佛看见孩子长大了也能够坐在写字台跟前，穿的是擦得刷亮的皮鞋，而这穿皮鞋的脚，能够为了要表示自己的尊严，也会踢在另一种蠢人的屁股上。虽然在他的心里，多少有些憎恨用脚踢过他的人们，可是这正是地位的优越啦！如其是自己的儿子也能大大方方地那样去做，他还有什么不欢喜的呢？

每在他陷进这样的一些想像里去的当儿，他便全身更要有劲，即使坐在条凳上，也会擦擦自己的拳头。同时他望望这些朋友们，拣着年纪最大的老通叫起他的注意来问道：

"喂！老通，你有几个？"

可是老通咬着牙龈发气骂人的时候是有的，讲到身世的时候，老是摇摇头不谈那个。这几个人当中，对于现状还感到兴致的，只有他长一。

换班的时候一临到了，他便牛脱了轭头似地全身轻快。从壁上取了自己的上衣和腰带，和头和脑地擦了一把汗，笼上外衣，扎紧了腰带，从那水门汀的门框里随着一堆人拥出去，拖着几分疲乏的身躯，赶回到自己的家里，看见了孩子，便一把抢到手里，迎起来，用那板刷样的面孔亲着。

孩子的脸被胡子刺得痛，便呱地一声叫起来了。于是他就用两只膀臂将孩子扬过头又落下来：

"这样，——一!"他把孩子撑上去。

"这样，——二!"他又把那孩子落下来。

就那样一二一二地，那孩子就不哭了。

"替老子长得快些啰!"

他又将那孩子撑得高高地，高过自己的头脑。

在他的思想里，真有那么样的一个恳切的希望，希望这孩子长得快一点，长大了为他争一口气。对这又一代的人，他时时刻刻在那里将自己的命运和他比较着；他记得自己小的时候是没有父亲的孩子，母亲告诉过他父亲是一个穷秀才，很早就死去了，父亲一死过，家里是穷得连一床破絮也没有了，她便用一块蓝布把他兜在背上，逃到这大都会里来求乞，他的命根很牢，受得磨折，不到多少年他便是一个很有气力的后生了。母亲死过之后，他在军队里当过"长伕"，流浪了几年，窜回到这大都市里来，直到现在，他是十六块钱一月的工人了。他的不幸是缺了一个父亲来培植他，对于自己的这个孩子，他可要尽一尽做父亲的责任。

"只要我有气力，我一定不让他学我。"他这样说。

这话的意思，就是说：他要努力使得自己的孩子不要陷进自己同一的命运里去，说得更具体些，就是，他的屁股翘给人家踢，而自己的孩子长大了，不要学他一样也翘把别人踢。像长一这样的一个希望，是反应着一段生命里极悲哀的一个记忆的呀！所以，人类如其是愿意来理解他的时候，也能够说他是满意于自己的生活么？每当有什么人来逗玩着这孩子，他老是不惮烦地重覆这句：

"我一定不叫他学我!"

老实说，他这个意见并不是一个很平常的意见，许多"茅屋出公卿"的传奇，便是一个好例子。他预算过他的世界，十五年之后，他们会大大地翻一个身，这种关键全落在自己和又一代人的身上。

悲哀的记忆和坚强的固执，交织成这样的一种信念，他将这个握得非常之紧，他用来第一个就克服了朋友的非难和嘲笑。

第三章　知与行

知与行能否合一，许多的学者们都把这当一个问题在讨论，这里并没有另立一说的企图，单是说明了一下王阳明知行合一的学说，在这里有点不适。

从前——提起从前来，长一总应该有点人情冷暖那一类的感觉的吧：那个当火伕的年代，那是多黯淡的一种岁月！八块钱一月，锅巴可以拿一点回来，机会好可以偷得一点米，一些人谁都不把他瞧在眼里似地，撞见了连招呼也不打一个。现在可不同了：他是一个正式的工人，在一道工作的人们，固然是和他来往得很亲密，就是在别一部份工作的人们，也有很多和他做了朋友。在这些朋友们之中他顶佩服的那要算王得。

王得懂得的道理真多！在长一看来，王得真是一个博学多能的人物，凡是长一所解答不了的问题，他都给他以解答。凡是长一平时所不注意的事物，他都提起他的注意。最要紧的是王得使他知道这个世界有两种人的存在：王得使他知道，一种人就和自己一样，要一天到晚卖气力，弄得筋疲力尽，弄得一身的臭汗，仍旧养不活一个老婆，有的时候，自己还不免要被人家一脚踢得发火，而自己却只能够泰然地让屁股去承受着。除了这一种人而外，还有另一种人，另一种人是怎样呢？他虽然没有去和这另一种人往来借以观察一下他们的形态；可是，经过王得的解释，他现在也知道，那是很有权威的人类，他们能够坐着不动，而世界上一切都是属于他们的。他们什么都不做，便有最阔气的享受，这种享受，都是出汁在就和自己一样满身汗臭的人们身上。因为王得的解释，他还知道那些头梳得光光的皮鞋擦得刷亮的先生和挂了手枪拿了警棍的巡捕，都是被另一种人请了来的，他还知道他们所做的工作，就是叫这些流着满身臭汗的人们吃了亏不要叫屈，不要想别的心思。王得又告诉过他，如果世界不大大地变一下，他们永远只能够出最大的气力，得最小的报酬，他们的老婆只有永远提了篮子替人家补袜子去，而自己的脚后跟却露在外面让北风吹出裂口来。王得还握着拳头很坚决地喊过：

"要找出路就只有这样。"

这样是怎样呢？虽然王得还没有使他了解得十分透澈，可是他至少也猜得出一个八成：大约总是要叫他妈的一些压在自己头上太快活了的人吃点苦。

可是王得的伟大还不只这：

他还记得那一次小三子为了一只破鞋和撑粪船的阿二打了一架，小三子的气力到底来得小，他给阿二把脸打肿了，鼻子打歪了，这种事本算不得什么，可是给王得捉住了便说了一大套的理由，他给小三子包好了伤，还送他一只鞋。那一番话，说得句句都在道理，谁听了也点点头，小三子本人追悔得几乎吊了眼泪，就是撑粪船的阿二那样倔强的汉子，也低了头觉得惭愧。

不仅是这，王得还能医病，他是学过医的，在这里，谁有了病总是由他来充当医生的职务，可是从来没有得到什么报酬。他的体格比一般人强健，身材很高，脸上有几点红斑，他没有父母，也没有女人，就是光人一个，在这工人住的区域里，对他几乎没有一个人不尊敬。

距离长一的家有二十多码的光景，越过一个垃圾堆成的山，越过一个火场，便是王得的住所。每天，有了闲空的时候，王得便跑到他家里来谈天。谈天，那是些怎样的内容呢？那当然不会是股票的涨跌，或主义上学术上的争论；也不会是今年文学奖金属于谁，或者明星小姐华贵的臀部和曲线。他们住在这里的人，根本就没有那样漂亮的生活和感觉。所以讨论的只是一些卑小的粗俗的事件，属于他们自己生活范围以内的，如像柴的贵贱，米的涨跌，盐的市价，怎样才可以叫一家人把肚子装饱，怎样才能够把落雪的天气度过。说得了当些，就是他们还有一口气在，他们要争取生存，他们要得到一个人所应有的权利，如其一个人生活着是免不了斗争的时候，那他们所谈的一些就是对谁的问题，和如何的方法了。这些劳动者们，好像在娘肚皮里就安下了这样的一个坏胎子样：他们不愿意又要流汗又要硬着头皮去饿死。但是像这样最平常不过的一些话，在又一些人却把这当作危险和犯罪，所以有头梳得顶光皮鞋擦得刷亮的职员们的监视和欺骗，有警棍和手枪的威吓，不过，在他们这里谈谈又有什么关系呢？这里没有富人的财产和资本，这里的天下是太平的，看不见武装巡捕凶狠的面容，也没有包打听的黑袍背影，他们这样的一些家常话，满可以放心大胆地谈着。

长一他本是有自己做人的哲学和主张的人，就是交坏了这些朋友，常常就那么样谈啦谈的，好像谈上了瘾一样，弄得他有点摇摇不定似地，不能十分把握得住自己原有的主张。老实说一句：他受了王得的蛊惑；因此近来他也感到这个世界太不公道了，他觉得也非来它一个什么不可，每当他们谈这些话他听得上了劲的时光，有的人便要攀着他的肩膀问道：

"你说，——可对？"

"怎么不对？我们都该那样！"他这样回答，一面拍着自己的大腿，张开那大而厚的嘴巴，显得很有激昂的情绪。他似乎已经知道他们做人的哲学，是应该抱怎样的一种精神才有出路。他这种回声总要惹得朋友们都翘起大拇指来恭维他一阵。

但是在口头表示得很激昂的人，在行动上常常是表示得不激昂，长一自然不应该就来破这个例。所以当有所作为的时候，他就把平时说话的那种坚决的态度藏了起来，他不干，他只站在一旁观望，好像天特意生下他那样一副性格：他很害怕，他害怕圆光的警棍和乌亮的手枪。

他的态度是错的么？不错呀，有一次便给事实证明了：

×月间的那一天，住在他隔壁的小三子忽然失了踪，小三子的妈把一对眼睛哭得像两个烂了的桃子样，看不见走路。王得出进的时候，用白布捆了头。对于这事，他有点诧异了。为什么一个好好的人要失踪呢？为什么一个好好的人要用白布捆头呢？白布捆了头，这当然不会是为了爱俏。他问过王得，王得只是含糊地说是头痛，到最后，他在李老头儿那里才听出这样的话：

"什么示威，示威呀，把自己人弄得抓的抓去了，打的打伤了！"

"是什么事情？"他很开心地跑拢去问。

"什么事情！年轻的人总喜欢一股劲地闹，现在好，闹得出了凶险！做工的人不好好地做自己的工，要罢什么工，示什么威，好！弄得抓的抓去了！打的打伤了！"

他原来就在向这一方面猜想，这个消息。和他心里猜想的完全一致，他把舌头一伸，像做了一件很得意的事样，大声地说道：

"去不得，我就不去！"他一面说，一面摸摸自己的头回家去吃晚饭。

第四章　英雄和时势

　　环境太好的人是不会去奋斗的，可是环境太不好对于一个奋斗的人也很不相宜。所以有抱负的人，常常感到缚手缚脚，而世界上很多有价值的理想不能实现。

在长一住的这个区域里，虽然也是划归这个大都会的界线以内，可是都会的繁荣却并不因为它的存在而减色。因此，这黑暗的一面，就被那关心着市面的健全的人们所忽略了；它却有了机会一天一天地向黑暗的深渊里沉落下去；那些胼手胝足游泳在黑暗的深渊里的奴隶们，挣扎着，呼号着，为了建设繁荣康健的都会。都会便繁荣了，更多的人便压在繁荣的低下：挣扎，呼号，流血！

黑暗；不也是应该被歌颂的黑暗么？

在长一住的这个区域里，这里的一些孩子们，虽然没有谁去做一个统计的工作，可是他们的死亡率，每年总要占一个可观的数目。这里的一些孩子，一到了六七岁的年龄，便提了一个破烂的篮子，在那垃圾堆成的假山里打洞，拣破布，拾煤屑；大一点的便跑到乡下去拣柴，在都市的交通灯底下卖报。他们之间，互相骂着粗野的话语，你喷我一泡唾液，我捺你一手鼻涕，当作游戏。或者是放一个屁用手捏住伸到旁的孩子们前面叫他们吃。他们以无知和恍惚来忘掉自己存在的悲苦，来渡过童年的一些时日。一到了虎列拉或别的病症盛行的时候，他们就死去一批。抵抗素来很强的孩子们，便依然继续那种无知的生存，因为贫穷的普遍和蕃殖的容易，这里，每年有许多的孩子被人忘掉了，而每年仍旧有许多的孩子在那里继续着那种无知的生存。

一子在这个环境，已经度过了四整年了。

河沟里的黑水静止着。弯在门前的粪船，空空地躺在那里，播送着腐木和陈粪的恶气息。垃圾堆的附近，有一群孩子在那里抢一个洋铁烟罐。太阳从对面的屋顶上斜射过来，照在孩子的身上。太阳也射进长一的屋子里。长一坐在骑门的条凳上，看看在门口顽石子的一子出神。

"一子今年四岁了。"

"四岁了，"在屋子里有这样的一个回声，这是他女人的声音，她正在房间里做面片，跟着他说的意思，是四岁了，再长大一点可以放出去寻钱。

可是男人的眼光究竟看得远大些，长一的想法就完全不走这一条路：他所想的是要把一子和这些拾煤球的孩子隔开，让他脱掉一个穷人的粗野气息，他要使这孩子读书识字，他要把这孩子打下一个靠得住的基础。

他的这种想法当然是对的：养儿防老，积谷防饿，何况在他看来一子的相貌并不平凡，将来总还有些发展；所以，就是吃苦也得把这孩子造成一个大器的想法，确是很有道理。……

以为不对么？即令退一万步说，将来孩子的运气不到家，不能够轰轰烈烈高升起来，长大了，帮他抓钱进来总是不可否认的事；那时候，——

他心里在盘算那时候了："那时候就不是这时候：那时候一家三口，没有闲人。"

这样的一些想头通过了他的脑子，会使得他的心像熨斗熨平了一样，他的神态忽而舒展起来了：未来对于他并不坏呀！

"人望高，水往低。多做些工，多积些钱再说吧！"

他这样想，摸摸自己粗硬的臂膀，望望在屋子里面顽健的女人。对于这样的一些想头，女人是不能够理解他的抱负的。而就是朋友之中样样精通的王得，也一样不能理解他的这种抱负。他近来和王得他们有些地方合不上来，也就是这个缘故；他以为王得这个人有的地方好，有的地方不大行。用他的话来说，就是，有的地方不大够朋友。

长一自从说过几次"我们都该那样"的话之后，一些人常常要约他去做一点都该那样去做的事情。如像去要求改良待遇啦，请发什么米贴啦，……之类的事情。火样的五月，把一些下等人们的血烧得沸腾了似地，到处，整个世界上的劳动者们，都在发狂地纪念着。长一周围的人们，也都着了魔似的高叫着：

"五月呵！"

"我们的面包！"

"我们的孩子是饿死了的吓！"

许多人听了会不开心的一种声音，是一种危险的声音啊。于是漆黑的警棒，乌亮的手枪，一齐出动了。有的给投进牢狱里用电刑和残酷的拷打，有的头打破了，睡在床上说梦话。

这些对于他长一到底有什么意义呢？老实说，他有点寒胆，他只是一天到晚在想方法，看如何逃避。

但是这天，朋友们又故意地将他寻出来了。

"喂？你今天又没有到啦！"

有的是指着他很责难似地说。

"咿，你这个人！"

他无话可说，望着他们，窘迫而又老实地翻了一会眼球。但这样的情形并不长久；因为忽然他的心窍里好像打通了一个壅塞了的关节似地，他要运用他的智慧了，他吞了一包口水，润润被气噎阻塞住了的喉咙。装做一副极凄苦的脸相来，说道：

"唉！做人真不容易！你不晓得，一子病了，他又不能起来做事。"

他很费劲地说了一大堆谎话。被人逼得说谎，那实在是一件很痛苦的事情，尤其是不习惯于说谎的长一；在这里他真希望有一个埋人的深坑，就把这两个讨厌的家伙活埋了进去，或者自己钻了进去躲些时也好，否则，至少为了出气，就一拳头打在他们的鼻子上，也很痛快。可是他并没有那样直觉地表现出什么不客气的举动，只是当他们一转过背的时候，他便换了一副形态，对付敌人似的睁着一对大眼睛，憎恨地瞧着他们的背影。

本来有很多的人和他的情形是两样的呀！譬如王得就不同，他赤手空拳，光人一个，他自然可以去干；干翻了，怕什么：他一个人吃饱了他一家人吃饱了。而他长一，把头打破了算那个的账呢？打破了头还是小事，走回把布一包自然会好；要是抓去了，那好！他未必要把孩子用浆糊贴在鼓皮上？

"未必我就把老婆装一个把拿去丢！"他自己就这么样想。

长一自然不能把老婆拿去丢的。就是打破头的事他也决不希望它有时临到自己的头上。所以他是不舒服极了；这时候，他肚皮里所装载着的不是酸楚，也不是愤慨，只是一种类似苦闷一样的东西，渐渐地在他心头堆砌起来，叫他难受：他，好好地做一世人，好好地对待朋友，从来没有用自己做人的哲学去阻止朋友走别的道路，然而这些朋友，却硬要将他扯上自己所走的那一条道路上去，而这一条路所能给他的东西并没有看见啦！他只看见破了的头，漆黑的警棍，乌亮的手枪，小三子的妈哭瞎了的眼睛。他想想这些不如意的事，忽然愤慨得叫喊：

"×他八代祖先的才要和他们住在一道！"

但是命运却要把他们安排在一道。当他和一子还不曾实现他十五年计划的时候，他不能算是发迹了，他还得勉强地在这里住下去。

第五章　优生学与优境学

长一的意见，以为只要有一个很健全的孩子传宗接代就很好，他养不活多的孩子，所以他不要老婆再生育，这种意见，在优生学与优境学上很有价值。

长一的女人那个肚皮在衣服里渐渐地隆起，渐渐地膨胀得很现形，那就像一个河豚鱼样，腹部向前突出。这是一种预告：将要有第二个一子来了。

可是长一并不怎样希望有第二个一子跑来，他老早就警告过他的女人，叫她不要再生。

她前面挺着那么样的一个肚皮，后面坠着那么样的一张屁股，"疙里气鼓"地在长一的眼前摇来晃去；他看不顺眼，非常讨厌她。但是你要去分析他这种讨厌的心理，那和女人的这种模样的好丑，毫无关系，那是因为这河豚鱼样的肚皮，常常给与他在生活上很大的威胁。

一子的面上总没有好的气色，他早想把这孩子养得好一点的。可是事实上不允许：因为他没有多的钱剩。现在是不独没有钱剩，就是连原来的状况也不能维持了：老婆不能够出去做生活寻钱，生活的担子落在长一一个人肩上，这事使他非常烦躁；所以他常常独自发愁。

他坐在房门口，尽瞧着自己的女人：她正在做事，做了两下针线，又折了几件替人家洗了的衣服。看她似乎坐不住了，歪歪荡荡地走到床跟前去，呕了一阵，吐了一些白水，便随身往床上一倒，口里哼了一声，像从她身上脱下一个百多斤的背包似地。

这在长一看来就有点近于故意做作。

可是女的还要向他喊道：

"唉！请把那茶壶打点开水！"

其实她是肚里饿了。不过她晓得她在这个时候所讨得到口的只有开水。

"哎哟我的腰痛！我的眼睛花了！……我心慌！我心里发慌，要吃口开水！唉！……"

她高一声低一声接二连三地呻唤。

呻唤，长一就会给她一点好过的安慰么？不，长一觉得自己比她更是难受，所以给她的只是很粗暴的一句：

"贱货!"

就像打发一条讨厌的母狗样,有时还要挥起那粗大的拳头来威吓。

像这样的一个女人自然要算是一个"贱货":她一点也不照长一所想的路数来,养不活她偏要生;就像一个工厂老板娘太太样,生下来不关自己的事似地。这当然怪不上长一的老皮气发作;所以实在是气闷不过的时候,说不定就又将她抓过来落落实实地给她几拳几脚教她受用。

别人会以为长一是粗暴,但长一的苦处只有长一理解得最为清楚:他虽然有时候去打自己的女人,可是他那时候所受的苦痛的鞭挞就更是厉害,在这种境况里,生活所给与长一的就只有愤怒与疲劳。……

一天,他上夜工之前,这一天不知道又是去赌输了几个钱,还是他心里有什么不快意的事触犯了他,由一点小事忽然触发了他的心事,他觉得前途很坏。装了一肚皮的愤火,想找机会发作;他在房间里站了一会,一回头看见女人;她却还是平静无事地躺在床上,在他要发气的时候,女人却有这样舒展自若的神情,该多可恶? 这样的事长 要再能忍受那还是人! 所以他一走拢去就捉住女的臂膀叫道:

"我的话你怎么老是不听!"

女的正在做梦,他去抓她的时候这才醒过来,他这话只被她听见半句。长一知道她没有听见,接着又叫道:

"我的话你怎么老是不听! 你怎样! 你?"

"我几时呀?"女的有气没力地回答。

"你几时依了我的话?"

"我——"

"我教你不要生!"

"唉——"

"你只要答应我，你说，你为什么！"

女的知道他的皮气：这时候回他的话，即使十分谦虚，也于事无济；总得挨他几下才肯放手的。她只是将两眼钉在墙壁上没有做声。

"你为什么不做声呀？"

"你叫我说些……"

"我叫你答应我：你不要再生！"

"我答应！"

"这是什么！"长一指着女人隆起的腹部吼道，"你答应：你替我消掉它！替我出去赶生活！一子的病不要钱用？消掉它！你！你！你！"

他好像要将女人臂膀上的肌肉撕烂才痛快似地，使劲地抓住，而且往墙里边的壁上撞去。

"你说：你替我把肚子消掉去赶生活！你快些说！你要我的命，你要一子活不成？"

"唉我——"

"你说！你为什么？"

他将女人摔在墙角里，摔到摔不动了，他开始用自己粗大的拳头擂在女的身上，像逼口供似地。

"你，你，你，你为什么？你——说话呀！"

"不晓得！"女的爽性这样回答。

"不晓得？哼！我今天要叫你晓得：叫你晓得老子的厉害！你又不是猪婆？你又不是母狗，你为什么要生？你不说？你不说！你不！你！你！"

"篷！篷！篷！"拳头碰在女的身上的响声。

篷篷篷篷篷……

女的闭了眼睛，缩做一团，紧咬着牙关，忍受着他那拳头所给与她的痛苦。她并不挣扎。

她的屈服似乎给与长一几分满足，他打了阵便住手了，女人这时候由低泣变做号哭：

"唉！唉！你率性就把我打死了吧！……我不愿再这样活了！……我到你家里来，吃没有吃，穿没有穿！……"

女人在床上哭，一子就倒在地上哭，这孩子哭了很久，等长一去抱他的时候，他已经是双手冰冷，嘴唇发白。

长一这时候就有点像胜利以后的英雄样，微微感到寂寞。他看看抱在手上的孩子，望望躺在那里哭诉的女人，心里实在有些凄惨，他不知如何是好地想道："我做什么的呀！我到底做些什么事的呀！"他非常痛苦，适才的那个所谓满足，只是增加了他此刻更多的痛苦，他很想找句把合适的话去安慰自己的女人，他一面骗着这孩子，叫他不哭。他把一子抱去，放在床上，然后伸手去摇摇自己的女人，他非常难过，也很想哭，可是他是一个汉子，他哭不出来。

"我也难过！"他讷讷地说，"你想：我养得活么？我只要养得活。一子总是病，我要一子好。你，……你不是欢喜一子的？……"

底下再要说几句什么话，可是又到了上工的时候。他要走去上工。

到工厂里长一机械地回答了同伴的招呼，便兀坐在炉边的条凳上，独自发闷；其实，他从来就没有想到自己的女人和自己有什么仇恨，拳头伸过去的时候，不过想发泄发泄自己的闷气罢了。然而这样的事情是无从发泄的呀：把女人打得半死以后，还是丝毫不能减少他的痛苦：

“真他妈的！——”他叹了一口气。

他觉得：——像他这样的穷人们，有得个把儿子传宗接代就很够的，两个本不算多，可是养不活就叫他长一太为难了，他长一唯一的要求就是：要一子长得好一点，不要常常害病。在他的脑子里总有这样一个健全的观念在那里徘徊：一粒胡椒只要辣。

“一粒胡椒只要辣！”他想。

他想，他深深地焦虑着，默不作声，好像他有很多的胡椒，而这些胡椒却一粒也不辣。同伴的老通正当着火的正面，咬着牙齿工作了很久，火的炎威逼得他淌汗，铁青的面孔上放光，口里喘气，是轮到长一来的时候了。

可是长一正同一个更不幸的思想在那里奋斗：他想到如其是这回生了一个女儿，他应该怎样呢？女儿，一个没有用的赔钱货，如果真是那样，那他是更要糟糕：他一个月的钱只那多，还有一子的病，他有什么办法？那就是通他八代祖先也没有用处。

“他妈的！饿死！都饿死！”

他叫了这一句，下决心不再去想。站起来，把老通挤在一边，接过老通手里的东西，和谁赌气似地使劲把炉门拨开。……

可是长一是凭空地担了一回心事；因为事情就没有照他所想的那样去进行：正是这夜间，在平时操劳过度而又在傍晚挨了他一顿饱揍的女人，把一个快要成型的孩子丢掉了，当长一一清早回到家的时候，女人正在痛苦地呻吟；他知道了这回事，心里反而松快异常，抱了一子提了铅桶到老虎灶上去打开水的长一，满心里只在一粒胡椒只要辣的事上。

“一粒胡椒只要辣，”长一想，“我就只要一子长大，天大的事我也不用去管：不管王得也好，瘪得也好，我一概不来。我只要！……咳！……她再有得十天就又可以帮忙捞钱了！只要！咳！一粒胡椒只要辣！”

他提着铅桶回来，破铅桶里的开水从桶底漏下去：一线穿珠似地紧跟了长一的两腿；他却望着在肩头用牙齿和手拉着半截油条的一子，心里有点怡然。

"一粒……"长一想。

第六章　医学昌明的时代

人类文明，日趋进步，医学昌明，这是必然的现象。这里由医生的证明，晓得一子是患了一种缺乏滋养料的病，而并不是由于命根不牢。

做丈夫的长一是粗暴的，可是做父亲的长一却分外的仔细；当一子看见那些垃圾堆里的孩子自己也要跑去的时候，长一便把他牵了过来，告诉他：说那地方他不可以去；说那些孩子是一些没有爸爸和妈妈的野孩子；如果一子也去那里，他们把一子捉去也变成一个没有爸爸和妈妈的野孩。长一的意思也就是那样：他不愿意一子变成一个野孩子，他要一子和这些孩子隔绝。将来长成一个有出息的人物。一子没有伴侣，就老是守在屋子的角落里，顽那纸做的皮老虎和香烟盒子。

流到他们这里的空气是秽浊的，阳光也涂上黯淡的色调，一子是瘦弱的；这样的环境早就无形地损蚀着他生命的健康。

一子穿的衣裳，是一套呢布的中山式的儿童服，长一花了一块钱从旧货店里买来的。那套衣服，和一子的体态毫不相称：手管有很长一段露在外面，脚颈有很长的一节露在外面。一个灰面人般的小脸，皮不着肉；满身苍黄，那皮肤附着在几根嫩瘦的骨架上；头部现出那骨格的结构来，教人看了联想到一个小的骷髅；毛发稀稀落落地粘在头上，好像负重的骆驼背上受过摩擦的地方，这个使人看了不大发生好感的头脑壳，装在那细长的颈子上，有点疲倦似地，迟慢地晃动，正像那个颈子是一个具有伸缩性的弹簧。

可是孩子也有一个生命哩；是一个泡沫样的生命！一天一天地下去，好像放在火炉前的黄蜡样一点一点地消融。

女人老早就在耽着孩子的心，今天她替一子换衣服，她一触上那衣服里包着的几根骨头，她心里就沉沉地好像给什么东西压住了样。

"这是怎么了呵！瘦得这样，你看！"

她说着，一面把一子的手臂提起来，叫长一看：那一只手臂，就好像凉秋九月里残留在水荡里的一些芦梗。

长一吊起屁股坐在板凳上，不动，他的眼睛正向着河沟里。他正在看些什么想些什么，这个旁人很难知道；或者就是在计算自己如何发迹的事吧。他听见女人的话，便回过头来望望女人，再望望那柔顺得像乳猫般的一子，没有做声。

"一子又快过生了，……算过命，都说我们星宿不好，要不是我们的星宿不好，六岁的孩子！——"

女人一面替孩子穿衣服，一面唠叨着：

"命里注就了的都是星宿不好。就叫一子拜寄把别人好养些！"

"要是——咳！"

长一咳了一声，说得两个字，就又顿住了。他不知道底下究竟说一句什么好。

女人好像不得到长一的回话不放心似地，又继续说道：

"去年算命先生就那样讲过，我还半信半不信，要不是星宿不好；我们都是那样！快六岁了，就不如叫一子过寄把王伯吧。"

说过这话，她望着长一在等回话。

将一子过寄把别人，那到是一件容易办到的事。只怕还有其他的原因，长一就这么怀疑过："那有什么用处！"他想。

实际上他这种怀疑是对的：这些人都是命运不济事，都是星宿不好，不过要是有钱总会好些。长一知道是一个真理，所以摸摸自己的脑袋说道：

"我要是有钱——"

长一以带有感伤的情绪从喉咙里挤出这几个字来，他觉得他要是有钱的时候，他是不怕什么星宿不星宿的。苦的就是他没有钱！一个人过于贫穷的时候，是会怀疑自己的力量的，长一也是这样：他那种在生活途径上肯定的态度，和那种做人的哲学基础，在这里都有点动摇了："怀疑"的这个东西第一次捉住了他；他很有点不舒服。在那静穆的晚空里，只闷闷地抽了两口气。……

一子老是那样慢慢拖拖地摇晃着，把他那阴黯的生命延下去，一天比一天萎顿，站起来好像要萎下去似的，每天随他们吃得一点东西，便悄然地离开了桌子；当他们喊他多吃一点的时候，他就慢吞吞地回过身来，摇动一下他那装在弹簧颈子上的脑袋，算是已经很毂了的答复。这孩子，正像一个对于生活感觉厌倦的人们一样，他把任何事件都看得很淡泊，凡是一个孩子所应该感到兴趣的事件，他并不发生多大的兴趣；有的时候，被人带到闹市里去玩，他也很欢喜看看市面上的一切：如像玻璃窗橱里的广告画，西洋点心，玲珑玩具，小马车，从幼稚园里出来的儿童他们华美的装束和书包。这些都能毂叫他去留连一会，可是他看过了就算了，并不用一种浓厚的感情来恋栈，他好像很明了自己的地位一般，有的时候回到家里来，在屋子的阴黯的角落里，他也变把戏似地将一张纸壳子穿了线索，斜挂在自己的肩头，当作上学去的书包但是玩不到一刻工夫，又厌倦了，他便化石一般地坐在那凳上不动。

女人看见和一些孩子不同的一子，便要拿出预备哭的脸相，对着长一咕噜着：说是算命先生的话是不错的，说是星宿不好应该让一子过寄给别的人才好养些。长一却老是那么皱眉皱眼地摸自己的脑袋。

永远是那么样的没有变异：太阳从东边起来，向西边落下去；河沟里的水臭着；人老是皱眉皱眼地摸脑袋。

像这样的生活也太长了：

秋天过了又是春天，春天一天天地过去，春季又悄悄地离开了人间；长一这里的一些人们，老是这么样地：——工作，喘息，流汗，挣扎，叫号。在工人住的区域里，看不到春来，也看不到春去。

一子还是在这个人间呼吸着，只是更显得瘦了。生命好像系在身上的一个重担子样，看看他就要拖不下去，留在他身上的只有一个衰弱的影子和一口气。

长一守着这样的孩子，也想不出一个较好的办法来，只是摸着自己的脑袋皱眉皱眼地说道：

"一定那是有什么病，我看一定是有病！"

"我们都是星宿不好"，女人说。

"要是——"长一说，"咳！要是有什么病，那里有钱来诊？老子死得成：老子穷人们！"

他一面将孩子叉了起来，扬在空际，被他叉起来的孩子，轻得好像一把茅草扎成的人；到这时候，长一也有幻灭那一类的感觉了。

"怕不是有什么病？轻得不到二十斤！"

当朋友偶然跑来玩的时候，他也只是抱了一子问道：

"你看：可是有病？"

可是所有的人都看不出这孩子有什么病。

过了几天他把一子背到慈善医院里去花了十多个铜板挂了号，等了半天，轮到他的时候，他赶忙把一子牵了进去。那医生敲了一下，听了一听，按了一下一子的肚皮，摇摇头。

"可是有病，先生？"

"没有病。"

那医生很简截地回了一句，准备去看第二个。

听说没有病，长一心里很快活，他想："咳，要没有病就好。"可是他再一想，觉得不对；于是连忙跟在那医生屁股后面，不得救不放手似地吊住他：

"先生，他不吃饭！"

"怎么好好地他不吃饭！"

那医生望也不望一眼地向他吼了一句，像十分讨厌这种噜苏似地。

但是长一还是不走。过了一会，那医生掉过头来，挤了一下眉毛，从金丝框子的眼睛片里透视过来向他上下打量了一眼，像挽救适才对这汉子太简慢了似的，补充道：

"弄好的把他吃，懂不懂？有阳光和空气，调养得好一点，他会好的。要多吃滋养料：这是缺了滋养料的病！懂不懂？"

听了这话，长一连忙点点头，表示他懂。

第七章　和肚皮斗争

肚里饿了要吃饭，这是一个真理，不吃饭就可以省钱，这也是一个真理。长一为了自己的理想，便走了后面的一条路，他用一种力量来屈服自己的肚皮。这真要算是一个伟大的斗争。

一子对于生活不起劲的那种态度，在长一生活的希望上，是一个最残酷的打击。他搬了指头算起来：实现他原有计划的时间一天天地缩短了，而实现那种希望的可能性，却一天天地减衰。他仿佛是一个熟练的驾驶者，驾了一个旧船驶到江心里发现了一个破洞一般；虽然有再好的本领，而终于摸不着边岸。

在这样坏的一个境况里生活着，他老是在揪耳抓腮皱眉皱眼地，或者是摸摸自己的脑袋；那医生的话，时常在他耳朵里响，他相信那完全是对的：滋养料那东西会决定孩子的生命和他前途的成败，命运的事在他看来是绝对不可靠。

在街市上一些商店门口，近来常常有长一的足迹，那些灿烂辉煌的门市部，那些亮晶晶的商橱里，红的，绿的，种种色色的广告，用来宣传，用来叫起人们的欲望与美感。这些：象征派立体主义直线式的广告术，好像对于长一也有很大的作用似地：他每每给那些东西吸引住了，停在那里鉴赏；特别是在那些食品罐头店的门口，他要停了下来；那些食品，叠连叠地浮在他的眼前，使他自然而然地看得会高兴起来。他心里满想着：那些东西如其是真能和广告画上那样，真长着翅膀能够飞一些到他家里去，该是多好的事。或者就是没有那厚厚的一层玻璃隔着，也很好；没有那一层隔着，他一定就要去伸一只手摸它两罐，扎在裤腰里跑回去。他一想到这些东西能够养好一子的光景，这些东西就在向他招手微笑他徘徊着，想一些心事，已经不是一天了。有一次，他伸了手真想去试试那一块玻璃的厚薄。可是他长一就缺乏这种经验和本领，当他的手一触到那冷冰冰的玻璃的时候，那黑漆漆的棍棒和乌亮的手枪，便一同溜进他脑子里来了。立刻，他便要形色仓惶地离开他所站的场所。

"钱！钱！"

这样的声音不断地在他耳畔响着；并且跟在他后面，好似一个锥子在刺他。于是他便在向家里去的路上，踱着没精打彩的步子。

"要是我有钱！"他想。

但这个想法对于他一点帮助也没有。

在自己休息的一些时间里，他想尽了方法去找可以换钱的工作做，他也催促女人到外面去多寻几个钱回来，可是有多大的效果呢？只是肚皮的容量变大了，精神和体力都累得有点吃不住，而孩子仍旧如像放在火炉跟前的黄蜡似地，慢慢地消融。

可是长一并不灰心：

许多办法之中终于又被他想出最好的一个来了，那就是：他要做一回减食运动。他对女人说：

"我们能够简省的就简省些。我们的食量太大了！省下几个钱来吧！我们吃得半饱就够了。"

女人当然没有反对的理由。

这个减食运动弄得长一非常之狼狈，肚皮里老在"咕咕咕"地叫屈，好像在反抗长一的这种办法似地。不过长一对付的办法也很多：当肚皮里对他的减食运动有反抗的举动，他便将裤带勒得紧紧地，还要按上两拳头，以表示振作。这个方法很有效果：用这方法，可以克服恐慌的局面，得以渡过较长的时间。在这个时间里，他又可以去做一点换钱的工作。

用这个方法，他们也省下来很有几个钱。挨到工厂里发工资的那天，他好像酬愿似地跑到食品店里去搬了许多东西回来，摆在桌子上：

牛奶，饼干，糖果，鱼肝油……

超过他一星期的工资。

长一对那摆在桌子上的东西，不自禁地微笑着。女人和孩子望望那些东西，也不自禁地微笑着。长一对那些食品鉴赏了一会，便走去拿了一个牛奶罐头，就开始工作了：他找了一个斧头和一个钉子，将罐头打了两个窟窿，倒了一些在碗里，用开水一冲，就将一子拉过去开始滋补。但是牛奶刚灌进去，一子便淌起鼻血来了：红殷殷的血，从那豌豆大的鼻孔里，不急不徐地流了出来，沾着那萎黄的面庞，往下面滴落。他满以为一补就会将孩子补壮，所以补出病来了的这个事，他从来没有料到的呀！他有点发急了，而且夹着愤怒：难道那医生欺了他么？

"嗨！要是——"

他这样说，像被人家抢去了一个什么宝贵的东西一般。要是有个什么医生这当儿立在他的前面，他准会挨长一的揍。

用了种种人工的方法，一子的鼻血渐渐地停止了。长一只是闷沉沉地在那里呆着，他有点茫然；他想道："流鼻血，这是没有料到的呀！"

夕阳沉落在黄昏里，有无限衰落凄凉的暮意，象征着人类生命最后的回光；接着，恐怖得和死一般的夜的暗影，向人间袭来；长一正是被包围在这样的一个阴静寂灭的境况里。这时候，他望着那躺在床上奄奄一息的一子，一种不吉利的思想，一种毁灭得无可挽救的预感，捉住了他，把他推到一种绝望尽头的感情里去。他很难过。忽然他将那粗大的拳头敲在那歪歪斜斜的床架上，表示自己心内的不平。

他想：——他，一个身昂力健的汉子，卖尽了气力，吃尽了苦头，还要活活地看见自己的孩子养不大，这样的事，是太没有公道了！而长一，他就老是在追求这种公道的。到这时，他好像蒙了莫大的冤屈似地，感伤得在那里号叫：

"嗨！我想不到！"

那从来不大讲话的孩子向他望了一眼，像有什么话要讲似地，扯了几口气。可是长一一点也没有去注意那孩子，只顾很激昂地叫道：

"嗨！我造他八代的祖先的！"

一子将放在他膝头上的手收回去了，嘴角微微地牵动了一下，随即叫了一句"妈妈"。长一这才注意到一子，他伸了那个粗硬得好似破皮鞋般的巴掌，去摸摸那孩子的头额。

"你要什么呢？"长一说；"只要我有，只要我办得到。"

那孩子很费劲地摇动了一下头，表示他什么都不要；只是慢吞吞地说道：

"妈妈：……你说爸爸是穷人，……爸爸为什么是穷人呢？……有时候，这世界上。……有穷人住一个屋，……太阳跑不进，风也跑不进，雨也跑不进，住的屋，也有吧？……"

停了一会，他又慢吞吞地说道：

"妈妈：……你说爸爸是工人。工人也有小宝宝能也是吃饱了饭上学去，……也有吧？要是那样也能够，妈妈……我一定不拣柴，不拣破布，……我要像一个学生样，……我要买一个书包，……黄的书包，……把书和大饼都放在书包里，……我也这样，——往肩膀上吊下来，……妈妈：……要有那样的时候，……我们也住一个不破的屋……妈妈我们要几时有？……"

一子继续无力地问他们的话，张开那失神的眼睛，天真无邪的眼睛，望望他，望望女人。这样的问话，就几乎把长一弄得哭起来了：他也就和自己的孩子一样，希望自己一家人常常吃得饱饱的，希望自己一家不要住在飘风透雨漏太阳的屋子里，希望自己的孩子也能够穿了新衣服背了书包到学堂里去，然而这样的一些，几时才能够实现呢？可不可以实现呢？这问题，他自己也是茫然的。如其是他不被生活折磨了这许多年，他也许还有回答这问题的自信，可是现在这种自信早就被现实的生活所磨损了，他正像喉管里被什么东西堵塞住了样，闷闷沉沉地做不出声来。

女的到没有顾虑到这些似的，连忙对孩子说：

"啊！那个时候是有的：只要宝宝的病快些好了就好了！我上街去做生活，爸爸上工厂去做工，我们将来有了钱还替你买书包，买糖果，让你背了黄书包上学去，你将来长大了，赚洋钱，赚元宝，就自己做新屋住，只要宝宝不害病就好了！"

这些话，正是一家人的希望：孩子，女人，和长一，特别是长一，永远在那里盘算着，白天和黑夜。这种希望，是诱导他们向前摸索的路灯，可是今天长一听了这话，好像这是在嘲笑他似地，他有点不大开心。他不做声，望望女人，望望一子，披了一件衣服跑到外面去了。

如果长一就这样灰了心，那就什么都完了；可是他并不灰心，他披了一件衣服走到外面来在夜风里吐了一口气，心里就平静得多，他独自想道：

"总是有什么病缠住了，还是多集几个钱把病弄好了再说！要想个法子才好，难弄的就是钱！"

接着他又摸摸自己的肚皮。忽然浮上一个新的意识到他脑子里来，他想道："一个人要是能够又做工又不吃饭就好。"

第八章　三段论法以外

"凡人都是要死的，一子是人，所以一子也是要死的。"三段论法早就这样规定了的，所以一子的死证明了形式逻辑是一种不可侮的真理。不过本章的要目还是在说明幻灭的悲哀与希望成正比例。

长一的伟大就在他有一种特殊的"执着力"。他做人的精神，永远是一贯的，他从不采用悲观的态度；一直到现在，他还是继续着那种勇往迈进，努力向前，绝不退却的毅力。现在装在他脑子里有一个唯一的信念：那怕孩子再衰弱些，他总要想办法，他总不会没有办法。

世界上的事只要有钱就有办法，这差不多是一个至死不变的真理，长一近来就捉住了这样的一个真理，在这个真理底下，他和自己的女人，用人类最大的气力挣扎着。

他们挣扎着，过着这样的生活，已经不是一天。

某一天的夜间，女人从自己衣袋里摸出一块白布小包来，她解开外面缠的麻索，抖开布包交给长一，那里面是三只光洋；长一接了过来，用另一只手拍拍自己的腰带，说道：

"我这里是四块半。"

随即他伸了两个指头去掏了一会，立刻变把戏似地躺在他手心里的是六只光洋，九只双角。

这七块多钱，是他们许多时来节省与工作的成绩。

房间里的一切都是破旧的：旧的床架，破的衣被，旧的桌椅，破的碗罐，破裂开来的墙壁，破旧的灯罩，一切都发出破旧的气息：他破短衫上的汗臭和女人陈旧的头巾。在这个陈旧不堪的环境中，在那惨淡的灯光底下，只有躺在他掌心里的六只光洋九只双角，发出耀目的光辉，清新悦耳的声响。

女人和长一，一共四只眼睛都盯在那放光亮的洋钱上，似乎那上面幸运的袁世凯在向他们微笑。

为了这样的几个钱，他们的肚皮里忍住饥饿，他们的身体上负着疲劳，饥饿与疲劳，咬着他们的灵魂和肉体；然而那又有什么要紧呢？这是为了自己的孩子和自己的前途，他长一早就知道同命运奋斗并不是一件轻快的事体，既然知道如此，那又有什么不可忍受呢？

他将手里摸得发热的几块钱，考究它的成色似地翻了一会，又重行扎上自己的板带里，他带着有几分舒畅的神情，对女人做了一个手势，说道：

"再加起来就是一个整数；就是这些！"

接着他又伸出那破皮鞋底似的巴掌在一子头上摸了一下说道：

"那总是有什么病缠住了，过几天再去看一个好一点的医生，看一子到底要吃些什么才对劲。"

他向女人讲过这话，但是女人翻到床里边去了，没有做声。夜是寂静的，一切都是寂静的。只有孩子轻微地呼吸着，好像在和这种呼吸挣扎似地。

第二天的下午，长一正在工厂煤房当锅炉的旁边，那熊熊的火光，在和长一的生命对抗，他流汗，喘息，火"呼隆""呼隆"地烧得响；在这熊熊的火光里，依旧有他的孩子在那里长成；从那火光里，他看见孩子长大了之后，一家人的生活变得和他天天所梦想的一个样。他在微笑。

他照平时一样的努力工作，不使自己疲劳，希望和工作的气力，结果成为一种无尽藏的力量在那里活动。

"嗨呀，火里！"

长一张开鲇鱼一般的口，喊得非常响亮，两只臂膀十分卖力地铲他前面的那一堆煤往火里送。

这时候长一的女人，也照了老例规，提了篮子，出去赶生活了，留在破旧屋子里的就只有一子一个。

当太阳斜挂到西边去的时候，从西面飘来团团的两黑云朵，移到中天，雨滴便由那云朵上落了下来；这一阵雨使她坐在屋檐脚下，把这一天的工作略略延迟了一些。

雨阵子被那团云朵带来，又带走了，太阳斜射过来，天色晴朗；她顺着原来的路，回到自己家里来，刚一进门她便叫：

"一子！"

"宝宝！"

她听不见一子的呻唤了。

"宝宝！"

"一子！一子！"

她连叫了好几声，可是没有回响；她赶紧丢下自己的篮子，急急忙忙地跑到床面前去，摸摸一子的前额，按按一子的胃口。

"宝宝，宝……宝！宝宝呀！"

她疯狂了似地喊着。

一子被她喊醒了：慢慢地将那闭着的眼睛皮揭开了一点，露着一条缝，好像睡着了被人搬开来似地，一个不动的黑眼球，浮在白眼球里；立刻，又耐不住疲倦一般闭上，不再动了。她马上明白了这一回事；伏在一子的身上，用那尖锐的声音，母狼一样地，嗥破了斜阳残照里这工作区里特有的寂静。

长一正在努力工作：流汗，喘息。摇动的火光，将他的影子模糊地画在墙壁上，他克制着自己的疲劳，仿佛有一种无尽藏的力量在那里支使他活动，他看见很多的希望，他看见了一子。

"嗨呀，火里！"

他张开鲇鱼一般的口，喊得非常响亮；两只臂膀格外卖力地铲他前面的那一堆煤，往火里送。

天空，从西边射过来的夕照，在云层里，正像火一般地燃烧着。

换班的时候到了：长一还是照平时一样用腰带和头和脑地擦了一把汗，穿上衣服，从人堆里分出来；好像一匹卸了轭头的牛样，感到全身轻快。他在路上看看街市里的一切，做梦似地移动着自己的身体。这时候，藏在他长一心底的一种情绪，是怎样的一种形态呢？是疲倦或者是兴奋？他对于生活，并不像老通样完全只有憎恶的感情，在他身上所有的，正和一个高贵的，或者更高贵的，如像坐在汽车里摸着明星的屁股的那种灵魂没有两样：他有希望，他有猜疑和顾虑，有憎和爱，混合着藏在他心底的这一些感情，偶一触动就浮上来或者潜伏下去。

他口里随意唱着，信步走到靠近了自己的家，突然，有一种声音打破了他那种思绪的常态。——

又有人在哭了。

"咳又是——"

长一口里咕噜着，他听到又有人在哭了，觉得自己时代里的堂客们真能把哭当生活的时候，他有点不耐烦去听的意味了。

可是当他再走近一些，他确定了这是自己的老婆在哭，心里便不能自主地发慌。几个大步抢进自己的屋子里去，正哭得起劲的女人，前伏后仰地把两手拍在床上。

"宝宝怎么？过了！"

他说了这一句，还不相信自己这一句话是对的样，再走拢去一望：那直挺挺躺在床上的正是一子。

正同一个碰炸弹从五里距离的高空里落在他的头上一样，是没有一点挽救的方法可想。他哭了：他的气力，他的劳作，他的血汗和希望，都在这一瞬间里化灰了。整个世纪里的悲愁，这时刻，是压在长——个人身上一般，他只有号叫：

"一子，呵呵呵！可怜你这穷人的儿，我养你——我还算一个人：一直就拖到现在！"

他狂号着，像一个落在阱陷里受了伤的老虎。

"养你不活，早就应该，——我早就猜得出的：那有什么病，早点，……早些死还少受些苦，一直就拖！"

满身血管紧张得快要爆裂，要向谁报复似地，紧握着粗大的拳头，向空中猛力挥击，然而这力量，没有收到一丝回响。

夕阳的余辉像血一样燃烧在天际，落在晚空里的那女人的哭声，显得分外的凄哀。

他呆呆地站在女人和孩子的中间，仔细审视这死去的孩子的颜面。……

这是一个恶梦样的呀！

第九章　一种人的天性

　　不守本分的人，据说大都是天才的叛逆，如果也用这话来解释长一，那就错了，他的行为，那分明只能说明那是劳动者的一种天性。

　　长一的故事快要完了，因为一子死了的缘故。

　　一子死，留给长一的是一个不可磨灭的痛苦。

　　有的时候，他也这样想过：那是在一个很短的瞬间里，在那一刻，他的脑子里会浮上许许多多的记忆，他依次追寻线索地将这些记忆排列起来；一些生活上的事实，在告诉他，工人们并不是有什么例外的：他所见到的一些孩子们，谁都是在抄袭着前一代人的命运，或者就是给死亡带走了。

　　人们都是这样的：当事到临头的时候，就会作退一步的想法，长一也是如此；不过他退一步想了之后也还是没有丝毫用处；像这样一种想法，能给他多少安慰呢？他的痛苦依旧是不可磨灭的呀：摆在心上这个事情是太大了！何况长一早就感到一种冤屈，世界是那样那样的大，而长一所要得到的却是这般微末；然而他终竟连这微末的也得不到手，命运对于他不算是十分无理和残酷么？他实在不能够用退一步作想的方法排遣，他只有忍受。

　　在家里，什么都和以前两样：一子虽然死了，可是桌子上还放着他花掉一星期以上的工钱所买来的东西：牛奶，鱼肝油，饼干罐，屋子……空着的那角落里，全是一子的东西：皮老虎，假书包，香烟盒子，和几只积满了尘垢的破鞋。什么都和以前两样！女人，好像要用哭来了结这一世般，没有去洗衣服，也不出去赶生活：老是坐在那里将哭肿了的一对眼睛，埋在那双肥秃的手掌里；

即使在做点什么事，泪珠也要一粒粒地沿着鼻沟往下流。在这种境况里，若是他不咬了牙巴骨在那里忍住，他也得哭几声；不过长一也看清楚了这一点：老是哭会哭得一个什么出来呢？而且一个人如果不打算立刻就死的时候，就得硬着颈脖去做自己的事。

对于女人的这种不休不止的哭，他很想用什么方法去阻止她，他觉得像这样下去有些不好：这样哭下去是不会有什么结果的。他常常用一种极缓和的态度来劝阻她，好像在这种态度之中，还蓄着对于过去待她太粗暴的追悔样。可是受他劝慰的女人，反而更加感伤得哭起来了。每在他劝阻无效的时候，他也并不加苛责，仅是说一句：

"咳！女人家！"

或者是一句：

"咳！堂客们真无办法！"

于是他披上衣服便到工厂里去了。

然而工厂里的味道也并不见得比家里的味道好，或者还要坏些：脚一踏进工作室里，那一堆湿煤教他一看见就感到头脑发火，墙壁也板起威胁的面孔耸立着，钢钣，螺旋钉，铁锹，通条，煤筐，竹杠，……一切熟识的东西，都变得生疏而冷酷了。他勉强扯下自己的上衣，挂在墙壁上，唾了一包口水在手心里，搓了一把，抓住那铁锹，一声不响地工作，再也看不见长一张开鲇鱼般的口，再也听不见"嗨呀火里"的那种响亮的呼声了。可是炉里的火还是"呼隆呼隆"地烧着，把长一活动的影子画在墙壁上；从那熊熊的火光里，他再也看不见一子长大了变成又一种人，很有威严地坐在写字台前面了。他的眼睛，只看见那里面燃烧着血，燃烧着愤怒的火。但是他还得工作。他闷沉沉地铲那一堆煤，袒着胸，躬着背，头上和身上的汗，便从毛孔里渗出来，连成点结成珠，往下面滴。他焦燥地将流在面孔上的汗，一把一把地撒在地上。

"造他八代的祖先的!"

他骂。心里塞满了一种莫可名状的愤怒。

坐在他跟前的老通，老是那么样地拿了一个水烟袋抽抽丝烟，秃了顶的头，呆板板的眼睛，绷硬的脸上没有一点表情；那额上和面上，刻着许多的皱纹，这是说明一个奴隶辛苦地扎挣了大半生的记号。一个劳动者，到了他这样：上了四十多岁的年纪，前面期待着他的，除了疾病和死亡之外，再没有更好的什么。

"我说"，老通忽然对长一说。"一年三百六十天，我们就让黄豆大的汗往底下吊! ——你家的一子死了么?"

长一向老通瞪了一眼突然叫道:

"我还算一个人啦! 他八代的祖先的! ——我做了什么? 一子不就那样，后来拖得!"

长一述叙着一子病了的情形: 他说他们是如何的努力而挽回不了这种厄运，他说他们如果是有钱的时候，这孩子的病是会慢慢地好起来的。他又叙述着一子死的情形: 他说一子死了摊在床上的时候只剩几根骨头，他们看见这景象心境是如何的悲切。他说一子一死他们对于生活的趣味和希望完全破灭了。长一好像抱了冤屈似地叙述着，仿佛这种叙述，可以减少他的悲苦，或是老通能来救解他一般。

他讲得十分悲愤的时候，就硬着颈脖大声地说道:

"我的意思，我说: 我也算一个人啦! 他八代的祖先的!"

通过了长一的感情，这种叙述，有十分的沉痛和激昂的意味，可是听了这一番话的老通，像听了一个极平凡的故事样，毫不动情; 老通自己的命运，较之长一就有十倍的糟糕: 一共养了七个儿子的他，到现在就只剩下他一个孤人了，他告诉长一，说他有的孩子长到十六岁死去了，十六岁，即是可以将气力换钱的时候，可是他还是死了。到现在连一个老婆也离开了他死了。

讲过自己遭遇的老通，也不去看长一一眼，还是那么样一个没有表情的脸。

"我们就这样！咳，我们！他八代的祖先的！我做了什么！"

他在老通面前叫着，发了狂似地，将那一根铁通条使劲地往煤堆里插，好像他长一有一个仇人就躲在那个煤堆里。

"他八代的祖先的！"最后，他又这么地喊了一句。

从此以后，他再没有在旁人面前叫什么不平了；他知道这些人的遭遇都是相差有限的，和自己比较起来，有的也许更坏。

以前，长一的生活是打女人，赌钱，望一子长大，努力做工。现在这些都不是的，他只是沉默，忧郁，和愤怒。要是有什么朋友提到以前的话，他老是避了过去，不谈那些，近来长一的态度变得有点和老通相像了。周围的人们都说这是为了一子的死，为了希望的毁灭。这实际上，长一除了这种痛苦而外，在他的内心里还蕴藏着一种不愿告人的隐恨：过去他那种欺骗朋友憎恨朋友的态度，他偶然回忆起来，连自己都要觉得可鄙；这样的感情常常处罚长一。当他偶然在路上撞见王得和别的朋友，他们互相打一个照呼就过去了，这时候，长一就要感到自己丢弃自己的一种孤独。那是叫人难受的一种味道。他屡次想在他们面前惩治自己一番，以表示自己对自己的憎恶。可是他没有这样做的机会：朋友们大都在同情他那不幸的遭遇。在这种同情底下生活着的长一，只是更加感到自己的渺小和不光明。死了孩子的那种强烈的痛苦是过去了的，而且那可以归之于穷人的命运，只有这种痛苦，对于他这样的汉子，是更为切实而不能忍受，在这样的情形中，他只有沉默，忧郁，和不可名状的愤恨。

一天又一天地过去，躺在屋角里一子的那些东西早已扫出去了，女人哭肿了的眼睛，也复了原，横在门前的粪船依旧臭着，煤滓堆里的孩子们，还是在那里钻洞，只有他那板刷似的脸孔显得苍老了一些。

看起来长一确是显得衰老了！

然而天下事就叫人很难逆料：

有一天，那又是劳动节的那天，各个马路上都聚散着许多黧黑的面孔；一会，大家活动了，人之潮，汹涌着；渐渐地汇成一个巨大的洪流，在宽平如常的柏油路上向前滚动。那里面，有一个板刷似地的脸孔，闪着固执得钢样的青光，那正是长一；他眼睛挣得大大的，遥瞩前方，眼睛里燃烧着热情和希望的火。他撇开自己的女人跑在行列的前一段，将那破皮鞋底似的巴掌捏成拳头。

立刻这里面一堆声音暴发了轰雷一般：愤怒的，狂暴的，热情的，希望的，汇成一种声音的巨流，在空间里震荡。长一也扬起臂膀高叫着：

"五月呵！"

"我们要面包。"

"孩子是饿死了的吓！"

他后面好像隐藏着一种力量在那里推动。

长一现在仿佛也知道：虽然黑夜与黑夜是那样绵密地紧接着，可是呼喊着光明的声音终于是在渐渐接近破晓的呀！他在这时代里并不能算一个了不起的英雄好汉，可是经验在教训他，他的现在绝对不错，他应如此！否则他就应该去到一子小坟的旁边，给自己和老婆挖两个坑。

选自 1933 年《文学》第 1 卷第 5—6 号

欠　费

　　"何先生，训育处请！"校工到这里话停了一停，从左手择出一张三寸来长的纸条往桌上一放；回到门口站住再扭转身来找上一句："请你立刻就去……啦！"啦字拉得格外的长，听起来简直是一种嘲笑的声调，这在平时或者是另外一件事吧，何先生也许要叫他站住，摆一点皮气给他看看。然而这时候是不可的，有皮气也只好忍一忍，愤也好，慨也好，都只能紧紧的关在肚皮内，面孔上还要装出若无其事的容色。为了要免出同房的用一种好奇的态度，来追问这事的根由。

　　"训育处请，有什么事？"同房的随便问了这一句。

　　"那个晓得有什么事？"何竹笙只淡淡的答了这一句。

　　其实除了何竹笙自己心里明白之外，谁个晓得训育处请他有什么事？

　　外面虽然是装得若无其事样，但是肚子里的愤火溶得化铁，愤谁个？他自己也有些难说。

　　——总而言之吧，朋友就那样一回事：升了官，发了财，就不见有人来过问，虽则自己并不要他们来过问。然而打败了，退了伍，编遣掉的，就来找你筹盘费，想方法，比做自己的事还急些。

　　何竹笙按住一张纸，一边想，一边画，画得辨不出那是字那是画，又翻过来画反面。思绪又渐渐的拉开：

　　——我们贵国的军队，也就真出奇！一个正式军队去剿土匪，闹出这种笑话来：连长带了两排人冲上山去，后面的援队也跟起放枪。土匪也没有打死自己的部队，自己的队伍也没有打死土匪；土匪跑得精光，自己的部队跑到山上去集合点数，失去了十多人；还有一个连附。回转来才发现横一个直一个的躺在半山腰，动也不动。自己还以为土匪好凶啊！过细一检查，一个个都是子弹由腰际进，由胸口出；由后脑进，由顶门出。是自己援队干的好事。闹了一通夜，土匪没有剿半个，自己死了十几。到头来连长怨排长，排长怨连长，弄得大家撤差。那里是剿土匪？活是做滑稽戏！其实中国的军队那一个不是一样？预备队把自己的先头部队当敌人打，援队把自己散兵线当敌人打的事要多少？何必单单对于他们两位求之通苛呢？横竖中国多的是人，叫他不！死了又有来的！穷人又会生！还怕绝了种!? 撤他们的差，弄得我的生活也不安了。

他又想到那天两位朋友来找他的那狼狈的情形：

两个人穿了一样的灰布大褂，脸上黑得放光，军人的气概，在那还没有尽行消失去的那威风凛凛杀气腾腾的面容上，也还有迹可寻。一见面，"别的暂且不说，快找一个馆子吃饭！"接着就是报告打徐州失败的情形。接着就是前次剿匪的经过。接着就是一顿牢骚。接着就说："后天就走，两个人一路去找郑教官，在广州，他升了独立旅长。我们两个去，总还容易安插；横竖拿枪也十，拿笔也能来！"似乎到广州去就大有把握，这把握就是"到广州去郑教官而不借重我们两位，那就是郑教官有眼不识英雄"。接着又说："难的是路费，两个人差四十多块钱才能动身，四十块钱完全旨望你，你没有那我们就只有当土匪去！怎样哩，老何？"

弄了半天，何竹笙才摸着问题的中心点。

"你们还是当土匪去吧！我是十分赞承当土匪去的。当土匪比当下级军官强得多；当土匪抢来的脏物是大家吃，大家用；当下级军官是怎样呢？军头直接间接从老百姓身上榨来的军饷，分起赃来，几个大头都有份。弄十多岁的姑娘当小老婆，几个大头都有份。升起官来，也是几个大头都有份。当下级军官只有送死才有你的份！这样，不说送到火线上去打死，一个有血性的人气也就要气死啦！军队生活与其说是军队生活，不如说是奴隶生活，牛马生活，机械生活！当下级军官的自己做奴隶做牛马做机械还不自觉，还要用种种残酷的手段去压迫比自己还可怜的兵士；用种种欺骗的方法去笼络比自己思想还要简单的兵士。归根结局，还是自己连同那可怜的兵士一起做长官的工具鱼肉，做害老百姓的蝗虫。这是何苦呢？我说你们去当土匪是再好不过的办法；而且当下级干部并不比当土匪的生命安全些；现在军队剿匪，只会剿在街上发传单的'共匪'，和没有枪的农匪。你们两位是素来以胆大著名的，去找几支枪干起来，开辟你们的新疆域去！把参军长的位置留把鄙人！"

两个人都是一脸的苦笑，睁起两对大眼睛向何竹笙望起好久好久，才说：

"当土匪去不过是笑话吧！在江南这种人烟稠密的地方，根据地也没有，怎样能行呢？即令有一帮在什么地方叫我们去入伙，我们是人地两生，怕当一个小喽卒也没有人要吧！除非去打闷棍，剥猪猡；但是我们两位，做起这事来也就不大高明！"

"老何，说话简简捷捷的吧！有就有，没有就没有；没有免得我们作你的旨望。没有，我们还要做没有以后的事。你快点讲出来！"

这一来确是把何竹笙难住了：情形是这样，不招呼似乎过不去；但是招呼得来了自己又怎样呢？何竹笙这样的踌躇着，还没有决定。

"我身上还有一百二十块钱，但是不是我的；马上开学要买二十块钱的书，缴八十块钱的费，其余一学期的零用和暑期的房饭都在内，你算，我还要向谁挪个几十元才够支配哩！你们说我应当怎样办好呢？"何竹笙把眉头一皱。

"你身边有钱那就好办了：先提四十块钱把我们，二十块钱的书打算在内；先欠学校四十块钱的费；我们到广州去一就了事，马上就寄钱来。钱多，也许多汇几个给你；没有钱来，你替学校服务；再不然在旁处扯一扯。你在上海的路总比我们宽些。我想，应当这样！"这个议是当连附的一位汪老总建的。汪老总这个号还是他们一道在团部当见习的时候，何竹笙送的。

"我也觉得只有这样。"当连长的一位也肯定的和了这一句。他们怕的是何竹笙身边没有钱，并不怕使何竹笙受窘。已经知道他身旁有钱，就算找到了着落。何竹笙这时候也只有咬起牙齿来割自己一刀。

"好吧，患难是应当大家分担些，有钱的人这几个钱算得个毛！我们就是命！"

"这时代钱就是命，命不值钱！"汪老总也有些慨然。

……

"这活是帮肉票——"何竹笙把现在的情形同当时的情形想了想，口里吐出这一句，但是立刻又咽住。

——都只怪自己！学校索欠费是应该的，照顾朋友也是应该的，只怪自己！只怪自己！……然而怪自己又怎样怪法呢？

最后是反问自己一句，把头一歪，仍旧是提起笔在纸头上不加思索的画；画些圆的圈，扁的圈。到底找了些自责的话来：

——谁叫你一个穷光蛋要往学校里跑呢？照顾了一两个朋友还翻不了的悔样！怪得谁？社会上什么事不由你干？只要头放尖一点，脸放厚一点。社会太混乱，叫它不！是这样才好趁浑水摸鱼。那管那些，横竖是忘八骗我我骗忘八的世界，这种本领还不容易造？落得过安适的生活，还可以得到故乡人肉麻——管他麻不麻——的恭维和钦慕。无论如何吧，总不会弄得现在这般穷，穷得几乎卵子打得凳响！

横七竖八的思潮，在脑子里打了一个滚，又重新回到自己的现实界来：

——这问题总是要解决的，不去一趟，总完不了事，还是硬起头皮去吧！但是那一位训育主任的面孔也就难看，平时见面也就有些令人不大高他的兴。欠了费，这件事，是何等的一个令他能摆神气的好机会啊！不去吧！不去！不去！

心里这样想，腿子却在开始挪动：

——终归要去的哩！然而问起来怎样答应呢？接济了朋友吧，这话不大妥，不妥！还是拿另外的事扯一扯吧！暂且在走廊底下练习一次再说：我进去，他一定不大看见样还是坐在汽椅上。等我走近了，也许他要问这一句：你是何竹笙吧？那时候就应当"恭而安"的站起答应一个是的。再就是他问，你还要欠多少钱的费吧？应当仍旧答应一个是的。到这时候，假是有我说话的机会，我就应当这样措辞：现在我还欠学校里四十块钱的费，本来同学校约定的说是一个半月一定缴清；不过现在因为家里起了战事，把我预定的计画都破坏了。家里现在是五离四散的逃兵荒，那还管得到我的事呢！我也知道学校不是一个慈善机关，学校是需要学生的费来维持的。允许我欠费缓缴，已经是极其例外的办法；现在约定缴费的时候到了，在理，到时候缴费，不应当说许多废话。然而以人情论，我现在所处的一种特殊情形，学校也应当给我一种相当的谅解。我现在还是候家里的信，但是什么时候有钱到，我就不敢许定日期了。他如其要问，也不过是问你为什么到现在还不能缴费呢？你什么时候缴呢？这一类的话。像上面的答覆也就尽够了。好！就是这样去吧，硬起头皮！

鼓起一肚子劲，跑了进去。训育处就只剩了一位办事员，一见面，也不讲多的话。就只说："请你在一星期内把欠费交齐！我是照上面的话来办事，什么其他的事我不管！"

何竹笙走出来又抓起头皮来了。把他的话重复了一遍：

——"请你在一个星期以内把费交齐！我是照上面的话办事，什么其他的事我不管！"怎样办呢？一个星期，一个星期之后，免不了又来这样一套："何先生！训育处请！"到这里把话停了一停，一张纸条往桌上一放，校工出门去，又掉转头来找一句"请你立刻就去啦！"再就是同房的问："喂！训育处总在请你，到底干什么事呢？"再就是我出去以后同房的揣测。再就是揣测之后所得到的不好的结论。再就是到训育处去受的窘迫。再就是回房来自己的纳闷；越是你纳闷，同房的越是要多些得意的微笑。再就是冰人的冷语。再就是同房的那一位章先生的毛毛雨。再就是章先生说：咳！你们晓得这时候黎明晖的动作将要怎样吗？咳！就是这样！再就是他所要做的关于黎明晖的动作。再就是一阵狂笑。再就是他向我瞟一眼。再就是旁人对我异样的态度。再就是自己觉得窗户都在嘲笑我。再就是……周遭种种的，无限的，都是嘲笑，嘲笑我一个。这是何等的一个侮辱啊！他妈的，这还是人味！

——还不只这，困人的事情多着哩！第二次的大考马上就到了，上次月试的成绩是过于坏。这几天来，习题实验都没有做；也没有心思做；做也来不及。假使再考一两个不及格的成绩，那书还有什么读场呢！即令先生不说，学校不处罚，自己也觉得汗颜哩。他妈的，只有不读书！但是不读书又去干什么呢？自己事前是如何自好的期许着自己的将来，这一来还有脸去见人吗？没有出路，没有出路，除了死！

想到这里，他自己又有些好笑。

——为了这小小一点事就想到死！前此的锐气和决心呢？不是这样说过的吗？什么应当铁一般坚执！火一般热烈！海一般深宏！泉一般沉澈！来说明自己意志情感器识思想的吗？不也说过冲破种种的障碍，稳固自己的基础，再来救别人吗？不也说过要铲除自己颓废的心情，消极的观念吗？为什么现在遇了这样小小一点事，就这般的畏缩呢？究竟是没有伟大的毅力！为了这点事就要自杀，那现在许许多多失学的青年呢，他们受的痛苦和压迫比起自己来怎样？用自己的血肉送在资本主义的铁轮下压榨的青年呢，他们所受的痛苦比起自己来了又怎样？假如是一个时代的青年，就应当趁这个时候去充份的吸收智力，准备将来去指导他们破坏这些不合理的存在，去建设一个人的社会。

这样的自责了之后，又在内面燃烧起热烈的火。

终于他将零头杂细的思绪归结起来，下一个总决心：

——当前的问题暂且搁置一下，还是在课程方面努点力吧。钱来了缴钱；钱没有来，那就只有再等。谁还想骗他这几个钱：放在一边来读我的书吧！

就这样牵延复牵延的拖到放假，何竹笙家里没有来一个钱，朋友也没有来一封信。

训育处的通知单又来了，照例校工喊了一声，丢了一张纸条在桌上。何竹笙还是老方法，头皮硬将起来闯进去。这回进门去，训育主任同会计对面坐起。训育主任开始问：

"何竹笙！你还欠四十块钱的费，怎样还不缴来？"

"担负我的经济的人还没有寄钱来，叫我缴什么呢？"

"他有信来没有？"

"信是有的；就只没有钱。"

"好！你去拿信来看！"

何竹笙走出来，心里着实有些愤然：

——差了这几个钱还要把自己的私信把人家看，他妈的，像做了强盗样啦！我不去！钱没有，看他怎的！

心里这样想，但是手上已经拿好了信，他到训育处，又折回自己寝室里来。他第二次到训育处的时候，只剩下一个校工拭桌子。

当天的晚上，在大操场的一角，朦胧的月下，有一个人影在那里踱荡。胆小的同学们，都在大惊小怪的指起操场的一角，说是活鬼出现。其实这不是什么活鬼出现，这是何竹笙在那里想解决欠费问题的办法。

他来回的走着，心里盘算这什事：

——长远的是这样总是不行，还要来寻一个具体办法才对。再见了他的面，一定要把这事解决了它！明天见了面，他一定是先要看信；把信看了之后，他也许要说：你总要想个办法才好啦！或者竟拿出一个大题目来，说学校经济困难的种种话。来加在我身上。这时候有我说话的机会，我就率性把自己经济状况说一说。把自己解决的办法也说一说。应当是这样的措辞：我在最近关于各处寄钱来的事怕是绝望了，下学期有钱寄来，怕也只够下学期得用，上期欠费的原因，是因为接济了两个朋友的川资。在当时是预料家里寄几十块钱来，好填这个空，那晓得那时家里在逃兵荒，所以结果是没有。现在只是一个没有也解决不了这个问题的，所以我想了两个办法：第一个办法就是暑期开补习班了我在图书馆去服务。第二个办法只有还是候，然而这候，实在是一个遥遥无期的事……

——好了！就是照这样说吧！

于是乎何竹笙在第二天照样的背书一般背了一回给训育主任听，随后还找上一句：

我现在所能想到的办法，同所能办到的办法就是这样。学校里有更妥的办法，我就只有遵命！

训育主任很爽快的答应了第一个办法：

"只要你们开诚布公的把自己的情形告诉我，我总可以替你们想些办法。好！你就在图书馆里服务一暑期，暑期学校开学了我就有条子喊你。"再就是本题以外的谈话了：问了他功课成绩的好坏。劝他怎样的按照学堂规则去做事。劝他怎样去努力用功。再就谈到他代校长以后施政方针的一部分：对于欠费生，决定取严格的办法，不允许他们升级。不允许他们取转学证书。扣留行李，限定时间要他们回家去拿钱赎取。于是乎这样一来对于他的待遇要算额外优越了；于是乎他就应当不胜其感激之至的。当然，何竹笙觉得他的话有些可感，劝他努力求知的人，他都觉得可感。

——算是把很久的悬案解决了，为了朋友卖去自己一点自由有什么不可以，而且到图书馆去服务，总算是讨画便宜了。

回房去，他像松了一口大气样，他开始筹划暑期的生活，规定暑期的作业：

——到图书馆去服务，在暑期学校里去当一个旁听生，总没有什么不可以吧？

为了这计划他一次两次向训育处跑，但总是扑一个空；不是人不在房里就是有客。第三次去，人是会着了的，但是事情变了卦：他还没有陈述自己的意见，训育主任就在滔滔不断的向他说，转弯磨角的向他说，说来说去说了半天，半天说了一大段，一大段只要这两句就可以说完：图书馆已经有了人，你的费还是要缴！在另外一个人，也许听了有些误会。然而何竹笙毕竟总算能听得懂话的人：他懂得他说话的时候为什么要把眼睛看在地板上。他懂得他说话为什么五分钟用八个然而。他懂得他为什么不等他陈述意见以前就滔滔不绝的说。他懂得他为什么要转弯磨角才说到本题来。

"办不到的事也不必勉强！"何竹笙把一手扶在桌子上很沉着的说，"我总希望我最近有钱来解决这问题，现在就要我缴齐费的事，实在办不到！我此刻的火食都是朋友替我维持。青年人谁愿意欠了费而每隔几天来一个条子呢？而且也并不是不缴钱就能完事的。打算几千里路跋涉到此地来读书，他总不至于要故意的来欠学校的费。欠了学校的费，心里总有一件事。这样对于读书的效率一定减少。些微明白一点事理的人，绝对不会做这种糊涂事。我的欠费总是尽力去办。我希望早些解决的心恐怕比之训育处要钱的心还要急切哩！"

从训育处钻了出来；他心里到也没有多大的苦闷；还是按照自己所规划的暑期作业去干。欠费只好厚颜的往下拖些时再说。

几天以后，他正在振起精神想看书：

"何先生！训育处请！"一张条子飞在桌子上，回身带上门就走了。校工大概是很忙，好像来不及加上"请你快些去啦"的一句样。

十八，八，十八。

选自 1929 年《北新》第 3 卷第 24 号

一个朋友

方友松刚刚从自己教课的那个学校里出来，在一个停车场附近看见从前入伍时候长在　道的　位，就是那个面庞瘦削鼻孔很大的一位，他们从前喊他老刘；从前是好朋友；但今天好像完全不认识了样：方友松在停车场向他招呼，他也没有理。只是跟在后面上了车，就坐在对面。

这姓刘的他身上是一套黄斜纹布制服，裤子的颜色比较得淡，一顶黄软胎军帽略略大些，他就和头和脑套进那个军帽里。丝光裹腿在小腿上缠得绷紧，剪刀拗的花纹排列得非常匀正。他正在和车窗外他的一位朋友谈话，临别敬礼，头和手格外灵活：手举到相当的地方，就将头低下，让帽檐迎接手指。

他的制服做得很合身，洗烫得平贴干净，风纪扣子纽得很紧，军纪扣子上的洋漆放亮，脚上是一双白色篮球鞋；坐在那儿，小肚向后吸，胸脯挺出。那种姿式很有点军人自负不凡的气概。

他有一个同伴，身着便服，坐在他右手。他们刚去办了一件公事，此刻正是回去销差。

他常常看在方友松这边，目光炯炯，非常注意那个放讲义的皮包，视线就在这个皮包上游来游去。

方友松预备再和他招呼。

他忽然把口张开了又合拢，从鼻子里哼了一声，将头摆动了两下，一个喷嚏没有打成功，连忙用手揉揉鼻子，接着同他的同伴开始谈话，谈到得意的地方，他就扬起头来打几声哈哈，大约是谈什么女人；不过他的视线却老是不离开那个皮包。

方友松等了好一会，等得他抬起头来，就赶忙向他点点头叫道：

"老刘，喂！"

他看了一眼，并不理这人的招呼，只是扭过头去大声对他那同伴说：

"老杨不晓得怎么那好运气！"

"老杨自然是好，他的薪水——"那一位说。

"薪水算什么，他就发大财！我，入妈直穷得卵子打得凳响！"

他向这边偷瞧了一眼，又说道：

"入妈别个人运气总好些！"

"那种造孽钱！"那位又说。

"你这种人有个卵用！我估死你：你将来会穷得臭！咳！好容易；咳！咳姆！"

他咳嗽了两声，吐了一包口水，那口水是从牙齿缝里挤出来的。

车子转了一个弯，马路宽了，车也驶得快，他说了话把嗓子压得很低，听不清楚。只看见他一面说一面用臂肘拐他那同伴。

过了一会，他又在看他的那个破皮包。

方友松这时候心里很不高兴他这个态度，将皮包放在自己座位后面去了。

车到了终点，他一下车就跑到前面车站里去。但是那姓刘的一直跟在后面，也停在候车的地方。

他没有打算和他再攀谈；看见他站拢了就跑开了些。

但是那位姓刘的，见了他跑开了些便又站拢来了：

他深怕和这位老朋友分开了样，站在跟前来，仿佛一位登了台的魔术家一般，用两个指头从自己荷包里扯出一块很大的印花手帕来，铺开顶在小指头上挖鼻孔。

为了贯澈原来的主张，方友松又跑了一二十步。

可是他又跟上来了。

这回：——他用眼睛瞟在这边，将他的同伴喊了去，筒了耳朵讲了几句。最后，他用手把那个同伴的肩膀轻轻地拍了几下，随手一推，那人便站在方友松右手来了。他本人还是站在左面离开五六步的光景，竖起后脑袋，硬着颈脖，那神气很像一个鸭子受了惊伸长了颈在听什么，而突然给一个手捏住了样。

这种形势使方友松感到威胁；他把皮包一夹，打算离开他们。

他看清楚了这边的打算，立刻横身骚动不安。咳嗽了两声，向那位便衣朋友做一个暗号；那朋友还没有动手，他发急了：挤眉雯眼，挥手蹬足，好像有电火触在他身上。

后来便衣朋友照他的意思，跑过来拿了那个皮包去翻。可是他自己并没有过来动手，只是以一种监督的态度瞧着这边活动，眼中透亮，整个的精神都放在皮包上面，那神气就好像饥饿异常的狼见了一只火腿，又好像他正在憎怪自己的目力为什么不能够转弯抹角地钻进皮包里瞧一个清楚样。发觉了有人在看他，他就连忙伸了指头到马裤荷包里去，牵出那块印花手帕来挖鼻孔。

这皮包里只有几份讲义和两本参考书，翻不出什么来，这个叫他很失望。

"咳！——咳姆！"

他又咳了一声，好像等得很不耐烦。过一会，突然他好像给人一闷棍打来了似地，大叫一声道：

"这半天！——弄出点什么明堂？"

那一位只顾翻，没有作答。

他有点发气，再喊道：

"呔！有就有，没有就没有，你怎么不做声！"

这位便衣朋友拿了一张英文讲义，似乎认识英文不多，在那儿半瞧半猜地弄不清楚。

他终于忍不住再把自己装在闷葫芦里；他把原来的面孔收藏起来，装上一副"庄正不阿"的神色。这种神色，很能表现一种"公事公办"的精神。并且为了唤起别人对于他这种态度的注意，连走路的步子也带点那个味道。他一面走了来，一面气愤愤地说道：

"你！这一点事！你有个卵用！你，咳姆！"

方友松看见他站在自己前面，不知道怎样，又想到去和他招呼。他喊道：

"喂！老刘——"

那个脸色一变：好像泼了猪血。但立即他把脸一沉很严厉地吼道：

"呔！什么老刘老伍，各人自己要知架！"

然后他恢复了固有的镇静，躬曲着腰背去看那张英文讲义，没有别人的存在一般；同时，他又变把戏似地拿出那块印花手帕来，顶在小指头上挖了一回鼻孔。

他看过那张英文讲义，把它放在一旁；又把摊在地上的那本英文书拿起翻了一会，又把它掷在地上；又去拾起那躺在地上的空皮包，研究它的构造似的瞧了一回外表，又将它放下，过一会，他又去拾起来，拉开那空皮包的肚子，把头钻进去窥探了一阵，但是仍旧没有结果。于是他把这些都拢在一边，用脚一踢，使出一种"要就不做"的精神来，用一种属于军人特有的沉着，表示自己毫不妈虎：他偏着头向这位老朋友下半身瞧了一番，又向他上半身钉了一眼，然后用一种不满意那同伴的态度，用一种沙哑的喉咙对那位大声骂道：

"咳！你这个人有个鸡巴用处！"

他说了这话，就马上跳过来一把将方友松抓住，搜他的身上。

后来在身上没有搜到什么东西。他很没劲似地，就将他放了。

方友松本来想再不要去睬他的，但是这时候不知道有什么鬼，忽然又叫道：

"喂，老刘！我就是——"

他刚把话讲出来的当儿，那位老刘就连忙掉过身去，提了一提裤子，预备拔腿开溜。但方友松已经一把捉住他的手腕，而且对待一个聋子一般大声叫道：

"喂，老刘，你当真不记得我？我就是老方！"

被捉住了，他先还想挣脱，后来他晓得挣不脱；就向着这位老朋友，眼睛直雯，眉头直皱，就好像电影演员在练习表情。过了一会，不知道怎么被他想出来的：他突然换了一副神气，将另一只手伸了出来，一把捏住他的手，连摇几摇，好像一个自己正在寻找的朋友在街的转角突然碰见了样。他大声说道：

"哎耶！是你呵！……真想不到在这里碰见你！……久违！久违！……你好？住什么地方？……真遇得巧极了，七年不见。……咳！……我现在情形和以前差不多。老是那样：饿不死，胀不死。简直没有什么发展。……我们此刻还有点公事，吃公家饭就这样。……咳！公事，有空请我那里去顽。……今天天气到很好，就是有点热。我们就要去办点事，公家的事……已经不早了，……有空去我那里顽，真遇得巧极了！我们二天再见！……二天见！咳！"

他又搜出那块印花手帕来了，方友松望着他，心里想："他又要挖鼻孔了，他又要挖鼻孔了！"可是他这回没有用来挖鼻孔，只是窝做一团，捏在手上。他鼻准头和额角上略略有些汗珠，汗珠放光；右手紧捏住这一位的手，手心发热。这个时候，方友松找不出一句适当的话来讲，而他，也没有给他一个讲话的机会，他一说完了自己的话就握手作别，说声"再见"，好像有一件迫不及待的事情在等他似地，穿到对过去了。

二十二年三月十日

选自万迪鹤：《火葬》，良友图书印刷公司，1935 年

自由射手之歌

我们有许多动人的故事，然而最动人的故事是在前方，在我们的射手身上。

我们的射手，并非职业的射手，他们来自乡村，来自城市；他们是农民，或者是工人；他们不是做战争的工具，而是做正义的支柱；他们不是失去自由的人，而是争取自由的人，为了民族的自由，为了国家的独立，用最大的热情走向解放民族的战争，像这样的人和故事，是太多了。多到写也写不完，现在要写的故事只不过是其中的一个，这是在前方两个射手身上的故事。

一

蛇垅子阵地已经被日本的军队占去了又给中国军队抢回了，这个地方经过多几次的争夺，在战争最激烈的时候，荡漾在地面上的只有火药气味和血腥，侵略者在这里的损失是很大的。

死守这个据点的队伍接到上面的命令，要他们绕道渡河，先放弃这个地方，准备展开再一度的歼灭战，接到这个命令的连长指定了机关枪手宋彬和张至连守住阵地，掩护渡河，此外连长又指定了三位兄弟为狙击兵，在另外指定的地方协助，并吩咐送宋张二人，在敌人未达到一百米远的时候，决不许用机关枪扫射，在任务没有达到以前，不许退却，万不得已的时候，也只有死在这一个阵地里，如果任务完成了退却的时候，狙击兵先撤退，宋彬和张至连后撤退。

这个任务是非常重大的，关系整个的战局，关系全队的生命，要完成它，一定要有胆量，有智谋，有牺牲的精神；他们两个接受这个命令，丝毫也没有害怕困难的颜色。

他们从列队里站了出来，全队人的视线都集中在他们两个的身上，连长发口令喊敬礼的时候，只听见枪与手掌接触，"擦达""擦达"，那整齐划一得好像刀切一样的声音，敲在人们的耳膜上，使每个人的心灵上产生一种严肃的感觉，同时增加人们感激之情，他们两个人虽然没有像荆轲一样慷慨激昂地唱一曲歌，但悲壮的情调，就像投在静止波心里的波纹一样。

他们沉默地把右手放在帽檐上。大家和他们分手的时候，都有些依依不舍的样子。

大队退去以后，敌人不断地用排炮往这边轰，地面触着弹丸的处所，扬起黑烟和土块来，那着弹的地皮上，便留下一个深黑的窟隆，侵略者用人民的血汗自别的国家买来的废铁，经过了人工劳动制成了大炮弹，到这里又变成了废铁，深深地陷在大中国的土地里面。

可是炮弹并没有损害到两位射手。

排炮轰过以后，这附近便沉寂了起来，这时地面上还烟尘迷眼，磺硝气味空中游来荡去，刺人鼻息，据宋彬的计算，对方炮轰一阵，不见有动静，会马上冲过来的。他抬起头来，向躺在炮弹窟窿里的张至连喊道：

"喂，当心快冲过来的！"

张至连抖擞精神站了起来：

"好，咱们就在这里等，儿子才怕！"

他这样说着就去预备子弹去了。宋彬伸手去摇了摇在那里监视敌方的机关枪，这以后，就是沉默的期待了。正像渔夫下了网之后等鱼落网。

过了没有多久，正如他们料想的一样，那方面果然有了活动：

开初，他们只看见远处有许多黑点。

一会，那些黑点越来越多，不断地变更位置。

再一会，就大胆地向这边跃进了。

那些黑点在他们两个的视野里越变越大，没有一会的功夫，就由六百米到达五百米远的关隘了，一刻就闯进四百米的射程了，不一会功夫，由四百米缩短为三百米，由三百米缩短距离为二百米，张至连心里在发急：

"干呀！"

宋彬摇摇头。

对方的活动把二百米的距离渐渐缩短为一百多米了，张至连再叫道：

"干呀！"

宋彬轻轻地点点头，可是并没有动手。

两方面的距离已经近到一百米了，这里地势比较狭仄，宋彬这才说了一声：

"好!"

那机关枪就"拍拍拍"响，枪身震动，枪前面洞眼里，吐着千万点火花，火舌，那火舌伸向前方，触到对方的身上，那些人便停止了前进，有的栽倒了，有的向后面逃窜，有的机警的便卧在地上，可是正这时候，附近又有三个埋伏在那里的弟兄将手榴弹投出去，那些伏在地上的便又焦头烂额地一阵乱窜，到了最后，只余下一个官长和两个徒手兵，从火线里带着受伤的身子逃进山坳里去。

张至连昂起头来看了这种情景，非常激动地叫道：

"你瞧! 真可惜，一条大鱼从网里逃掉了，没有逃掉的都是细鱼小虾虾兵蟹将! 你这不成!"

张至连爱批评爱说话，但却也因此吃了不少的亏，在昨天他们的顶头上士，浑号叫何见鬼的何连附，也因为胡乱批评了上士，给他冷不防地在面孔上打了两巴掌，弄得把牙齿流血，嘴巴也破了皮，这在他是有生以来无上的耻辱，然而这样巴掌并不能改变他的性情。

宋彬对于张至连责难他的话，只好作如下的解答了：

"跑了只当我们放了一回生，中国大善人捉鱼放生是常事。"

"这怪只怪打鱼的人不是打国仗的经验，要是我，我一定用打国仗的经验对付他，我们要用打国仗的精神!"

宋彬的能力与经验是无可非难的，他听了这种使自己的尊严受委屈的话，生气了，心里骂道：

"话多，让何见鬼来揍你!"

他相信这种一定很有力量地打倒张至连的，可为了避免冲突他没有说出口，只是轻描淡写地说：

"好，下一次我到要看一看你打国仗的精神。"

张至连听了到很满意，他一面收拾子弹一面接下去说：

"好，下一次只要你让我来，我就拿出一点东西来给你看看，我一定把鬼子一个个放在山坡上晒太阳，不许他们走一个回去报信。"

宋彬约制住自己的气愤，他不去理会张至连在讲些什么，自己一心一意地用手巾去擦枪膛去了。

二

佃农出身的张至连和小工业工人出身的宋彬，他们两个中不同之点就是张至连有些笨拙，而宋彬是很机警的。张至连的多话和宋彬的沉默又是两个极端不同的对照，张至连的性格热情，宋彬的性格冷静，除此而外，在他们的外表上就难于寻出什么不同之点来：张至连穿了一身褪了色的灰布军装，宋彬也穿了那么一套同样的军装，宋彬穿了胶皮底鞋，张至连穿的也是胶皮底鞋，两个人一色一样的黄色裹腿，一色一样的腰间束的皮带；比起张至连来，宋彬的身体还要显得瘦一点，但是在一般的中国老百姓当中，他们不属于瘦脊的一类，他们的那结实而健康的身体，是在许多苦难的环境中锻炼出来的。

在面貌上，两个人都不缺乏引起别人注意的特征，如像张至连的眉毛是浓浓的像个扫把横放在眼睛的上边。而宋彬的两道稀疏的眉头上，常常纠结着深思远虑的纹皱。张至连的脸是方的大的，而宋彬的脸是窄的，略略有些瘦的。在与张至连接触的人，第一个印象，觉得他是易于合得拢的朋友，是一个有趣的人物，而宋彬的面孔，却时时显示出一种足智多谋的味道，在初次见面的时候，就叫起别人向这一点上面注意。在同伴中间，在任何一个场面上，他是自然而然地担任了领袖的地位，而张至连却随时都要去宣传自己似通非通的理论的。

宋彬和张至连当兵的历史，要追述起来，那是一件非常之久远的故事，在开初，由于连年不断的兵荒，水灾，干灾，使得在农村里居住的人们，没有方法能够应付这种困难的环境，那些手工业者生存的方式，也给外来闯入者的巨大机轮所碾碎，中原肥沃的土地，不再产生能以饱人饥肠的谷实了，枯瘦而疲惫的母亲，也无法再分给这些饥饿的儿子以养分，于是，他们便被破落的农村投掷了出来，如像一个战败者落荒而走的神情，到处流浪着，后来，终于在一个破庙的前面，在许多衣衫褴褛的人群当中，在一个三角尖的白布上面写了"招募新兵"的四个字的旗帜之下，充当了内战大舞台中小小的一个脚色。

内战，一种最不幸的自相残杀的战争，在中国过去，是一种普遍的无可避免的灾难，全中国的人民，都压在这种灾难的下面喘息，呼号，流血，而至于无息可喘，至于号不出声音来，至于血也流干了。

佃农出身的张至连与小手工业工人出身的宋彬是曾经参加过很多次这样的内战的，他们被驱使着，而且被欺骗着，在开初，他们是很起劲地来从事于干这样勾当的，但是久而久之，他们渐渐地觉得这是一种罪孽深重的行为了，他们所耳闻目见的是自己弟兄的死亡毁灭和陷进水深火热的苦难环境之中，而这些苦难的环境是自己亲手给他们造成的，他们二人都感觉到内战对于自己太难堪了，可是在他们的脑子里想得出一个什么好的办法来？但终于有一次，人们又进行了一个大规模的战争了，双方的士兵和民众死亡在战场上的很多，但到后来忽而宣布停战命令撤兵了，他们不知道为什么发生这个战争自然也不知道为什么忽然停止这个战争，不过到后来，他们知道两方面的首脑言归于好了，打了败战的对方的首脑和打了胜战的自己这一方面的首脑，不独言归于好而且还在一道吃花酒赌钱，在赌钱上面，打了胜战的他们的首脑终于给打了败战的对方的首脑打得大败了，几乎成了一个不可收拾的形势：现钞输光了，几个钱庄输掉了，几个当铺输掉了，几处庄园输掉了，连刚刚讨进来的最年青的一位姨太太也输掉了，最后，打了胜战的他们的首脑终于拿出自己最后的本钱来了：赌枪炮和兵，结果，特务连输给对方了，其次，炮兵连又输给打败战的对方首脑了，最后，机关枪连也给打了败战的对方的首脑拿去了，张至连和宋彬就是在这个机关连里当兵。他们的首脑是最讲赌品的人物，虽然把自己身上的某部份割下来输掉也要丝毫不动声色，才算好汉，才不至于叫对方瞧不起，他们的首脑最讲究的是这道，他是决不会骗掉赌账的，因此，在第二天，他们的首脑就把他们招集拢来作最后的训话了，他们的首脑告诉他们，叫他们暂时去跟那一位曾经在前些日子领了队伍和他们打过战的将军，叫他们好好的干，说是他已经把他们输给某将军了，等他有钱的时候再来把他们赎回。

他们听了这样的话之后，每个人的面孔都像死灰色一样，你看我一阵，我看你一阵，想到那在战争中死了的同伴和老百姓，真是哭也哭不得，笑也笑不得。

但幸而那一位打了败仗的将军宽大为怀，并不记他们的仇恨，还是和对他的旧属一律看待，给他们照样发饷，可是他经过这一回以后，对于整个的自己有些怀疑了，他们不独信任自己曾经努力干的一切勾当，而且觉得自己的人格也有问题了，他们咒骂自己本身，咒骂自己所干的职业，他们虽然没有力量分析研究这种自己打自己的战争存在的诸种原因，可是他们对这事已经决然地采取一种否定的态度了，于是他们那许多被叫做"营混子"那一类的人物没有两样，马马虎虎地混些时，马马虎虎地混下去，在战场上，不肯卖力，自然更不肯拼命，在火线上，把枪口瞄向天上放，把子弹塞进泥土里，滚了一满身的泥巴，然后再跑在官长前面大吹特吹地吹一阵，夸自己有功劳，形容得有声有色，把他们曾经在以前所真正卖力傻干的场面都加进来，他们之所以这样做的只抱定了这样的一个原则：不希望打死对方的自家人，只希望骗得一点赏号去吃酒，他们的所谓混，不过如此而已，他们不梦想升官，也不梦想发财。他们来自民间，所以也决不梦想做害老百姓的事，只是别的人干来很起劲的事，他干起来毫不起劲，一个"吊儿郎当"的小兵罢了。

然而他们终于不愿意把这样的小兵干下去了，在有一次的战争中间，他们在一个被打死了的所谓敌人的军官身上，搜出一些金东西来，这意外的获得正好给他们一种唆示："不干了吧，去做一点小生意！"宋彬和张至连都这样想，于是，那一次战事还没有结束，他们连上便发现了有这两个逃兵了，而在另外的，一个遥远的地方，在距他们故乡不远的一个地方，在北方属于某省的一个小镇上，增加了两间茅屋，多添了一家小酒店了，两个改名换姓的单身汉子，勤勤恳恳地在那里做安居乐业的梦。

这是这两人从从军到退伍的始末。

然而侵略者的炮火把这两个归隐者安居乐业的梦打碎，炮火由遥远的海边响了进来，公路作了战壕，他们的茅屋也做了侵略者炮火吞蚀的目标了：当他们感到这个地方无可再守的时候，他们便毅然决然地丢弃了所有的一切，无牵无挂地投进了民族革命的战争的洪流里，充当一员非常英勇前进的战士了，他再也不是以前那样吊儿浪荡的营混子了，芦沟桥头的炮火，唤醒了所有在迷梦中的中国人，把营混子式的小兵变成为非常的战士，他们在这一次战争中所表现的是一种无比的英勇作风，他们肯卖力，能拼命，不怕死，在战场上决不浪费一粒子弹，如果要问他们为什么过去不肯拼命干而现在居然肯拼命干的时候，这回答就是：他们现在找出要他去拼命的理由，而这种理由在过去是寻不出的，也不存在的，过去是自家人打自家人而现在是在打国战，这样的道理，农民出身的张至连也是十分理解，而且也讲得出许多道理来的。

宋彬和张至连参加这样的战争已经快三年了，他们在机关枪连里工作也有两年半，在这一次国战当中他们有了许多优良的成绩，在华北，在上海，他们都是站在最前线和敌人周旋，用他们手里的这一挺机关枪创造了许多光荣的战果，对于这个枪，他们爱护他真是十分周到，张至连曾经指了那一挺轻机关枪和别人说过：

"这个家伙，真是我的第二生命，真是我的好朋友！"

此刻，他又扭过头来和宋彬说：

"你看，那么多的敌人，不到一刻功夫都送回老家去了。要是枪法好的时候半个也逃不掉！"

他一面赞美那挺轻机关枪，一面用脸去亲了他一下，好像那枪是有感情的一样，并且他还补足一句：

"我们同生死共患难，现在已经是第五次了，总有第六次第七次的，你瞧吧！"

宋彬好像有点厌弃他的这种表示是多余的似的，只是继续擦他的枪，沉默着。

但是张至连却还不满足似的继续的唠叨着：

"你以为日本鬼子就这么放过了咱们么？他可不会这么干，为了蛇子垅他丢了这么多的人，他不来了才怪，他不来你杀下咱的头打赌，咱们可不怕他，咱们靠了这个朋友的力量已经占了很大的便宜，够本还有多，你瞧，他再来，咱们再干他，妈的巴子，咱们抗战到底！"

他这样说的时候，对方的炮火又开始了，只听见一个炮弹在阵地的左前面落地开了花，那正是另外几位狙击任务的弟兄所在的地方，宋彬正担心那几位弟兄不知道是不是已经退到河边去了的时候，张至连的话还在继续着。

宋彬心里真有点忍受不了，心里想道：

"真多话，怨不得何见鬼揍他！"

张至连还是在不断唠叨着。

"不听见炮在轰么？"

"因为你放了生，他现在就来感恩报德了，老宋，咱说的话可对，你没有打死他走回去报信去了，他现在是这的，他想把这里轰平，可是咱们够了本，咱不怕！咱，咱，咱是这样的，咱——"

宋彬截断了他的话，指了对面说：

"咱咱咱什么？那边何见鬼来了。"

张至连伸了颈子向宋彬指的地方看，可是什么也没有，他意识到受了侮辱，沉默了。

"真多话，只有叫何见鬼来揍你！"

这种侮辱叫起他痛苦的回忆起来，他愤怒了，紧紧地捏了两个拳头走过去：

"再讲！"

"怎样？"

宋彬也站起来了，提起拳头等待着，他们像两个要打架的鸡公似的。可是正在这时候，几个炮弹又呼啸着飞过来，其中的一个正打在他们的阵地里，只听见轰隆一声，山崩地裂一般，他们的愤怒化为乌有了，他们的拳头也都松下来了，只是在心里暗暗叫道：

"这回完了，完了，什么都完了！"

先离开这个地方过河去的是三个狙击兵。

三

平射炮一排一排不断地掘着地面的尘土，从他们机关枪阵地后面几百公尺的地方起，到他们阵地前面几百公尺的地方止，好像一个精密于打算的农夫在自己肥沃的田土中播的种一般，不让这里边有一丝一毫的隙地。而那落地开花时的炮弹正像一些特殊的植物。

炮声每一次发射，大地就要感染到一种强烈的震动，炮弹在天上击破静止的空气向前飞奔的那种"咻咻咻"的声音，好像恶魔在呼啸着要吞害人类的口号，炮弹打进土里去，那弹丸的碎片和土的粉末夹着烟尘雾雨一般向上反射时的"哗啦"一声，和发射时候的炮声，相呼应着。

"轰！咻，咻，咻，咻，咻！哗啦！"

"轰！咻，咻，咻，咻，咻！哗啦！"

那很有节奏的声音，经过一千次以后，也自己感到厌倦似的忽然停止下来，于是除了大地在那里徐徐地飘荡着剩余的烟尘之外，什么也没有。这时候，附近的乌鸦和鸟雀早已离去自己的老巢，螳螂也在草根下埋头喘息了。

随着机关枪阵地破坏的"哗啦"之声以后，宋彬张至连和他们的轻机关枪，都向后倒栽了一筋斗给投进沟里去，木材泥土和石块之类都向他们崩塌下来堆积覆盖在他们身上，机关枪阵地给大炮弹来回地轰变了形，大地都像蜂窝一样地躺在那里，再也看不见一个人的影子了，只有寂静和沉默，难堪的寂静和死一般的沉默笼罩着这块土地。

像这样的光景继续了并不很久。三匹高大的亚刺伯种的马驮着三个带了武器的马兵，"勃蹄蹄""勃蹄蹄"地向这一边沿着青石板路驰来，在弹痕累累的地面上来去地寻找，他们要想找到一千发炮弹的收获，万一嗅不到半点血腥和发现不到一半寸人类的残骸的时候，对于他们自以为智慧的脑筋是多么大的一种打击和嘲笑啊，因此，他们去去来来地逡巡着，尖起鼻头来嗅。

可是结果什么都没有嗅到，于是又踏着原来的青石板路，"勃蹄蹄""勃蹄蹄"地向来的那一方驰去。

躺在泥土里面的宋彬苏醒转来的时候，火药和土的气味，窒塞着他的呼吸，他的头脑还是昏昏沉沉的，他几乎记不清那一切的经过，他很费力地思索着；首先他疑心自己是死了，他用自己的牙齿咬着自己的舌尖，他觉得发痒，其次他又用指甲钉着自己的皮肤，他觉得发痛，他这才知道自己是活着的，他肯定了这个以后，脑子里才大胆地展开回忆的活动了，他自言自语地说：

"我大约还没有死！"

这以后，他所要想的就是：他自己是谁，是干什么的，原来是在什么地方，现在在什么一个所在，如像这一类的很多很多的问题。

他自己就是机关枪手宋彬，他已经想过了。

他和张至连是留在这个地方死守阵地，掩护渡河的，这个地方叫蛇子垅，他也都记起来了。

还有在不久以前对方往这边冲，冲到阵地面前给他用机关枪扫射死了几十个，他也记起来了。

大部份的经过他都想过了，只是他不大清楚目前是怎样的一个状态。他苦苦地在脑匣中搜寻了一会，忽然他自言自语地说道：

"我还没有死，我们是掩护渡河的，我们打死许多敌人，只有三个敌人逃脱了，我们的任务已经完成了一大半，可是敌人用炮轰我们的阵地，哗啦！一个炮弹落在我们的面前，开了花——可是我们还没有死，一定是给胸墙崩下来压在土堆下面了！"

他说到这里，记起他的机关枪和同伴来了，他把手轻轻地动了一下，触到机关枪的枪托，他把脚动了一动，他觉得自己的腿压在另一个人的腿下，他知道这个人便是他的同伴张至连。

他把一双手挣了一挣，想向外面爬动，可是上面的压力太重了，一时挣不出来，幸得他的手里摸到了一个通条，他使用这个通条往外边穿孔，不一会就将孔打通了，那新鲜的空气流了进来，他感到呼吸轻松了许多，不一会，张至连也在那里挣动了，他正要喊他的时候，忽然听到有脚步的声音在他们上面走过，他从通条打穿的孔洞中看出去，他看见日本兵就在他的孔洞旁边走过，日光射在枪尖的刺刀上，放射出火花一样的闪光。

日本兵在附近像走马灯样寻来寻去，在炮弹弹痕满布的山岗上，寻找中国兵的踪迹，他们走到宋彬张至连的头顶上，偶尔也向泥土里用刺刀戳一下，可是这在他们只是一种无意思的行为，决不疑心这下面还有什么。

对方的搜索完毕了，宋彬在土洞中很久没有听到外面的声息，于是他就开始做掘洞的工作了，他向着那通条贯穿的方面，把洞口压在头顶上的泥土，一点一点地拨开，不到一会功夫，他的头部浴在阳光和新鲜空气里，一双手也能够自由地运用了。

他把通条放在一边，他把手边的土块，一块块地投到旁边去，他的上半个身子也渐渐减轻了压力而得到自由了。

其次，他把一双手支撑着自己身体，然后反过手来，把压在自己腰部的砖和土块搬到旁边去，不到一会功夫，他的下半个身子也得到自由了。

再其次，他把压在自己腿部的土都排开，于是他的腿和脚也都得到了自由，所有压在他身上的那些东西，经过了他这一番努力，再也不能妨害他的活动了。

他从土堆里爬出来了的时候，四面一看，搜索的人已经去得远了，于是他就弯下腰来工作着，妨害他自由活动的那些东西虽然给他努力排开了，可是他还有两个战斗的朋友在那砖土的下面，他不知道张至连和机关枪是否受了伤，他急于要和他们见面，他没有想到偷跑，他没有想到敌人寻来的危险，他心里这时候只有一件事，救出他的两个朋友来，他要把张至连和那一挺轻机关枪找出来，如果他们受了伤，他还要继续为他们设法，如果他们还是好好的，那他们会帮助他，会更增加他的勇敢。

他努力地工作着，不到半个时辰，机关枪和张至连都给他找出来了。

<h1 style="text-align:center">四</h1>

从土堆里找出来的机关枪，这个被张至连称作好朋友的东西，它的身上沾满了泥土。它蹲在那里把身上的泥土抖落在地上，好似一个有生命的东西似的，看起来它较之平时的面貌是更加特出了，像是一个爪牙锋利而有精神的怪兽，新从陷阱之中跳了出来，它那不声不响，是在将要向对像搏击以前的沉默。宋彬在它的身边拿了手巾轻轻地拭拂着，反覆地检视着，可是它并没有蒙受到伤害。

不过张至连却受伤了：他被压在土堆里的时候，嘴里塞满了泥沙，他从掩盖着他的土堆里翻出来的时候，牙齿里在流血，大腿也破了皮。

张至连虽然是坐在地上，可是他的忙碌是异常的：他用手巾去拭落面上的泥土，眉毛头发林里的泥土，他用食指去掏出耳朵风门里的泥土，他用小指去挖出鼻孔的泥土，他接二连三继续不停地吐口水，他希望把口腔里的泥土都吐出来，他是多么希望有热水啊，伸一只手去摸自己的水壶，可是水壶也把肚子压瘪了，盖子弄得不知去向，水壶随了他翻了三五个筋斗，水壶里面只有少许潮湿的泥，他的衣服上却被水淋湿了之后粘上泥土了。

没有开水，他是多么需要休息一刻啊！可是他又不能休息，他太兴奋了，太气愤了，他要咒骂，他叫嚣着：

"妈的巴子，老子还没有死，老子还是老子！轰嘛，你这鬼儿子孙子的轰嘛！咳！"

他一伸手去摸自己的腿，腿弄破了皮的地方，使手指上沾了许多血，好像在红印泥里去捞了一爪。

"妈的巴子！张至连给你打死没有？宋彬给你打死没有？来嘛！老子们等你！咳！呸！"

他一面骂一面吐口水，口里的泥沙也渐渐少了，口水中的血色也渐渐淡了，口水也快干了，可是他还要骂。

宋彬没有讲话，只是在看枪。

张至连似乎有点不满地叫道：

"鬼儿子的！咳！老宋，咱们打死他多少？他轰了多一阵，轰掉了咱们一根毛？咱不死就要干到底！"

宋彬随意地点点头当作回答，表示满意，于是张至连就受了鼓厉一般，他的理论就决了堤的水似的滔滔不绝地从口里流了出来，这不单是为求宋彬的赏识，而是为了发泄他那不平之气，他的本身就好像变了一座正在发射的机关枪，只是向敌方"咯咯咯咯"地发射，此外一切，他都不管。

"妈的巴子，咱是打不死的程咬金，开花炮也没用，白费鬼儿子的气力，花他妈的大炮弹，不要二百块大洋钱一下，打的他妈妈饭吃不饱，老婆没有裤子穿！妈的巴子，咱老子不怕死你就把咱老子没有办法，咱老子可有的是办法，你打不死老子，咱老子总得又起来和你干到底，看是谁强谁弱，看是谁胜谁败，你打死了老子，再过二三十年，咱老子又和你干，总要见个高低！妈的巴子，你不要以为你有什么大炮飞机，咱们也有大炮飞机，咱们打仗可不是为谁个，咱们是为大家，咱们这就叫全民抗战，不分上下，不分老小，不分穷富，咱们打仗不光是这些老粗来和你打，咱们拿笔杆的一样要和你打，咱们老粗和你拼，咱们国家的一些才子也要来拼，他们从前弄笔墨不管事，现在可也要你干，他们出计策，咱们出气力，干的你这小鬼儿子们死又死不得活又活不成。妈的巴子，咱们要收复失地，要收回南京，收回北京，要收回东京，咱们要打到日本去！妈的巴子！咳！呸！咳！妈的巴子！呸！"

他一面骂一面还在脑子里苦苦地思索新的名词，好像要从自己弹药库里搜索出新的武器来追击敌人似的。而在前一刻因为宋彬嘲骂他，要去和宋彬冲突的感情，早就抛到九霄云外去了。

他仍然继续着：

"妈的巴子，你这样侵略我们的人口，你总有一天要糟糕透，咱们的人口有四万万五千万，咱们的军事有几百万，咱们的政治有几十万，咱们的经济有几千万，咱们的文化有几万万，咱们有万里长城，咱们有程咬金，妈的巴子，你们的侵略能够不白费么？你们的开花炮打不死咱老子，咱老子们的不开花子弹打死你个小舅子，咱们先给你尝尝味道，咱们要收回失地，咱们要叫你们军阀财政糟糕透，咱们要叫你侵略资本糟糕透！咱们要收回东京，把你们撵回三岛。喂，老宋，你可同意我的意见？咳，呸！咳，呸！妈的巴子，呸！"

宋彬在一心一意地检查枪上的机件，那一挺机关枪，已经给他擦得乌亮亮的了，他工作着，欣赏着，张至连的话延绵不断地在他的耳边吹过去，他不大注意他在说些什么，张至连的话，宋彬是听的机会太多了，除了有时引起他的反感之外，实在引不出其他的兴味来。

张至连看见宋彬没有回答，于是再向他叫道：

"咱讲的话你全没有听见？"

"你讲的啥？"

"我说，再打一年，收复南京，在打两年，收复北京，再打三年，收复东京，再打四年，把鬼子全都赶回区区三岛，咱们打走了鬼子，可还有点好日子在后头，咱们解甲归田，开一个小店，有吃有穿，自由自在，找个娘们来主持主持，总不会一生都像城隍庙的鼓槌，一对光杆。我的话你可同意，宋大哥？"

"对啦，我们可不能永远是一个光杆，单身汉的味道可不是人受的！"

宋彬嘲笑地这么回答着。

"咳，宋大哥，你可不要以为咱马上就这么干，现在还不成功，现在咱们是吃苦的时候，咱们中国人都在吃苦——"

"对啦，现在敌人就在前面，我们可不能专门想自己的。"

"你这话就合我的口味，公是公，私是私，公私分明，打国战是公事，其余是私事，那怕何见鬼，他和咱有仇，那是私仇，咱现在不和他比较这些，他虽然是和我有仇，他打鬼子也卖力，将来可再和我算账。"

"我就佩服你这一点！"

张至连给宋彬这一句恭维，十分高兴，很感激地说：

"咱就公私分明！"

立刻他就把面孔转向对方叫骂起来：

"妈的巴子，轰嘛！你个鬼儿子的轰嘛！你的祖先张至连就在这里，咱们一个抵你一百个，抵一千个，妈的巴子看你有多少炮弹！看你有多少人！看你把我怎的！妈的巴子！炸了咱老子们的家，杀人放火，咱要复仇！咱要干到底！咳，呸！妈的巴子，呸！"

他那声音越来越大，态度越是激昂。好像这时候咒骂敌人是他唯一的任务是最光荣英勇的事业似的。这时候，首先感到处境的危险而去注意敌方的情形的是宋彬。

五

宋彬扬起头来看了一看又迅速的把头低了下去，他把身体伏在地上沿着草皮爬行着又停止下来，那搜索了一阵的人去了，却又发见了一批敌人往这边走来，这并不出乎他的意料之外，对这是毫不惊异的，只是更机警地警戒着，监视着，打算随时应战。

可是那张至连还正骂得起劲：

"妈的巴子，咱越打越强，越拼命越不怕死！鬼儿子轰嘛！"

宋彬用自己的脚挥动着，同时抛了一片土块过来了。

这样子给张至连一个很明显的告白：他们目前处境的危险是超过了一切，他们该早作打算了，所以张至连就停止了吐口水也不再骂了。

"你见鬼了？"

宋彬指左前面说道：

"你来看。"

张至连也照样地爬了过来，和宋彬一样把头埋伏在草林中，那敌人正在一百米远以内的左方，大约有二十多个人，都穿了全身的武装，每人手上拿了一件挖土的圆锹或十字镐，由一位翘胡子军官领导着，在那里成横队看齐，一二三四地报数了。

不一刻那位短又肥的翘胡子军官下了命令，叫他们架枪，就每隔两步一个开隔地散开，脱下武装，只留了一身衬衣，开始动起工来挖散兵沟。

张至连用"目测"的方法量了一量两方面的距离，爬开草叶的障碍把对方的人数从左数到右边，又从右边数到左边，人数是二十六个，那神气十足的翘胡子军官并不在内。两边的距离这样近，两边的人数又这样多，他们只要把头抬起来就会给对方看见，他们要回本队去必定要涉过一条河沟，大队撤退的时候，过这一条河沟是要绕一大段路的，设若他们绕一大段路渡河，随时都可以给人打靶。

想到这里的时候张至连的眉头打了结，他心想：

"这真他妈的巴子！"

他滚回到原来的地方去，痴地看着那个土洞，一声也不响。宋彬伸了脚照他的屁股上蹬了一下：

"怎么？你想钻进土里边躲一时？"

"妈的巴子，真糟透了！这么近，妈的巴子，今年咱才三十岁，完蛋！完蛋！"

"怕也没用，死也只要痛一次，杀头也只碗口大个疤！"

这句话气了张至连，他叫道：

"咱不怕，咱要怕就是个小舅子！小舅子才害怕！"

他这么说，伸手就去抓那挺轻机关枪，把大半截压在土中的弹药箱拉得哗哗地响。

宋彬连忙爬过来制止他。

"你干吗?"

"咱要干就干到底，你瞧吧！"

"不成，这个地形太坏，前面有障碍物，和他们隔得这么近，他们人多，等你子弹打完了他们捉活的！"

"咱不怕死！"

"你要白送命！我可不愿白送命！"

"依你的怎么干?"

"你肯依我的就有办法！"

"你行，不依你是这个，咱们打国仗可没意见！"

"好，你看我，照我的做！"

宋彬一面说，一面解自己胸的钮扣。

看见他解钮扣，张至连也连忙解钮扣。

宋彬把风纪扣子解开。

张至连也把风纪扣子解开。

宋彬脱掉军服的上装。

张至连也脱掉军服的上装。

宋彬用心地检察机关枪的机件。

张至连把子弹箱抛了出来拂拭着。

宋彬用手巾擦干净了面上身上的泥土。

张至连也把子弹箱收拾好了。

宋彬这才问道：

"你看我像那边脱了衬衣做工事的鬼子么？"

张至连看了看点点回答说：

"像得很！"

宋彬也仔细地对张至连看一回，说道：

"那我们就做一分钟的假洋鬼子！"

说着，他就把枪放在肩膀上站立起来了。

六

宋彬在前面从从容容地走。

张至连在后面不慌不忙地跟着。

他们两个的样子从容得好像两个上茶馆的闲散人，似乎从鼻孔里还要哼出小调来的神气。

但是宋彬不清楚对方的那些人有什么企图没有，同时他更关心的是张至连，他是不是荒里荒唐的要弄出什么破绽来，在这个时候，要骗过敌人的眼睛，毛燥和粗心是不行的，但是害怕的样子尤其是不行，这时候，需要的是沉着，如像一个中军元帅，在敌人用万骑袭来的时候，为了要部署迎敌的阵容，首先要使部下安心的那么的一种沉着。

宋彬能像这么样的沉着。

可是张至连呢？

这是在前面的宋彬最为担心一个问题，他觉得自己有提醒提醒的必要，他一面走，一面轻轻地说道：

"喂，老张，你怎么害怕起来了呀？"

"你怎么晓得咱害怕？小舅子害怕！"

"你把弹药箱子弄得哗哗的响，我听得见，我还听得见你的心在跳。"

"咱看见你的两腿弹琵琶，快要走不动了！"

"真的？"

"假的？你真在抖腿了！"

由张至连的回答里，宋彬知道他很沉着，没有抖腿子，弹琵琶，他安心了些。

"咱们是在这儿做戏。"

"唱的那一出"

"唱的空城计！"

提起唱空城计，禁不住教张至连发生了很大的同感和兴味，从鼻子里哼起两句不入调的空城计来。

"我站在城楼观山景，耳听得城外闹纷纷，旌旗招展空幡影，却原来是司马，发来的兵——"

张至连的放肆又有点使得宋彬担心起来，他正像一位老于粉笔生涯的教员一样，为了启发学生的天才，他诱导他去表现，但等到他近于放肆的时候，他要来控制他们，使他们不至于越轨出乱子，他听张至连哼得有劲了，就提醒他道：

"小心啦！小心一粒子弹打进你的后颈窝！"

"你是诸葛亮，咱可不是马谡，马谡来害你诸葛亮的事！"

"只要你不害怕就行了！可也不要放肆。"

"咱要害怕，你是一位将军也不能下命令叫我不害怕。"

"好吧，咱就来想一件好笑的事开心开心！"

这时候对方已经看见这么的两个人了，可是并没有别的动作，还是照常挖他们的战壕，他们以为宋彬和张至连决不是中国方面的宋彬和张至连，他们以为拿了枪和子弹的宋彬和张至连，只不过是自己大队里面的山本和冈田之类，或者是其他的什么人，奉了命令去寻找可以做机关枪阵地的地方的。

这样的一个紧急关头，如果对方当中有某一个，放下自己的圆锹或十字镐向这边仔细一看，居然辨认出这个并不是自己大队里的冈田和山本之类，也不是其他的什么人，他会放下圆锹惊喊起来的吧？如果他们都知道这两个人是谁的时候，他们会立刻丢掉自己的工作，拿起自己的枪把他们两个当作枪靶子的吧？或者把他们两个活捉起来，对于那些侵略者野蛮的心理，也是一种最有趣的愿望吧？

如果真是这样，那这两个战士，除自杀和被杀的两条路之外，是没有第二条可走的路了，因此，他们两个人都并没有想到那么好笑的事来忘却当前险恶的环境，可是也决没有害怕，他们这个时候也都知道：害怕是没有用的，他们只是从从容容地往前面走着，正有些像历史上从容就义的伟大人物的气派，在这个千钧一发的生死关头，他们把生和死的这种想法，都驱逐到另外的地方去了，他们这时候只在想做一件事，这一件事是可能而又不可能的，他们这时候只是在制造一种传说，这种传说是近于传奇而又是如此寻常，他们这时候的心境并没有什么奇特，只是以一个寻常的心境去处理一件寻常事，这事件好像不是属于他们自己而是别一个人，至若这事件是不是处理得非常之圆满，他们一时也不去管它了。

两个人走了三十步左右，他们后面那些做工事的日本人只是在继续用圆锹和十字镐挖那里的土，并没有旁的动作——他们用自己的耳朵用自己的感觉证明自己的后面没有什么立刻危害到他们的动作，如果后面有这种危害及他们的行动，那他们还能继续用自己的腿？

可是宋彬和张至连是多么希望知道对于那些人对他们有什么表

示啊！不过他们决不扭过头去看，如果后方不开枪，他们是必须把这种去看一眼的欲望压制下去。

两个人走到河沟的旁边了，正是一个有倾斜的下坡地点，河边的茂草和苍蒲，火一样地燃烧着蓬勃的生命，在风前呼啸，草深过了人的膝盖，蒲公英的花低下了头用柔软的花瓣吻着这两位战士黄色的裹腿和鞋带。

宋彬走下了坡，面对着河的对岸，把肩上的枪放了下来。

"你看这个地方可好？"

"咱们军师选的阵地没有错的。"

他这样说，同时跳下坡来。

宋彬远远地指着河的对岸说：

"你看那独立树的左边，一定有我们的军队。"

说过这话，他就蹲了下来，偷偷地把轻机关枪的口，移了过来，把机关枪的托底，正对着自己先前所指的那个独立树。

"我现在要开始干了！我打算回过来瞧瞧他们，看他们在干些什么？请你站坡上去，替我做一个掩护。"

七

张至连为了要使宋彬便于布置，他站在坡上去了，他的两只手插在裤子荷包里，他的面孔正对着河沟那边的独立树，他的两腿分开，用一个八字形的姿式站着，那个泰然自若的神情，就像一个穿了皮靴来视察地形的将校，那机关枪的身，就躺在他两只脚中间的蔓草里。

"就这样如何？"

"你这样好得很！像一员少将。"

宋彬看了看张至连的样子一面说一面伏下身来，把机关枪安放在一个适当的地方，开始把自己的视线通过张至连的裤下仔细地察看对方的情形：

在那做工事的一群当中，那些拿十字镐的人，还立在那将近一尺深的沟中继续往下面挖掘，那些圆锹手不断地把挖松了的土往外面投出，另外有几个人在那里打木桩，除此而外，就只有那一位军官了，他两脚站成八字形，不时用手摸他的胡子，似乎并无不满的样子，四面一里路以内他的眼睛所能看到的地方没有一个人，只有野草在一望无际的原野丛生着，和那离去了主人的土地上繁茂的禾苗连成一片。

宋彬再仔细检视枪膛和机件，一切都完整无缺，他把它放在一个平稳的地方，摇一摇，看它是否稳固，并且把准心对准了那做工事的一群，然后他把子弹上进枪膛里去：

"一切都齐备！只欠东风！"

张至连像一位熟练的舞台演戏的角色似的，从坡上跳了下来。

"这一回让我来干！"

他用一只膝盖找到一个适当的地方跪了下去，和宋彬并排地跪着。他们现在决不怕对方知道他是谁，也不怕对方逃走，也不怕对方放下十字镐圆锹拿起枪来向他们射击，更不会怕对方有捕捉他们去充当俘虏的阴谋，一句话：他们现在什么都不在乎，因为，正如他们两个所说的："一切齐备，只欠东风！"对方做工事的那一群，已经是在他们视线的监视之下了，不独是在他们视线的监视之下，也是在那蹲着的轻机关枪有射程的控制之下，假如对方之中，有一个人的动作值得注意，引起他们的怀疑，或者居然有一个人放下手上的圆锹不做挖土的工作而往他们架枪的地方走来，那么，他们会立刻开始以这个人为第一个目标，叫那子弹，毫不踌躇地直向那人的脑袋飞去，这样立刻就可以打破这种可怕的怀疑了。或者，对方之中有一个人放下手上的十字镐不做掘土的工作而有走去拾起步枪来向他们射击的企图，那么，他们会立刻开始以这个人为第一个目标，叫那枪膛里的子弹，毫不踌躇地直向那人的脑袋飞去，这样，这种不利于他们的阴谋就立刻粉碎了。他们和对方的人数比起来确实是绝对优越了，因此，除了外表上他们那种沉着和从容的态度是一贯的之外他们这时候的心情与开始往这边走的时候的心情是大不相同的：他们开始往这边走的时候，他们的心是紧窄的，茫然地警戒着，茫然地期待着，正像通过一条放在万丈高的悬岩上面又不大有人走的羊肠小道，什么时候会跌下去是不可知的，而现在他们的心不像先前的紧窄了，他们好像已经通过危险的羊肠小道而进入到坦途的队伍似的，他们是有把握地警戒着，有准备地期待着，然而却有着一万分的兴奋，这种兴奋的情绪，正像一个天才诗人，在写一篇杰作，已经搜求到无数的警句，再只等待完成以后的欣赏和快乐了。

这时候，刚跪下的张至连要宋彬把枪托交给他由他射击的心情，正是如此。

"你能不放走一个？"

"军师说那里的话？临阵让敌人逃走了，该当何罪！如果咱放走一个，拿咱去当马谡，提头来见。"

"如果逃脱两个，三个连咱也要砍下头来？"

"决不会让他逃脱两个的。"

"你有把握？"

"我拍胸！"

"很好，就让你来！"

张至连和宋彬交换了地位，他接过了机关枪，一面说道：

"现在我是射击手，你做指挥官！你发命令：从那边开始，什么时候开始？"

"从右边的那个军官开始！"

"我瞄准，你发命令！"

"好，我发命令！一，二，三！"

当枪声第一响击破了长空的寂静的时候，立在那边的那一个穿了大马靴蓄了小胡子神气活现的军官就倒下了。

八

在随着连珠似的枪声倒下来的一群人中，只有一个机警人物，他把张至连弄得慌乱了一阵。那是一个瘦的并不很矮的汉子，手里拿了投土的圆锹，当别人倒下去的时候，他也丢下手里的东西栽倒在地上，表示他同其他的人一样。

"完结！"

张至连他伸了伸腰，吐了一口气。

可是那个人在张至连还没有讲第二句话的时候，就爬起来跪了，等张至连的机关枪一响，他又栽倒了，当他栽下去的时候，他把两只手向上一扬，两只膝盖往前一弯，全像给枪弹打中了要害一般。

"这回再不能跨的。"

张至连很有点安慰和自信地说着这一句，可是不到十分钟，他又看见那汉子爬起来跑了，而且成曲尺形的那么往前跑，以至于张至连射出去的枪弹扑了许多的空，可是那汉子终于在一个士兵的旁边碰上了一粒子弹，那枪弹便在那一带上下左右地画了好几个十字，那个人先动了几下，后来一伸脚便不再动了。

张至连停止了射击，把那旧的满是油汗的灰黄色的手巾，从腰间的皮带上拉下来，擦了一下头上的汗珠。

"一个狡猾的家伙，咱们差一些给他骗了。"

宋彬也轻轻地呼了一口气，伸手去拍拍张至连的肩头，翘起大拇指来说：

"你是这！"

"军师的空城计唱得妙。"

"说得好，保你连升三级。"

"连升三级，咱要挂斜皮带了，升官发财，咱们打国仗的可不要这个，专讲这个可算不得打国仗的对么？"

"说得更好，算你是民族英雄！"

宋彬的这一句话简直把张至连弄得心头痒痒的，有点飘飘然的样子，他的感情一兴奋，话便又多了：

"让他逃走一个，宋大哥，那是咱的不对，咱们不要升官发财，咱们第一是打国仗，第二是不拼到底就不能打国仗，咱们打国仗的不是为一个人，只要拼到底，咱们将来大家总还有些好处，不冻，不饿，不做光杆，可是现在不能想这些，不能望升官发财，一望升官发财敌人就会从你的枪弹下面逃走的，那可不能算民族英雄，那是草包英雄。你瞧，宋大哥，我决没有让他逃走，逃一个去报信可就麻烦了。——可是那些鬼子都是精重不过的，他马上还要来的，你等着瞧吧！"

宋彬这回没有回话，只是皱着眉头把那视线投到对河的那远远的地方出神，那远处山谷中一步高一步蜿蜒上去的青石板路，照在日光之中，那光线反射过来，微微的有点刺人的眼睛。路的两边，满是农作物和森林，沉郁而蓬勃，它的里面，蕴蓄着中国无限的财宝，蕴蓄着民族不可屈服的精神，蕴蓄着神秘的力量，包罗万有，宋彬这时候，是在怀想那山中出没无定的游击队的弟兄吧？

宋彬站了好一会，才突然向他的同伴说：

"咱们的任务已经完成了。"

"归队么？——要是咱们找不着队伍？"

"找不着队伍，咱们就留在敌后打游击！"

"好，反正都一样，只要打的是鬼子。"

宋彬接过那一挺发热的机关枪来，用湿手巾揩擦一阵，然后放在自己肩头上，开始往河沟旁边走动，只有张至连望着自己射击的方向正在出神。

宋彬已经走到水边的垂杨底下，赤了脚，把裹腿解开来将枪系在腰间了，他回过头来，对那个痴痴地站在那里的张至连问道：

"喂，你不打算过河了？等些什么？"

张至连这才醒了似的跳了下来。

泅过河沟去对于他们两个人并不困难，河并不宽，河水也流得并不急，不过带了枪过河却没有把握，把枪留下他们可不愿意。到下游浅滩去徒涉过河，又怕遇见对方的队伍搜索，但考虑了一会的宋彬终于这样决定了：

"枪是命，丢不得的。这是本钱！"宋彬说。

"你能够把枪带在身上不沉下去？"

"有办法！"

这样回答的宋彬，把裹腿解下来将枪系在背上把自己的长裤解了下来，放在水里浸湿，把两个裤脚用麻索系住，然后让空气满满地装在裤筒里面，做成一个按在水里好像一匹没有头脚的猪一样的气泡袋子，张至连也照了他的样子做了一个气泡袋子，把剩下的子弹系在身上，然后，他们两个人，几乎是同时地把气泡袋子放在小肚下面，向那鳞绉层层的波心扑去。

初夏的风在河面不断地吹着清新的矿物质的味道，他们微微地感到有一点凉意，但是并不冷，太阳晒在头背上，爽快非常，那种"哈卜""哈卜"的急促的呼吸的声音，和四只手把水拨得"滴溜""滴溜"的响声应和着，两个沾着水珠的紫铜色的面上，浮着微笑。连那开出微凉的感觉也似乎融和在那种微笑之中了。

附记：本文取材于表扬故事，根据某战区电，事件人物皆实，作成小说后，经鼎堂先生改正错误，并给以宝贵的意见，特致感谢。

选自 1942 年《抗战文艺》第 8 卷第 1—2 期合刊